PIA ROSENBERGER

Die Künstlerin der Frauen

atb aufbau taschenbuch

Pia Rosenberger

Die Künstlerin der Frauen

Sie träumt von der Freiheit
und erobert mit ihren Nanas die Welt –
Niki de Saint Phalle

Roman

atb aufbau taschenbuch

MIX
Papier aus verantwortungsvollen Quellen
FSC® C083411

ISBN 978-3-7466-2777-9

Aufbau Taschenbuch ist eine Marke
der Aufbau Verlage GmbH & Co. KG

1. Auflage 2022

Satz Greiner & Reichel, Köln
Druck und Binden CPI books GmbH, Leck, Germany
Printed in Germany

www.aufbau-verlage.de

Prolog

Toskana 1998

Die Bildwerke der zweiundzwanzig großen Arkana des Tarots erhoben sich wie Riesen im Olivenhain zwischen der aufgehenden Sonne im Osten und dem blauen Streifen des Meeres im Westen. Niki konnte kaum fassen, dass ihr Traum endlich Gestalt angenommen hatte.

Heute würden sich die Tore des Gartens für die ersten Besucher öffnen. Doch vorher hatte sie alle Freunde und Mitarbeiter zum Eröffnungsfest eingeladen, das Swiss All Team, die Keramikerin Venera und die unzähligen Helfer aus der Nachbarschaft, die sich ihr nach und nach als unentbehrlich erwiesen hatten.

Noch war Niki mit ihren Figuren allein. Sehr langsam bewegte sie sich durch ihr Reich im toskanischen Garavicchio. Sie hatte es geschafft. Ihre Skulpturen waren sogar von der Ausfahrt der SS1 Aurelia sichtbar, über die sich tagsüber die Verkehrsmassen gen Rom wälzten.

Als Kind hatte sie sich gewünscht, die größten Bildwerke der Welt zu schaffen, begehbar und voller Wunder. Fast zwanzig Jahre hatte Niki in den Bau investiert; Jahre, die ihr alles abverlangt hatten. Vielleicht musste man die größten Geschenke des Lebens mit einem Gegenwert an Opfern bezahlen? Wer wusste das schon?

Niki seufzte und blieb stehen. Sie, die alle anderen vorantrieb, war müde geworden. Fast hätten die rheumatische Arthritis, die Mücken, die Hitze und der dauernde Geldmangel sie kleingekriegt. Doch nichts davon hatte sie bezwingen können. Sie hob den Kopf, um ihren Garten zu bewundern. Er war wunderschön geworden.

Aus dem Mund der Hohepriesterin ergossen sich Wasserströme, die unaufhaltsam das Rad des Schicksals antrieben. Der spiegelbesetzte Kopf des Magiers glänzte in der Morgensonne. Die Sphinx mit dem schwarzen Gesicht und dem blauen Sternenschleier grub ihre Pranken in die Erde, als sei sie aus ihr emporgewachsen.

Niki folgte dem gewundenen Pfad, den sie Zentimeter für Zentimeter mit Mosaik und Glassteinchen aus Venedig ausgelegt hatte, Spiegel waren zahlreich dabei, in denen ein jeder sich suchen und finden konnte.

Für Niki war das Tarot weit mehr als ein Kartenspiel. Die zweiundzwanzig Karten der großen Arkana waren Schicksalsbilder, die aus dem Alten Ägypten überkommen waren und den Weg der Seele spiegelten. Ihren Weg. Niki hatte ihnen mit der Kraft der Imagination Gestalt verliehen.

Voller Liebe betrachtete sie ihre Kinder aus Zement, Eisen, Farbe und Ideen. Die *Nanas* hatten Zuwachs bekommen. Da war der Gehängte im Stil ihrer Linienmenschen, der *Skinnies*, durchlässig für Licht und Luft. Er stand für die Fähigkeit, die Dinge immer neu zu betrachten. Für den Neuanfang.

Sie ging weiter und begrüßte mit Liebe und Respekt den Tod, der im Französischen weiblichen Geschlechts war. *La mort* war eine Reiterin mit Sense, die reiche Ernte hielt. Es gab keinen Grund, sich vor ihr zu fürchten. Nur weil sie einem die Menschen, die man liebte, vor ihrer Zeit nahm, hatte Niki ein Hühnchen mit ihr zu rupfen. Wie oft war sie kurz davor gewesen, aufzugeben und sich in ihre warmen Arme zu flüchten? *Aber mich kriegst du nicht. Nicht heute. Und auch nicht morgen.*

Niki kreuzte den Weg des wandernden Narren, nickte den Liebenden zu und ließ ihre Hand für einen Augenblick auf dem Arm des Mädchens ruhen, das einen Drachen am Zügel führte. Sie stand für *Fortitudo*, die Kraft.

Der verspiegelte Turm zu Babel kam in ihr Sichtfeld, dessen Spitze von einem Rad gesprengt wurde. Der Turm war ein Zeichen der Zerstörung, das unheilvollste überhaupt. Doch Niki wusste es besser. Auch das mieseste Karma bot die Chance, es zu verwandeln. Es kam darauf an, seine ganze Kraft in diese Absicht zu stecken. Dann ließ sich sogar ein Drache am Zügel führen. Sie holte tief Luft.

Der Bau des Tarotgartens hatte ihr sowohl finanziell als auch persönlich die letzten Reserven abverlangt. Um ihr Team und die riesigen Figuren bezahlen zu können, hatte sie ihre weltweite Berühmtheit genutzt, ein Parfüm kreiert, Möbel und Multiples ihrer Werke geschaffen, darunter sogar aufblasbare *Nanas*. Und schließlich hatte sie für die Gestaltung der Gartenanlage auch noch Geld von Harry angenommen.

Sie betrachtete ihre verkrümmten Hände, die ihr nicht mehr gehorchen wollten. Ihr ganzes Leben lang hatten Krankheiten sie begleitet. Die rheumatische Arthritis war eine der schwersten gewesen. Immer wieder hatten die Schmerzen sie ausgebremst, so lange, bis sie die notwendigen Medikamente nicht mehr verweigern konnte. Der Preis dafür war hoch gewesen. Das Cortison hatte sie unausstehlich und noch perfektionistischer gemacht. Doch all diese Hindernisse waren unerlässlich gewesen, weil sie sich wie die Heldin im Märchen den Weg zum Schatz Schritt für Schritt erkämpfen musste.

Jeder Insektenschwarm, jede im Schmerz durchwachte Winternacht. Nichts davon war umsonst gewesen. Endlich hatte sie ihr Ziel erreicht. Der Tarotgarten im Olivenhain war fertig. Und er war wunderschön geworden.

Niki erreichte die Kapelle, über die der Engel der Mäßigkeit mit seinen lichterfüllten, blauen Flügeln wachte, den Ort des Gedenkens.

Kapitel 1

New York, 3. November 1947

Niki stand in der Tür zum Schlafzimmer ihrer Mutter, die an ihrem Frisiertisch saß. Ihre Augen trafen sich in dem glitzernden Spiegel, der das Lampenlicht reflektierte. Für einen Augenblick verharrten sie so, während der Regen auf die Park Avenue in der Upper East Side rauschte, dem Viertel der Reichen und Schönen in New York. Hupgeräusche drangen von unten in den zehnten Stock. Wandernde Autoscheinwerfer warfen ihren Schein an die Decke.

Mein Tag, dachte Niki. Heute würde sie ihr Abitur feiern, das sie im Sommer an der Oldfield School in Maryland bestanden hatte. Da ihre Eltern nicht so weit fahren wollten, hatten sie eine Einladung zum Ball verschiedener New Yorker Highschools ergattert. Das Fest im Hotel Waldorf Astoria war ein willkommener Anlass, um die junge Generation der Öffentlichkeit vorzustellen. Niki trug bereits ihr Kleid, schulterfrei, der Rock aus zahllosen Lagen weißem Tüll genäht. Aber es war ihr am Oberkörper zu weit. Das Bustier saß so locker, dass sie schon überlegt hatte, es mit Taschentüchern auszustopfen.

»Maman, könntest du …«, begann sie, doch ihre Mutter unterbrach sie mit einer ungeduldigen Geste.

»Komm doch herein, Niki. Warum so schüchtern? So kenne ich dich gar nicht.« Jacqueline drehte sich graziös auf ihrem Hocker, ganz die Dame von Welt. Sie trug schon ihre Pumps mit den hohen Absätzen.

Niki trat näher, mitten in die Wolke aus Puderduft und Chanel Nr. 5, stellte sich hinter sie und legte ihr die Hände auf die glatten, weißen Schultern. Im Spiegel begegneten sich erneut ihre Augen. Sie waren vom gleichen Braungrün und schimmerten durchsichtig im Licht der Lampe. Beide trugen ihr Haar dauergewellt und gepflegt frisiert. Sie sahen einander so ähnlich und waren doch so verschieden. Niki war das Enfant terrible dieser perfekten Familie. Jacqueline hingegen verstand es, ihre Launen hinter einer Mauer der Wohlanständigkeit zu verbergen.

»Was möchtest du, Kleines?«, fragte sie.

»Dieses blöde Oberteil ist mir zu weit«, erwiderte Niki mürrisch. »Könntest du es mir enger nähen? Sonst schweben meine Tanzpartner in Lebensgefahr, weil ich mit zwei Sicherheitsnadeln unterwegs bin.«

Jacqueline sah sie nachdenklich an. »Du bist sehr hübsch.«

»Du auch.« Sie liebte und hasste ihre kühle Mutter mit dem klaren Gesicht und dem tadellosen Benehmen gleichermaßen.

Jacqueline lachte leise. »Keine Angst, ich werde dir nicht die Show stehlen. Das ist dein Debüt.«

»Mach nur. Ich weiß sowieso nicht, was ich auf dem Ball soll.«

»Warum immer so aufsässig? Und Niki, zieh keinen Flunsch, sonst kriegst du viel zu früh Falten.«

Nikis Mutter trug ein Abendkleid aus blaugoldenem Brokat, ganz Matrone, aber nicht weniger glamourös als das ihrer Tochter. »Du solltest mehr essen. Dann passt auch das Oberteil. Ansonsten sitzt das Kleid perfekt.«

»Vergebliche Liebesmüh. Ich esse genug.« Bei der Unmenge an Süßigkeiten, die Niki immer in sich hineinstopfte, war es ein Wunder, dass sie ihre Gazellenfigur hielt.

»Könntest du mir helfen, meine Kette zu schließen?«, bat Jacqueline. Zwischen den Töpfen und Tiegeln auf dem Frisiertisch lag die doppelreihige Perlenkette mit dem Diamantverschluss. Sie senkte ihren weißen Nacken und strich sich die Locken zur Seite. Sorgsam legte Niki ihr die Kette um und ließ den Verschluss einrasten.

»Mein Oberteil. Es wäre ein Fauxpas sondergleichen, wenn es rutscht«, versuchte sie es noch einmal.

»Ich danke dir, Liebes.« Jacqueline setzte sich aufrecht und lächelte Niki und sich selbst im Spiegel zu. »Geh doch bitte wegen der Näharbeiten zu Nicole. Ich bin mit der Nadel so ungeschickt.«

Nicole war die Nanny von Nikis jüngeren Geschwistern und normalerweise entsprechend beschäftigt.

»Immer wenn man etwas von dir will, hast du eine Ausrede.« Niki trat verärgert einen Schritt zurück. Ich könnte zupacken und die Perlenkette zerreißen, dachte sie. Aber selbst das würde nichts nutzen, denn die Zuchtperlen waren alle einzeln verknotet, wie es sich für ein teures Schmuckstück gehörte. Keine einzige würde auf Nimmerwiedersehen unter der Kommode verschwinden. Widerstand war zwecklos.

Jacqueline griff nach Nikis schmalen Handgelenken. »Sei nicht undankbar. Ich habe fünf Kinder und gebe mir alle Mühe, für euch da zu sein, wobei du es mir wirklich nicht immer leicht machst. Nicole ist im Nähen viel besser als ich … Das muss sie auch, denn die Kleinen haben einen gewaltigen Verschleiß. Sprich sie am besten sofort an, damit du uns heute Abend keine Schande machst.«

»Na, vielen Dank auch.« Niki löste sich aus Jacquelines Griff und knallte die Tür hinter sich zu. Schwer atmend blieb sie im Gang stehen, trat mit ihren Ballschuhen gegen die scheußliche chinesische Vase neben dem antiken Holzschrank, die kurz aus dem Gleichgewicht geriet, und unterdrückte einen Fluch.

Im nächsten Moment stürzte ihr dreijähriger Bruder Richard auf sie zu, schnitt ihr eine Grimasse und versteckte sich im Schrank, während Nicole aus dem Kinderzimmer trat und sich suchend umblickte.

»*Richard, où es-tu?*« Sie kam aus Paris und sprach perfektes Französisch mit ihm, gerade so wie Nikis Eltern es wünschten.

Verschmitzt legte Niki ihren Zeigefinger auf die Lippen und deutete auf den Schrank. Nicole zwinkerte ihr zu und öffnete die Tür, woraufhin sich der Kleine mit lautstarkem Gebrüll in ihre Arme warf.

»Ab ins Bett!« Sie packte das sich sträubende Kind und zerrte es davon.

Niki pustete sich eine Locke aus der Stirn. Das Kindermädchen brauchte Nerven wie Stahlseile, um ihre zickigen kleinen Schwestern und den Lausejungen im Zaum zu halten. Aber eines hatte sie gewiss nicht: Zeit, um Nikis Oberteil enger zu nähen. Vielleicht wollte das Schicksal ja, dass sie sich blamierte.

Erst mal brauchte Niki eine Pause. Sie zog die Schuhe aus und schlitterte auf ihren Nylonstrümpfen über das frisch gebohnerte Parkett in Richtung der Treppe. Die noble Stadtwohnung der Familie De Saint Phalle in der Park Avenue 1088 hatte zwei Stockwerke. Es gab geräumige Flure und stuckgedeckte Räume voller Porträts, von denen ihre Ahnen missbilligend auf Niki herabstarrten. Sie waren eindeutig der Meinung, dass Kinder sich unauffällig, am besten unbemerkbar verhalten sollten.

Niki hielt sich nicht daran. Sie war zweimal von der Schule geflogen und hatte, bis ihr der Abschluss in diesem Sommer wider

Erwarten doch noch gelungen war, wöchentlich Tadel kassiert. Und dabei war sie alles andere als blöd. Sie warf einen Blick in die Bibliothek voller ledergebundener Bücher, in der sie vor Kurzem die Werke Guy de Maupassants für sich entdeckt hatte. Vielleicht sollte sie ihre Zeit besser hier verbringen als auf einem Ball, den sowieso niemand interessierte?

Sie erreichte die breite Treppe zum Erdgeschoss und stieg ins Foyer mit seinem riesigen Kronleuchter hinab. Hier unten ging es nicht mehr so steif und formell zu.

Erleichtert betrat sie die Küche, den einzigen warmen Raum in der ganzen Wohnung. Kupfertöpfe hingen von der Decke, blank poliert wie rote Spiegel. Der moderne Kühlschrank summte. Ihre Köchin Cora stand am Herd und rührte in einem Topf. Am Tisch saßen Nikis jüngere Schwestern Claire und Elisabeth und löffelten eine Suppe, weil das Abendessen im Speisezimmer heute ausfallen würde. Niki setzte sich dazu, ordnete die zahlreichen Tülllagen ihres Kleides und legte ihre Füße auf dem letzten freien Stuhl ab. Ihr Magen knurrte.

»Cora …«, begann sie so liebenswürdig wie möglich.

»Ja, Miss Niki.« Die Köchin wandte sich ihr zu. Ihr dunkles Gesicht mit den leuchtenden Augen strahlte Geborgenheit aus. Niki wusste nicht, wie lange sie schon für die Familie arbeitete. Eine Ewigkeit.

»Könnte ich eine heiße Schokolade haben? Ich kann bei der ganzen Aufregung nur etwas Kakao runterbringen.«

Cora betrachtete sie stirnrunzelnd. »Im Ballkleid? Ich denke, das wird nicht gehen. Aber ich kann dir etwas Suppe geben, wenn du dir ein Geschirrtuch umlegst und sehr gut aufpasst.«

»Die schmeckt gut«, sagte ihre zehnjährige Schwester Claire.

Niki stimmte seufzend zu und band sich ein kariertes Geschirrtuch um.

»Du siehst auch mit dem Tuch schön aus.« Die kleine Elisabeth war Nikis größte Bewunderin. »Wie eine Prinzessin. Aber eigentlich müsstest du ein Diadem haben, so eine Glitzerkrone.« Sie fuhr sich mit den Händen durch die Haare.

»Niki *ist* eine Prinzessin«, widersprach ihr Claire altklug. »Und du auch.«

»Nun ja, fast. Wir sind Comtessen. Von unserer Abstammung her jedenfalls.« Niki verzichtete darauf, ihr den Unterschied zwischen einer Comtesse und einer Königstochter zu erklären. »Aber das ist in den USA ohnehin irrelevant.«

»Vielleicht müssen sich Comtessen ja nicht immer so gut benehmen wie Prinzessinnen.« Elisabeth zwinkerte ihr hoffnungsvoll zu.

Niki lachte. »Das wäre ein Vorteil.« Diese Comtesse hier würde jedenfalls mit rutschendem Oberteil zu ihrem ersten Ball gehen und dadurch zum Stadtgespräch werden. Cora stellte einen vollen Suppenteller vor ihr ab.

»Iss genug, aber pass auf, dass du nicht tropfst«, riet sie ihr. »Du bist viel zu dünn. Oh nein! Was ist denn das?« Ihre kräftigen Finger glitten in den Zwischenraum zwischen Nikis Kleid und ihrem mageren Oberkörper. »Mindestens drei Zentimeter zu weit. Da hat die Schneiderin nicht richtig Maß genommen. Was sagt denn deine Mutter dazu?«

Niki zuckte mit den Schultern. »Sie hat mich an Nicole verwiesen, aber die hat keine Zeit, weil sie gerade Richard ins Bett bringen muss.« Jetzt musste sie doch schlucken, damit ihr nicht die Tränen kamen.

»So kann das nicht bleiben.« Cora erkannte sofort, wie Niki mit sich rang, und holte ein Taschentuch aus ihrer Schürzentasche, in das sich Niki kräftig schnäuzte. Sie würde vor ihren Schwestern nicht die Beherrschung verlieren. Vor allem Claire konnte wochenlang von einer Blamage zehren.

»Wir kriegen das schon wieder hin.« Cora räumte die leeren Teller der beiden jüngeren Mädchen ab, scheuchte sie vor die Tür und öffnete Nikis Reißverschluss. »Zieh das Kleid am besten aus. Dann kannst du auch in Ruhe essen.«

Niki streifte das Kleid ab und stand im Unterrock da, während Cora entschlossen zu Nadel und Faden griff, den Stoffwust auf ihrem Schoß bändigte und auf jeder Seite einen Abnäher anbrachte. »Es ist nicht ganz unsichtbar. Aber rutschen wird es nicht mehr. Behalte am besten so lange wie möglich dein Jäckchen an und bring das Kleid nächste Woche mit einer dicken Beschwerde zur Schneiderin.«

Niki aß auf, bevor sie sich von Cora wieder in ihr Kleid helfen ließ. »Maman hat gar nicht gesagt, dass du gut nähen kannst.«

»Sie weiß das nicht. Und wenn, würde sie sicher nicht wollen, dass sich die Hände einer schwarzen Dienstbotin an deinem weißen Kleid vergreifen. Also verpfeifst du mich besser nicht.«

»Ach, Cora«, sagte Niki beschämt. »Du hast mich so oft gerettet. Du bist meine Helferin in der Not.« Maman hatte es nicht so mit dem Muttersein, und deshalb hatte stattdessen die Köchin Niki, als sie klein gewesen war, auf ihre aufgeschlagenen Knie gepustet und gegen Fieber Wadenwickel gemacht.

»Das ist doch selbstverständlich.« Cora zog sie an ihren üppigen Busen. »Viel Freude auf deinem ersten Ball. Erobere die Welt für mich.«

Pünktlich um 19.30 Uhr kam das Taxi. Niki setzte sich neben ihre Mutter auf die Rückbank. Zu ihrem Kleid trug sie weiße Handschuhe und einen knappen kurzärmeligen Bolero. Ihr Vater André Marie Fal de Saint Phalle nahm auf dem Beifahrersitz Platz, drehte sich um und musterte sie voller Stolz. »Schön siehst du aus, Tochter.«

»Danke.« Niki war froh, dass er vorne und nicht hinten saß, und seine Komplimente konnte er sich sparen. Seltsam. Sie erinnerte sich an Zeiten, da waren sie die allerbesten Freunde gewesen.

»Hat Nicole dir geholfen?«, fragte Jacqueline. »Mit dem zu weiten Oberteil?«

»Alles in Ordnung.«

Mamans Bemerkung mit der Schande ließ Niki keine Ruhe. Insgeheim fragte sie sich, wie es ihr gelingen könnte, wenigsten einen Hauch eines Skandals über die Familie zu bringen. Gegen die Langeweile, die erstickend über allem lag, und das Gefühl, immer die falsche Person am falschen Platz zu sein. Und wenn es nur ein kleiner Schabernack wäre.

Kapitel 2

Die Limousine glitt über die Park Avenue und stoppte vor dem Hotel Waldorf Astoria, der Nummer 301. Obwohl der Weg nicht weit gewesen war, käme es nie infrage, ihn zu Fuß zurückzulegen. Nikis Augen wanderten an der Fassade empor, die sich schier unendlich in den wolkenverhangenen Himmel hob. »Wie hoch ist das? Weiß das jemand genau?«

»42 Stockwerke.« André de Saint Phalle half Frau und Tochter aus dem Taxi und spannte seinen Regenschirm über ihnen auf. Dennoch wäre Niki fast in die nächste Pfütze getreten.

»Es ist das größte Hotel der Welt«, warf Jacqueline ein.

»Es hat sogar einen eigenen Bahnsteig in der Grand Central Station, den bedeutende Gäste über einen unterirdischen Zugang erreichen können«, ergänzte André.

Niki weigerte sich, beeindruckt zu sein. Sie trat flankiert von ihren Eltern ins Foyer, wo sich diese sofort in ein Gespräch mit Bekannten verwickeln ließen, drängte sich durch die Menge und entdeckte im nächsten Raum das Büfett mit seinen Aufbauten aus Schinken, Salaten und frischen Früchten. Das sah alles so gut aus. Ihr knurrte schon wieder der Magen. Sie griff nach einem rosa glasierten Petit Four und steckte es in den Mund.

»Wie kann jemand, der so dünn ist, nur immer so hungrig sein?«

Niki kam das ausgelassene Lachen in ihrem Rücken bekannt vor. Sie fuhr herum. »Jackie! Wahrhaftig, du bist es!« Die Mädchen packten sich an den Schultern und sprangen jauchzend auf und ab. »Sag, wie lange haben wir uns nicht gesehen?«

Jackie Matisse, die Enkeltochter des Malers Henri Matisse, war Nikis Schulkameradin in Brearley gewesen. Sie hatte ein schmales Gesicht und rötlich glänzende, glatte Haare. Sie winkte ihre Freundinnen herbei, die allesamt Ballkleider aus Tüll trugen. Niki nutzte den Moment, um sich ein weiteres Petit Four in den Mund zu stopfen.

Jackie zog sie vor sich, als sie noch mit beiden Backen kaute. »Molly, Beatrix. Das ist Niki de Saint Phalle, meine Komplizin bei allen möglichen Schandtaten. Sie hat es geschafft, von Brearley zu fliegen.«

»Nein, wirklich?«, fragte Molly.

»Doch«, antwortete Niki mit vollem Mund. Es war ein Glanzstück sondergleichen gewesen, denn die Schule galt gemeinhin als progressiv und frauenfreundlich.

»Dir geht ein Ruf voraus, Darling«, flüsterte Jackie.

Die Mädchen musterten Niki mit Respekt. Sie hakten sich unter und gingen zu viert in Richtung des Grand Ball Rooms, aus dem Musik erklang.

»Wie eine Schar bunte, bauschige Flamingos«, kommentierte Niki. »Ich weiß nur nicht, was ich hier soll.«

»Ich schon«, sagte Molly. »Du setzt Maßstäbe, Mädchen. Hier wird heute hart gefeilscht auf dem New Yorker Heiratsmarkt. Für was haben uns unsere Eltern sonst durchgefüttert?«

»Eine große Fleischbeschau für die beste Partie«, stimmte ihr Jackie zu.

Niki kicherte hinter vorgehaltener Hand. »Die Frage ist nur, wie wir trotzdem ein bisschen Spaß haben können.«

»Alkohol«, sagte Jackie düster. »Entweder wir verloben uns gleich oder wir ersäufen unsere Empörung in Gin.«

»Wir sind minderjährig, vergiss das nicht. Hier gibt es für uns keinen einzigen Tropfen«, merkte Beatrix an.

Seite an Seite betraten sie den Ball Room, wo sich die Absolventen mehrerer New Yorker Schulen mit ihren Eltern versammelt hatten.

»Sind das wirklich so viele?«, fragte Niki. Den Mädchen in ihren bunten Ballkleidern stand eine passende Anzahl junger Männer gegenüber. Niki entwickelte leichte Panik, während sie nach ihrem Tanzpartner Ausschau hielt.

»Wen hast du?«, fragte Jackie.

»Keine Ahnung. Maman wollte mir jemanden aus ihrem Bekanntenkreis besorgen.« Niki hob sich auf die Zehenspitzen und hielt Ausschau. Wenn Jacqueline es vergessen hatte, würde sie als Erstes vor Peinlichkeit im Boden versinken und als Zweites Maman erwürgen. Sie atmete erleichtert auf, als ein Junge auf sie zukam, der sich seine dunkelbraune Tolle aus der Stirn strich. »Miss Niki de Saint Phalle?«

Auf ihr Nicken verbeugte er sich vor ihr und hauchte einen Kuss auf ihren Handschuh. »Jeffrey Hennessy«, sagte er. »Sie können mich Jeff nennen.« Die irische Herkunft stand ihm ins Gesicht geschrieben. Neureich, dachte Niki hochnäsig.

»Whisky«, fuhr er fort.

»Aber hier gibt es keinen …« Niki verharrte eine Sekunde, bis sie begriff, dass er vom Beruf seines Vaters sprach. »Investmentbanking.«

»Ich weiß«, antwortete er. »Unsere Väter gehen zusammen golfen. Meiner ist an der Leitung einer irischen Destille beteiligt.«

Er reichte ihr seine Hand. »Kommen Sie? Wir sollten uns zum Gruppenfoto aufstellen.«

Jeff führte sie in Richtung eines Podests am Saalende, um das sich gerade Trauben von jungen Leuten scharten. Der Fotograf, ein blonder Mann im Smoking, hatte die undankbare Aufgabe, fünfzig blasierte Teenager der besseren Gesellschaft abzulichten. Geschickt dirigierte er sie auf ihre Plätze. »Ihr zwei da, hoch mit euch!«

Niki kletterte an Jeffreys ausgestreckter Hand auf das Podest. Sie fühlte sich fehl am Platz, schließlich hatte sie im Gegensatz zu allen anderen Anwesenden ihren Schulabschluss weitab von den Ansprüchen der New Yorker High Society gemacht. *Lächle, Niki! Die Zähne dazu hast du ja zum Glück.*

»So, Moment, Ruhe miteinander … Nicht so griesgrämig! Alle grinsen bitte so professionell wie die kleine Miss in Reihe eins.« Der Fotograf nickte ihr anerkennend zu und verschwand hinter seiner Kamera. »Und jetzt sagen alle miteinander: Spaghetti!«

Das Blitzlicht flammte auf und blendete sie. Niki lächelte unverdrossen weiter, bis sich ihr Gesicht wie eingefroren anfühlte. Der Fotograf machte eine Reihe an Aufnahmen und entließ sie schließlich mit einem Wink seiner Hand.

Jeffrey zog Niki mit sich fort zur nächsten Versammlung. »Auch das noch!«, brummte er. Die Reden waren der nächste langweilige Programmpunkt, den sie hinter sich bringen mussten. Eine Reihe von Schulrektoren wünschte ihnen das Beste für ihren weiteren Lebensweg, sprach von den Möglichkeiten, die sich für sie alle nach dem Ende des Krieges eröffneten, und der Bedeutung der USA in der Welt, zu der sie betragen durften. Niki gähnte.

»Hast du schon Pläne für deine Zukunft?«, fragte Jeff.

»Irgendetwas mit Kunst.«

»Ich gehe aufs College und steige danach in die Firma meines Vaters ein«, sagte er.

»Whisky«, kommentierte sie.

»Du hast es erfasst.« Jeff fehlte der Sinn für ihre subtile Ironie vollkommen. »Aber Kunst ist toll. Frauen dürfen gern in ihrer Freizeit Aquarelle malen, wenn sie sich sonst um den Haushalt und die Kinder kümmern. Das steigert das Ansehen ihres Ehemanns. Ich finde es gar nicht schlimm, wenn sie keinen Beruf haben.«

»Ich schon«, erwiderte Niki so leise, dass er sie wahrscheinlich nicht hören konnte.

Nach dem offiziellen Teil formierten sie sich zur Polonaise, dann zum Wiener Walzer, der tänzerischen Reifeprüfung, die sie locker bestand, Jeffrey aber nur mit einigen Fehltritten auf ihre Füße. Danach folgte ein Potpourri lateinamerikanischer Tänze, das ihn komplett überforderte. Zwischendurch erhaschte sie einen Blick auf ihre Eltern, die am Rande standen und sie beobachteten, ihre Mutter ein blauer Lichtreflex in der Menge, ihr Vater ein schwarzer Fleck im Frack.

Nachdem sie sich müde getanzt und das Büfett leer geräumt hatten, setzten sie sich in die Bar ab, wo sie Jackie und ihre Freundinnen mit ihren Tanzpartnern trafen. Der kleine Raum war rappelvoll und so verraucht, dass man kaum die Hand vor Augen sehen konnte. Aus der Musicbox drang der Big Band Sound von Glenn Miller.

»Endlich bin ich am richtigen Platz.« Niki klatschte vergnügt in die Hände. Sie drängten sich auf die überfüllte Tanzfläche und hatten Spaß. Sogar Jeff wurde lockerer und verrenkte sich unterhaltsam.

Sie hatte sich schon fast müde getanzt, als sie den Blick eines Fremden auf sich ruhen spürte. Erstaunt hob sie den Kopf und begegnete den Augen des jungen Fotografen, der an der Bar stand, ihr zuprostete und sie mit einem affektierten Schwenk seiner Hand heranwinkte. Ein bisschen Schande, dachte sie plötzlich, nur eine Spur, die ihr das Gefühl gab, ihre Unabhängigkeit zu bewahren.

»Entschuldigt mich!« Sie schob sich durch die Menge zur Theke und kam sich furchtbar verrucht vor.

»Da bin ich.«

Der Fotograf sah aus der Nähe nicht mehr ganz so jung aus. Er war mindestens dreißig, trug einen dünnen Oberlippenbart und blonde Koteletten.

»Ich hätte nicht gedacht, dass du dich traust, Süße. Normalerweise fliegen eher die Kerle auf mich, wenn ich nach ihnen winke. Aber mit dir hab ich es trotzdem versucht.«

Niki errötete, obwohl sie keine genauen Vorstellungen davon hatte, was er meinte. »Sie könnten mir zum Trost einen Gin ausgeben.« Zu Hilfe, sie flirtete ja mit dem Mann mit den sonderbaren Vorlieben!

Seine Augenbrauen hoben sich. »Wie alt bist du, Schätzchen? Siebzehn? Du weißt schon, dass du nicht trinken darfst?«

Niki klimperte mit den Wimpern. »Wenn Sie für mich bestellen?«

»Also gut.« Er orderte den Drink, den sie auf ex hinunterkippte. Das klare Gesöff brannte ihr im Hals, landete warm in ihrem Magen und sorgte für einen angenehmen Schwindel.

»Nun denn, jetzt müssen Sie mir auch sagen, weshalb Sie mit mir sprechen wollen.«

Er grinste. »Ich habe euch eben abgelichtet, den ganzen pubertären Haufen hoffnungsvoller Großbürger. Nur eine Einzige hatte die Disziplin, sich halbwegs professionell zu verhalten. Und das warst du.«

Niki lachte ungläubig und leckte den letzten Tropfen aus ihrem Glas. »Sie meinen mein verkrampftes Lächeln? Mir tun jetzt noch die Mundwinkel weh.«

»Oh nein. Dein Lächeln war bezaubernd. Es würde sich gut auf Modefotos machen.«

In diesem Moment geschahen zwei Dinge gleichzeitig. Jeffrey Hennessy löste sich aus der Menge der Tanzenden, um nach ihr zu suchen, und ihr Vater trat durch die Tür der Bar und sah sich um.

»Das Rettungskommando für die unschuldige Schöne?« Der Fotograf reichte ihr einen Kaugummi, das beste Mittel gegen eine drohende Fahne. Niki steckte sich den minzigen Streifen in den Mund.

»Vielleicht entscheidest du dich ja, mich mal zu besuchen. Dann versuchen wir es und machen ein paar Probeaufnahmen. Ich vermittle nämlich Fotomodelle an verschiedene Auftraggeber.« Der Fotograf steckte ihr seine Karte zu. »Und keine Angst, ich werde deine Tugend nicht gefährden. Meine Präferenzen liegen anderswo.« Er verschwand in der Menge. Niki sah ihm verdutzt hinterher und drehte die Karte in ihren Händen.

Jeffrey und André de Saint Phalle erreichten sie gleichzeitig. Als ihr junger Verehrer nach ihrem Arm greifen wollte, wich sie einen Schritt zurück.

»Der junge Mr Hennessy, wenn ich mich nicht täusche.« Ihr Vater schüttelte ihrem Tanzpartner die Hand, bevor er sich Niki zuwandte. »Das Taxi wartet. Wir wollen aufbrechen, Liebes.«

Auf der Stelle verwandelte sie sich in die gehorsame Tochter zurück. »Ich komme, Papa!«

Sie verabschiedete sich höflich von Jeff, der vergeblich versuchte, ein weiteres Date mit ihr zu vereinbaren. Erst im Taxi warf Niki einen Blick auf die Visitenkarte des Fotografen. *David Montgomery, Modefotograf, Modellagentur*, stand darauf, und eine Adresse in Greenwich Village. Sie versteckte sie in ihrer Clutch.

Kapitel 3

Die Nacht neigte sich schon gen Morgen, als Niki sich auf ihr breites Pfostenbett fallen ließ. Es wippte sanft nach, und die goldene Kunstseide ihrer Tagesdecke legte sich glatt und kühl an ihre nackten Schultern. Wenn nur die Blase an ihrem rechten Fuß nicht so brennen würde. Aufgeplatzt, igitt.

Sie streifte ihre Pumps von den Füßen, humpelte zur Tür und schloss sich ein. Lange hatte sie um den Schlüssel gekämpft, den ihre Eltern partout nicht rausrücken wollten. Ein katholisches Mädchen aus bester Familie hatte nichts zu verbergen. Es hatte zu dulden, dass ihr Vater sich plaudernd an ihren Bettrand setzte, und ihre Mutter spätabends ins Zimmer platzte, um Wäsche in den Schrank zu legen und subtile Kontrolle auszuüben. Sogar ihr Schlaf wurde überwacht. Lag Niki im Bett? Hatte sie ihre Hände tadellos auf der Bettdecke gefaltet wie ihre Vorfahrinnen aus den letzten dreizehn Generationen De Saint Phalle? Das war nun vorbei. Niki musste keine unerwünschten Besuche mehr erdulden. Ihr Zimmer war ihr Rückzugsort, an dem sie tun und lassen konnte, was sie wollte.

Oder auch nicht. Zumindest was das Abschminken anging, siegte die eiserne Disziplin, die ihre Mutter ihr beigebracht hatte.

Sie ließ ihr Abendkleid zu Boden gleiten, schlüpfte in ihren karierten Pyjama und setzte sich vor den Frisiertisch voller Tiegel und Flacons. Aus dem Spiegel blickte ihr ein Pandabär mit schwarzen Augenringen und zerzausten Locken entgegen, der sie zum Kichern brachte, bevor sie der Kriegsbemalung mit feuchten Tüchern und Babyöl zu Leibe rückte.

Danach legte sie sich ins Bett und verschränkte die Arme unter dem Kopf. Sterne wären schön, dachte sie und starrte an die leere Decke, über die hin und wieder die Reflexion eines Autoscheinwerfers glitt. Die pulsierenden Lichter der Stadt und das Rauschen des Verkehrs auf der regennassen Park Avenue begleiteten sie in einen unruhigen Schlaf.

Im Traum trat sie aus dem Gartenzimmer von Schloss Huez auf die taunasse Wiese hinaus. Die Statuen auf der Terrasse leuchteten in der Morgensonne, und die Vögel sangen. Es war ein schöner Tag im Juli. Sie war frei. Niki überlegte, was sie heute alles anstellen konnte. Im See schwimmen, Boot fahren, mit ihrem um zwei Jahre älteren Bruder John spielen, der sie immer ärgerte und letztens ins Wasser geworfen hatte? Der Tag lag wie eine goldene Fläche vor ihr, in die allein sie die Muster ritzen konnte. Da nahm sie im Augenwinkel Schwaden von Rauch wahr und fuhr herum. Flammen schlugen aus den Fenstern des Schlosses. In der Tür stand Großmutter Catherine in ihrem weißen Nachthemd mit brennenden Haaren und Ruß im Gesicht. Niki schrie auf und wollte sie ins Freie ziehen, doch ihre Großmutter machte sich von ihr los, trat lächelnd ins Haus zurück und schloss die Tür hinter sich. Schloss Huez explodierte in einem gleißenden Feuerball.

Niki erwachte schweißgebadet und mit wild klopfendem Herzen. Dieser Traum! Warum quälte er sie immer wieder? Der Krieg, in dem Catherine bei einem Feuer in ihrem von der deutschen Wehrmacht besetzten Schloss ums Leben gekommen war, war vorüber. Catherine, die Nikis Vater auch auf seinen dringenden Wunsch hin nicht in die USA begleiten wollte.

Niki wurde das Gefühl nicht los, dass man ihr an ihrem Tod, wie auch an allen anderen Schicksalsschlägen der Familie, die Schuld gab. Sie war das Depressionsbaby. Ihre Mutter hatte sie selbst so genannt.

Nikis Vater war zwar als Sohn eines der ältesten Adelsgeschlechter Frankreichs geboren, aber Großvater Pierre de Saint Phalle hatte die Weitsicht besessen, seine sieben Söhne selbst zu unterrichten und sechs von ihnen nach New York zu schicken, wo sie als Bankiers in der familieneigenen Bank Karriere machen sollten. Doch dann waren sie durch den großen Börsencrash im Jahr 1929 pleitegegangen, und André hatte sein gesamtes Vermögen verloren. Als Niki kurz darauf geboren wurde, brodelte das Unheil unter der heilen Oberfläche ihrer Familie. Wie ein Vulkan kurz vor dem Ausbruch erschien es unwiederbringlich, dass sie irgendwann unter glühend heißer Lava begraben werden würden.

Hinzu kam nämlich auch, dass Jacqueline während der Schwangerschaft mit Niki, die eigentlich den Taufnamen Catherine Marie-Agnès trug, von der Untreue ihres Mannes erfahren und ein Meer von Tränen geweint hatte. Schließlich machten auch die Umstände ihrer Geburt es nicht einfacher. Die Nabelschnur hatte sich zweimal um ihren Hals gewickelt. Hätte der Arzt sie nicht mit einem geschickten Griff geschützt, wäre sie erstickt.

Um ihre Finanzen in Ordnung zu bringen, hatten ihre Eltern Niki und ihren Bruder John in Schloss Huez bei den Großeltern De Saint Phalle untergebracht. Erst Jahre später waren sie in die USA zurückgekehrt, wo sich ihr Vater inzwischen als Börsenmakler etabliert hatte und die Familie nach New York in die East Street und später in die Park Avenue Nummer 1088 zog.

Die Großstadt gefiel Niki. Das Rollschuhlaufen im Central Park, die weichen Milky Ways und Tootsie-Bonbons, die Cora ihr zusteckte, die Wonder-Woman-Comics, der Kinobesuch, den ihre Eltern den Kindern einmal pro Woche erlaubten; all das fand sie toll. Niki liebte Stan Laurel, Oliver Hardy, Groucho Marx und die geheimnisvolle Bette Davis mit den verführerisch umschatteten Augen. Im Hause De Saint Phalle aber herrschte Jacqueline mit hartem Regiment über ihre wachsende Kinderschar.

Bis zum Ausbruch des Krieges waren sie alljährlich mit dem Ozeanriesen über den Atlantik gefahren und hatten faule Sommertage abwechselnd auf Schloss Huez und Schloss Fillerval bei Paris verbracht, wo die Großeltern mütterlicherseits lebten. Wer erfolgreicher war, der bürgerliche Bankier Harper aus Georgia oder der Landadlige Pierre de Saint Phalle aus dem Nièvre, ließ sich am Zustand ihrer Schlösser ablesen. Das Anwesen der Familie Harper war weitaus luxuriöser als die Bruchbude der De Saint Phalles. Um Spielgefährten brauchte sich Niki allerdings nirgendwo zu sorgen. Da ihre Onkels und Tanten als gute Katholiken scharenweise Kinder in die Welt setzten, hatte sie Cousins und Cousinen in Hülle und Fülle.

Die leuchtenden Sommertage endeten mit dem Schulbeginn in New York im Konvent Sacred Heart, wo Niki die Nonnen regelmäßig zur Weißglut brachte. Die Frauen mit den weißen Flügelhauben konnten sich an verwöhnte kleine Comtessen aus Frankreich nicht gewöhnen. Weil Niki sich ihre roten Fleißbändchen selbst kaufte und beim Schönschreiben herumkritzelte, musste sie die Schule schließlich verlassen.

Mit dem Ausbruch des Krieges hörten ihre Besuche in Frankreich schlagartig auf. Ängstlich lauschte Niki bei Tisch den Zahlen der Gefallenen und den Berichten über gewonnene und verlorene Schlachten. Ihre Furcht vor Hitler und dem Naziregime ging so tief, dass John und sie sich in ihren Spielen in Bomberpiloten der Royal Air Force verwandelten und vom 10. Stock aus wassergefüllte Kartons auf den Gehweg warfen. Wenn die Passanten fluchend zur Seite sprangen, kauerten sie sich unter das Fensterbrett und konnten sich vor Lachen nicht halten.

Dann aber streckte das Grauen seine Klauenhände über den Großen Teich. Die Deutschen hatten sich in Schloss Huez verbarrikadiert und Großmutter Catherine aus ihren Räumen in ein Dienstbotenzimmer verbannt. Ohne dass eines ihrer acht Kinder ihr zur Seite stand, starb sie an den Verbrennungen, die sie sich zugezogen hatte, als ihr Morgenmantel am Ofen Feuer fing.

Frankreich und mit ihm Nikis Kindheit verglühten zu Aschefetzen, die der Wind davontrug.

Erneut faltete sie ihre Arme unter dem Kopf und blickte an die Decke ohne Sterne. Warum machte sie sich solche Sorgen? Der Krieg war vorüber. Die Deutschen waren besiegt, Hitler hatte sich in den Kopf geschossen, und sogar im kriegsgebeutelten Frankreich herrschte Frieden. Letztes Jahr war sie mit ihrer Mutter nach Paris geflogen, vierundzwanzig Stunden über dem Meer in einer rumpelnden Maschine, was allein schon aufregend genug gewesen war. Sie hatte die Stadt der Katzen und der Liebe kennengelernt, die nach der deutschen Besatzung langsam aus ihrem Dornröschenschlaf erwachte. Über die Champs-Élysées rollten kaum Autos, und die Frauen malten sich die Nähte ihrer nicht vorhandenen Seidenstrümpfe auf die nackten Waden. Niki schockierte ihre Cousinen, die Halbschuhe mit Socken trugen, mit ihrem schicken Blazer und ihren schmalen, hohen Absätzen und übte das Küssen mit ihrem Cousin Jacques.

Zu viele Erinnerungen strömten auf sie ein. Sie konnte nicht wieder einschlafen und lauschte ihrem schnellen Herzschlag, der laut der Meinung der Ärzte auf eine Überfunktion der Schilddrüse zurückzuführen war. Niki litt auch unter Asthma und war als Kind oft krank gewesen. Wenn es hart auf hart kam, hatte sie ihre Gedanken und Träume in ihre Magic Box gepackt, die als imaginäre Schatzkiste unter dem Bett stand und ihr Zuflucht bot.

Während draußen der Tag erwachte, fragte sie sich, wohin der Weg sie führen würde. John würde studieren und Erfolge nach Hause bringen. Von Niki erwarteten Maman und Papa nach dem bestandenen Schulabschluss nur, dass sie standesgemäß heiratete. Sie erschrak, als ihr der junge Ire einfiel, der ihr auf dem Ball so unmissverständlich den Hof gemacht hatte. Katholisch und gut situiert, wäre er ein durchaus passabler Bewerber. Dass seine Familie ihr Geld mit Hochprozentigem verdiente, war in diesen Zeiten zu verschmerzen. *Nicht mit mir*, dachte sie. Sie würde sich nicht in einen goldenen Käfig sperren lassen wie ihre Mutter.

Stattdessen würde sie weiter Theaterstücke schreiben. Ultramodern und so verrucht, dass ihre Eltern vor Scham vom Stuhl fallen würden, wie bei Nikis erstem Versuch. Mit elf Jahren hatte sie ein Stück geschrieben, in dem ein Gastwirt seine Frau ermordete und als Fleischeinlage im Eintopf servierte. Stolz hatte Niki die Nachbarskinder und ihre Eltern zu ihrer Aufführung eingeladen, bei der sie selbst den kannibalischen Mörder spielte. Ihr Vater hatte sich kaputtgelacht, aber ihre Mutter hatte behauptet, eine kleine Teufelin an ihrem Busen genährt zu haben. Für Niki genügend Ansporn, um weiterzumachen.

Ich werde Regisseurin und Dramaturgin, vielleicht auch Malerin oder Bildhauerin. Auf jeden Fall würde sie ihre Liebe, ihre Angst und ihren Schmerz artikulieren und die Welt verändern. Die Macht, die sich Niki erträumte, wurde Männern in die Wiege gelegt. Frauen mussten sie sich erkämpfen. Aber sie war kampfbereit.

Nikis Clutch lag auf dem Nachttisch. Sie rollte sich aus dem Bett und kramte fieberhaft nach der Visitenkarte des Fotografen. David Montgomery liebte Männer und hatte sich nicht geweigert, ihr ein Glas Gin auszugeben, obwohl sie erst siebzehn war. Niki war sich unglaublich erwachsen vorgekommen. Was, wenn sie sich als Model versuchte und ihr eigenes Geld verdiente? Damit wäre der erste Schritt in die Unabhängigkeit getan.

Kapitel 4

Frühsommer 1943

Es war nach Schulschluss. Die dreizehnjährige Niki lungerte mit ihrer Freundin Jackie Matisse im Hof der Brearley School herum. Sie trugen die Schuluniform, einen dunkelblauen Faltenrock mit einer hellblauen Bluse. Hinter ihnen ragte die hohe Ziegelwand des Schulgebäudes empor und strahlte Hitze ab. Über den East River glitten träge Schleppkähne.

Vordergründig nutzten sie die Situation, um zu rauchen. In Wirklichkeit aber schmiedeten sie finstere Pläne. Jackie sah sich um, als könne jederzeit ein Lehrer hinter einer Mauer hervorspringen wie der sprichwörtliche Teufel aus der Kiste.

»Und du willst das wirklich durchziehen?« In ihrer Stimme lag eine Mischung aus Bewunderung und Abscheu.

»Aber sicher.« Niki war froh, in Brearley ihre Freundin Jackie wiedergetroffen zu haben. Niki hatte das vorwitzige Mädchen vor dem Krieg auf dem Ozeandampfer nach Europa kennengelernt.

Sie pustete Jackie blauen Rauch ins Gesicht. »Hier ist niemand außer uns. Es droht keine Gefahr.« Es hatte lange gedauert, bis sie nach einem Zug nicht mehr husten musste. Sie drückte ihre Zigarette in einem Blumenkübel aus und kam sich sehr erwachsen vor. »Ich mache mich unsterblich damit.« Das hier würde ihr Meisterstück als Bühnenbildnerin werden.

»Und ich?« Jackie strich sich nervös die roten Haare hinter die Ohren.

»Du musst nur Schmiere stehen. Ist die Luft rein?«

Jackie sah sich nach allen Seiten um. »Niemand da.«

»Gut so.« Niki kniete sich neben ihren Farbkübel, zog den Deckel ab und rührte die leuchtend rote Farbe um, bis sie genau die Konsistenz hatte, die sie brauchte, dickflüssig wie Blut. Sie roch nach Lösungsmittel und Freiheit. Genüsslich tauchte Niki ihren Pinsel ein und strich ihn am Rand des weißen Kanisters ab.

Jackie beobachtete sie ungläubig. »Wie kannst du dich nur trauen?« So frech sie auch tat, ihre Streiche gingen über einen klingelnden Wecker im Unterricht und eine tote Maus in der Tasche der Rektorin nicht hinaus. Nikis Untaten schon.

»Warum nicht?« Heute würden die Statuen der griechischen Göttergestalten im Hof dran glauben müssen. »Apollo wird mit einem roten Feigenblatt vor dem …« Sie konnte nicht mehr aufhören zu kichern.

»Schwanz?«, vollendete Jackie errötend.

»Genau! Er wird viel besser aussehen.« Niki nahm ihren Kübel und ging auf die marmornen Götterbilder zu, die in Pose auf ihren Sockeln standen. Kontrapost und so, alle in ebenso herausfordernder wie langweiliger Nacktheit. Ihnen fehlte es eindeutig an Farbe. Und das Beste war, dass sie sich nicht wehren konnten, weil sie aus Stein bestanden. »Du versteckst dich am besten hinter einer Mauer, Jackie.«

»Aber was, wenn sie dich rauswerfen?«

Niki biss sich nervös auf die Lippe. »Das werden sie schon nicht. Sie wollen doch, dass wir progressiv sind.«

»Und wenn doch …?«

»Na wenn schon.« Langsam bekam Niki Angst vor ihrer eigenen Courage. Aber zugeben würde sie das nicht. Sie wollte ihrer Freundin zwar imponieren, die sich hinter einem Vorsprung neben dem Eingang versteckt hatte und wahrscheinlich zitterte wie Espenlaub. Doch ihr wurde klar, dass sie sie nicht noch tiefer in ihre Schandtaten hineinziehen durfte.

»Aber wir lieben Brearley«, rief Jackie mit ihrer glockenhellen Stimme über den Hof.

»Das tun wir.«

Nach ihrem Rauswurf aus der Klosterschule Sacred Heart hatten ihre Eltern Niki auf der renommierten Privatschule für Mädchen angemeldet. In Brearley legte man Wert auf die Erziehung von Frauen und machte ihnen Mut, ihr Leben selbst in die Hand zu nehmen. »We believe in girls' intellect« lautete das Motto der Schule. Niki schätzte sehr, dass man hier nicht ständig beten und seine Sünden bereuen musste.

In Brearley ging man auf ihre Begabung für die Kunst und das Theater ein. Sie schrieb ein Stück über die Hexen von Endor und spielte in »Agamemnon« von Euripides die Königin Klytämnestra. Dennoch provozierte sie, wo immer sie konnte. Sie lachte zu laut, um ihre Schüchternheit zu verbergen, zappelte herum und hatte allerhand Ticks, mit denen sie die Lehrer in den Wahnsinn trieb. Es kam vor, dass die Schulleitung ihre Eltern zweimal in der Woche einbestellte, weil sie es nicht lassen konnte, im Unterricht Unsinn zu treiben. Niki wusste selbst nicht, warum sie sich nicht benehmen konnte.

Und dennoch würde sie heute die Feigenblätter bemalen, weil sie sonst so langweilig waren. Zuerst kam Apollo an die Reihe. »Guten Abend, schöner Mann.« Niki kleckste Farbe auf die entsprechende Stelle. Danach war Merkur dran, an dessen Fersen Flügel klebten. Zuletzt widmete sie sich Dionysos und Mars. Die Farbe, leuchtend und lebendig, tropfte auf den Boden. Niki war so in ihre Arbeit versunken, dass sie nicht bemerkte, wie sich jemand lautlos von hinten näherte.

»Hab ich dich!« Es war die Schulleiterin Miss Prescott selbst, die Niki an den Ohren auf die Beine zog.

»Aua!«

Niki, die groß und dünn für ihr Alter war, kämpfte verbissen. Sie schlug um sich, strampelte wie eine Katze und trat, so dass Miss Prescott Mühe hatte, sie festzuhalten. Schließlich standen sie sich atemlos und zerzaust gegenüber, Niki und die Schulleiterin mit ihrem nicht mehr ganz so tadellosen blonden Knoten, den blauen Augen, der Perlenkette und dem Twinset aus hellgrüner Merinowolle. Niki mochte sie; ja, Jackie und sie schwärmten sogar ein bisschen für sie.

»Warum hast du das getan, Niki?« Miss Prescott machte eine große Geste, die die ganze Bescherung umfasste.

Niki errötete, als sie sah, dass nicht nur die Feigenblätter vor den edelsten Teilen der Statuen in einem leuchtenden Himbeerrot erstrahlten. Die Farbe hatte auf den Götterbeinen hässliche Streifen hinterlassen und sogar den Fliesenboden beschmutzt. Das würde Ärger geben, gewaltigen Ärger. »Sieht doch eigentlich ganz prima aus.«

Sie sah sich verstohlen um. Von Jackie keine Spur.

Die Schulleiterin schüttelte den Kopf. »Bei der Beschädigung fremden Eigentums hört der Spaß auf. Was soll ich nur mit dir machen, Niki?«

»Nichts.« Sie zog sich an den sicheren Ort in ihrem Innern zurück, der ihr Schutz bot, und schwieg.

Die Lehrerin schüttelte den Kopf und musterte sie. »Doch. Das wird Konsequenzen haben. Es tut mir sehr leid, denn du bist wirklich begabt. Aber du musst doch einsehen, dass ich ein solches Verhalten nicht dulden kann. Du hast keine Komplizin gehabt, oder?«

Niki schüttelte den Kopf.

»Warte hier!«

Niki rührte sich nicht vom Fleck, bis Miss Prescott Hut und Mantel geholt hatte, um sie nach Hause zu begleiten. Der Weg war nicht weit. Im Nu standen sie vor ihrem Wohnblock. Niki sah seufzend an der Fassade empor und versuchte zu verbergen, dass ihr das Herz in die Hose rutschte. Mr Walter, der Portier in seiner blauen Uniform, zog die Augenbrauen hoch, als er sie erkannte. Sie durchquerten das Foyer und stiegen in den Aufzug, der sich ratternd in Bewegung setzte. Um Miss Prescott nicht ins Gesicht sehen zu müssen, starrte Niki auf das Gehäuse aus Metall, das sie in den 10. Stock transportieren würde.

»Diese Zerstörungswut … Warum erfasst sie dich immer wieder?«, versuchte es die Schulleiterin von Neuem. Der Aufzug hielt klappernd an.

»Ich habe nichts zerstört.« Niki stieg aus und blieb sogar stur, als sie sah, dass ihre Mutter sie an der offenen Wohnungstür erwartete.

»Treten Sie ein, Miss Prescott. Und du, Niki, gehst sofort auf dein Zimmer!«

Niki tat, was sie verlangte. Stundenlang lag sie da, drückte ihren Plüschaffen an sich und dachte an ihre imaginäre magische Box, die unter dem Bett stand. In ihr sammelte sie alles, was sie aufheben wollte. Aus den Erinnerungen baute sie sich einen Schutzwall aus Glück, den Schmerz und Leid nicht durchdringen konnten.

Sachbeschädigung. Warum war ihr nicht klar gewesen, dass sie mit ihrer Aktion zu weit ging? Weil jede Grenze dazu da war, dass man sie durchbrach? Sie hatte etwas Bleibendes schaffen wollen, bunt und schön und schrecklich zugleich. Es geschieht mir recht, dachte Niki. Sie war an allem schuld.

Nach einer Weile merkte sie, dass sie nur noch mit Mühe atmen konnte. Oh nein, nicht auch noch das! Es war keine Einbildung und keine Metapher für den goldenen Käfig, in dem sie feststeckte. Es war der erste Asthmaanfall seit Langem. Sie spürte, wie sich ihr langsam Kehle und Brust zuschnürten, bis sie das Gefühl hatte, zu ersticken. Niki setzte sich aufrecht, zog die Knie heran und versuchte zu atmen. Aber sie schaffte nur noch winzige Atemzüge, Japser, rang nach jedem bisschen Luft. Panik erwachte in ihr. Sie hatte nicht einmal mehr die Kraft, um nach unten zu gehen und ihre Mutter um Hilfe zu bitten.

Eine Ewigkeit später klopfte es. Cora trat mit einem Tablett in der Hand ein, auf dem das Abendessen stand. Niki lag zusammengerollt auf der Seite.

»Miss Niki!« Die Köchin stellte das Tablett ab, stürzte zum Bett und zog Niki an sich.

»Alles wird gut.« Cora strich ihr das verschwitzte Haar aus dem Gesicht, trug sie zum Fenster und stieß es auf. Es hatte geregnet. Frische Luft drang in den Raum, die sich feucht und süß auf ihre Atemwege legte.

»Atme langsam. Einatmen, ausatmen.«

Niki versuchte es. »Ich will nicht sterben.« Ihre Stimme war nur ein Hauch.

»Das wirst du nicht. Warum hast du nicht gerufen?«

»Ich konnte nicht«, flüsterte sie.

Cora setzte sie auf das Fensterbrett und verständigte Nikis Mutter, die den Arzt rief. Eine halbe Stunde später gab Dr. Johnson ihr eine Spritze. Als das Ephedrin durch ihre Adern rann, holte sie erleichtert Luft und schlief ein.

Auch ohne Stubenarrest hätte Niki in den nächsten Tagen nicht aus dem Haus gehen können. Sie schlief viel, aß alles, was Cora ihr brachte, las Comics und zeichnete Monster. Am späten Nachmittag des dritten Tages fühlte sie sich kräftig genug, um an der Teestunde im Esszimmer teilzunehmen, wo sie neben Jacqueline auch ihre Großtante Joy antraf.

Die Damen saßen am gedeckten Tisch, vor sich das chinesische Geschirr mit den zierlichen Tassen und Tellern. Es gab Tee mit Gurkensandwiches und Kaffee für Niki, dem eine heilsame Wirkung bei Asthma nachgesagt wurde. Sie aß nur wenig und hoffte, dass das Donnerwetter nach ihrer Krankheit zahmer ausfallen würde.

Nachdem das Dienstmädchen die leeren Platten und Tassen abgetragen hatte, brach es dennoch über sie herein. »Was soll ich nur mit dir machen?« Jacqueline hob verzweifelt die Hände. »Du weißt, dass Brearley als liberale Schule gilt. Es gibt so viele kreative Möglichkeiten dort, und die Rektorin fand dich zuerst so vielversprechend und begabt. Aber genau diese Liberalität ist der Grund, warum sie so deutliche Grenzen setzt. Die hast du mit deinem Streich gesprengt.«

Dagegen gab es nichts zu sagen. Niki sank auf ihrem Stuhl zusammen und schwieg. Warum waren sie nicht in der Lage, sie zu verstehen?

»Aber Jacqueline. Siehst du nicht, wie umwerfend komisch Nikis Streich ist?« Tante Joy zwinkerte Niki ermutigend zu. »Sie hat die Feigenblätter der griechischen Statuen rot bemalt. Das wird in die Annalen der Schule eingehen.«

»Ein fragwürdiges Glanzstück.« Jacqueline schüttelte den Kopf. »Die Komik hält sich in Grenzen, da wir für die Reinigung des Schulhofs und der Figuren aufkommen müssen.« Sie seufzte. »Ach, Niki. Warum kannst du nicht wie andere Mädchen sein? Warum musst du dich immer danebenbenehmen?«

»Werfen sie mich raus?« Niki bereute zutiefst, was sie getan hatte. Sie wollte Brearley nicht verlassen, wo sie zum ersten Mal Freundinnen gefunden hatte und man sie nicht gleich kritisierte, wenn sie im Kunstunterricht immer den gleichen Baum in die gleiche Ecke ihres Blattes malte.

Jacqueline hob den Blick. »Miss Prescott empfiehlt uns, einen Psychiater zu konsultieren.«

Angst erwachte in Niki. »Haltet ihr mich für verrückt?«

»Aber nicht doch, Mädchen.« Tante Joy blickte von Tochter zu Mutter. Ihre ondulierten grauen Locken saßen wie festgeklebt an ihrem Kopf. »So ein Unsinn.«

Jacqueline brachte sie mit einer Handbewegung zum Schweigen. »Wir waren zu lax mit dir, Niki. Aber jetzt wollen wir dir helfen.«

Also stimmte es. *Ich bin für sie ein Dämon, den sie austreiben müssen.* Niki wollte nicht verrückt sein. »Und? Lasst ihr mich wegsperren? Das macht man doch mit Irren.«

»Davon kann keine Rede sein«, schnappte Tante Joy.

Jacqueline schüttelte den Kopf. »Nein. Papa möchte das nicht an die große Glocke hängen und die Idee mit dem Psychiater am liebsten vergessen.«

»Na klar«, sagte Niki höhnisch. Der gute Ruf der Familie stand auf dem Spiel. Verrückte brachten Schande, darum hielt man sie am besten unter Verschluss. »Und was stellt ihr euch stattdessen vor?«

Ihre Mutter holte tief Luft. »Am besten wäre es, wenn du für kurze Zeit verschwinden würdest, bis Gras über die Sache gewachsen ist. In Brearley ist für dich nach dem Vorfall jedenfalls kein Bleiben mehr. Wir werden dich auf einem Klosterinternat anmelden.«

»Aber das kannst du doch nicht machen, Jacqueline«, protestierte Tante Joy.

»Und ob ich kann.« Wenn Jacquelines Blicke hätten töten können, wäre es für ihre Tante in diesem Moment übel ausgegangen.

»Darf ich aufstehen?« Niki rutschte vom Stuhl.

Als Jacqueline nickte, verließ Niki den Raum so stolz und aufrecht sie konnte. Ihre Eltern wussten, wie sehr sie Sacred Heart gehasst hatte, und setzten sie ein weiteres Mal dem Schrecken einer kirchlichen Erziehung aus, noch dazu im Internat. Nicht mit ihr. Sie würde sich nicht beugen und die Nonnen das Fürchten lehren.

Nach den Sommerferien begann für Niki das Schuljahr im Kloster in Suffern, New York. Es kam, wie es kommen musste. Sie eckte an. Sie schaffte es zwar mühelos, mit ihren verrückten Ideen zur Königin ihres Dreibettzimmers aufzusteigen, doch im Unterricht erging es ihr weniger gut. Nach einigen Wochen warfen ihr die Nonnen eine lange Liste von Verfehlungen vor, darunter Todsünden, die ihr die ewige Verdammnis einbringen konnten, wenn sie sie nicht ordentlich abbüßte. Gelächter und Streiche, Anmaßung, Hochmut, Ungehorsam, Eitelkeit und Völlerei, weil sie gerne aß, obwohl man es ihr nicht ansah. Die Nonnen widmeten sich ihr mit Geduld und Strenge. Sie gehörte zu den Kindern, die als hoffnungsloser Fall und Prüfung Gottes für den Konvent galten. Die Strafen waren Extraküchendienst und Hiebe auf die Handflächen, um die bösen Geister auszutreiben.

Es war ein sonniger Novembertag, als Schwester Ermintrud Niki in die Kirche zerrte und auf die Kniebank vor dem Marienfenster drückte. »Drei Rosenkränze betest du für die unkeuschen Liebesbriefe, die du auf den Fensterbänken deponiert hast. Untersteh dich, vorher aufzuhören!«

Niki grinste. Die Liebesbriefe hatte sie selbst geschrieben. Es war fast zu leicht gewesen, die Schwester mit der Erwähnung des Wortes »Penis« gehörig auf die Palme zu bringen.

Aber drei Rosenkränze waren eindeutig zu viel. Schon ein einziger zog sich über eine Dreiviertelstunde hin. Das machte? Niki zählte die Dauer an ihren Fingern ab und erschrak. Es war so kalt in der Kirche, dass ihr der Atem weiß vor dem Gesicht stand. Bevor sie mit den verlangten hundertfünfzig Ave-Marias fertig sein würde, war sie entweder erfroren oder an einem Asthmaanfall erstickt.

»Am besten, du fängst sofort an.« Schwester Ermintruds Gesicht war gerötet, die Haube festgezurrt. Obwohl Niki die Schule seit mehreren Monaten besuchte, wusste sie nicht, welche Haarfarbe sich darunter verbarg.

»Bitte den Heiland um Vergebung für deine Sünden, Marie-Agnès. Tue Buße. Du hast es nötig. Und rühr dich nicht vom Fleck.« Nachdem sie ihr einen Rosenkranz in die Hand gedrückt hatte, flog Schwester Ermintrud davon wie ein großer, schwarzer Vogel.

Niki ließ die Perlen durch ihre Finger gleiten und lauschte der Stille. Beten kam auf keinen Fall infrage. Kurz entschlossen drehte sie sich um, setzte sich mit angezogenen Beinen auf die Kniebank und betrachtete die Wände, auf die das Licht der Glasfenster rote und blaue Reflexe zeichnete.

Dann ließ sie die Augen über das sonnendurchflutete Gewölbe bis hin zum Fenster mit der Darstellung der Sieben Schmerzen Mariens wandern. Es zeigte ein großes Herz, das von Pfeilen durchbohrt wurde. Tropfen aus gläsernem Blut flossen in einer dekorativen Rinne in Richtung der Bleirahmen. Mater Dolorosa.

Sie wandte den Blick zum Hochaltar, über dem das große Kruzifix hing. Man hatte ihr erzählt, dass der Heiland für ihre Sünden gestorben war. Wie zum Beweis prangte auf seiner Brust rot die Lanzenwunde, und unter der Dornenkrone quollen weitere Blutstropfen hervor. Die Glasfenster strotzten von den Darstellungen der Märtyrer, die ihr Leben Gott geopfert hatten. Da war Sebastian, der von Messern und Pfeilen durchbohrt wurde, oder, Niki schauderte, Laurentius, den seine Verfolger auf dem Grillrost gebraten hatten. Überall ging es um Schuld, Opfer und Verzicht. Weshalb nur bestand Gott darauf, den Menschen das Leben schwer zu machen?

Die Kirche war so ohne Freude. »Vernichte deine Bedürfnisse«, rieten ihnen die Nonnen im Unterricht, wenn sie sie nach dem Kern des Christentums fragten. Katholische Frauen hatten keine Ansprüche zu stellen, sondern gehorsam zu sein wie Maman, die tunlichst übersah, wenn Papa fremdging. *Nicht mit mir!* Niki nahm sich fest vor, eines Tages die Macht für sich zu beanspruchen, die den Männern von ganz allein zufiel.

Seitlich des Langschiffs reihten sich Beichtstühle mit dunklen Vorhängen aneinander. Ihr graute es schon bei der Vorstellung, wieder vor dem finsteren Gelass warten zu müssen. »Ich habe gesündigt durch meine Schuld, durch meine große Schuld«, begann der Spruch, den sie aufsagten, wenn sich der Priester hinter dem dunklen Gitter rührte. »Wenn du lügst, sündigst du erneut«, hatte er sie neulich gewarnt. Natürlich hatte Niki bei der Aufzählung ihrer Sünden geschummelt und würde es wieder tun.

Unruhig sah sie zur Decke. Die Zeit verstrich so langsam. Sicherheitshalber kniete sie sich hin, bevor Ermintrud sie erwischen konnte, und rutschte unbehaglich hin und her. Ihre Knie wurden taub, und ihr Rücken verkrampfte sich. *Gott, wo bist du, wenn ich dich brauche?* Es war leichter, ihm daheim auf dem Balkon zu begegnen, mit dem rosa Morgenhimmel über sich und der erwachenden Stadt zu ihren Füßen, als an diesem düsteren Ort. Niki liebte Gott von ganzem Herzen, doch zwischen »weit weg« und »nicht da« lag nur ein schmaler Grat.

Als Schwester Ermintrud sie schließlich auf die Füße zog, taumelte sie vor Erschöpfung.

»Stell dich nicht so an! Ich hoffe, du hast getan, was ich dir aufgetragen habe?«

Niki log aus Selbstschutz. Dann aber konnte sie nicht widerstehen und musste Ermintrud provozieren. »Ich werde Atheistin«, kündigte sie an.

»Wie bitte?« Schwester Ermintruds Gesichtszüge entgleisten. Sie war so vorhersehbar. Niki hätte beinahe gelacht, ließ es aber lieber bleiben. »Wie kann Gott das alles zulassen? Diese ganze Ungerechtigkeit? Frauen, arme Leute, Schwarze … ich habe manchmal das Gefühl, er vergisst sie.« Mich, hätte sie am liebsten hinzugefügt.

Ermintrud wurde vor Entsetzen ganz blass. »Das meinst du nicht ernst.«

»Wer weiß? Sie können ja einen – wie heißt das – Exorzisten hinzuziehen.«

Die Nonne bekreuzigte sich, raffte ihr Gewand und floh aus der Kirche. Niki folgte ihr langsam. *Gott,* dachte sie kämpferisch. Glaub ja nicht, dass ich dich vergesse. Ich werde dich suchen, mein Leben lang. Und irgendwann werde ich dich finden.

Sie hielt im Kloster die Stellung, bis man sie wieder einmal der Schule verwies. Danach meldeten sie ihre Eltern auf der Oldfield School in Maryland an, wo sie wider Erwarten ihren Abschluss schaffte.

Kapitel 5

»Ich werde Fotomodell.« Nikis Blick traf sich herausfordernd mit dem ihrer Mutter.

»Nur über meine Leiche!«

Elisabeth und Claire duckten sich erschrocken unter Jacquelines gellender Stimme. Sie wussten, was nun kam; sie waren an Mamans Zornausbrüche gewöhnt, die ihren Kindern schon mal mit der Haarbürste ins Gesicht schlug.

Es war der Montagmorgen nach dem Ball. Die Familie saß beim Frühstück am großen Tisch im Esszimmer; Jacqueline, John, der später nach Princeton zurückkehren würde, Niki und ihre Schwestern. Richard wurde in der Küche abgefüttert. Ihr Vater war schon zur Arbeit gefahren und musste sich Nikis unverschämtes Ansinnen nicht anhören.

Weil sich Stil laut Maman auch im Alltag ablesen lasse, frühstückten sie kontinental mit dem guten Porzellan und dem Tafelsilber. Der Tisch war mit der silbernen Kaffeekanne, einer Karaffe mit Orangensaft, einem Brötchenkorb, Butter in einer Silberdose und mehreren Schälchen mit Marmelade gedeckt. Die Mädchen achteten darauf, vornehm zu essen und die linke Hand neben den Teller zu legen, denn Maman konnte bei Verstößen sehr ungehalten werden. Heute jedoch ging sie nicht wegen ihrer schlechten Manieren in die Luft.

Niki setzte sich aufrecht, bereit, ihrer Mutter offen Paroli zu bieten. In Jacquelines verspiegeltem Esszimmer war alles picobello und liebevoll dekoriert. Auf der Anrichte standen Vasen, die sie mit Damaszenerrosen und gefärbtem Wasser gefüllt hatte. Aber wenn ihre Mutter glaubte, die Dinge im Griff zu haben, irrte sie sich. Die Spiegel an der Wand gaben Nikis Bild hundertfach zurück; das einer Rebellin, die gegen die Regeln aufbegehrte. »Du hast mir überhaupt nichts zu sagen. Ich mache so oder so, was ich will.«

Jacqueline schnaubte empört. »Natürlich kann ich dir das verbieten, Niki. Fotomodell? Dass ich nicht lache. Bilder von dir werden in der Öffentlichkeit kursieren. Oder schlimmer noch … Soldaten hängen sie sich in ihren Spind. Die Leute werden sich über uns das Maul zerreißen. Das ist ungehörig.«

»Du hast ja nur Angst, dass mich dann niemand mehr heiratet«, sagte Niki eisig. »Aber wenn du glaubst, ich und dieser Hennessy …« Man hätte eine Stecknadel zu Boden fallen hören, so leise wurde es. Claire und Elisabeth lauschten atemlos. Die *New York Times* raschelte, als John darin blätterte.

»Hennessy? Von dem spreche ich doch gar nicht«, entgegnete Jacqueline pikiert. »Er ist der Sohn einer Bridgefreundin von mir. Ich habe sie nur gefragt, damit du bei deinem ersten Ball nicht leer ausgehst.«

»Niki sieht toll aus. Sie kann ruhig Model werden«, mischte sich Elisabeth ein.

»Halt den Mund, du vorlautes Ding!« Jacqueline rang die Hände. Am Tisch der De Saint Phalles galt die sehr französische Regel, dass man Kinder am besten weder hören noch sehen sollte. »Sag du doch auch mal was, John!«

Nikis Bruder faltete sorgfältig seine Zeitung zusammen. »Lass Niki das doch ausprobieren, Mutter. Ein paar Fotos schaden ihrem guten Ruf bestimmt nicht. Und außerdem wird sie es doch sowieso tun.« Er zwinkerte Niki zu, die dankbar nickte. Es war nicht selbstverständlich, dass er ihr beisprang.

»Fallt mir nur alle in den Rücken.« Jacqueline seufzte und gab nach.

Claire und Elisabeth kicherten leise. John hatte den Familienfrieden gerettet, und Niki würde wie immer bekommen, was sie wollte.

»Also gut«, sagte Jacqueline. »Sieh dir dieses Fotostudio an und berichte mir ausführlich, was dir der Fotograf zu bieten hat. Aber die letzte Entscheidung liegt bei Papa und mir.«

»Danke, danke.« Niki flitzte aus dem Zimmer, bevor ihre Mutter es sich anders überlegen konnte.

Eine halbe Stunde später stand sie atemlos vor der Subway-Station an der 51st Street, dem Kreuzungspunkt der Bahnen im Süden Manhattans. Sie hatte den Weg entlang der schnurgeraden Park Avenue im Laufschritt zurückgelegt. Es regnete. In ihrem Tweedjackett, dem Faltenrock und der Baskenmütze war sie entschieden zu leicht gekleidet für den feuchten Novembertag. Fröstelnd zog sie sich ihren gestreiften Schal fester.

Die Park Avenue, gelegen zwischen dem Central Park und dem East River, war eine der teuersten Adressen New Yorks. In den luxuriösen Wohnblocks lebten betuchte Leute, die die Subway nur nutzten, wenn der Chauffeur nicht da war und keine Taxis zur Verfügung standen. Niki wollte es anders machen. Ganz bewusst wollte sie in die bunte Menschenmenge der Stadt eintauchen und alle Eindrücke aufnehmen. Sie kaufte eine Fahrkarte, stieg in den Zug nach Greenwich Village und setzte sich auf eine der Bänke längsseits des Waggons.

Von gegenüber schauten ihr dunkle Gesichter unter schief sitzenden Strickmützen entgegen. Die Frau mit den halb herabgezogenen Strümpfen erinnerte Niki an ihre Köchin Cora. Sie war mindestens ebenso dick. Vielleicht hatte sie die ganze Nacht geputzt und sah deshalb so stumpfsinnig drein? Niki versuchte ein Lächeln, aber die Fremde wich ihrem Blick aus.

Sie teilte die Ressentiments ihrer Klasse gegen Schwarze nicht. Dazu hatte sie Cora viel zu gern, mit der sie eine geheime Freundschaft verband. Doch damit stand sie in ihrer Familie allein. Selbst ihre geliebte Großtante Joy, sonst ihre Freundin und Komplizin bei Streichen aller Art, griff im Café entschlossen nach ihrem Karamelleisbecher und wechselte den Raum, sobald ihr Afroamerikaner zu nahe kamen.

Der Zug rumpelte durch ausgedehnte Tunnel, kreuzte hell erleuchtete Stationen, spuckte Fahrgäste aus, sammelte neue ein und erreichte schließlich Greenwich Village. Niki fragte sich bis zu David Montgomerys Adresse in der Franklin Street durch. Er wohnte in einem roten Backsteinbau mit Säuleneingang. Skeptisch blickte sie an der Ziegelfront empor, die ihr malerisch erschien, war sie doch die schlichten, aber majestätischen Wohnblocks an der Park Avenue gewohnt. Die Haustür stand offen. Als Niki eintrat, drängte sich ein dunkelhaariger junger Mann im Unterhemd an ihr vorbei und suchte panisch das Weite. Verdutzt blickte sie ihm hinterher.

»Verdammter Gigolo! Glaub ja nicht, dass ich dich zurücknehme«, tönte es von oben. »Treuloser Betrüger!«

Ein paar Kleidungsstücke, ein Sakko, ein Wollpullunder und ein schäbiges Hemd segelten über das Treppengeländer ins Foyer und landeten zu Nikis Füßen auf dem Boden. Von oben hörte sie ein Geräusch, das wie ein Schluchzen klang. Hatte sich da gerade Mr Montgomerys Lover davongemacht? Perfektes Timing, um bei ihm aufzukreuzen, dachte sie.

»Mr Montgomery, ich bin's.«

»Wer?«

»Niki, das Mädchen vom Ball.« Sie spürte, wie ihr Selbstvertrauen sich in Luft auflöste. Am liebsten wäre sie wieder gegangen.

»Komm hoch!«

David Montgomery erwartete sie vor seiner Tür im dritten Stock. Seine Augen waren gerötet, sein Hemd zerknittert, sein blondes Haar zerzaust. »Ach, du bist es tatsächlich.«

»Komme ich ungelegen?«

»Aber nicht doch. Ich habe nur nicht mit dir gerechnet.« Er machte eine einladende Bewegung mit der Hand. »Tritt ein in mein bescheidenes Reich. Dann komme ich wenigstens auf andere Gedanken.«

Niki folgte ihm in einen großen Raum, der sowohl als Fotostudio als auch als Wohnzimmer diente. Er war nur provisorisch eingerichtet. Neben dem Fotobereich gab es ein Matratzenlager voller bunter Kissen und einen Esstisch, auf dem Reste des Frühstücks und ein paar Bierflaschen standen. Vor der Wand lagen die Scherben eines Kaffeebechers in einer braunen Pfütze.

Während Montgomery verschwand, um sich, wie er sagte, präsentabel herzurichten, streifte Niki durch das Loft und ließ ihre Hände über die Fotoausrüstung gleiten. David Montgomery besaß mehrere Kameras der Marke Leica sowie eine Canon auf einem Stativ. Dazu gab es verschiedene Lichtschirme und eine Leinwand, die sicher als Hintergrund diente. Als der Fotograf zurückkam, trug er ein weißes Hemd und eine schwarze Hose. Sein blondes Haar hatte er mit Wasser aus dem Gesicht gekämmt. »Wie war noch mal dein Name?«

»Niki de Saint Phalle.«

Er pfiff durch die Zähne. »Höre ich richtig? Klingt das nach altem französischem Adel? Nicht schlecht für deine Karriere. Du willst nicht zufällig Schauspielerin werden?«

Niki riss die Augen auf. »Nein, oder vielleicht ja, doch. Aber wenn dann im Theater.«

»Also gut.« Montgomery nahm eine Leica von der Ablage und legte einen Film ein. »Wenn du willst, machen wir gleich ein paar Probeaufnahmen von dir für eine Setcard. Noch nicht für die endgültige. Für die müsstest du etwas gestylter sein, aber zumindest eine provisorische, um zu sehen, was du draufhast.«

»Eine was?«

Montgomery seufzte. »Da habe ich es wohl mit einer blutigen Anfängerin zu tun. Eine Setcard ist eine Art Fotobuch, in dem deine Auftraggeber sehen können, was sie von dir zu erwarten haben.«

»Ohhh.« Niki ging das alles viel zu schnell.

Montgomery musterte sie. »Du hast wohl nicht gewusst, worauf du dich einlässt?«

Ertappt. Sie spürte, wie sie errötete. »Doch«, log sie.

»Für mich ist diese Fotostrecke ebenfalls wichtig. Ich sehe daran, wie du und die Kamera harmonieren. Von Samstag habe ich diesbezüglich ein gutes Gefühl, aber das möchte ich gern bestätigt sehen. Bist du dazu bereit?«

Als Niki bejahte, warf er ihr eine Haarbürste zu. »Das ist doch nicht dein Ernst, wie du aussiehst. Frisiere dich noch mal richtig.«

Niki fuhr sich durch ihre dunkelblonden Locken und posierte danach für Aufnahmen aus verschiedenen Richtungen, frontal, im Profil und mit einem charmanten Blick über die Schulter. Zum Schluss schmerzten ihre Augen vom Blitzlicht, und ihr Gesicht war kalt und starr.

»Nicht schlecht«, sagte Montgomery schließlich. »Angst vor der Kamera hast du zum Glück nicht. Dann wollen wir mal sehen.«

Er verschwand in seiner Dunkelkammer. Niki wartete eine Ewigkeit, bis er zurückkam, die Krümel vom Frühstück beiseitefegte und die Abzüge auf den Tisch legte.

Sie schluckte aufgeregt. »So sehe ich aus?« Wer war dieses strahlend schöne Mädchen, das ihr von den Fotos entgegenblickte? »So glamourös?«

»Da staunst du, was?« Montgomery lachte. »Aber das bist du. Die Fotos zeigen deine natürliche Anmut und Eleganz. Fast scheint es, als würdest du mit der Kamera flirten.«

»Wirklich?« Niki konnte es kaum glauben. Die unmögliche Tochter der Familie De Saint Phalle glänzte auf den Aufnahmen wie ein Filmstar.

Montgomery nickte. »So eine Ausstrahlung suchen wir Fotografen. Sie ist selten genug. Und dein Name mit dem Prinzessinnenflair – da träumen die Leute von Schlössern und Prinzen auf weißen Pferden.«

»Pah«, machte Niki. »Wenn sie die Wahrheit kennen würden.«

»Wer braucht die schon?« Montgomery goss sich einen Whisky ein und trank. »Möchtest du einen Gin?«

»Nein, danke. Und was kann man mit Modeaufnahmen verdienen?« Bei Niki herrschte immer Ebbe im Portemonnaie, denn beim Taschengeld waren ihre Eltern äußerst knauserig. Es wäre schön, wenn sie sich ihre geliebten Bonbons und den nächsten Kinobesuch leisten konnte, ohne John anpumpen zu müssen. Und ihren Lieblingsnagellack. Letztens hatte sie davorgestanden und überlegt, ob sie ihn nicht einfach mitgehen lassen sollte.

Er lachte. »Du bist ein zielstrebiges Persönchen. Zuerst nicht viel. Aber später, wenn du mit den Großen der Branche arbeitest, so um die 25 Dollar pro Stunde.«

Niki riss angesichts dieser immensen Summe die Augen auf. »Und Sie meinen, das klappt?«

Er lächelte sein Haifischlächeln. »Wenn ich dich vertrete und du weiter so strahlst, auf jeden Fall.«

In diesem Moment klingelte es an der Tür. Montgomery blickte irritiert auf.

»Ist das …?«, fragte Niki.

»Rizzi? Mein Lover, der arme Sünder, der Besserung gelobt. Möglicherweise … Du gehst dann mal besser, damit ich ihn in Ruhe verschlingen kann.« Er drückte auf den Türöffner. »Komm nächste Woche wieder. Dann machen wir weitere Aufnahmen. Und Niki?«

»Ja?« Sie stülpte sich gerade die Mütze über die Locken.

»Deine Eltern sind doch einverstanden mit dem, was du da tust? Monsieur le Comte und die dazugehörige Madame la Comtesse?«

»Aber sicher.« Niki wandte sich zur Tür, damit David ihr Erröten nicht bemerkte.

Manchmal musste sie die Rose, die das Glück ihr anbot, nur annehmen. Sie tanzte die Treppe hinunter, mindestens so begeistert wie Ginger Rogers in den Armen von Fred Astaire, und stieß im ersten Stock mit dem jungen Mann zusammen, den David Montgomery kurz zuvor rausgeworfen hatte. Niki sah in dunkle, lang bewimperte Augen, die sie überrascht musterten.

»Hoppla.« Er hielt sie einen Moment lang an den Armen fest.

»Bonjour, Gigolo!«, gab sie frech zurück, doch da war er schon zielstrebig die Treppe hinauf verschwunden.

Niki hatte sich geirrt, was ihre Mutter betraf. Statt ihr weiterhin Steine in den Weg zu legen, begleitete Jacqueline sie zum nächsten Termin nach Greenwich Village, streifte elegant ihre sündhaft teuren, rehledernen Handschuhe von den Fingern, unterzog die Wohnung in der Franklin Street einer intensiven Musterung und handelte für Niki die besten Konditionen aus. Bevor sie, Niki im Schlepptau, wieder aus dem Studio stolzierte, drückte Montgomery ihr einen Kuss auf den Handrücken. »Meine Hochachtung, Madame.«

»Warum machst du das?«, fragte Niki, als sie vor dem Haus auf das Taxi warteten. »Du fandest mein Vorhaben doch ungehörig.« Sie kämpfte gegen ihre Enttäuschung an. Ein Stück weit hatte ihr Jacqueline durch ihre Einmischung die mühsam erkämpfte Freiheit wieder streitig gemacht.

Nikis Mutter tippte ihr lässig mit den Handschuhen vor die Brust. »Das Modellstehen ist vielleicht gar nicht so schlecht. Wenn du es wirklich auf die Titelseite der *Vogue* schaffst, wissen zumindest alle, wie hübsch du bist.«

Niki schluckte eine empörte Antwort hinunter. Jacqueline erwartete, dass sie durch das Modeln ihren Marktwert steigerte, ja, dass sie zu einer Trophäe wurde, mit der sich ein potenzieller Ehemann schmücken konnte. *Nicht mit mir. Ich ziehe das allein durch und nur für mich.* Aber vielleicht erhoffte sich Jacqueline ja, dass ein wenig von dem Glanz auf sie abfärben würde, wenn Niki für *Vogue* und andere Blätter modelte.

In den nächsten Wochen konnte sie nur knapp verhindern, dass ihre Mutter sie zu ihren ersten Aufträgen begleitete. Als sie im Sommer für *Harper's Bazaar* posierte, hatte sie gelernt, dass Modeln weniger mit Glanz und Glamour, aber viel mit harter Arbeit zu tun hatte. Nie zuvor war sie abends so müde ins Bett gefallen.

Kapitel 6

Herbst 1948

Niki fuhr mit dem Zug nach Princeton zu ihren Großeltern mütterlicherseits. In der Villa der Harpers hatte sie nach ihrem Rauswurf aus Sacred Heart ein Jahr lang gelebt, war dort zur Schule gegangen und hatte Reitstunden genommen. Ihre beste Zeit. Sie genoss den Aufenthalt dort noch immer.

Indian Summer. Der Zug ratterte durch eine Landschaft voller rostroter Wälder und abgeernteter Maisfelder. Sie betrat ein Abteil und ließ sich auf einen freien Platz in einem Vierersitz fallen. Ihr gegenüber saß ein junger Mann, der seinen dunklen Schopf in ein Buch gesteckt hatte. Niki packte ihr Brot aus und biss hinein; Putensalat mit Gurke und Mayonnaise, die man kaum davon abhalten konnte, seitlich herauszuquellen. Wahrscheinlich hatte sie zu genüsslich geschmatzt, denn der junge Mann blickte auf. Sie ließ das Sandwich sinken und putzte sich geistesgegenwärtig mit der Serviette über beide Wangen.

»Niki?«

»Harry?«

War er es wirklich? Niki war als Teenager heftig in Harry Mathews verliebt gewesen. Er war ein Freund ihres Bruders John und stammte ebenfalls von der Upper East Side. Seine Familie fiel unter die Kategorie »erstklassiges blaues Ostküstenblut«.

Harry hörte nicht auf, sie anzustarren. »Du bist aber hübsch geworden«, sagte er versonnen.

Sofort war es um Niki geschehen. Du auch, hätte sie am liebsten geantwortet, aber kein Wort kam über ihre Lippen. Harry war groß und dunkelhaarig und hatte die hohe Stirn eines Denkers. Als ihre Augen sich begegneten, war es wie ein Versprechen auf ewig. Da fehlte nur der Engelschor, der nie dann erklang, wenn man ihn erwartete.

Harry war ein Jahr älter als Niki. Schon mit vierzehn hatte er überragend gut ausgesehen. Zum ersten Mal war sie ihm auf einer Poolparty begegnet, wo er mit John am Beckenrand gesessen hatte, während sie mit gewagten Sprüngen ins Wasser gehüpft war. Alles nur, um seine Aufmerksamkeit zu erregen. Aber Harry hatte sie ignoriert. Wahrscheinlich hatte er nach den älteren Mädchen Ausschau gehalten. In den Jahren darauf traf sie ihn gelegentlich bei Konzerten, die er mit seiner Mutter besuchte. Auch dort beachtete er sie nicht, weshalb sie sich darauf verlegte, sich über seine Pickel lustig zu machen. Diese Begegnung im Zug war daher ein umso größeres Wunder. Niki glaubte zu träumen.

»Wo fährst du hin?«, fragte sie.

»Nach Princeton. Ich studiere da.«

»Wie John?«

»Ja, wir treffen uns hin und wieder.«

»Und was liest du?«

Er hob mit leichtem Widerstreben sein Buch. *Seneca – De Vita beata*, stand auf der Frontseite.

Niki riss die Augen auf. »Auf Lateinisch?«

Er nickte bestätigend. »Im Original.«

Sie war beeindruckt. Er erschien ihr unglaublich gebildet. Eilig zog sie ihre Kurzgeschichten von Edgar Allan Poe aus der Tasche.

»Auch nicht schlecht«, sagte er anerkennend.

Sie unterhielten sich während der Fahrt über alles Mögliche, ihre Familien, ihre Berufsziele und gemeinsame Bekannte. Niki erzählte ihm, dass sie als Fotomodell arbeite, diesen Job aber auf keinen Fall auf Dauer machen wolle. Selbst das Schweigen, das ihre Gesprächspausen erfüllte, war angenehm. Harry hatte die Absicht, Musik zu studieren. Niki wusste, dass er ein Einzelkind war, der Vater ein erfolgreicher Architekt, die Mutter eine fanatische Musikliebhaberin.

»Wann sehen wir uns wieder?«, fragte er, als der Zug in den Bahnhof von Princeton einlief. Niki strahlte. Nicht ob, sondern wann, lautete die Frage.

Sie sprang auf den belebten Bahnsteig. »Ruf mich an!«

Harry lachte und schulterte seinen Koffer, nachdem er ebenfalls aus dem Zug gestiegen war.

»Da bist du ja, mein Engel.« Großmutter Jeanne kam auf sie zu, küsste sie auf die Wange und zog sie in Richtung des Taxis, das schon vor dem Bahnhof wartete.

Harry hob unmerklich die Hand und verschwand in der Menge.

Während der nächsten Tage konnte sich Niki kaum auf das Leben in Princeton konzentrieren, das so viel leichter als zu Hause war. Ihre Großeltern verwöhnten sie und ließen ihr weitaus mehr Freiraum als Jacqueline. Zwei Tage wartete Niki auf Harrys Anruf, in denen sie vor Sehnsucht verging und sich der Anziehung zwischen ihnen immer weniger sicher wurde. Als das Telefon schließlich doch klingelte, stolperte sie über den Teppichrand und verhedderte sich prompt in der Schnur. »Ja?«

»Ich bin's, Harry.« Er klang genauso verlegen, wie sie sich fühlte. »Ich wollte dich fragen, ob wir uns treffen könnten. In meinem Studentenwohnheim steigt morgen Abend eine Party.«

»Ich werde kommen.« Niki atmete tief durch. *Ich träume*, dachte sie. John de Saint Phalles rebellische Schwester hatte ein Date mit Harry Mathews, den alle Mädchen mit offenem Mund anhimmelten, wenn er nur vorbeiging.

Als sie am nächsten Abend mit schweißfeuchten Händen am Wohnheim ankam, erwartete er sie schon an der Tür.

»Da bin ich«, sagte sie.

Wie es sich für einen vollendeten Gentleman gehörte, nahm er ihr den Mantel ab, bevor er nach ihrer Hand griff und sie durch alle Etagen führte. Niki war nicht klein, aber neben Harry, der sie um einen ganzen Kopf überragte, fühlte sie sich wie ein Püppchen. Es herrschte Highlife. Sogar im Treppenhaus tanzten die Leute zu Swing- und Jazzplatten. In der Küche gab es Drinks und Knabbereien. Niki entschied sich für eine Cola mit einem Schuss Whisky. Harry sah sie prüfend an. »Du bist erst siebzehn, oder?«

»Ja, aber einen winzigen Schluck wirst du mir doch wohl gönnen.« Niki zwinkerte ihm zu. Sie konnte ihm ja schlecht erzählen, dass sie sich Mut antrinken musste, um dieser Situation standzuhalten.

Die laute Musik ließ ihnen keine andere Wahl, als sich ins Getümmel auf der Tanzfläche zu stürzen, wo »Don't fence me in« von Bing Crosby und den Andrews Sisters gespielt wurde. Sie tanzten zuerst, ohne sich zu berühren, dann aber legte er mutig den Arm um sie, und sie spürte, wie sich eine süße Mischung aus Scheu und Erwartung in ihr regte. Es war ein Wunder. Nicht einmal mit Jacques hatte sie sich so gefühlt.

Ein paar Drinks brachten Harry dazu, ihr von seinen Träumen zu erzählen. »Ich will so schnell wie möglich weg von zu Hause.«

Niki war überrascht. »Wohin?«

»Egal, nur weit genug muss es sein«, murmelte er über die Swingklänge hinweg in ihr Haar.

»Ich bin in Frankreich so gut wie zu Hause.«

Er sah sie voller Neid und Bewunderung an und ihr Herz schlug augenblicklich schneller. »Wie schön. Du bist eine Weltenbürgerin.«

Um Mitternacht standen sie vor dem Wohnheim und warteten auf Nikis Taxi. Harry zog sie an sich und küsste sie zuerst sanft, dann immer fordernder auf den Mund. Sie streckte sich und legte ihre Arme um seinen Nacken. Zum Glück hatte Niki mit Jacques geübt, so dass sie nicht ganz unerfahren war. Hitze durchströmte sie, als er mit seinen Lippen ihren Mund öffnete. In ihr erwachte ein Verlangen, das ihren ganzen Körper durchglühte. Harry schien es ähnlich zu gehen. Er ließ sie erst los, als das Taxi um die Ecke bog. »Wann sehen wir uns wieder?«

»Wann immer du willst.«

Von da an trafen sie sich jeden Tag, zuerst in Princeton, dann in New York. Niki war nicht nur von Harrys draufgängerischer Art bezaubert, sondern auch von seinem Intellekt. Er sammelte Wissen wie andere Leute Münzen oder Briefmarken und las altgriechische und lateinische Texte im Original.

Eines Abends standen sie Hand in Hand vor dem Haus in der Park Avenue 1088. Harry küsste sie gerade zum Abschied, als Niki hinter sich ein Kichern vernahm und aus dem Augenwinkel ihre Schwestern mit der Nanny um die Ecke biegen sah. »Ich muss gehen.«

Sie löste sich vorsichtig aus Harrys Armen, sprintete hinter den anderen her, verpasste jedoch den Aufzug, nahm die Treppe und stürmte in den Salon, als Claire ihrer Mutter gerade brühwarm von ihrer Entdeckung erzählte.

»Niki hat einen Freund.«

Jacqueline hob die Augenbrauen. Ihr fragender Blick traf Niki, die atemlos in der Tür stand. »Wer ist es?«

Claire und Elisabeth lauschten mit offenem Mund.

»Harry Mathews. Du kennst ihn.« Niki sah, wie Jacqueline fieberhaft nachdachte. Wahrscheinlich addierte sie sein Vermögen, seine Herkunft und die Reputation seiner Familie zu einer Summe, deren Ergebnis dem Wert ihrer ältesten Tochter zu entsprechen hatte. Niki wartete mit pochendem Herzen ab. »Lade ihn doch am Sonntag zum Essen ein«, schlug Maman schließlich vor.

Niki sagte erleichtert zu. Es war klar, dass ihre Eltern ihn unter die Lupe nehmen wollten, bevor sie ihr offiziell gestatteten, sich regelmäßig mit ihm zu treffen.

Am folgenden Sonntag saß Niki mit Jacqueline, André, Harry und John vor einem mehrgängigen französischen Menü. Obwohl sich Harrys Umgangsformen mit denen der De Saint Phalles messen konnten, war er sichtlich nervös.

Nikis Vater tupfte sich nach dem vorzüglichen Rehbraten den Mundwinkel ab. »Und was wollen Sie beruflich erreichen, junger Mann?«

Niki horchte auf. Das Verhör hatte begonnen. Sie fand ihre Eltern so peinlich, dass sie sich nicht verkneifen konnte, mit den Zähnen zu knirschen.

»Ich möchte Musik studieren und Dirigent werden.«

»Wirklich?« Jacqueline schien der spektakuläre Beruf zu gefallen. »Vielleicht werden Sie ja berühmt? Muss man da Aufnahmeprüfungen bestehen?«

»Es ist sehr anspruchsvoll«, beeilte sich Niki zu sagen.

Harry errötete bis über beide Ohren. »Es geht schon. Aber das hat noch Zeit. Zuerst gehe ich zum Militär. So wie mein Vater zur Navy.«

André de Saint Phalle nickte. »Dann lassen Sie sich von Ihren Zielen nicht abbringen, junger Mann, und du, Niki, verdreh ihm nicht zu früh den Kopf.«

Niki schnaubte in ihr Glas, hielt aber den Mund. Lass dir kein Kind anhängen, hieß das im Klartext.

»Sie werden sich schon anständig benehmen«, sprang ihnen John bei. »Außerdem ist Harry kein Unbekannter, sondern ein Freund. Ich lege für ihn meine Hand ins Feuer.«

»Das hat auch niemand bezweifelt, mein lieber John.« Jacqueline klingelte und orderte bei ihrem Dienstmädchen die Käseplatte. »Außerdem ist unsere Niki theaterbegeistert. Da passt so ein Dirigent doch.« Niki verdrehte die Augen. Wahrscheinlich sah Jacqueline sich schon in Abendrobe an Opernbällen in Europa teilnehmen.

Als sich die Tischrunde aufgelöst hatte, konnte Niki kaum glauben, dass Harry das Aufnahmeritual bestanden hatte. Der Dispens galt allerdings nicht für den Austausch von Zärtlichkeiten. Sie hatten sich gerade knutschend auf dem Sofa in ihrem Zimmer breitgemacht, als es an ihre Tür klopfte. »Niki, mach bitte auf!«

Widerstrebend löste sie sich von Harry, sprang auf Strümpfen zur Tür und drehte den Schlüssel im Schloss. Ihr Vater steckte seinen windhundartigen Kopf durch den Spalt und musterte Harry, der blitzschnell nach einem Buch griff.

»Was macht ihr denn zusammen auf dem Sofa, Niki?«, fragte André misstrauisch.

»Du siehst doch, wir lesen«, sagte sie schulterzuckend.

»Bleibt gesittet, ich bitte dich. Sonst darf dich Harry nicht besuchen.«

»Jaja.« Niki knallte die Tür hinter ihm zu, drehte sich zu Harry um und stampfte mit dem Fuß auf.

»Der kann einem ganz schön die Stimmung verderben«, sagte er.

Niki ballte eine Faust. »Ich schwöre dir, nie hat man in dieser Familie seine Ruhe. Entweder machen die Kleinen Rambazamba oder meine Eltern wollen etwas von mir.«

Den Nachmittag verbrachten sie mit John und seiner Plattensammlung und drehten die Musik so laut auf, dass sie über den Flur schallte. Nur Claire und Elisabeth, die für Harry schwärmten, platzten alle zwei Minuten herein.

Eine Woche später trafen sie sich zum ersten Mal mit Harrys Eltern. Sie hatten sich in einem Wiener Kaffeehaus nahe des Central Parks verabredet, wo das Ehepaar Mathews wirkte, als gehöre es zum gediegenen Inventar. Niki ging nicht ohne Scheu in diese Begegnung. Harry entstammte einer alteingesessenen Familie von der Ostküste. Nach amerikanischen Verhältnissen war sein Blut blauer als ihres.

Seine Mutter Mary war die Tochter des Universitätsprofessors Henry Burchell, der seiner Tochter die Liebe zu den schönen Künsten von Kind an mitgegeben hatte. Vermutlich hatte Harry seine natürliche Begabung für Musik und Sprachen von ihr geerbt. Harrys Vater Edward, genannt Teddy, war ein erfolgreicher Architekt und als Teilhaber von Skidmore, Owings & Merrill einer der Planer des Rockefeller Centers. Die Familie gehörte eindeutig zur High Society, doch ihre gesicherte Stellung machte zumindest Harrys Mutter nicht duldsamer. An diesem Nachmittag trug Mary Mathews einen Fuchspelz um den Hals, den sie auch bei Tisch nicht ablegte.

Bei Sachertorte und Café mélange war Niki dankbar für die guten Manieren, die Jacqueline ihr als Kind eingebläut hatte. Sie konnte gar nicht anders, als formvollendet zu essen, sich geziert den Mund abzuputzen und ihre Hand neben ihrem Teller abzulegen. Dennoch schienen sie nicht nur die starren Glasaugen des Fuchses missbilligend zu mustern.

Unauffällig kontrollierte Niki ihre Bluse. Aber nein, es hatte sich kein Krümel darauf verirrt, und alle Knöpfe befanden sich an Ort und Stelle.

»Der Adel ist so typisch europäisch, dass er sich in den USA nicht behaupten wird, oder was meinst du, Harry?«, begann Mary Mathews. »Überhaupt, diese alten, europäischen Familien. Haben die nicht über Jahrhunderte hinweg viel zu oft untereinander geheiratet?«

Harry verschluckte sich an seiner Sachertorte und hustete. Niki klopfte ihm sanft den Rücken. Bevor Mr Mathews seine Frau unterbrechen konnte, die etwas von »schlechtem Blut« faselte, antwortete sie: »Mir ist meine Herkunft herzlich egal.«

»So war das nun auch nicht gemeint, junge Dame«, erwiderte Mrs Mathews pikiert. »Was denken Sie sich überhaupt dabei, sich so jung zu binden? Und was sagen Ihre Eltern dazu? Im Grunde sind Sie doch noch ein Kind und haben sich als solches zu verhalten.«

Irritiert blinzelte Niki in Richtung des Fuchspelzes. Hatte er nicht eben zwei spitze, weiße Eckzähne gezeigt?

»Sie sind Katholikin, oder?«, fragte Mary.

Niki bejahte das leise. Harry war Protestant. Sie hatte nicht gewusst, dass ihre Konfession eine Rolle spielte.

Keine zehn Minuten später schoben Harrys Eltern einen Termin vor und verabschiedeten sich. »Und überhaupt. Sie arbeitet als Model«, raunte Mary ihrem Mann entrüstet zu, als das Paar sich zwischen den voll besetzten Tischen hindurchschlängelte. Niki atmete erleichtert auf.

»Die ist ja kälter als ein Eisberg vor Grönland. Was hat sie nur gegen mich?«

»Du nimmst ihren Platz bei mir ein.« Harry beugte sich vor und küsste sie über die krümeligen Kuchenteller hinweg.

»Dein Mund ist viel süßer als diese blöde Sachertorte«, fand sie.

Er setzte sich wieder. »Das kenne ich schon. Mom hat keine meiner bisherigen Freundinnen akzeptiert.«

Niki schluckte. »Aber das kann doch wohl nicht ihr Ernst sein. Erwachsene Söhne ziehen irgendwann aus, werden selbstständig und haben eine Freundin. Ja, sie heiraten sogar.«

»Meine Mutter hat andere Pläne mit mir«, sagte er düster. »Sie will, dass ich erst einmal ledig bleibe und mich mit vierzig für eine reiche Frau entscheide. Harry, der Lebemann, dem die Herzen zufliegen.«

»Was? Das ist doch vollkommen verrückt! Ödipus pur.«

Niki war die Vertrautheit zwischen Harry und seiner Mutter schon aufgefallen. Harry war ein Muttersöhnchen der Sonderklasse, das man aus seiner Verstrickung befreien musste. Obwohl es Niki nicht leichtfiel, fand sie sich damit ab, dass sie niemals gut genug für Mary Mathews sein würde. Denn so angepasst Niki und Harry in Gesellschaft taten, so faustdick hatten sie es hinter den Ohren, sobald ihre Familien nicht hinsahen.

Im Winter verlegten sie sich aufs Bücherklauen, was sie als eine Art Mutprobe verstanden. Es war ein feuchtkalter Tag kurz vor Weihnachten. Schwere Wolken hingen über Manhattan. Es schneite. Die Flocken verwandelten sich auf dem Asphalt in bräunlichen Schneematsch, durch den sich der Verkehr hupend und spritzend seinen Weg bahnte. In den Straßen drängten sich Passanten, die ihre letzten Einkäufe vor dem Fest erledigten. Santa mitsamt seines Gespanns blickte ihnen von den Plakatwänden entgegen, und aus jedem Lautsprecher tönten Weihnachtslieder. Bing Crosbys »White Christmas« kam Niki schon wieder zu den Ohren heraus.

Als ihr der Duft von gerösteten Maronen in die Nase stieg, kaufte sie eine Portion bei einem Straßenhändler mit rußendem Grill. Niki wärmte sich an ihrer heißen Tüte die Hände, als Harry aus der Buchhandlung gegenüber trat und ihr triumphierend einige Comichefte entgegenhielt. »Umsonst«, raunte er ihr stolz zu und angelte sich eine Marone.

»Verbrenn dir nicht den Mund.« Niki drückte ihm die Tüte in die Hand. »Gut. Ich mag Wonder Woman. Die lese ich heute Nacht, wenn du nicht bei mir bist. Aber jetzt zeige ich dir, was ich draufhabe. Und wehe, du isst alle auf.«

Niki atmete tief durch. Der Reiz des Verbotenen prickelte in ihrem Nacken.

Als sie das Geschäft betrat, rauschte das Blut in ihren Ohren. Zwischen den dicht gestellten, überquellenden Regalen war es erstickend warm, so dass Niki in dem weiten Nerzmantel zu schwitzen begann, den sie von ihrer Mutter geliehen hatte. In diesem Aufzug würde ihr niemand irgendwelche Schandtaten zutrauen. Wie eine solvente Kundin auf der Suche nach einem Geschenk zog sie mal hier mal da ein Buch aus dem Regal, um darin zu blättern. Als eine Verkäuferin sie nach ihren Wünschen fragte, versicherte sie ihr mit einem charmanten Augenaufschlag, dass sie nur stöbern wollte. Schließlich erreichte sie den hinteren Teil des Geschäfts, in dem sich in großen Glasschränken die wahren Schätze verbargen. Niki wurde schnell fündig. Mit einem gezielten Griff zog sie eine Erstausgabe von Gustave Flauberts *Madame Bovary* heraus und ließ sie unter ihrem Mantelaufschlag verschwinden. Sie verabschiedete sich mit einem freundlichen Lächeln, verließ den Laden, trat auf Harry zu und zog das Buch hervor. »Da bleibt dir die Spucke weg, oder?«

Harry nahm das Buch und war sprachlos. »Das ist …?«

»Eine Erstausgabe, was sonst?« Niki lachte triumphierend. »Ich schenke sie dir.«

Harry sah sich um, als würde sich gleich ein Großaufgebot an Polizisten auf sie stürzen. »Niki! Bist du vollkommen verrückt geworden?« Er packte sie am Arm, zog sie einen Block weiter, richtete seine Augen auf das schmale Stück schneegrauen Himmels über der Häuserschlucht und seufzte. »Du bist unmöglich, Niki.«

»Hab ich jemals etwas anderes behauptet?« Als sie ihn küsste, schmeckte sein Mund nach heißen Maronen. »Ich bin die geborene Unruhestifterin und überhaupt nicht kompromissfähig. Wozu auch? Dazu ist das Leben viel zu kurz.«

Es verging kein Tag, an dem sie sich nicht trafen, und schon bald konnten sie ihre Finger nicht mehr voneinander lassen. Schließlich wollten sie »es« tun. Doch Sex zu haben, erwies sich als schwierig. Das Kino war der einzige Ort, an dem sie Zärtlichkeiten austauschen konnten. Manchmal kamen sie eng umschlungen aus dem verdunkelten Saal und suchten händeringend eine Möglichkeit, um das Begonnene fortzusetzen. Im Park erregten sie zu viel Aufsehen. Nach Harrys Bemerkung, sie seien ja schließlich keine Eichhörnchen, kringelten sie sich unter den Bäumen vor Lachen, und noch mehr, als Niki vorschlug, sich mit Tannenreisig zu tarnen.

Schließlich entschlossen sie sich, ihr erstes Mal bei Harry zu Hause am gediegenen Beekman Place zu haben. Dort tobten zumindest keine drei kleinen Gören durch die Wohnung, und Harrys Mutter besaß nicht Jacquelines bluthundartige Instinkte. Entgegen kam ihnen auch, dass Mary Mathews jeden Nachmittag ausging. So blieb ihnen für ihr waghalsiges Vorhaben ein gewisses Zeitfenster.

Nikis Herz pochte, als Harry den Schlüssel in der Tür drehte und sie über die Schwelle trug. »Du bist so federleicht. Bist du dir wirklich sicher?«

»Aber ja! Ich bin wild auf dich, das weißt du doch. Ich will, du willst, wir wollen.« Sie gestand ihm nicht ein, wie lange sie es schon ausprobieren wollte. In Maryland hatte man sie wegen der Verbreitung pornographischer Schriften beinahe von der Schule geworfen. Und sie nahm Jacques noch immer übel, dass er sich als wahrer Kavalier aufs Küssen beschränkt hatte.

Harry lachte nervös, als er sie in den ersten Stock hinaufzog und die Tür zu einem geräumigen Zimmer aufstieß, in dem ein Doppelbett mit einer seidenen Bettdecke stand.

»Du willst es wirklich im Schlafzimmer deiner Eltern tun?« Niki ließ sich auf den Bettrand fallen. Das Bett wippte nach. »Ganz schön dreist.«

Er setzte sich neben sie. »Sie schieben mich hin und her wie eine Schachfigur und bestimmen über mein Leben. Zumindest in dieser Sache sollen sie keine Macht über mich haben.«

»Also gut. Zumal ich dich ja im Sturm erobert habe. Ich bin deine Herrscherin.« Niki schubste ihn auf das Bett und setzte sich rittlings auf ihn.

»Du verlierst keine Zeit«, stöhnte Harry.

»Warum sollte ich?«

Sie verhedderten sich beim Abstreifen von Bluse und Hemd kichernd in Knöpfen, Haken und Reißverschlüssen, und knieten schließlich nackt voreinander auf der Bettdecke.

»Du bist so schön. Kein Wunder, dass sich die Fotografen um dich reißen.« Harrys Verlangen war ihm deutlich anzusehen. Niki vermied den Blick auf sein erigiertes Glied. Nicht, dass sie doch noch Angst vor ihrer eigenen Courage bekam. Es im Haus von Harrys Eltern zu tun, war eine verrückte Idee. Sie sollten sich lieber beeilen, bevor seine Mutter zurückkam.

»Es ist auch für mich das erste Mal.« Harry errötete.

»Das habe ich nicht gewusst.« Niki biss sich auf die Lippe. Also hatten sie beide keine Ahnung von dem, was als Nächstes kam.

Er drehte sich zur Seite, riss mit den Zähnen ein Tütchen auf und streifte ein Kondom über. Niki legte sich auf den Rücken. Als er ihre Beine spreizte und in sie eindrang, fühlte sie sich trocken und wund. Dennoch begann er, sich sachte in ihr zu bewegen und stöhnte mehr und mehr, bis er sich in ihr verlor und zusammensackte. Fast hätten sie im Eifer des Gefechts überhört, wie sich im Erdgeschoss die Haustür öffnete.

»Harry«, flüsterte Niki alarmiert. »Da ist jemand.«

Dann fiel die Tür unten ins Schloss. Mary Mathews war früher als erwartet zurückgekehrt und würde sich wie eine Harpyie auf die Frau stürzen, die es gewagt hatte, ihren Sohn zu entjungfern. Mit einem Fluch sprang Harry vom Bett und streifte sich seine Hose über. »Versteck dich!« Er hüpfte beim Anziehen auf einem Bein auf und ab und stolperte über seine eigenen Füße.

»Aber wo?« Geistesgegenwärtig raffte Niki ihre Kleidung zusammen.

»Schnell!« Er schob sie ins Bad seiner Eltern und polterte die Treppe hinab. Unten begrüßte er seine Mutter so überschwänglich, dass Niki ihn unmöglich überhören konnte. Sie verließ das Bad, schlüpfte in Windeseile in ihre Kleider und lauschte. Sie konnte sich zwar keinen Reim darauf machen, aber das Gespräch drehte sich ausgerechnet um Hunde. Nach kurzer Zeit fiel die Tür hinter Mary Mathews ins Schloss, und Harry kehrte zu Niki zurück, ein triumphierendes Grinsen im Gesicht. Sie küsste ihn erleichtert.

»Mom ist weg«, sagte er. »Mindestens für eine Stunde, so dass wir in Ruhe verschwinden können.«

»Zumindest hat sie uns nicht in flagranti erwischt. Aber sag mir, warum habt ihr über Hunde geredet?«

Harry zog sie auf seinen Schoß und begann, an ihrem Ohrläppchen zu knabbern. »Ich könnte dich gleich noch einmal vernaschen.«

»Untersteh dich.« Niki entzog sich ihm.

»Sie will schon lange zwei Pudel haben. Ausgerechnet heute hat ihr eine Bekannte ein Pärchen vorgeführt, das ihr gefallen hat. Ich riet ihr, sie sofort zu kaufen. Schließlich könnten sie morgen schon weg sein.«

Harry zwinkerte Niki schelmisch zu, und sie spürte, wie unbändige Heiterkeit in ihr aufstieg wie die Kohlensäure in den Dosen von 7 Up. Sie prusteten los, fielen rücklings auf das Bett und konnten nicht aufhören zu lachen. Niki rang nach Luft. »Pudel«, japste sie. »Pudel!«

Dass Niki und Harry Sex gehabt hatten, blieb Nikis Familie nicht lange verborgen. Niki, die glaubte, man müsse ihr die Veränderung an der Nasenspitze ansehen, berichtete leichtsinnig einer guten Freundin ihrer Mutter davon, von deren Verschwiegenheit sie überzeugt war. Sie ahnte nicht, dass ausgerechnet diese Dame gerade die Favoritin ihres Vaters war und es ihm brühwarm weitererzählen würde. André informierte Jacqueline, die sich daraufhin mit Harry traf und ihm die Zusage abrang, Niki ein halbes Jahr lang nicht anzurühren. Zähneknirschend akzeptierte Harry ihre Forderung. Zur selben Zeit ließ er sich von seinem Studium in Princeton beurlauben und trat in die Navy ein. Zu den Marines pflegte sein Vater als Offizier der Reserve die Art besondere Beziehung, die auch seinem Sohn den Weg ebnete. Niki ahnte nicht, dass Harry mit diesem Schachzug begonnen hatte, ihrer beider Leben zu planen.

Kapitel 7

»Das Titelbild des *Life*-Magazins ist deine große Chance.« David Montgomery schaltete die Scheinwerfer ab, die das Atelier in weißes Licht getaucht hatten. Mit einem Schlag wurde es finster in dem Raum, obwohl draußen die Frühlingssonne schien.

»Ich weiß nicht recht.« Niki saß am Tisch und rauchte. Sie hatte stundenlang in der Kollektion eines bekannten New Yorker Modeateliers posiert und legte ihre schmerzenden Füße auf dem Stuhl gegenüber ab.

Rizzi kam mit einem Tablett voll dampfender Kaffeetassen und stellte eine vor ihr ab. »Das kannst du dir unmöglich entgehen lassen, Süße. Du wirst von Arnold Newman fotografiert. Der versteht sein Geschäft. Sorry, David. Damit könntest du dir einen Namen machen.«

Rizzi kochte den Kaffee auf italienische Art. Stark. Niki nahm eine Tasse und trank einen Schluck der schwarzen, bitteren Brühe.

»Bin ich denn okay?« Niki verstand sich nicht als typisches Fotomodell. Weil sie selten perfekt frisiert und geschminkt zu ihren Terminen kam, hatte sie im Laufe des letzten Jahres viel Kritik einstecken müssen. »Vielleicht sagen sie, ich bin nicht professionell genug.«

David beugte sich über den Tisch und tätschelte ihr die Hand. »Lass sie reden. Arnold will dich. So eine Chance bekommst du vielleicht nie wieder. Außerdem sind deine Fotos super.«

In diesem Moment öffnete sich die Tür für einen unerwarteten Gast.

»Harry?« Niki sprang auf, fiel ihm in die Arme, zog ihn in den Raum und stellte ihn vor.

»Junge Liebe.« David Montgomery verdrehte die Augen.

»Ein Soldat!«, sagte Rizzi träumerisch. »Zum Anbeißen.«

Harry sah in seiner khakigrünen Uniform so umwerfend aus, dass Niki verstand, warum Rizzi seine Blicke nicht von ihm lassen konnte. Sie hielt seine Hand, wollte spüren, dass er wahrhaftig hier war, denn seit er bei den Marines diente, trafen sie sich nur noch selten. Während der Grundausbildung hatte er keinen Urlaub einplanen können.

Harry verschlang sie mit seinen Augen. »Ich muss dich sprechen. Allein. Und da dachte ich, ich komme am besten hierher.«

David stand auf. »Komm, Rizzi. Lassen wir dem jungen Glück seinen Raum, oder sollte ich besser sagen, meinen Raum?« Die beiden Männer zogen sich diskret zurück.

»Was gibt es denn?« Niki drückte Harry auf einen Stuhl, setzte sich auf seinen Schoß und legte ihre Wange an seine. Seine Bartstoppeln kitzelten, doch hinter seinem jungenhaften Charme spürte sie seine Verzweiflung. »Was ist los?«

Er senkte traurig den Kopf. »Ich muss hier raus, sonst ersticke ich.«

Sie hob den Kopf und bemerkte, wie blass er war. »Was meinst du damit? Wo willst du hin?«

Er holte tief Luft. »Dahin, wo mich die Ansprüche meiner Eltern nicht erdrücken.«

Niki dachte an ihre eigene Familie. »Ich will auch fort. Meine Familie ist ein schwarzer Moloch, der mich auffrisst.«

Harry legte den Kopf in den Nacken und lachte. »Und da triffst du ausgerechnet mich, Prinzessin.«

»Das versteckte schwarze Schaf vom Beekman Place. Du bist der erste Mensch, bei dem ich sein darf, wer ich bin.«

»Das war eine Liebeserklärung, oder?«

»Mehr kannst du nicht von mir erwarten.« Sie küsste ihn auf den Mund.

»Ich liebe dich auch«, sagte er. »Mit dir fühle ich mich zum ersten Mal in meinem Leben lebendig.« Er schien etwas in ihrem Blick zu suchen, bevor er weitersprach. »Willst du mich heiraten, Niki?«

»Was?« Sie riss die Augen auf.

»Du hast mich richtig verstanden.«

»Aber warum? Wir sind doch noch so jung. Das werden sie uns nie erlauben.«

Harry legte seine starken Arme um sie. »Wir sind volljährig. Sie haben uns nichts mehr zu befehlen.«

Niki blinzelte in das diffuse Frühlingslicht, das durch die grünenden Bäume in den Raum fiel. Ahorn, dachte sie, voller hellgrüner Blätter. Hoffnung. »Du willst es heimlich tun. Hinter ihrem Rücken.«

Sie begegnete seinem dunklen Blick. Harry wollte dem Leben in der New Yorker Oberschicht ebenso entfliehen wie sie. Warum das so war, konnte sie nicht nachvollziehen. Harrys Mutter band ihn zu stark an sich, aber sein Vater war ihm herzlich zugetan. Seine Familie schien ihr weit leichter zu ertragen als ihre eigene.

»Was willst du vom Leben, Niki?«, fragte Harry ernst. »Was willst du erreichen?«

Sie überlegte einen Moment. »Ich weiß noch nicht wie, aber ich will dem, was in mir ist, eine Gestalt geben. Freude, Schmerz, Liebe, Lachen …« Und diesem brennenden Zorn, dessen Quelle sie nicht kannte.

»Wie?«, fragte er. »Als Regisseurin? Als Schauspielerin?«

»Ja, vielleicht. Oder als Künstlerin! Aber eines weiß ich.«

»Ja, Darling?«

Sie nahm sein Gesicht in ihre Hände. »Wenn wir heiraten, handeln wir uns gewaltigen Ärger ein. Das gibt einen Skandal, der sich gewaschen hat. Die gesamte Upper East Side wird sich daraufstürzen wie die Geier.«

»Dann stehen wir das durch.« Harry wirkte entschlossen. »Sie werden sich schon wieder beruhigen. Stell dir vor, als Ehepaar können wir zusammenziehen und uns etwas Eigenes aufbauen. Sie haben kein Recht, sich einzumischen.«

»Aber Harry.« Niki schluckte. »Willst du das wirklich? Mein Asthma, meine Schilddrüse … Meine Krankheiten werden mich mein Leben lang begleiten.«

»Das weiß ich alles.« Er zog sie noch näher an sich und küsste sie auf den Mund. »Aber ich will dich trotzdem. Also, sagst du Ja?«

»Ja«, sagte sie mit Tränen in den Augen. »Ja. Und ob ich will.«

Sie ahnte nicht, wie schwierig die nächsten Wochen werden würden. Auch wenn sie aus Gründen der Geheimhaltung eine kleine Hochzeit planten, gab es jede Menge vorzubereiten. Harry bestellte das Aufgebot, und Niki suchte hinter dem Rücken ihrer Mutter nach ihrer Geburtsurkunde, ohne die sie kein Beamter trauen würde.

Nachdem sie sich dem vorgeschriebenen Syphilistest unterzogen hatten, war es so weit. Am 6. Juni 1949 traf sich die Hochzeitsgesellschaft, die aus dem Brautpaar und ihren Trauzeugen Lorna Blount und Paul Bator bestand, frühmorgens vor der City Hall am Broadway, Ecke Park Row Street in Lower Manhattan. Harry trug seine blaue Ausgehuniform, Niki ein weinrotes Kostüm mit einem kecken Hütchen. Sie glaubte zu träumen, so unwirklich erschien ihr das alles. *Ich heirate Harry Mathews, kneif mich in den Arm!*

»Ich bin so aufgeregt«, gestand sie ihrer Freundin Lorna und trat unruhig von einem Fuß auf den anderen.

»Dazu hast du auch allen Grund.« In Lornas Worten schwang Missbilligung mit. Niki wusste, dass ihre beste Freundin sich keine Illusionen über die Konsequenzen ihrer Entscheidung machte. Das dicke Ende würde kommen, wenn ihre Eltern von ihrer Hochzeit erfuhren.

Harry sah nervös auf die Uhr. »Wo bleibt Paul nur? Hoffentlich versetzt er uns nicht.«

Sie warteten und warteten, doch endlich beobachteten sie, wie Harrys Freund im Laufschritt die Straße hinuntereilte.

Harry trat aufgeregt auf ihn zu. »Hast du die Ringe?«

»Aber klar doch.« Völlig außer Atem drückte Paul ihm ein Kästchen in die Hand.

Sie durchquerten eine Halle, in der ihre Stimmen widerhallten, und warteten auf dem Gang, bis sie ins Trauzimmer gerufen wurden.

Entschlossen griff Harry nach Nikis Hand. »Es ist so weit.« Ihr Herz klopfte wie wild, als sie an seiner Seite den Raum betrat. Jetzt gab es keinen Weg mehr zurück.

Der Standesbeamte erwartete sie an einem imposanten Schreibtisch aus Eichenholz. An der Wand hinter ihm prangte das Sternenbanner. Er setzte zu seiner Rede an, doch statt seinem salbungsvollen Gerede von ewiger Treue zu folgen, beobachtete Niki eine Fliege, die im Zimmer herumschwirrte. Im Zickzack, mal hierhin, mal dorthin. Als sich das vorwitzige Insekt auf der Glatze des Beamten niederließ, begann sie unbändig zu kichern und fing sich von Lorna einen weiteren tadelnden Blick ein. Zu jung zum Heiraten, dachte Niki, fast noch Kinder. Aber sie taten es trotzdem.

Harry stupste sie an, als der Standesbeamte das Wort an sie richtete.

»J-ja«, stotterte sie bei der wichtigsten aller Fragen.

Erst Harrys Kuss und der Ring, der golden an ihrem Finger glänzte und ihr etwas zu groß war, brachten sie zur Vernunft. *Ich bin eine verheiratete Frau. Ich habe soeben den Weg der Erwachsenen eingeschlagen. Es gibt kein Zurück.* Benommen verließ sie den Raum und folgte Harry und den Trauzeugen auf die Straße, wo sie von David Montgomery, Rizzi und Jackie Matisse erwartet wurden, die kiloweise Reis über sie regnen ließen und ihnen Glück wünschten. Ausgelassen feierten sie mit ihren Freunden bis zum Morgengrauen.

Eine Woche später bestellte André de Saint Phalle seine Tochter in sein Arbeitszimmer, was auf nichts Gutes hindeutete. Diesmal wusste Niki nicht, wer sie verraten hatte. Wie eine Delinquentin stand sie vor seinem Schreibtisch und knetete ihre Hände. Er musterte sie mit seinen kühlen grauen Augen, die seine Emotionen vollständig verbargen. Sein Scheitel sah aus wie mit dem Lineal gezogen, sein Anzug war tadellos. Wann hatte sich eigentlich die enge Beziehung verändert, die sie als Kind zu ihm hatte? Was hatte sie zerstört? In Nikis Kopf herrschte Leere. *Ich habe gehei-*

ratet, um von ihm loszukommen, dachte sie mit plötzlicher Gewissheit.

»Du bist also durchgebrannt«, sagte er.

»Nicht direkt. Ich bin ja noch da. Verheiratet allerdings.« Sie zupfte an der Haut ihres Fingernagelbettes.

»Aber du stellst uns vor vollendete Tatsachen.« André stützte die Ellbogen auf die Tischplatte, legte die Hände aneinander und sah auf eine Weise erleichtert aus, die sie erstaunte. »Wie soll ich das nur deiner Mutter beibringen? Kannst du mir das verraten?«

Niki starrte auf ihre Schuhspitzen und verließ dann ohne ein weiteres Wort den Raum, während ihr Vater schweigend vor sich hinbrütete. Die kritische Begegnung stand ihr noch bevor. Jacqueline würde ausrasten, wenn sie von ihrer Hochzeit erfuhr.

Für Niki begannen Tage bangen Wartens, bis man sie in die Hamptons in das Ferienhaus ihrer Eltern bestellte, wo ihre Mutter den Sommerurlaub der Familie vorbereitete.

In dem elegant eingerichteten Wohnzimmer war es erstickend heiß. Die Vorhänge, hellgelb und aus schwerer Seide, waren zugezogen, so dass Niki sich erst an die schwüle Dämmerung gewöhnen musste. Ihre Mutter lag auf dem Sofa, neben ihr stand der Arzt und kontrollierte eine Infusion, die an einem metallenen Ständer hing. Es war Dr. Johnson, der die Familie durch alle Kinderkrankheiten und sie selbst bei jedem Asthmaanfall begleitet hatte. Er betrachtete sie voller Verachtung. »Du hast deine Mutter fast umgebracht, Niki. Sie hatte einen Kreislaufzusammenbruch.«

Niki war gewohnt, dass man ihr für alles die Schuld gab, aber so ein niederschmetterndes Urteil hatte sie nicht erwartet. Nachdenklich beobachtete sie die durchsichtige Flüssigkeit, die durch den Schlauch in Jacquelines Armbeuge rann. Tropfen für Tropfen.

»Es tut mir leid.«

»Das kommt ein bisschen spät«, erwiderte der Arzt.

»Lassen Sie nur«, sagte Jacqueline müde. Auf ihre Bitte verließ Dr. Johnson den Raum. Niki setzte sich auf einen Schemel zu Jacquelines Füßen, stellte die Füße nebeneinander und faltete die Hände im Schoß.

Jacqueline hob den Kopf. »Warum hast du mir das angetan?« Niki sah die Tränenspuren in ihrem Gesicht, die rot geränderten Augen. »Ich habe rund um die Uhr geweint, völlig verzweifelt, bis mein Kreislauf aus dem Takt war. Was sollen die Leute nur von uns denken? Niki sag, was habe ich falsch gemacht, dass du mich so enttäuschst?«

»Du hast nichts falsch gemacht.« Niki war sich dessen jedoch nicht so sicher. Der Druck, den Jacqueline regelmäßig, wenn auch manchmal subtil, auf sie ausübte und ihre Wutausbrüche verführten dazu, sie zu hintergehen. »Wir wollen frei sein, Harry und ich, und ausprobieren, was das Leben für uns bereithält.«

»Ihr seid so jung.« Jacqueline schnaubte.

»Du warst auch erst neunzehn, als du Papa geheiratet hast«, sagte Niki eisig. Sie alle kannten die Geschichte, wie der ebenfalls blutjunge André sich seine Braut nach einer Strichliste ausgesucht hatte, in der er Vor- und Nachteile künftiger Kandidatinnen aufgelistet hatte. Die schöne Jeanne Jacqueline Harper hatte haushoch gesiegt und seinen Antrag prompt angenommen. Auf ihren Hochzeitsfotos sahen die beiden aus wie zwei verkleidete Kinder.

»Das war bei uns etwas vollkommen anderes«, sagte Nikis Mutter müde.

»Bei Harry und mir ist es die große Liebe.«

»Liebe?« Jacqueline schnaubte. »Eine Ehe muss auf einem soliden wirtschaftlichen Fundament errichtet werden, das den Unterhalt einer Familie sichert.«

»Ach ja?«, fragte Niki spöttisch.

Ihre Mutter warf ihr einen bösen Blick zu. »Dass die Weltwirtschaftskrise zum Bankrott der Familienbank führen würde, konnte niemand ahnen.« Jacqueline richtete ihre Augen an die Decke. »Denkt überhaupt mal einer in dieser Familie an mich? Ich wollte Schauspielerin werden, Erfolg haben im Leben, aber dann musste ich meinem Mann tatkräftig zu Seite stehen, damit er beruflich wieder auf die Beine kam, und plötzlich war ich mit fünf Schreihälsen gesegnet, die mich rund um die Uhr auf Trab gehalten haben. Maman hier, Maman dort. Ich habe alles für euch aufgegeben.«

»Ich danke dir, Maman«, lenkte Niki ein.

»Dazu hast du auch allen Grund. Schließlich hast du mich vor die stärksten Herausforderungen gestellt, meine kleine Unruhestifterin.« Jacqueline griff nach Nikis Hand und tätschelte sie. »Niki. Versprich mir eins, wenn du mich wirklich so lieb hast, wie du behauptest.«

»Was?« Was auch immer kommen würde, Niki war bereit, ihren Wunsch zu erfüllen.

Jacquelines Stimme war warm und fest. »Du und Harry. Ihr habt heimlich geheiratet, in der City Hall, wie Leute aus der Gosse. Ihr sollt euch nicht trennen. Im Gegenteil. Ich bin froh, dass du Harry hast. Und deshalb wünsche ich mir, dass ihr die Hochzeit vor Gott wiederholt, nicht nur für uns, sondern auch für Harrys Eltern. Damit die Dinge ihre Ordnung haben. Ich bitte dich darum.«

Niki überlegte. »Und wo?«

Ihre Mutter setzte sich auf. »In der französischen Kirche nach katholischer Zeremonie. Ein paar Verwandte, ein schönes Brautkleid, eine Torte … Bitte, bitte, Niki, tu mir den Gefallen.«

Niki verzichtete darauf, Jacqueline zu erklären, dass Harrys protestantische Eltern mit einer katholischen Hochzeit sicher nicht einverstanden sein würden, und sagte zu.

Draußen erwartete sie das gleißende Licht des Juninachmittags. Sie ging durch die Dünen zum Strand, zog ihre Sandalen von den Füßen, stand barfuß im Sand und sah in die Weite des Atlantiks hinaus. Weiße Schaumkronen tanzten auf den Wellen. Der Wind griff ihr in die Haare wie ein unersättlicher Liebhaber. Harry hatte sich für sie entschieden, sie konnte es noch immer kaum fassen.

Niki zog ihren Ring aus ihrer Rocktasche und steckte ihn an ihren Finger. Er schlackerte ein bisschen, war ihr deutlich zu groß. Aber sie wurde da schon hineinwachsen. Ein Sonnenstrahl fing sich im Gold wie ein Zeichen des Himmels. Sie hatten alles richtig gemacht.

Niki und Harry hätten ahnen können, dass auch Harrys Familie Konsequenzen aus ihrer Entscheidung ziehen würde. Sein Vater ließ seinen Einfluss als Reserveoffizier spielen und sorgte dafür, dass Harry den Sommer über auf der Norfolk-Marinestation in Virginia festsaß und kurz darauf nach Europa versetzt wurde.

Niki nutzte die Zeit und ließ sich von dem berühmten Fotografen Arnold Newman für die September-Ausgabe des Life-Magazins ablichten. Sie posierte für die Titelgeschichte: »How to wear an Outfit twice.« Auf dem Cover trug Niki eine Abendrobe mit

Korsage und einem weißen Rock mit Schleife. In der Fotostrecke im Heft kombinierte sie den Rock mit einem roten Oberteil und einer Perlenkette zu einem Nachmittagsensemble. Ihre Familie lobte sie für die schönen Aufnahmen, und sogar Jacqueline zeigte sich versöhnt.

Nach dem Ende von Harrys Wehrdienst heirateten sie ihren Familien zuliebe ein zweites Mal mit einem rauschenden Fest. Der Pfarrer der französischen Kirche drückte beide Augen zu und traute sie nach katholischem Ritus, obwohl sie nicht die Absicht hatten, ihre Kinder taufen zu lassen. Niki vermutete, dass ihn eine großzügige Spende der Familie De Saint Phalle zu seiner Entscheidung bewogen hatte. Harrys Mutter trug zu dem Fest ein schwarzes Kleid, als ginge sie zu einer Beerdigung. Niki machte einen großen Bogen um sie.

Kapitel 8

Niki stürzte sich begeistert in ihr neues Leben als Ehefrau des begehrtesten Junggesellen Upper Manhattans. Das Glück schien auf sie zu warten. Doch statt ihre Freiheit nach Kräften genießen zu können, erkrankte sie an einer Blinddarmentzündung mit anschließenden Lungenkomplikationen und musste ins Krankenhaus. Danach war sie nur noch ein Schatten ihrer selbst und zog vorübergehend bei Lorna ein, wo sie sich die Zeit damit vertrieb, stapelweise Blätter mit üppig verzierten Buchstaben vollzukritzeln. »Es beruhigt mich irgendwie«, sagte sie zu Harry. Im Herbst schrieb er sich in Harvard zum Musikstudium ein. Zu Semesterbeginn suchten sie sich eine kleine Wohnung in Cambridge und probierten das Leben als Paar aus.

Dabei stellten sie verwundert fest, wie verschieden sie waren. Niki, die ihre Sachen am liebsten in buntem Durcheinander auf den Boden warf, staunte über Harrys penible Ordnungsliebe. Bevor er sich an seinen Schreibtisch setzte, richtete er jedes Utensil nach den Kanten aus. Wenn sie auf Reisen gingen, legte er ihre zerknitterten Blusen ordentlich zusammen und packte ihren Koffer, weil er ihr Chaos nicht ertragen konnte.

»Mach nur«, entgegnete sie listig. Wenn Harry packte, konnte sie sich das Aufbügeln sparen. In anderen Dingen ähnelten sie sich auf verblüffende Weise. Es war faszinierend, wie sehr sich ihr Musikgeschmack glich. Sie hörten die alten Schelllackplatten von Harrys Großvater immer wieder. Besonders Edith Piaf und

Charles Trenet hatten es ihnen angetan. Vor dem Einschlafen lasen sie beide gerne und schliefen danach gemütlich im Ehebett nebeneinander ein.

Auch Nikis Bruder John und einige Freunde studierten in Harvard, so dass sie nie allein ausgehen mussten. Sie lebten in den Tag hinein, gingen oft ins Kino, aßen in billigen chinesischen Restaurants und genossen das Leben. Für Niki hätte es immer so weitergehen können. Harry trieb sein Musikstudium tatkräftig voran, aber von ihr erwartete niemand das Gleiche, obwohl sie einige Vorlesungen besuchte. Jetzt, da sie von der Obhut des Vaters in die des Ehemanns übergegangen war, hielten alle es für selbstverständlich, dass sie keine eigenen Pläne verfolgte und ihre Erfüllung als Ehefrau und Mutter fand.

Graues Herbstlicht sickerte durch das kleine Fenster in die Küche. Niki knabberte lustlos an einer Scheibe Toast und trank den letzten Schluck Tee. Wieder war sie mit dem flauen Gefühl im Magen aufgestanden, das sie schon seit Wochen begleitete. Es trat nur morgens auf und legte sich tagsüber vollständig.

Harry duschte schon. Er stand in der winzigen Kabine und schmetterte Edith Piafs Chanson »La vie en rose«. Seine Stimme schallte über den Flur. Niki ging ins Badezimmer, streifte ihren Pyjama ab und drängte sich zu ihm in die Dusche. Es war so eng, dass sie sich entweder am Wasserhahn oder an Harrys Ellenbogen die Rippen stieß.

»Wie kann jemand, der Musik studiert, nur so falsch singen?«

»Es kommt auf den Mut zur Lücke an.« Harry gab ihr einen feuchten Kuss und benutzte die Seife als Mikro.

Niki kicherte und stellte sich unter den Wasserstrahl, der langsam abkühlte, weil der Boiler fast leer war. Die Übelkeit traf sie wie ein Schlag aus heiterem Himmel. Sie stolperte aus der Kabine und schaffte es gerade noch rechtzeitig zur Toilettenschüssel, der sie schwallartig ihren Mageninhalt übergab. Die Tasse Tee, die Scheibe trockenes Toastbrot – alles wollte raus, ihr Magen drehte sich, bis ihr schwarz vor Augen wurde.

»Harry?« Sie setzte sich zitternd auf ihre Fersen.

»Ich bin da.« Er füllte ihren Zahnputzbecher mit kaltem Wasser und reichte ihn ihr. »Gegen den schlechten Geschmack im Mund.«

Niki trank und zog sich mühsam auf die Füße. Der Schwindel legte sich langsam.

»Hast du das öfter?«

Niki fasste sich. Vor Harrys Blick hatten keine Lügen Bestand, nicht mal die, mit denen man sich selbst betrog.

»In den letzten Wochen ein paar Mal. Aber so schlimm wie heute war es noch nie. Ich muss etwas Falsches gegessen haben.«

Sie hatte den anderen möglichen Grund schlichtweg verdrängt und hoffte inständig, dass Harry es ebenso halten und schweigen möge.

Es war kühl in dem kleinen Bad. Er legte ihr ein Handtuch um die Schultern und rubbelte ihr den Rücken ab. »Ist deine Periode ausgeblieben?«

»Sie kommt nicht so regelmäßig.« Niki biss sich auf die Lippen. Im letzten Monat waren ihnen die Kondome ausgegangen, und sie hatten es, von Leidenschaft übermannt, zweimal ohne Schutz getan. Zweimal war keinmal, oder? »Mist.«

»Ich würde sagen, Volltreffer.« Harry zog sie in die Küche, setzte sie auf einen Stuhl und goss ihnen beiden frischen Tee ein.

Nikis Hände zitterten so stark, dass sie sich an ihrer Tasse festhalten musste. »Ich mache noch heute einen Arzttermin aus. Vielleicht ängstigen wir uns ja ohne Grund. Aber was, wenn nicht?«

Harry trank einen Schluck. »Dann stehen wir das gemeinsam durch.« Er griff nach ihrer Hand. »Babygeschrei und Windeln. Warum sollte das Leben keine unerwarteten Wendungen nehmen, meine tapfere Schöne?«

»Vielleicht stimmt es ja nicht.«

Harry schüttelte zweifelnd den Kopf.

Der Gynäkologe bestätigte ihre Befürchtung und plötzlich stand ihr Leben kopf. Trotz ihrer Jugend dachte Niki keinen Augenblick daran, die Schwangerschaft abzubrechen. Dieses winzige Wunder in ihr war die Bestätigung ihrer Liebe. Es hatte sie auserwählt. Harry würde ein wunderbarer Vater werden und sie eine Mutter, die ihr Bestes gab. Basta.

Nikis Familie nahm die Neuigkeit erstaunlich gelassen auf. Wahrscheinlich waren der Comte und die Comtesse erleichtert, dass Niki ihnen kein uneheliches Kind mehr ins Haus bringen konnte.

Von Harrys Eltern aber schneite ihnen kurze Zeit später eine Einladung zum Tee ins Haus, die Niki misstrauisch stimmte. Was konnte Mary Mathews von ihr wollen? Seit ihrer Hochzeit herrschte Funkstille zwischen Niki und ihrer Schwiegermutter. Und für eine Babyparty war es eindeutig noch zu früh, zumal sie die Schwangerschaft nur ihrem engsten Umfeld verraten hatten.

Zu ihrer Überraschung waren sie in Marys Wohnzimmer nicht allein. Ein kleiner Mann mit Halbglatze saß auf dem Sofa, rührte in seiner Teetasse und musterte Niki so aufdringlich, dass sie ihre

Augen abwenden musste. Mary Mathews stellte ihn als Dr. Gordon Locklum vor und reichte ein Tablett mit Sandwiches herum. Unter dem Tisch lagen die beiden braunen, ondulierten Pudel, die öfter zum Friseur gingen als ihr Frauchen. Hin und wieder streiften ihre lockigen Ohren Nikis Beine. Harry und seine Mutter machten Konversation und nippten geziert an ihren Tassen, bis Mary auf das Wesentliche zu sprechen kam. »Ihr müsst euch bald darum kümmern.«

»Um was genau?«, fragte Harry erstaunt.

Zum ersten Mal würdigte ihre Schwiegermutter Niki eines Blickes. »Dr. Locklum heißt dich in seiner Klinik willkommen, Niki.«

Plötzlich überkam sie das Gefühl, dass etwas ganz und gar nicht stimmte. »Danke, dass du mitgedacht hast, Mary. Aber wir wollen uns in Boston eine Klinik suchen. Außerdem hat das noch Zeit. Ich bin ja erst im zweiten Monat.«

Mary Mathews schüttelte ungeduldig den Kopf. »Gut, dass es noch so früh ist. Darum sieht man dir noch nichts an, obwohl du so dünn wie ein Schilfhalm bist.«

»Wie bitte?«, fragte Niki ungläubig.

Dieses schmierige Etwas von einem Arzt legte seine feuchte Hand auf ihre. »Ihre Schwiegermutter hat mir gesagt, dass Sie … die Schwangerschaft auf diskrete Weise zu beenden wünschen. Verständlich bei Ihrer Jugend. Freuen Sie sich, dass Mrs Mathews Ihnen die Entscheidung abgenommen hat.«

Langsam verstand Niki, was hier vor sich ging. Sie entzog ihm ihre Hand. »Niemand bestimmt über meinen Körper, außer ich selbst.«

»Eine Abtreibung ist gesetzlich verboten«, stellte Harry in Richtung seiner Mutter fest.

»Es ist ein Kavaliersdelikt«, erwiderte Mary Mathews verschnupft. »Was glaubst du denn, Harry? Alle lassen solche Eingriffe machen. Dr. Locklums Privatklinik genießt den besten Ruf und legt größten Wert auf Geheimhaltung, so dass es nicht halb Manhattan herumposaunt. Und wir bezahlen es auch.«

Der fremde Arzt nickte zustimmend. »Sie sollten diesen kleinen Unfall vergessen, Niki. Schließlich haben sie noch viele Jahre Zeit, um andere Kinder zu bekommen.«

»Aber ich will dieses.« Sie legte ihre Hand auf ihren Bauch, bereit, das kleine Wesen, das sich für sie entschieden hatte, wie eine Löwin zu beschützen. »Um jeden Preis.«

Mary Mathews rümpfte die Nase. »Überlegt euch das gut.«

Es brauchte viel, damit Harry zornig wurde, aber wenn er es einmal war, dann beruhigte er sich nicht so schnell wieder. »Damit eines klar ist. Wir wollen nicht abtreiben! Und ich sage es nicht noch einmal«, polterte er.

»Komm, Niki!« Harry zog Niki auf die Füße, dirigierte sie zur Tür und knallte sie hinter ihnen zu.

Mary folgte ihnen händeringend und keifte los, kaum dass sie draußen waren. »Aber Harry, ihr seid doch selbst noch Kinder. Wie wollt ihr das schaffen? Und Niki als Hausfrau und Mutter? Unvorstellbar. Sie wird vollkommen versagen.«

Trotz ihres Zorns überließ Niki Harry das Feld, der seine Mutter um einen Kopf überragte. »Wie kann man sein eigenes Enkelkind nicht wollen?« Seine Stimme war schneidend kalt geworden.

Mary hob den Kopf, bereit, ihm Paroli zu bieten. »Du läufst in dein Unglück, Harry, wenn du dir so jung eine Familie aufhalst. Ich habe mir ein anderes Leben für dich gewünscht.«

»Aber ich nicht. Das hier ist meins«, flüsterte er erstickt. »Und ich will es um nichts in der Welt tauschen.«

»Sag nicht, ich hätte dich nicht gewarnt.« Mary Mathews verschwand mit einem pikierten Kopfschütteln im Haus.

»Sie lehnt mich ab und unser Baby auch«, sagte Niki bitter. »Sie wird mich nie akzeptieren. Ich hab nur darauf gewartet, dass sie sagt, ich hätte dich reingelegt, um dich an mich zu binden.«

Sie spürte, wie ihr die Tränen kamen, woraufhin Harry ihr sein Taschentuch reichte. »Wahrscheinlich wartet sie nur darauf, dass du uns fallen lässt und sie dich mit offenen Armen wieder aufnehmen kann. Den verlorenen Sohn, pah!« Sie schnaubte sich lautstark.

»Das werde ich aber nicht.« Harry zog sie in seine Arme und legte seinen Kopf auf ihren Scheitel. »Wir haben uns, und wir werden dieses Kind bekommen. Jetzt erst recht.«

Nach dem Gespräch mit ihrer Schwiegermutter entschied sich Niki mit einer Inbrunst für ihr Kind, die sie selbst erstaunte. Irgendwann siegte ihre Zuversicht über ihre Zweifel. Im vierten Monat ließ die Übelkeit nach, und der Rest der Schwangerschaft verlief unproblematisch. Schwanger zu sein, war gar nicht so schlecht, wenn man einen Mann hatte, der einen auf Händen trug. Niki blühte auf, je mehr sie sich rundete.

»Hallo du!«, begrüßte sie das eigensinnige, kleine Wesen in ihrem Bauch, das unter ihren Händen Purzelbäume schlug. »Wir schaffen das schon irgendwie, Kleine.«

Sicher, dass sie ein Mädchen erwartete, strich sie Harrys Arbeitszimmer in leuchtendem Rosa und stattete es mit einem Bettchen, Wickeltisch und Spielzeug aus. Wo sie schon einmal dabei waren, nahmen sie sich nach und nach den Rest ihrer schäbigen

Wohnung vor. Im neunten Monat renovierten sie noch schnell das Wohnzimmer. Während draußen die Vögel vom Frühling zwitscherten, hielt Niki die Leiter für Harry, der die Decke mit einer Bürste strich. Von oben tropfte die Farbe sachte auf ihren Hut aus Zeitungspapier.

»Autsch!« Niki legte sich die Hand auf ihr Steißbein. »Verflixter Rücken. Ich habe heute schon mehrmals so ein blödes Ziehen gehabt.« Sie richtete sich auf und streckte sich. »Es wird Zeit, dass es ein Ende nimmt. Meine Füße sind so geschwollen, dass mir keine Schuhe mehr passen, und ich watschele wie eine Ente.«

»Jetzt dauert es ja nicht mehr lange.« Harry zog die Malerbürste in einer sauberen Bahn über die Decke. »Du musst dich schonen. Leg dich am besten hin.«

»Ach wo. Ich habe noch mindestens zwei Wochen Zeit, wenn es nach der Rechnung – « Niki tunkte gerade die Bürste in die weiße Farbe, als ein kräftiger Schmerz im unteren Rücken sie innehalten ließ. »Oh!« Sie keuchte auf, als das Kleine sie kräftiger als sonst trat. Im nächsten Moment rann Flüssigkeit ihre Beine hinab.

»Harry!« Sie kniff die Beine zusammen. »Ich glaube, mir ist ein Missgeschick passiert. Ich hab mir in die Hose gemacht.« Es war ihr unglaublich peinlich. Aber dann kam der Schmerz in einer Welle zurück, so dass sie nach Luft ringen musste.

Harry sprang von der Leiter. »Oh nein! Das ist das Fruchtwasser.«

Schon hing er am Telefon und bestellte ein Taxi. Geraume Zeit später kamen sie in der Klinik in Boston an, wo man Niki ein Bett in einem Saal voller werdender Mütter zuwies. Verunsichert setzte sie sich auf den Matratzenrand und drückte ihr nach Vorschrift gepacktes Köfferchen an sich. Schon fühlte sie die nächste

Wehe nahen. Der Schmerz machte sie für einen Moment sprachlos. »Harry?«, flüsterte sie kläglich. »Bleib bei mir!«

Er wollte sich gerade neben sie setzen, als eine Krankenschwester ihn beim Arm nahm. »Väter sind hier unerwünscht.«

»Niki!« Trotz seines Protests bugsierte die Schwester ihn freundlich lächelnd auf den Gang.

Noch nie hatte sich Niki so alleingelassen gefühlt. Verunsichert sah sie sich um. Auf den Betten lagen Frauen in den unterschiedlichsten Stadien der Geburt. Einige schrien vor Schmerzen, wenn die Wehen sie übermannten. Hin und wieder wurde eine von ihnen von weiß gekleideten und vermummten Gestalten hinausgefahren, was Nikis Vertrauen nicht gerade stärkte. Es sah so nach Operationssaal und Leichenhalle aus. Die Frau auf dem Bett neben ihr atmete mit rotem Gesicht gegen den aufflammenden Schmerz an. Ihr Bauch, der sich unter ihrem weißen Laken wölbte, erschien Niki gewaltig.

»Erwarten Sie Zwillinge?«

»Ich hoffe nicht. Ich habe schon vier.« Die Frau musterte sie prüfend. Sie sprach mit einem ausgeprägten osteuropäischen Akzent. »Mein Gott, bist du schmal, Mädchen! Dein Erstes? Dann wird es noch dauern ganze Weile. Du langsam musst ausatmen, wenn die Wehe kommt, hörst du, so wie ich. Pusten sagt man, glaube ich.« Sie spitzte die Lippen und demonstrierte es.

»Ich versuch's ja.« Schon spürte Niki, wie die nächste Wehe heranrollte. Obwohl sie ihr Bestes gab, um richtig zu atmen, verschlug ihr der Schmerz den Atem, um kurz darauf fast völlig abzuklingen. So fühlte sich das also an. Wenn es nur schon vorbei wäre. Niki hatte den Drang, auf- und abzugehen, aber das verhinderte die energische Krankenschwester. Dann wurde es jedoch so schlimm, dass Niki glaubte, die Krämpfe würden sie innerlich zerreißen.

»Hilfe!«, schrie sie.

Die Schwester kannte keine Gnade und schob auch ihr Bett in den Kreißsaal, wo ein Arzt geduldig eine Spritze aufzog, als er sie sah. »Nur keine Angst, Kleine. Sie sind in den allerbesten Händen.«

»Nein!« Panik erfasste sie, und sie schützte ihren Bauch mit den Händen. »Nicht! Lassen Sie mich in Ruhe!«

»Das ist nur zu Ihrem Besten. Und zu dem Ihres Babys.« Der Arzt drückte ihre Handgelenke auf die Pritsche und wandte sich an die Schwester. »Stellen Sie sie ruhig!«

Niki wehrte sich nach Kräften, schrie und trat nach dem Arzt, bis zwei Pfleger und eine Schwester sie mit Gurten festschnallten und ihre Füße in ein Gestell zwängten, so dass sie mit gespreizten Beinen auf dem Rücken lag.

»Nun geben Sie endlich Ruhe, Kindchen.«

»Nein«, sagte sie kraftlos.

Die Schwester zog den Gurt ein wenig fester. »Seien Sie nicht so hysterisch! Das haben schon Millionen vor Ihnen durchgestanden.« Sie strahlte eine unerschütterliche Zuversicht aus, die Niki nicht teilen konnte. »Gleich sinken Sie in den Dämmerschlaf, und im Handumdrehen ist Ihr Baby da.«

Der Arzt setzte die Spritze an ihre Armvene an. Im nächsten Augenblick rann etwas Kaltes durch ihren Körper und ließ sie ihre Umgebung nur noch verschwommen wahrnehmen. Sie wollte protestieren und stellte fest, dass ihre Zunge ihr nicht mehr gehorchte. Das alles war so falsch! Sie hatte dieses Kind nicht als Gefangene zur Welt bringen wollen.

Sie glitt in einen Zustand zwischen Schlafen und Wachen, der die Schmerzen erträglich machte, aber die Wehen so weit abschwächte, dass die Geburt nicht richtig voranging. Schließlich sahen sich die Ärzte gezwungen, das Kind mit der Zange zu holen. Die löffelartigen Enden gruben sich kalt und hart in Nikis Inneres und zogen an dem winzigen Köpfchen, bis der kleine Körper aus ihr herausglitt. Schließlich lag das Neugeborene zwischen ihren Beinen, ein schrumpeliges und blutverklebtes Etwas, das maunzte wie eine kleine Katze.

»Ein gesundes Mädchen«, kommentierte die Schwester. »Freuen Sie sich und geben Sie endlich Ruhe.«

Die anstrengende Geburt hatte ihre Spuren hinterlassen. Niki warf, bevor sie in den Schlaf der Erschöpfung fiel, einen besorgten Blick auf den länglich verformten Kopf ihrer Tochter.

Am Tag darauf stand Harry mit einem riesigen Blumenstrauß in der Tür des Zimmers, das Niki mit der Frau aus Osteuropa teilte. Diese hatte einen kräftigen Jungen geboren und traf sich gerade im Flur mit ihrer vielköpfigen Familie, so dass Niki und Harry ein paar Minuten für sich hatten. Harry wurde blass beim Anblick der schwarzen und blauen Flecken auf ihrem Körper. »Ich dachte, das wäre eine Geburt und kein Ringkampf.«

Sie schüttelte den Kopf und ballte die Fäuste. »Hier siehst du den neusten Boxchampion. Ich habe mich nur ein bisschen gewehrt, als sie mich unbedingt festbinden wollten.«

»Aber –« Harrys Augenbrauen hoben sich und er warf einen Blick zur Tür, als wollte er sich sogleich bei den Ärzten beschweren gehen.

»Am besten, wir vergessen es, ja?« Niki lächelte ihn über ihre Blumen hinweg an und griff dabei auf ihre lang trainierte Fähigkeit zurück, Kummer und Schmerzen beiseitezuschieben. Fast, als sei es niemals geschehen.

»Und, wo ist sie?« Er sah sich suchend um.

»Warte.« Niki klingelte nach der Schwester, die ihnen die Kleine aus dem Säuglingszimmer brachte. Ihr Herz floss über vor Liebe, als sie das verhutzelte Wesen mit dem roten Gesicht vorsichtig aus den Tüchern und der Windel schälte. Das Baby krähte leise, boxte mit seinen Fäusten in die Luft und schmatzte mit seinem herzförmigen Mund.

»Schau doch, Niki, dieses kleine Wunder haben wir zustande gebracht.« Harry strahlte vor Freude. »Warum ist denn ihr Kopf so eingedellt?«

»Das kommt daher, dass sie sie mit der Zange geholt haben. Es gibt sich bestimmt noch.«

»Hoffentlich«, kommentierte Harry, während Niki konzentriert die winzigen Finger und Zehen abzählte. »Vollständig. Es ist alles dran.« Die Kleine strampelte kräftig, als würde sie die Zeit ohne Windel genießen. »Wenn sie ein Junge wäre, würde ich sagen, sie wird ein Footballer«, sagte Harry stolz. »Experiment gelungen, Madame Mathews.«

»Hast du etwas anderes erwartet? Vielleicht wird sie ja Balletttänzerin.« Niki zog sie vorsichtig wieder an. »Welchen Namen wollen wir ihr geben?«

»Laura, nach Petrarca«, schlug Harry vor.

Noch am selben Abend setzte er voller Stolz ein Telegramm an Nikis Eltern auf, adressiert an die Park Avenue 1088.

Sechs Pfund schweres Mädchen angekommen.

Kapitel 9

Nikis Zimmergenossin Malgorzata bekam viel Besuch. Ganze Horden von Onkeln, Käsekuchen backenden Tanten und Großeltern wechselten sich in ihrem Zimmer ab und schnatterten in einer Sprache, von der Niki kein Wort verstand. Malgorzata war mit ihrer Familie vor der endgültigen Schließung des Eisernen Vorhangs aus der Tschechoslowakei entkommen und nannte ihren kleinen Jungen konsequent Pawel und nicht Paul. An diesem Nachmittag saß ihr schnauzbärtiger Ehemann im einzigen Sessel, während ihre älteren Kinder lärmend durch den Raum tobten.

Es klopfte, und die Tür sprang auf für Jacqueline, die sich inmitten des Durcheinanders in den Raum drängte. Sie trug den weit geschnittenen Nerzmantel, in dem Niki auf Bücherraubzug gegangen war.

Schlagartig wurde es mucksmäuschenstill. Niki, die Laura gerade stillte, hätte schwören können, dass ihre Mutter beim Anblick der Familie ihrer Zimmergenossin unmerklich die Nase rümpfte. »Ah, da bist du ja, Niki. Du gehst in diesen Menschenmassen förmlich unter. Und das da ist …?«

»Laura.« Niki löste den winzigen Babymund von ihrer Brust und legte ihre Tochter an ihre Schulter, um sie aufstoßen zu lassen. Die Kleine rülpste hörbar und spuckte einen Schwall Milch auf Nikis Nachthemd.

»Mein erstes Enkelkind.« Jacqueline wartete, bis der tschechische Vater den Sessel für sie räumte, raffte ihren Mantel, setzte sich und schlug ihre langen Beine übereinander. »Diese Leute … Ich verstehe nicht, warum du in keine Privatklinik gegangen bist.«

»Malgorzata ist sehr nett.« Niki hatte der erfahrenen Mutter viele Informationen zu verdanken, unter anderem, wie man Laura an die Brust legte, um das bretthartе Gefühl nach dem Milcheinschuss loszuwerden.

»Du hast dich ja schon immer mit den einfachen Leuten gemeingemacht. Man denke an unsere Cora.« Jacqueline streckte Laura ihren Zeigefinger hin. Die frischgebackene Großmutter lachte entzückt auf, als diese ihn umfasste.

»Sie hat Harrys dunkle Haare«, sagte Niki.

Jacqueline machte eine wegwerfende Geste. »Die gehen sowieso noch aus. Ihr jüngster Onkel ist erst sieben. Und trotzdem, mein Gott, wie die Zeit vergeht.«

Niki schüttelte den Kopf. »Dass du Großmutter bist, nimmt dir sowieso keiner ab.«

»Findest du?« Jacqueline lächelte geschmeichelt.

Malgorzatas blauäugige Kinderschar staunte die Lady von der Upper East Side mit offenem Mund an und hörte nicht auf die gemurmelten Ermahnungen ihrer Mutter, die den immer hungrigen Pawel an der Brust nährte.

Jacqueline streckte die Hände nach ihrer Enkelin aus. »Darf ich sie mal halten? Ich habe nichts vergessen.«

»Aber ja.« Niki reichte ihrer Mutter das Baby, das Jacqueline sicher in ihre Armbeuge legte. »Willkommen, meine Kleine. Bienvenue in der großen und weitverzweigten Familie De Saint Phalle. Trinkt sie auch gut?«

»Es wird.« Niki verschwieg ihr lieber, dass ihr die Sache mit dem Stillen immer noch wie die Besteigung des Mount Everests vorkam.

»Ich war eben bei Harry zu Hause.«

Sie horchte auf. »Ja? Und was macht er?«

Geschickt platzierte Jacqueline ihre frischgebackene Enkelin bäuchlings auf ihrem pelzbedeckten Unterarm.

»Maman!« Niki hielt den Atem an, weil es so aussah, als würde sie mit einem kleinen Affen herumturnen.

»So macht man das, wenn sie Blähungen haben, Niki, merk dir das. Aber stell dir vor: Harry schwingt den Staubsauger und putzt die Fenster. Er sagt, es soll sauber sein, wenn ihr nach Hause kommt.«

»Recht so!« Niki legte sich zurück und kreuzte die Arme hinter dem Kopf.

»Findest du?«, schnaubte Jacqueline. »Ich denke, es degradiert einen Mann, wenn er den Haushalt machen muss. Es ist seiner nicht würdig.«

»Er wird sich schon keinen Zacken aus der Krone brechen. Und du putzt doch auch nicht«, stellte Niki konsterniert fest.

Jacqueline schaute sie hochnäsig an. »Wenn man das notwendige Kleingeld hat, nimmt man sich eben eine Reinemachefrau.«

Niki schüttelte den Kopf. »Das entscheiden wir selbst.«

Die Wahrheit war, dass sie kein Geld hatten, um eine Haushaltshilfe zu bezahlen. Harrys Eltern hatten ihm den Geldhahn zugedreht, und von den De Saint Phalles bekamen sie nur einen Bruchteil dessen, was sie zum Leben brauchten. Leider war Niki hoffnungslos ungeschickt in diesen Dingen. Vor dem stotternden Monstrum eines Staubsaugers schob sie sogar eine Heidenpanik. Harry hatte zwar einen Nebenjob auf der Rennbahn, aber das Geld reichte trotzdem hinten und vorne nicht. Und dennoch. Niki hätte die ewige Ebbe in ihrer Kasse ihrer Mutter niemals gestanden. Sie nahm sich vor, so bald wie möglich wieder Modefotos zu machen.

Einige Tage später empfing Harry seine junge Familie in einer blitzsauberen Wohnung. »Daddy kann einfach alles«, flüsterte Niki Laura zu. »Sogar putzen.«

Von diesem Tag an bestimmte die Kleine ihren Tagesablauf. Wenn sie Blähungen hatte, trugen sie sie stundenlang auf dem Arm durch die Wohnung. Kurz nach Lauras Geburt verschlimmerte sich Nikis Schilddrüsenüberfunktion. Sie hatte massive Schlafstörungen und starkes Herzrasen. Doch sie vergaß ihre eigenen Probleme, wenn sie mit ihrer Tochter auf- und ablief, ihr warmes Köpfchen an ihre Schulter gedrückt. Niki hoffte, dass ihr Unwohlsein vergehen würde. Schließlich war es ihrer Mutter nach allen Geburten ähnlich ergangen.

Ihre Fürsorge für Laura erstreckte sich nicht auf die Nächte. Dann wollten sowohl Niki als auch Harry ihre Ruhe haben und schoben den Stubenwagen in den am weitesten von ihrem Schlafzimmer entfernten Raum. Sie versprachen sich viel davon, sie schreien zu lassen, denn allen gängigen Ratgebern zufolge erreichte man so, dass die Kleinen durchschliefen. Hin und wieder gönnten sie sich sogar einen Kinobesuch, wenn sie glaubten, Laura schlummere tief und fest.

Als sie einmal spät in der Nacht heimkamen, lachend, Arm in Arm und ganz erfüllt von dem Film, den sie gesehen hatten, stieg Niki schon im Treppenhaus ein stechender Geruch in die Nase.

»Was ist das?«

»Keine Ahnung.« Der Gestank verstärkte sich, desto näher sie ihrer Wohnung kamen. Sie legten einen Zahn zu. Als Harry die Tür aufschloss, schwappte ihnen ein übel riechender Schwall entgegen. Niki stürzte in Lauras Zimmer und fand das Kinderbettchen leer vor.

»Laura ist weg!« Sie lief panisch in die Küche, wo Harry nachdenklich vor dem Kühlschrank stand. Der nasebetäubende Geruch ging von der Pfütze aus, die sich auf dem Boden davor ausbreitete.

Niki weinte hemmungslos. »Ist das Gas? Hat irgendjemand sie mit Gas vergiftet?« Zitternd vergrub sie ihr Gesicht in den Händen. »Ich bin schuld, ich bin eine schlechte Mutter! Ich bin doch zu jung, um es zu schaffen. Und warum haben wir sie bloß alleingelassen?«

»Niki, so ein Unsinn. Verflixt!« Harry nahm sie bei den Schultern und schüttelte sie, doch sie wollte sich nicht beruhigen. »Es ist kein Gas. Der Kühlschrank ist kaputtgegangen. Das ausgetretene Kühlmittel stinkt so.«

»Wirklich?« Niki blinzelte ihn zweifelnd an. Ihre Wimpern hingen voller Tränen.

Harry sah sie beschwörend an. »Lass uns ganz ruhig überlegen, wo Laura stecken könnte.«

Niki stellte fest, dass sie doch noch einen klaren Gedanken fassen konnte. »Mrs Elliott. Sie ist immer so nett, wenn Laura und ich ihr im Treppenhaus begegnen.«

»Und sie hat einen Schlüssel.« Schon lief Harry die Treppe hinab und klingelte bei ihrer weißhaarigen Nachbarin, die Sekunden später öffnete, mit einer zufriedenen Laura auf dem Arm.

»Mein Baby!« Überglücklich nahm Niki ihr die Kleine ab. »Sie ist unversehrt. Ich weiß gar nicht, wie ich Ihnen danken soll, Mrs Elliott.«

»Keine Ursache.« Die alte Dame hatte den schlechten Geruch im Treppenhaus bemerkt und Laura aus der Wohnung geholt. »Und sagen Sie mir einfach Bescheid, wenn sie ausgehen wollen, Mrs Mathews. Dann spiele ich auf meine alten Tage den Babysitter.«

Wieder einmal hatten sie Glück im Unglück gehabt.

Als Laura in den folgenden Monaten immer pflegeleichter wurde, begann Niki, sich zu langweilen.

Harry studierte und arbeitete auf seinen Abschluss hin, doch von ihr erwartete niemand, dass sie etwas anderes tat, als das Kind und die Wohnung zu versorgen. Ihr Leben war öde und von weiblichen Rollen vorherbestimmt, in die sie hineinwachsen sollte. Harry würde Dirigent werden und sie selbst Hausfrau und Mutter. Wie Jacqueline würde sie eine Schar Kinder aufziehen, Partys ausrichten, Urlaube auf Long Island oder in Europa planen und die Führung des Haushalts überwachen. Das war ihr entschieden zu wenig.

Niki belegte einen Anfängerkurs in Malerei und kaufte sich eine Grundausstattung, die aus einer Staffelei, Leinwand, Pigmenten und Bindemitteln bestand. In ihrem Enthusiasmus bemalte sie Leinwand für Leinwand. Weil keines ihrer Gemälde ihr wirklich gefiel, übermalte sie ihre Arbeiten mit dicken Farbschichten, weigerte sich aber aufzugeben, wenn nichts als Geschmiere dabei herauskam. Trotz aller Misserfolge blieb die Kunst eine Welt, die sie erobern wollte.

Es war Frühjahr. Von draußen wehte eine warme Brise herein. Die elf Monate alte Laura spielte im Laufstall zufrieden mit ihrer Holzeisenbahn. Während die Kleine an ihrer Lokomotive kaute, stand Niki am Küchentisch, stäubte künstliches Ultramarin auf ihre Palette, setzte Bindemittel hinzu und rührte eine breiige Masse an. Blauer als der Himmel bei Sonnenaufgang. Nikis Hemd war voller Farbklekse, und sie selbst überaus zufrieden.

»Farbe anzumischen ist ein herrliches Gefühl, Laura. Auch wenn du jetzt noch zu klein dafür bist, ich verspreche dir, dass ich dich nach Herzenslust im Sandkasten matschen lasse. Und wenn du Pfützen leer treten willst, dann darfst du auch das. Schließlich gibt es Gummistiefel und Regenmäntel.« Den Kindern der Familie De Saint Phalle war solches bei Strafe untersagt gewesen, was sie allerdings nicht davon abgehalten hatte, es trotzdem zu tun.

Laura zog sich an den Stangen des Laufstalls hoch und lachte sie mit ihren vier Zähnen an. Niki konnte nicht anders, sie nahm sie auf den Arm und küsste sie auf die Nasenspitze. »Breipause, meine Kleine.«

Während Laura nach dem Füttern ihren Mittagsschlaf hielt, malte Niki weiter. Trotz ihrer Begeisterung ging es heute besonders schleppend voran. Seufzend stand sie vor ihrem Geschmiere, übermalte nach der ersten Schicht auch die zweite und ärgerte sich, als ihr schönes Granatrot sich mit dem Blau zu einem schmutzigen Braunton vermischte. Zu nass, dachte sie und fragte sich frustriert, warum ihr das immer wieder passierte.

Als Harry spätnachmittags aus seiner Vorlesung kam, fand er Niki mit Laura auf dem Fußboden. Statt zu malen, zeigte sie der Kleinen ein Bilderbuch.

»Schau mal, Harry.« Sie deutete auf die Staffelei mit der Leinwand, die durch eine bräunliche Farbe auffiel. »Das kann ich nicht mehr retten. Weder durch dreistes Übermalen noch durch sonst etwas. Ich habe einfach kein Talent. Nicht einmal räumlich zeichnen kann ich.«

Harry zog sie beide hoch und nahm sie in seine Arme. »Das würde ich so nicht sagen. Du musst es einfach weiter probieren. Das perspektivische Zeichnen zeige ich dir so oft, bis du es begriffen hast.«

»Und wenn ich es einfach nicht kann?« Sie schüttelte frustriert den Kopf. »Und dabei will ich so viel ausdrücken.«

Harry küsste sie. »Wo ist meine optimistische Niki, die sich nicht unterkriegen lässt?«

Sie lachte trotzig. »Sie wird schon wieder hervorkommen. Schließlich hat sie Übung darin. Aber es ist zermürbend, an seine Grenzen zu stoßen.«

Harry setzte Teewasser auf. »Wie wäre es, wenn wir den Sommer in Europa verbringen würden?«

»Aber dafür haben wir kein Geld.« Niki goss den Tee auf und gab Laura einen Keks. Die ersehnte Europareise war ein Thema, das sie ebenso oft verworfen hatten, wie es aufgekommen war. »Es wäre zu schön, um wahr zu sein.«

Zu gern hätte sie die Werke Antoni Gaudís in Barcelona und das Museo del Prado in Madrid gesehen. Und Paris, da zog es sie immer wieder hin. »Ich würde Wochen im Louvre verbringen. Auf der Suche nach der ultimativen Inspiration. Man würde mich hinauszerren müssen.«

»Vielleicht ist das nicht so abwegig, wie du denkst.« Harry machte eine wirkungsvolle Pause, in der er Laura am Bauch kitzelte, bis sie vor Vergnügen quietschte und mit den Beinen strampelte.

»Wie meinst du das?«, fragte Niki gespannt.

Harry wandte ihr den Blick zu. Er war so gut aussehend, dass es ihr einen Moment lang den Atem verschlug. »Meine Großmutter hat mir ein Treuhandvermögen überschrieben, das uns die Reise ermöglichen würde. Und noch viel mehr.«

»Wirklich?« Lachend hob sie Laura von Harrys Schoß, zog ihn vom Stuhl und tanzte mit beiden im Zimmer herum, bis sie völlig außer Atem war. »Das ist wunderbar.«

Laura gluckste vergnügt, als Niki sie mit den Füßen voran auf den Boden stellte und an ihren Händen laufen ließ. »Und weshalb?« Von Harrys Familie hatten sie seit ihrem Zerwürfnis nicht mehr viel zu erwarten gehabt.

Harry zwinkerte ihr zu. »Sie ist eben ganz verliebt in Laura. Aber das ist nicht alles. Wie wäre es, wenn wir für ein paar Jahre dauerhaft in Europa leben würden?«

»Meinst du wirklich?« Niki seufzte sehnsüchtig. Ein Aufenthalt in »Good old Europe« schien ihr noch immer so weit entfernt wie eine Reise zum Mond.

Wie oft hatten sie darüber gesprochen, die USA zu verlassen, wo sich die politische Lage zuspitzte? Senator McCarthy beäugte alle Intellektuellen misstrauisch und verdächtigte kritische Denker, sowjetische Spione zu sein. Niki und Harry waren alles andere als links eingestellt, ließen sich aber ungern den Mund verbieten.

»Es ist nicht so viel Geld, dass wir es verprassen könnten«, begann Harry. »Aber es reicht für ein bequemes Leben.«

»Das wäre herrlich.« Wie sehr sehnte sich Niki danach, Paris, die Stadt der Katzen und der Liebe, wiederzusehen!

Am Tag darauf sah sie Harry mit der anderen Frau. Ausnahmsweise hatte sie ihn von der Vorlesung abholen wollen und Laura in der Karre bis zum Campus geschoben. Schlag 16 Uhr spuckte das altehrwürdige Gebäude Scharen von Studenten aus. Niki hielt Ausschau nach Harry, der die meisten seiner Mitstudenten um einen Kopf überragte. Da war er schon. Niki beobachtete, wie er aus der Tür trat, ins Gespräch mit einer Kommilitonin vertieft.

»Harry?« Nikis Stimme erstarb, als sie sah, wie Harry die Frau an seiner Seite in die Arme zog und leidenschaftlich küsste. Seine langfingrigen Hände waren überall, umfassten ihr Gesicht, ihre Schultern und wanderten langsam ihren Rücken hinab.

Niki blieb unentdeckt, weil sie den Kinderwagen geistesgegenwärtig hinter einen Mauervorsprung gezogen hatte. Sie sah noch, wie Harry Arm in Arm mit der Fremden davonging. Seine Geliebte trug hohe Absätze, ein elegantes Kostüm und war einige Jahre älter als Niki. Ihr dauergewelltes Haar war modisch frisiert.

Niki hatte das Gefühl zu fallen. Der Boden unter ihren Füßen bot keinen Halt mehr, als sie sich mit Laura auf den Weg nach Hause machte. Kein Wunder, dass Harry nach anderen Frauen Ausschau hielt, mit einer solchen gereiften Schönheit konnte sie nicht mithalten. Niki trug flache Schuhe, eine weiße Bluse und einen wadenlangen Rock, auf dem ein unschöner Fleck von Lauras Grießbrei prangte. Auch ihre Frisur war alles andere als perfekt; sie war schon monatelang nicht zum Friseur gekommen. Nachdem die Dauerwelle herausgewachsen war, lagen ihre Haare wieder so glatt und formlos auf ihren Schultern, wie sie aus ihrem Kopf sprießten. Den Tränen nahe blieb Niki an der nächsten Straßenecke stehen und starrte in den vorbeirollenden Verkehr.

»Mamam?« Laura begann zu jammern.

»Schon gut, mein Schatz.«

Diese Demütigung! Selten hatte sie sich so machtlos gefühlt. Niki rang sich Laura zuliebe ein Lächeln ab und schob den Wagen langsam vorwärts. Harry war so ein gut aussehender junger Mann. Warum wunderte es sie, dass er fremdging? Viele Männer verstanden sich als Jäger, die Bestätigung durch andere Frauen suchten. Wie Papa. Niki wusste schon lange von seinen Affären, die Jacqueline widerwillig akzeptierte. Das werde ich niemals tun, dachte Niki rebellisch. Aber etwas Besseres fiel ihr auch nicht ein.

Sie schloss die Haustür auf, stellte den Kinderwagen ab und hob Laura heraus. Als sie die Treppe hinaufging, traf sie Mrs Elliott, die sie freundlich grüßte und mit Laura scherzte. Niki lächelte zurück. Sie dachte an Paris. In der Stadt der Liebe würde es ihr sicher gelingen, Harry zurückzuerobern. Und wenn sie sich dafür neu erfinden musste, würde sie das eben tun.

Kapitel 10

Herbst 1952

Niki trat aus der englischen Apotheke an der Place Vendôme, als es zu regnen begann. Der leichte Schauer wurde im Nu zu einem gewaltigen Platzregen. Mit ihrer Handtasche über dem Kopf flüchtete sie sich in den nächsten Eingang und bemerkte verwundert, dass dieser zum Hotel Lotti gehörte, in dem Harrys Eltern bei ihren zahlreichen Parisreisen übernachtet hatten. Hinter ihr schob sich ein Mann aus der Drehtür, dem der Kofferboy sein Gepäck hinterherwuchtete. Wahrscheinlich ein Gast. Wie sie wartete er den Regen im Eingang ab.

»So ein Sauwetter.« Sein Französisch hatte einen britischen Akzent.

Ohne nachzudenken, stieg Niki auf amerikanisches Englisch um. »Sind Sie auf dem Weg zum Bahnhof?«

»Ja, meine Fähre legt heute Abend ab. Aber das muss nicht sein … Ich könnte meine Abfahrt verschieben.« Seine Augen glitten prüfend über ihren Körper. Niki wusste, dass sie die Blicke der Männer auf sich zog, seit sie sich mehr Mühe mit ihrem Aussehen gab. Sie hatte den Rat der Fotografen beherzigt, für die sie posierte, und ihre Haare zu einem knapp schulterlangen Bob schneiden lassen. Zu dem eleganten Mantel in A-Linie trug sie halbhohe Pumps.

Doch das hier war etwas anderes als ein harmloser Flirt. Dunkle Augen, die sie maßen. Blicke, die sie auszogen, bis sie sich nackt fühlte. »Da ist durchaus noch eine spontane Verzögerung drin, wenn Sie mit mir den Abend verbringen würden.«

Während der Regen rauschend niederging und ein Vorhang aus Wasser sie von der Welt trennte, spürte sie das Begehren des Fremden und erschrak vor der Heftigkeit, mit der sie es erwiderte. *Wo werden wir es tun? Werden wir in dein Hotelzimmer zurückgehen? Oder wirst du mich an die Hauswand neben der Tür drücken und …?*

Oh nein. Sie durfte nicht einmal davon träumen.

Niki verabschiedete sich hastig und rannte in den herabstürzenden Regen hinaus, der sie augenblicklich bis auf die Haut durchnässte. Sie lief bis zur nächsten Metrostation, erreichte gerade noch den Zug und hielt sich an der Haltestange fest, während die Bahn durch ihr unterirdisches Reich rumpelte. Was hielt sie davon ab, es Harry gleichzutun? *Ich will nicht werden wie Papa, der wahllos herumvögelt.* Sich auf diese Weise an Harry zu rächen, erschien ihr billig. Das eine Mal, dass sie es ausprobiert hatte, war schon zu viel gewesen.

Nach einem Sommer voller Reisen hatten sie in Paris einen Neuanfang weitab ihrer Familien gewagt. Sie hatten sich in einer kleinen Wohnung in der Rue Jean-Dolent am Montparnasse niedergelassen. Zumindest äußerlich merkte man Harry nicht an, dass er weiterhin Affären hatte. Er schrieb sich an der Sorbonne im Fach Musik ein und war so freundlich und zuvorkommend wie immer.

Weil sie in Paris leicht einen Babysitter finden konnte, begann Niki, an einer renommierten Schule Schauspiel zu studieren und stürzte sich mit Feuereifer in die Lektüre der zeitgenössischen Stücke von Eugène Ionesco, Samuel Beckett und Jean Genet. Simone de Beauvoirs *Das zweite Geschlecht* öffnete ihr die Augen, was die Rolle der Frau in der Gesellschaft anging. Ihre Abhängigkeit und ihr Kummer waren systembedingt. Nicht mit mir, dachte sie, willens, sich von diesen Fesseln zu befreien, irgendwann.

Einige Tage später saßen sie auf den Korbstühlen des Cafés Les Deux Magots an der Place St. Germain des Prés. Niki nippte an ihrem Café au Lait und beobachtete besorgt, wie Harry mit seinem Freund Anthony Bonner einen Wein nach dem anderen hinunterkippte. Im Gegensatz zu ihr konnte er bemerkenswert viel vertragen, ohne dass man es ihm anmerkte.

»Schaut mal, da ist Juliette Gréco.« Harry stellte sein Glas ab, das schon wieder leer war, und wandte sich um.

»Wo?« Niki reckte ihren Hals. Auf einem Platz am Fenster saß eine junge Frau mit Pony und langen braunen Haaren, die der berühmten Chansonsängerin ähnlich sah, so weit man es durch den dichten Zigarettenrauch erkennen konnte.

»Traumhaft.« Sie setzte sich zurück. »Vielleicht könnte ich sie ja um ein Autogramm bitten?«

»Nein, Niki. Ich bitte dich.« Harry legte seine Hand auf ihre. »Wir sind Pariser. Gib dich nicht als Fremde zu erkennen.«

»Wir sind Amerikaner in Paris«, korrigierte ihn Bonner, ein Jazzmusiker und Musikwissenschaftler, den Harry von der Musikhochschule kannte. »*We are singing and dancing in the rain* wie Gene Kelly und sind immer auf der Suche nach dem größtmöglichen Traum.«

In diesem Moment wandte sich Juliette Gréco, oder wer auch immer sie sein mochte, zu ihnen um und tauschte ein komplizenhaftes Lächeln mit Niki, die ihren Gruß mit einem lässigen Schwenk ihrer Hand erwiderte. »Na, bitte. Sie behandelt uns, als wären wir geborene Pariser, was bei mir ja beinahe zutrifft. Im Gegensatz zu euch.«

»Ma petite Parisienne«, sagte Harry schon etwas angesäuselt.

Niki trat ihm gegen das Schienbein, weil er dem Kellner schon wieder für den nächsten Rotwein winkte. Genervt richtete sie ihre Augen zur Decke.

»Was macht die Kunst, Niki?«, fragte Bonner. Sie hatten sich eng mit ihm und seiner Frau Eva angefreundet.

Niki lehnte sich provokant zurück. »Welche meinst du? Laura hüten und ihr das Sprechen beibringen?«

»Oder sich von ihr auf der Nase herumtanzen lassen?«, unterbrach sie Harry.

Bonner schüttelte den Kopf. »Ich meine nicht deine Pflichten als Mutter, so schön sie auch sein mögen, sondern deine Malerei und deine Schauspielkunst.«

Niki dachte kurz nach. »Also gut, zuerst die Schauspielerei. Manchmal weiß ich nicht mehr, welche Rolle ich gerade ausfülle. Ich werde bald in einem Stück von Samuel Beckett mitwirken. Aber oft ecke ich an, weil ich die klassischen Interpretationen nicht ertragen kann, die sie in meiner Schule bevorzugen. Molière mit schweren Kostümen und dicker Schminke im Gesicht …« Sie vermied es, Harry anzusehen. Mit einem ihrer Schauspiellehrer hatte sie eine kurze Affäre gehabt. Nur zur Probe. Es hatte sich nicht gelohnt, vom Gefühl der Freiheit zu kosten. Und außerdem liebte sie Harry.

»Niki hat ganz aufgehört zu malen«, mischte sich Harry ein. »Vielleicht könntest du ja Bühnenbildnerin werden. Dann hättest du die Möglichkeit, dir eine modernere Theaterausstattung ohne Firlefanz auszudenken.«

»Ich weiß noch nicht. Am liebsten würde ich Antoni Gaudí nacheifern und ganze Gärten und Spielplätze gestalten.« Obwohl sie wartend davorstand, war die Kunst ein Land, das ihr keinen Zutritt gewährte. In diesem Sommer hatte sie die Kathedralen Frankreichs besucht und war tief beeindruckt gewesen. Sie waren Räume des Lichts, die die Menschen für Gott gestaltet hatten. Was, wenn Menschen solche heiligen Räume für sich selbst und andere Menschen schufen? Sie setzte sich zurück und lächelte beiden Männern schelmisch zu.

»Ich warte darauf, dass du wieder künstlerisch tätig wirst, Niki«, sagte Bonner.

»Wollen wir es hoffen. Vielleicht irgendwann? Peut-être?«

Kapitel 11

Sommer 1953

Der Zug ratterte durch die frühlingshafte Landschaft Südfrankreichs, in der sich Weinberge mit Olivenhainen und mediterranen Wäldern abwechselten. Niki und Laura waren auf dem Weg nach Menton an der Côte d'Azur, wo Harry ein Haus für den Sommer gemietet hatte. Die Hügel in der Ferne verschwammen im Dunst, während die Baumreihen versetzt hintereinander hervorglitten, als würden sie tanzen.

»Mama!« Laura stand auf Nikis Schoß und zeigte begeistert auf die Dinge, die ihr gefielen. Eine Herde Kühe, ein violett blühender Strauch, ein Auto auf der Landstraße, ein Bagger. Laura entzückte so vieles.

»Ja, mein Liebes.« Niki unterdrückte ein Gähnen. Wenn sie nur besser schlafen könnte! Wochenlang ging das nun schon so. Des Nachts lag sie wach oder tigerte mit pochendem Herzen ruhelos durch die Wohnung, während Laura selig träumte. Unbarmherzig forderte die Schlaflosigkeit ihren Tribut, bis Niki das Gefühl hatte, ihr Leben würde zu Scherben zerfallen. Es war nicht so, dass Niki die Ursache nicht kannte. Die Schlafstörungen kamen von ihrer Schilddrüse, die wieder zu stark arbeitete. Auch Jacqueline hatte nach ihren Geburten Probleme mit der Schilddrüse gehabt, jedoch nie so schlimm und langwierig wie Niki.

Sie zog Laura auf ihren Schoß und kitzelte sie am Bauch, bis die Kleine vor Lachen einen Schluckauf bekam.

Der Zug lief in den Bahnhof von Nizza ein. Da sie ihr Gepäck aufgegeben hatte, musste Niki nur Laura auf den Bahnsteig stellen und sich selbst, die bei Weitem schwerste Last. Ihre Handtasche, in der es verdächtig klapperte, hielt sie fest umklammert. Harry, der am Ende des Bahnsteigs gewartet hatte, drängte sich zu ihnen durch.

»Papa!« Laura rannte jauchzend auf ihn zu.

»Da seid ihr ja endlich.« Harry fing sie auf, trat auf Niki zu und umarmte sie. Für einen Moment legte sie ihren Kopf an seine Brust und atmete seinen vertrauten Geruch ein. Es tat gut, wieder bei ihm zu sein. Er war wie ein starker Baum, ein Fels in der Brandung, der sie daran hinderte, sich in Träume und Tränen aufzulösen.

»Kommt!« Sie folgten ihm zum Taxistand.

»Du siehst müde aus, Niki.«

»Ich schlafe schlecht.«

»Mal wieder.« Er sah sie mitfühlend an. »Wart's ab. In Menton wirst du aufblühen. Das ist eine bezaubernde Stadt mit mildem Klima, tollen Leuten und viel Musik.«

»Ich weiß.« Niki fragte sich, warum es ihr nicht gelang, Vorfreude oder gar Begeisterung zu entwickeln. Kneif mich, ich verbringe den Sommer an der Côte d'Azur. Aber da war nichts in ihr außer absoluter Leere und der Farbe Grau.

Harry hatte Niki schon lange von dem Festival der klassischen Musik in Menton vorgeschwärmt, das der Ungar André Böröcz 1950 ins Leben gerufen hatte. Das Städtchen voller Zitronenbäume lag nahe der italienischen Grenze und war weniger überfüllt als die westlichen Orte der Côte. Fast familiär also. Harry winkte einem Taxi, packte ihren Koffer in den Kofferraum und schob Niki und Laura auf den Rücksitz. »Wir haben übrigens Gäste.«

Niki war nicht überrascht. »Wann haben wir keine? Was macht Tony?« Auch ihre Freunde Anthony und Eva Bonner verbrachten den Sommer in Menton.

»Den beiden geht es gut. Aber unsere Besucher sind etwas ganz Besonderes. Warte, bis du sie kennenlernst. Ein echter englischer Lord und seine Frau. Unglaublich reizend.«

»Ein Lord und seine griesgrämige Matrone mit Stützstrümpfen?« Ein Adelstitel beeindruckte Niki nicht sonderlich, schließlich hatte sie selbst einen, und mit Damen, die älter als ihre Mutter waren, konnte sie herzlich wenig anfangen.

»Oh, ja. Hugh ist steinalt und knorrig, aber unglaublich kultiviert. Was der alles weiß.«

Als das Taxi vor ihrem Haus hielt, erwartete sie das Paar auf der Schwelle. Der Lord, den Harry ihr als Hugh vorstellte, war tatsächlich älter als Nikis Vater. Hughs Frau Mady jedoch war keine alte Schachtel, sondern blutjung und mit ihren schulterlangen, blonden Haaren äußerst attraktiv. Mady lachte und plapperte freundlich drauflos, küsste Niki auf die Wange und herzte Laura. Niki hasste sie vom ersten Augenblick an.

Eine Stunde später saßen sie zu Tisch und ließen sich die Bouillabaisse schmecken, die die Haushälterin gekocht hatte. Nur Laura maulte, weil sie keinen Fisch mochte und ihr die Augen zufielen. Niki hatte ihren Koffer und ihre Handtasche im Schlafzimmer deponiert und ließ ihre Augen über die Tischrunde schweifen, zu der sich auch die Bonners gesellt hatten.

Hugh, der ihr mit vollendeten Manieren das Brot reichte, war ein großer, hagerer Mann von etwa fünfzig Jahren. Niki bedankte sich höflich und sagte zu, als Hugh ihr vorschlug, am nächsten Tag einen Spaziergang an der Promenade de Soleil, der Strandpromenade von Menton, zu machen. Mady wollte mit Harry und den Bonners ein Konzert besuchen.

Die Tischrunde löste sich auf. Während die anderen mit einer Flasche Wein im Garten verschwanden, beobachtete Niki, wie Harry Mady beim Aufstehen half. Die beiläufige Geste, mit der er seine Hand in ihrem Rücken ruhen ließ, sagte ihr genug. Sie hatten eine Affäre. Sie wunderte sich, dass sie nichts fühlte. Sie war über jeden Schmerz hinweg und nur unendlich müde.

»Sei mir nicht böse, Harry, aber ich möchte mich mit Laura zurückziehen.«

Harry nickte abwesend und folgte Mady in den Garten.

Niki nahm Laura auf den Arm, legte sie ins Bett und las ihr vor, bis ihr die Augen zufielen. Als Laura schlief, machte sie Bestandsaufnahme. Sie kippte den Inhalt ihrer Handtasche aus, der aus einem klappernden Arsenal an Feilen, Scheren, Messern und Rasierklingen bestand, und steckte das scharfe Messer unter ihre Matratze, das sie vom Essen hatte mitgehen lassen. Es würde nicht das Einzige bleiben. Ihr Waffenschrank war gefüllt.

Durch das Fenster drang der Schein der Lampions in den Raum, die an den Bäumen hingen. Geräusche waren Splitter in der Luft, darunter Harrys und Madys gemeinsames Lachen. Niki lag bis Sonnenaufgang wach und starrte an die Decke. Er kam erst gegen Morgen und ging schweigend zu Bett. Das Leben war eine Last, die Niki zentnerschwer auf den Schultern lag.

Am nächsten Morgen ging sie mit Hugh spazieren. Der Strand war von Palmen gesäumt, die sich im Sommerwind wiegten, zum Niederknien schön. Nikis Augen schmerzten von der schlaflosen

Nacht, als sie auf das azurblaue Meer hinausblickte. Oberhalb der Küstenlinie zog sich die Altstadt von Menton mit ihren pastellfarbenen Häusern den Hang hinauf und verbreitete italienisches Flair. Es war ein Urlaubstag, wie er im Buche stand. Einige Badegäste nutzten die frühe Stunde, um ihre Badetücher auszubreiten und sich in die Wellen zu wagen, die sanft an den Strand rollten. Niki beobachtete die Szene und fragte sich, wie sich Freude anfühlte. Glück. Begeisterung. Alle guten Dinge hatten sich in leere Worte verwandelt. Sie war sich selber fremd.

Hugh griff nach ihrem Arm und zog sie ein Stück voran. »Was meinen Sie, Comtesse? Das ist doch Dolce Vita pur.«

»Ich trage keinen Titel«, wehrte sie ab.

»Aber Sie sind diejenige in unserer Hausgemeinschaft, die dem am nächsten kommt. Eine bezaubernde kleine Prinzessin.« Hugh zwinkerte ihr zu.

Er war knochig wie ein Skelett und einen Kopf größer als Niki. Sein Gesicht war schmal und eingefallen. Graues Haar umrahmte seinen Schädel wie ein Helm. Sie sog den Duft nach Salz und Sonnenmilch ein, der in der Luft lag, und konzentrierte sich auf das Positive – den Scherenschnitt einer Möwe vor dem wolkenlosen Himmel und die beglückende Tatsache, dass sie Urlaub von ihren Pflichten als Mutter hatte, weil ihre Vermieterin Laura hütete.

»Ich war im Weltkrieg«, erzählte Hugh. »Das hat Spuren in mir hinterlassen.«

So weit zu Nikis Versuch, dem Tag etwas Gutes abzugewinnen. Sie seufzte. »Für manche wird der Schmerz ein alltäglicher Begleiter.«

Sein Gesicht wurde noch bleicher, als es ohnehin schon war. »Ich war bei der Invasion in der Bretagne dabei. Neben mir wurden meine Kameraden getroffen. Sie fielen im Maschinengewehrfeuer wie Kornähren, die gemäht werden. Ich watete in Seen von Blut.«

Nikis Frühstück rumorte in ihrem Magen, als Hugh stehen blieb und weitersprach. »Manchmal denke ich, sie sind an meiner Stelle gestorben, und dann frage ich mich, ob ich wirklich noch am Leben bin. Sie verstehen mich, Niki, oder?« Er sah sie prüfend an. »Unsere alten Familien mit ihren Adelstiteln … Vielleicht ist uns über die Jahrhunderte hinweg Saft und Kraft ausgegangen. Auf jeden Fall aber die Lust zu leben.«

»Die De Saint Phalles sind das dreizehnälteste Adelsgeschlecht Frankreichs«, sagte sie. »Meine Ahnenreihe geht bis in die Zeit der Kreuzzüge zurück. Aber darauf bin ich gar nicht stolz.« Insgeheim hatte sie ihre Familie in Verdacht, für ihre Probleme verantwortlich zu sein.

»Die Familien haben zu oft untereinander geheiratet. Das schwächt das Blut.« Hugh griff nach Nikis Hand. Sie entzog sie ihm nicht. *Der Tod holt mich zum Tanz ab. Oder bin ich es selbst?*

»Was sehen Sie?« Er deutete auf das blaue Meer. In der Ferne wölbten sich weiße Segel.

»Weite?«, fragte sie versuchsweise. Das konnte ja nicht allzu falsch sein.

Er schüttelte den Kopf. »Ich nicht. Für mich ist der Horizont die Begrenzung. Bis hierher und nicht weiter, sonst würde ich über den Rand in die Tiefe stürzen. Ich denke oft darüber nach, wie ich mein Leben beenden könnte, bevor es mir meine Würde nimmt.«

Niki fiel das Waffenarsenal unter ihrem Bett und die Sammlung von Messern und Rasierklingen in ihrer Handtasche ein.

Das alles diente nicht nur ihrer Verteidigung. »Ich auch«, gestand sie.

»Wie bitte?« Er sah sie ungläubig an.

Sie nickte und heftete ihren Blick erneut auf den Horizont.

»Aber …?« Er runzelte verwundert die Stirn. »Das dürfen Sie Harry und Ihrer Kleinen nicht antun.«

»Sie können mir glauben oder nicht glauben, ganz wie Sie wollen.«

Der Himmel und das Meer waren so unglaublich blau. Das Wispern der Wellen ein Vorbote ewigen Schweigens. »Ich weiß sogar, wie man es sicher schaffen könnte. Wollen Sie mein Rezept hören?«

»Wie?«, fragte Hugh voller morbider Faszination.

»Man nehme« – Niki lachte ein wenig zu schrill – »eine Luftmatratze und eine große Sicherheitsnadel und paddele weit hinaus.« Alles war ein großer Spaß. Sie machte eine kurze Pause, stupste ihn in die Seite und ging sicher, dass er sie nicht ernst nahm. »So weit, dass man gewiss nicht mehr zum Strand zurückschwimmen kann. Wenn man die Küste nur noch von fern sieht, sticht man mit der Nadel in die Matratze, und fertig, peng … Man geht unter. Wo ist das Problem?«

»Aber Niki, darüber dürfen Sie nicht einmal nachdenken«, erwiderte Hugh betroffen. »Wenn Sie Sorgen haben, können Sie sich jederzeit an mich wenden.«

»Schon gut.« Nikis Anflug von Begeisterung löste sich sofort in Luft auf. Das erste Gefühl seit Wochen. Sie trauerte ihm hinterher.

Plötzlich bemerkte sie seine Hand auf ihrer Schulter. Hugh drehte sie zu sich um und küsste sie sanft auf den Mund. Sie schmeckte schalen Rauch und Kaffee und spürte nichts.

»Wissen Sie eigentlich, wie unglaublich begehrenswert Sie sind? Hinreißend schön, sensibel und klug.«

Niki schüttelte den Kopf. »Ich habe nur Spaß gemacht.«

Zwei Tage später wurde sie seine Geliebte. *Das geschieht dir recht, Harry.* Wahrscheinlich vögelte er in eben diesem Moment mit Mady.

Heimlichkeiten bestimmten von da an ihren Alltag. Hugh wollte erheblich mehr als sie. Deshalb freute sie sich, als Lauras Babysitter an einem der ersten heißen Tage im Juni absagte und sie die Kleine selbst hüten musste. Niki und Laura gingen zum Strand, bauten voller Eifer eine Sandburg und aßen danach ein köstliches Vanilleeis in einem kleinen Café.

Bei ihrer Rückkehr waren alle anderen Hausbewohner ausgeflogen. Niki und Laura waren allein. Eine junge Mutter und ihr Kind. Alles war so, wie es sein sollte, bis Niki in die Küche ging, um für ihre Tochter Abendessen zu kochen. Dunkelheit und Leere überfielen sie aus heiterem Himmel. Niki riss sich zusammen, scherzte mit Laura, setzte sie in den Hochstuhl und begann, Gemüse für eine Suppe zu schneiden. Ich schaffe das, dachte sie. Ich komme wieder ins Gleichgewicht. Ich muss mich nur anstrengen.

Die Küche war so gemütlich. Der Lavendelbusch leuchtete lila vor dem Fenster. Polierte Kupfertöpfe hingen von der Decke, der Holztisch war frisch gewachst und duftete nach Honig. Nur der Herd könnte etwas sauberer sein. Laura klopfte mit dem Löffel auf den Tisch.

»Eigentlich kann ich gar nicht kochen, Liebes. Aber ich verspreche dir, ich werde mein Bestes geben.«

In der Schublade waren nur noch zwei Messer. Alle anderen hatte Niki an sich gebracht und unter der Matratze versteckt. Es handelte sich um dieses Monstrum von Fleischmesser, mit dem Harry letztens das Huhn tranchiert hatte, und ein scharfes Gemüsemesser. Niki griff nach Letzterem. Ihre Finger glitten über die Klinge und sie spürte dem Zwang nach, der von ihr ausging. Man musste tief schneiden, senkrecht, nicht quer zum Handgelenk, sondern so, dass man die Arterie erreichte.

»Karotten also.« Ihre Stimme zitterte.

»Tarotte.« Laura blickte auf. Zärtlichkeit erfasste Niki. Sie durfte diese schrecklichen Gedanken nicht weiterdenken. Die Kleine brauchte sie doch. »Magst du das, mein Schatz? Und dazu Zucchini und Paprika und ein paar Nudeln.«

Niki wusch eine Reihe Karotten, schnitt das Grün und die Spitzen ab, legte sie auf dem Brett zurecht und begann sie in exakt gleich breite Stücke zu schneiden. Das Orange stach ihr in die Augen. »Matisse hätte die Farbe gefallen.«

»Ontel Matti.« Laura klatschte in ihre Hände.

Hatte Niki ihr erzählt, dass ihre Freundin Jackie die Enkeltochter des berühmten Malers war? Vielleicht.

Niki konnte sich nicht mehr erinnern, die Dunkelheit zerrte wieder an ihr, wollte sie nicht freigeben. Das Messer, wie leicht konnte es abgleiten? Ihr Blut würde sich dekorativ mit den Karottenscheiben mischen. So rot wie Blut, so orange wie Karottengemüse. Niki zuckte zusammen, als sich das Messer wie von selbst in ihr Handgelenk bohrte. Scharfer, heißer Schmerz durchzuckte sie.

»Mama butet«, sagte Laura fasziniert.

»Ich mach mir ein Pflaster drauf.« Niki verschwand im Schlafzimmer, wo sie das Messer zwischen seinen Brüdern und Schwestern verstaute. Mein Waffenarsenal, dachte Niki, mein Notfallset. Wo steckten die Pflaster?

Es gab so viele Möglichkeiten, dieser unerträglichen Situation ein Ende zu bereiten. Sie konnte es mit Schlaftabletten tun oder die Idee mit der Luftmatratze realisieren. Sie konnte vom Kirchturm springen oder sich von einem Boot aus ins Meer stürzen. Sie konnte sich vor einen Zug werfen, aber diese Schweinerei würde sie weder sich selbst noch ihren Mitmenschen zumuten.

Einige Tage vergingen. Weil sie nachts noch immer häufig wach lag und grübelte, besuchte sie einen Frauenarzt, um sich ein Schlafmittel verschreiben zu lassen. Dieser nutzte die Situation und nötigte sie, sich auszuziehen und auf den gynäkologischen Stuhl zu setzen. Niki gehorchte. Die Schlaftabletten waren zu wichtig, als dass sie sich widersetzen konnte. Doch da trat der Arzt, dieser schmierige Schweinehund, an sie heran und ließ seine Finger sachte über ihren Bauch gleiten. Niki schauderte vor Ekel. »Madame Mathews, man sieht Ihnen gar nicht an, dass Sie bereits ein Kind geboren haben. Sie sind eine sehr attraktive Frau.«

Niki ließ es über sich ergehen und verließ anschließend fluchtartig und maximal gedemütigt die Praxis.

Als sie die Tür aufschloss, roch es im Flur verlockend nach in Rotwein geschmortem Lammbraten. Ein Festessen. Niki platzte in die Küche. »Hier riecht es ja so gut … Oh!« Sie stockte, als sie sah, dass Harry Lady Mady an die Wand neben der Anrichte drückte. Er hatte ihren Rock bis zur Hüfte hochgeschoben, küsste sie und knetete hingegeben ihre üppigen Schenkel.

»Nennt man das kochen?«

Die beiden fuhren ertappt auseinander. Mady zog ihren Rock glatt und zupfte an ihrer zerrauften Frisur.

»Niki, das ist anders, als du denkst«, beteuerte Harry.

»*Was* ist anders, als ich denke?«

Der Zorn überwältigte Niki. Nachdem sie bei diesem Gynäkologen den Rest ihrer Würde eingebüßt hatte, musste sie nun auch noch Harry in flagranti mit seiner Geliebten ertappen. »Du Hure! Lass meinen Mann zufrieden.«

Mit einer Kraft, die Niki selbst erstaunte, schob sie ihn zur Seite und schlug auf ihre Rivalin ein, bis Harry sie fortzog. Mady hob erschrocken die Arme über ihren Kopf.

»Niki. Lass das!« Harry bekam ihre wild um sich schlagenden Arme zu fassen. »Was ist mit dir los? So kenne ich dich ja gar nicht.«

Niki begegnete seinem eindringlichen Blick nicht.

»Pass auf das Lamm auf! Es brennt an!« Sie riss sich los, stürzte ins Schlafzimmer und zerrte die Matratze hoch. Es war so weit. Sie würde sich die Pulsadern aufschneiden, so tief, dass Niki, das Mängelexemplar, nicht mehr repariert werden konnte. Der Schmerz würde sie befreien, vielleicht gar für immer.

»Was ist das?« Harry kam ihr nach, packte sie bei den Schultern und riss sie vom Bett fort.

»Lass mich los, verfluchter Kerl!« Sie trat und schlug um sich.

In diesem Moment kam Mady ins Zimmer und schüttete triumphierend Nikis Handtasche aus. Messer, Rasierklingen, Scheren, eine Feile fielen zu Boden. »Das klapperte so komisch. Sieh mal Harry. Sie ist ein Psycho. Sie gehört in die Klapsmühle.«

Harry ließ Niki los und betrachtete fassungslos das Waffenarsenal im Bett und auf dem Boden.

»Ach, da sind ja unsere Küchenmesser«, sagte Mady spitz. »Ich habe sie schon vermisst.«

»Du weißt gar nicht, was du Hugh antust, wenn du mit meinem Mann vögelst«, entgegnete Niki düster. *Was ihr mir antut.*

Doch das sprach sie nicht aus, sondern ergab sich der Dunkelheit, die über sie hinwegflutete. Nie hatte sie sich klarer im Kopf gefühlt. Weiße Kälte erfüllte sie. Geistesgegenwärtig griff sie nach dem Gemüsemesser und schnitt sich so tief sie konnte ins Handgelenk. Der Schmerz war so stark, dass ihr Herz ein paar Schläge lang aussetzte. Alle drei starrten erschrocken auf das Blut, das von Nikis Unterarm auf das weiße Laken tropfte.

»Du hast eine Verrückte geheiratet«, sagte Mady.

Harry erwachte aus seiner Erstarrung, entwand Niki das Messer, warf es auf den Boden und kickte es in die hinterste Ecke des Zimmers. »Warum?« Er schüttelte sie, zog sie vor sich und presste das Kopfkissen auf ihr blutendes Handgelenk. »Warum tust du das, Niki? Warum?«

»Weil ich mich dann sicher fühle«, erwiderte sie leise. »Weil ich mich dann spüre.« Ihr Arm pulsierte vor Schmerz. *Damit ich jederzeit gehen kann, wenn mir alles zu viel wird*, wäre die ehrlichere Antwort gewesen, aber die verschwieg sie Harry lieber. »Warum musste es gerade Mady sein?«

»Es bedeutet nichts«, sagte Harry. Niki sah die Verzweiflung in seinen Augen und glaubte ihm. »Du musst doch wissen, dass ich nur dich liebe. Du bist der inspirierendste Mensch, dem ich je begegnet bin.«

Mady verließ den Raum und schlug die Tür hinter sich zu.

Das Zimmer in der Klinik in Nizza hatte Gitter vor den Fenstern. Dahinter öffnete sich der Park voller mediterraner Blumen und Bäume bis zu seiner Begrenzung aus Stacheldraht. Die blaue

Verheißung des Meeres war ebenso fern wie die Paare mit den eleganten Hüten, die auf der Promenade spazieren gingen und den Sonnenuntergang genossen. Niki ließ sich auf das Bett fallen und betrachtete die kahlen Wände. Messer waren hier strengstens verboten. Aber das bedeutete nicht, dass man sie sich nicht besorgen konnte.

»Wozu sind die Gitter vor den Fenstern da?«, fragte Niki.

Harry sah todmüde aus. In den letzten Tagen hatte er sich um Laura gekümmert, auf Niki achtgegeben und ihren Klinikaufenthalt organisiert. Viele Gespräche und der endgültige Abschied von Mady und Hugh hatten dazu beigetragen, dass sie einander wieder nähergekommen waren.

Harry taxierte sie lange. »Damit die kleinen weißen Schmetterlinge nicht davonfliegen können.«

Niki wusste selbst nicht, warum dieser Satz sie tröstete.

Kapitel 12

Eine Reihe endloser, leerer Tage lag vor Niki. Der Psychiater, den sie mit Harry in Nizza konsultiert hatte, hieß Dr. Paul Cossa. Er war nicht nur Therapeut, sondern der Chef der Neuropsychiatrie des Krankenhauses in Nizza und eine Koryphäe auf dem Gebiet der Insulintherapie. Als Psychotherapeut berief er sich streng auf C. G. Jung und befürwortete zur Behandlung von psychischen Erkrankungen auch Elektroschocks.

Noch in seiner Praxis hatte sie den ersten von insgesamt zehn Schocks erhalten. Heute war der zweite dran.

Willenlos lag sie auf der Liege und ließ zu, dass die Schwester ein Stirnband voller Elektroden an ihrem Kopf befestigte. An ihrer Seite bereitete der Anästhesist die Narkose vor. »Muss das sein?«, fragte sie.

»Wir werden Ihr Gehirn kurzzeitig elektronischen Impulsen aussetzen und damit die Heilung Ihrer Depressionen vorantreiben.«

»Depressionen. Das also ist meine Diagnose?«, wisperte sie.

»Ich fürchte ja, Mrs Mathews.«

»Werde ich krampfen?«

Der Arzt nickte. Niki schauderte vor Angst. In Brearley hatte sie einmal zugesehen, wie eine Mitschülerin einen epileptischen Anfall erlitt. Sie hatte die Augen verdreht und war mit dem Rücken voran auf den Boden gefallen. Ihre Arme hatten gezittert, ihre Füße unkontrolliert auf den Boden geschlagen, während ihr eine Lehrerin einen Stock zwischen die Zähne zwang, der sie davor bewahren sollte, sich die Zunge abzubeißen. Der totale Selbstverlust. Nichts fürchtete Niki mehr.

Der Arzt klopfte ihren Arm nach einer passenden Vene für die Infusionsnadel ab. »Wir sind bei Ihnen. Glauben Sie mir, wir werden nicht zulassen, dass Sie sich verletzen.«

Er stach zu und schob die Nadel in ihre Vene. Dr. Cossa hatte Harry angekündigt, dass Niki lange in der Psychiatrie bleiben müsse, mehrere Jahre womöglich. Das geht nicht, dachte sie. Ich darf mich nicht einsperren lassen, sondern muss gesund werden, sonst sehe ich Laura nie wieder.

Sie ergab sich und spürte, wie die kühle Flüssigkeit aus der Infusionsflasche in ihren Körper rann. Sekunden später setzte die Narkose sie außer Gefecht.

Die junge Frau lag auf dem Bett und spürte sich nicht mehr. Wohltuende Leere erfüllte sie. Sie hatte ihren Namen und ihre allzu bittere Geschichte verloren.

»Wie geht es Ihnen?« Eine Krankenschwester deckte sie liebevoll mit einem weißen Laken zu.

»Ich weiß nicht, wer ich bin.« Der Zustand war angenehm. Sie wünschte sich, dass er anhalten möge.

»Morgen haben Sie Ihr Gedächtnis zurück. Stellen Sie sich vor, wir justieren Ihr Gehirn ganz neu. Und von da an geht es täglich aufwärts.«

»Wenn Sie meinen.« Niki glitt in tiefen Schlaf.

Am nächsten Morgen schien eine bleiche Sonne durch ihr vergittertes Fenster. Sie tastete sich im Nachthemd zur Toilette und zum Waschbecken. Aus dem Spiegel blickte ihr eine Unbekannte mit hervorstehenden Schlüsselbeinen, mageren Schultern und dünnen Armen entgegen. Riesige Augen standen in einem totenblassen Gesicht. Ich werde verrückt, dachte sie. Die Angst, wahnsinnig zu sein, quälte sie, seit sie aus Brearley verwiesen worden war. Jetzt geschah es also wirklich.

Sie legte sich wieder aufs Bett und starrte an die Decke. Ihr Leben war ein Dickicht, in dem sie verloren gehen würde, wenn es ihr nicht gelang, sich den Weg freizuschlagen. Wo aber war die Machete?

Ich bin eine Frau, die aus unverbundenen Einzelteilen besteht. Ein Puzzle, in dem nichts zusammenpasst, ein Mosaik. Ich zerfalle. Nachdem sie sich lange gegen ihre quälenden Gedanken zur Wehr gesetzt hatte, gab sie auf und ließ sich auf ihre inneren Bilder ein. Das Einzige, was sie hinter ihren geschlossenen Augenlidern sah, waren Scharen von Ratten und Mäusen. Irgendwann würden sie in ihre Körperöffnungen eindringen und sie bis auf die Knochen abnagen. Nie zuvor waren ihr die Tage so leer und so lang erschienen. Schließlich wagte sie sich in die Tiefe hinab. Sie konnte nur weiterleben, wenn sie sich mit ihrer Vergangenheit konfrontierte. Doch ihre Kindheit lag wie ein Ort voller verschlossener Türen vor ihr. Und da war dieser eine schwarze Raum, den sie nicht zu betreten wagte. Warum nur hatte sie so vieles vergessen?

Wochen vergingen in schmerzvollem Einerlei. Am Tag nach dem fünften Elektroschock führte eine Krankenschwester namens Claudia sie in den Park hinaus. Sie gingen Arm in Arm, weil Nikis Beine sie nicht tragen wollten. Aber dann waren sie da, und sie blinzelte ins grelle Sonnenlicht.

»Wie geht es Ihnen?«

Claudia hatte italienische Vorfahren und bemühte sich rührend um Niki. »Nicht schlecht.« Sie lauschte in sich hinein. Die Elektroschocks hatten ihr zumindest nicht geschadet. Sie hatte ihren Namen zurück, konnte sich selbst wieder spüren, ihr Herz klopfte eilig, und unter ihren Füßen drehte sich die Erde. Sie sah das Goldgrün der Palmen, die sich im Wind wiegten, die Bougainvillea, die sich leuchtend violett eine Mauer hinaufrankte, die gelben Rosen am Spalier. Nie zuvor war ihr die Welt so bunt erschienen.

Claudia betrachtete sie prüfend. »*Madre mia, signora.* Sie sehen auch etwas besser aus. Sie haben wieder ein wenig Farbe auf den Wangen.«

Niki nickte, entschlossen, den flüchtigen Moment zu bewahren, der viel zu schnell vergehen würde. Plötzlich wünschte sie sich sehnlichst, das darzustellen, was sie sah.

»Darf ich?« Sie bückte sich und sammelte eine Handvoll Ahornsamen sowie ein paar Blätter und Zweige ein. Dazu kamen blaue und rote Blütenblätter; Farbtupfer, die sie trocknen würde.

Es wurde langsam warm. Schwester Claudia stellte sich in den Schatten eines Ahornbaums. »Was wollen Sie denn mit dem ganzen Grünzeug?«

Niki lächelte. »Ich möchte aus dem Naturmaterial Collagen machen. Hätten Sie vielleicht ein wenig Kleber und ein bisschen Papier für mich?«

Gegen Mittag brachte ihr die Schwester das Gewünschte vorbei. Niki begann zu arbeiten und hörte erst wieder auf, als der Mond am Himmel stand und sie vor Erschöpfung ins Bett fiel.

Am nächsten Tag wirbelte Laura in ihr Krankenzimmer, Harry im Schlepptau. »Mama!«

»Meine Kleine. Da bist du ja endlich.« Niki zog Laura auf den Bettrand und teilte ihren Nachtisch mit ihr.

»Hier sieht es ja ganz anders aus. Irgendwie bunter.« Harry staunte. Niki konnte ihm das nicht verdenken, denn sie saß zwischen ihren Collagen wie eine Händlerin auf einem orientalischen Basar.

»Mama bunt.« Laura fuhr mit dem Finger über ein Bild. »Tlebt.«

»Genau, mein Schatz. Es klebt.« Niki drückte ihr einen Kuss auf die Wange.

»Sie ist heute zum ersten Mal allein auf den Topf gegangen«, erzählte Harry. »Es gab ein kleines Malheur, als sie ihn umgeworfen hat, aber na ja …« Laura strahlte über das Lob.

»Mein Liebling«, sagte Niki. »Das hast du sehr gut gemacht.«

Laura nickte ernst.

Harry ließ sich in den Lehnstuhl fallen. »Deine Mutter hat uns nach Caux eingeladen.«

»Auch das noch.« Vor Kurzem hatten sich Nikis Eltern der Bewegung »Moralische Erneuerung« des amerikanischen Pastors Frank Buchman angeschlossen, die sich zum Ziel gesetzt hatte, der weltweiten Ausbreitung des Bolschewismus Einhalt zu gebieten. Die evangelikale Bewegung, die ihr europäisches Hauptquartier in Caux bei Genf hatte, erfüllte Niki mit Misstrauen. Nichts passte zu ihrer glamourösen Mutter und ihrem leichtfertigen Vater weniger als eine Gruppe, die sich Umkehr und Buße auf die Fahne geschrieben hatte, um den Kommunismus aufzuhalten.

Harry sah sie prüfend an. »Ob wir da hinfahren, können wir ein anderes Mal entscheiden. Auf jeden Fall sieht es hier anders aus. Du siehst anders aus. Besser.«

Die Hoffnung in seiner Stimme tat weh. Was, wenn sie sich als Strohfeuer entpuppte? Niki deutete auf das Sammelsurium aus getrockneten Blättern und Zweigen, das neben ihrem Bett auf dem Boden lag. »Das Material aus der Klinik reicht nicht aus. Könntest du mir mehr Papier und Kleber bringen?«

»Aber natürlich.«

In diesem Moment hätte Harry ihr den Mond vom Himmel geholt. Bei seinem nächsten Besuch brachte er ihr das gewünschte Material mit. Und am Tag darauf standen Eva und Tony Bonner mit einer Tüte voller Künstlerbedarf vor der Tür. Sie enthielt alles, was Nikis Herz begehrte: Skizzenblöcke, Leinwände, Stifte, Farben und Bindemittel.

Hingegeben mörserte sie Pigmente, mischte sie mit flüssigem Binder an, begann zu malen und integrierte ihre Fundstücke in die Bilder. Sie arbeitete, bis sich die weißen Wände ihres Zimmers mit ihren Kreationen füllten und ihr Herz mit Freude. Nach sechs Wochen war sie in der Lage, die Klinik zu verlassen.

»Eigentlich bräuchten wir ein Umzugsunternehmen«, sagte Harry scherzhaft, als sie ihre Arbeiten aus dem Krankenzimmer in den bereitstehenden Transporter packten.

»Ich bin Malerin«, sagte sie zu Harry. »Es besteht keinerlei Zweifel daran.«

Das Leben zeigte ihr wieder seine Farben. Wenn Laura am Strand jauchzend in die Wellen sprang und sich danach nass und sandig in ihre Arme warf, spürte Niki, dass sie ein Teil von allem war.

Kapitel 13

Sie mieteten ein kleines Haus am Mont Boron oberhalb von Nizza und erkundeten mit ihrem ersten eigenen Auto die Côte d'Azur. Nikis pinkfarbener Schal flatterte im Wind und sie genoss die milde Herbstsonne, wenn sie mit offenem Verdeck die mondänen Orte von Juan-les-Pins bis Cannes und St. Tropez abfuhren. Fast hätte man glauben können, sie seien ein sorgloses junges Paar, das den Winter am Mittelmeer verbrachte und sein Leben nach Kräften auskostete.

»Harry«, rief sie gegen den Fahrtwind an.

»Ja, Darling?« Er sah sie von der Seite an, glücklich und jung, als hätte es die vergangenen Wochen nie gegeben.

»Wir fallen gar nicht auf. Wir sehen aus, als gehörten wir hierher.«

»Du bist auf jeden Fall bezaubernd.« Er lachte. »Man sieht uns nicht an, dass wir vor der Enge in den USA davongelaufen sind und unaufhörlich nach dem Sinn des Lebens suchen. Nach dem größtmöglichen Traum.«

»Wir werden ihn finden.« Ihre Stimme war so hell wie ein Vogelruf.

»Wo?« Als er sich zu ihr umwandte, sah er wie der große Junge aus, der er war.

»In der Kunst.« Der Wind trug ihre Worte davon.

Sie malte jeden Tag und hielt damit die Dunkelheit in Schach, die sie verschlingen wollte. Einmal in der Woche besuchte sie weiterhin brav Dr. Cossa, der ihr half, sich Wege durch den Dschungel ihres Lebens zu bahnen.

An einem Freitagmorgen klopfte es an der Tür. »*Le courrier est arrivé!* Die Post ist da.«

Niki, die gerade Frühstück für Laura machte, öffnete der Postbotin und nahm einen Brief entgegen, der als Absender den vollen Namen ihres Vaters trug: André Marie Fal de Saint Phalle. Sie wunderte sich. Welche Nachricht war so wichtig, dass er sie ihr schriftlich mitteilen musste? Angst erfasste sie. Hoffentlich war niemand gestorben. Auf dem Weg in die Küche riss sie das Kuvert auf und faltete den Bogen auseinander, der dicht an dicht mit seiner ordentlichen, steilen Handschrift beschrieben war. Niki las den ersten Satz und ließ sich auf den erstbesten Stuhl fallen. Sie spürte ihren Körper nicht mehr und brauchte den Halt.

Sicher erinnerst du dich, wie ich dich mit elf Jahren zu meiner Geliebten machen wollte.

Eine leuchtend rote Welle floss über sie hinweg. Ihre Zähne begannen zu klappern, ihre Fingerspitzen wurden taub, und sie zitterte plötzlich am ganzen Körper.

»Mama!« Laura strampelte unruhig in ihrem Hochstuhl.

»Schon gut.« Niki zwang sich, weiterzulesen, obwohl sich jedes Wort wie ein Messer in ihr Herz bohrte. Im Verlauf des Briefes entschuldigte sich ihr Vater für das, was er ihr im Sommer 1942 angetan hatte.

Sie erinnerte sich nicht. Ihr elfter Sommer war eine endlose, grell beleuchtete Landschaft, die hinter einer Tür mit sieben Siegeln lag. Das tiefe Grauen, die Leere, das andauernde Schuldgefühl, das sie empfand, sogar ihr Bedürfnis, querzutreiben und zu provozieren. Hatte das in diesem Sommer begonnen? Etwas musste da geschehen sein.

Und außerdem. Warum sollte ihr Vater lügen und sich damit ihrer Gnade ausliefern? Wie oft hatte sie gesehen, wie er während Jacquelines sonntäglichem Kirchgang die Dienstmädchen verführte? Auch vor Mutters Freundinnen hatte er nicht haltgemacht. Mein lang umkämpfter Zimmerschlüssel! Erst als sie sich abends einschließen konnte, hatte sie sich sicher gefühlt. Dafür musste es Gründe gegeben haben.

»Mama!«

Mühsam kehrte Niki in die Realität zurück. Laura brauchte sie. »Wollen wir einen Spaziergang machen, Liebes?«

Am selben Abend zeigte sie Harry den Brief, der ihn las, sorgfältig zusammenfaltete und mit bleichem Gesicht beiseitelegte. Niki goss ihm ein Glas Rotwein ein, das er in einem Zug leer trank.

»Stimmt das?« Er stellte das Glas mit einem Knall auf dem Tisch ab.

»Ich weiß es nicht. Ich kann mich nicht erinnern«, antwortete Niki kläglich.

»Du hast es verdrängt.« Harry schlug mit der Faust auf den Tisch, dass die Teller schepperten. Das Glas fiel um und hinterließ eine rote Lache auf der Platte. Niki sprang auf und holte einen Lappen. Sie hatte ihn noch nie so zornig gesehen.

»Ein Vater vergreift sich nicht an seinen Kindern! Und deiner hat dich …« Harry verließ den Raum und schlug die Tür hinter sich zu.

Niki wurde von Schuldgefühlen übermannt. Sie schämte sich so vor ihm. Wie sollte er sie noch lieben, nachdem er diese Wahrheit über sie erfahren hatte? Doch als sie sich spät in der Nacht an ihn kuschelte, schob er sie nicht von sich fort.

Niki wusste nicht, was mehr schmerzte, die Erkenntnis, dass ihr Vater sie missbraucht hatte, oder die Demütigung ihrer versagenden Erinnerung. Was war geschehen? Vor welcher bitteren Wahrheit wollte ihre Seele sie schützen?

In ihrer nächsten Therapiestunde bei Dr. Cossa legte sie den Brief auf seinen Schreibtisch.

»Setzen Sie sich doch, Niki. Was haben Sie da für mich?« Er sah auf. Wie immer trug er seinen weißen Arztkittel. Der dunkle Haarschopf über dem fein geschnittenen Gesicht, die große Brille. Dr. Cossa hatte Niki in tiefster Not beigestanden, und sie vertraute ihm.

»Der kam neulich. Er ist von meinem Vater.«

Der Arzt faltete den Bogen umständlich auseinander und begann zu lesen. Sein Gesicht versteinerte. Er nahm den Brief und ging zum Kamin.

»Nein!« Nikis Protest verhallte ungehört.

Ein Feuerzeug flammte auf. Zuerst erfasste die Flamme nur eine Ecke, dann brannte das Papier lichterloh. Niki sank in sich zusammen.

Nach ein paar Sekunden war es vorbei. Von Papas Geständnis und seiner Bitte um Vergebung blieben nichts als ein paar Aschefetzen, die langsam zu Boden schwebten.

»Aber –«

Dr. Cossa setzte sich hinter seinen Schreibtisch. »Wir haben schon mehrfach über Ihre Kindheit gesprochen, Niki. Erinnern Sie sich an das, was Ihr Vater da behauptet?«

Niki schüttelte traurig den Kopf.

»Sie glauben diesen Unfug doch nicht? Bleiben Sie vernünftig, Niki. Lassen Sie sich von diesem Machwerk, das nur einem kranken Geist entsprungen sein kann, nicht in die Irre führen.«

»Aber mein Vater«, sagte sie hastig. »Wenn Maman in der Kirche war – «

Sie zuckte zusammen, als Dr. Cossa mit der flachen Hand auf den Tisch schlug. »Hören Sie auf mit diesem Unsinn. Nie würde Ihr Vater, der die strengen moralischen Prinzipien der katholischen Kirche verinnerlicht hat und außerdem der allerbesten Gesellschaft angehört, seiner eigenen Tochter so etwas antun. Das ist völlig absurd. Sicher sind seine Worte auf altersbedingte Wahnvorstellungen oder Schwermut zurückzuführen.«

»Er ist jünger als Sie«, wandte Niki ein. »Und er ist ein Schürzenjäger.« Mit Sicherheit legte er die Freundinnen ihrer Mutter noch immer reihenweise auf dem Ehebett flach.

»Niki«, erwiderte Cossa beschwörend. »Vergessen Sie all das so schnell wie möglich. Da ist nichts dran. Ich werde Ihrem Vater schreiben, dass er in Zukunft solche Geständnisse Ihnen gegenüber unterlassen soll. Es behindert den Prozess Ihrer Heilung.« Er begann, die Papiere auf seinem Schreibtisch zu sortieren. »Denken Sie doch daran, wie nahe Sie einem dauerhaften Klinikaufenthalt waren. Das kann Ihnen noch immer drohen, wenn Sie keine Ruhe geben.«

Niki saß da, umklammerte ihre Handtasche und kam sich klein und dumm vor. Vielleicht hatte Cossa ja recht. Immerhin war er der Psychiater und kannte sich mit den seltsamen Anwandlungen vermeintlich normaler Leute aus. Sie hatte dem Psychiater den Nachmittag verdorben.

Cossa sah ungehalten auf. »Gehen Sie jetzt! Und verschwenden Sie meine Zeit nicht mehr!«

»Es tut mir leid.«

»Das hoffe ich.«

Harry wartete unten im Auto auf sie. Die Praxis lag in einer schattigen Parallelstraße zur Promenade des Anglais. Durch eine Seitenstraße blitzte blau das Meer. Niki stieg ein, setzte sich auf den Beifahrersitz und schlug die Tür hinter sich zu.

»Und? Was hat er zu dem Brief gesagt?«

»Er hat ihn verbrannt.« Niki knetete ihre leeren Hände.

»Er hat was?« Harry sah sie fassungslos an.

»Du hast richtig gehört.«

Harry schlug auf das Lenkrad. »Weshalb hast du das zugelassen, Niki? Der Brief war dein einziges Beweisstück in dieser Sache.«

»Es ging so schnell«, sagte sie ausweichend. »Papa hatte Seitensprünge wie alle gut aussehenden Männer. Bei manchen siegt der Jagdinstinkt, wie bei dir.«

Harry erstarrte. »Verdammt noch mal, Niki! Das kannst du doch nicht miteinander vergleichen. Das, was er dir angetan hat, ist keine Affäre. Du bist seine Tochter!« Sein gesamter Zorn entlud sich und er schlug erneut auf das Lenkrad. Aber er war nun erst so richtig in Fahrt gekommen: »Und du fängst doch wohl nicht ausgerechnet jetzt damit an, mir Vorwürfe zu machen!«

»Doch«, beharrte sie. »Ich will, dass nichts zwischen uns steht. Es war mehrmals, oder?« Tiefer konnte sie ohnehin nicht mehr fallen. Und zu verlieren hatte sie auch nichts mehr.

In diesem Moment stellte sich direkt vor ihnen ein Gemüsetransporter quer über die Straße und blockierte sie. Der Fahrer stieg aus und begann seelenruhig, Kisten voller Tomaten auszuladen und vor der Tür eines Restaurants zu stapeln.

»Die Tomatensauce ist gerettet.« Harry hupte ausdauernd.

»Schweif nicht ab!«

Resigniert löste er seine Hände und legte sie in den Schoß. »Ja, verdammt.«

»Ich weiß schon eine Weile davon, seit Cambridge«, flüsterte sie. »Und dann war da ja auch noch Mady.«

»Niki!« Er legte seine große, warme Rechte auf ihre. »Es tut mir leid. Alle haben das gemacht. Untreu zu sein, gehört in gewissen Kreisen zum guten Ton. Es hat nichts zu bedeuten.«

»Das denkst du? Ich habe dich auch betrogen.« Sie lachte bitter, weil Harry sie mit offenem Mund anstarrte. »Es war zweimal, zuletzt mit Hugh.«

Harry riss seine Augen auf. »Aber der ist viel zu alt für dich.«

»Das stimmt, und es hat überhaupt keinen Spaß gemacht. Es war wohl ein kleiner Racheakt wegen der Sache mit Mady.«

Der Transporter fuhr los. Harry rollte aus der Parklücke, reihte sich in den dichten Verkehr ein und bog auf die überfüllte Promenade des Anglais ab. »Mein Engel ist auf die Erde hinabgestiegen«, sagte er fassungslos. »Das hätte ich dir nie zugetraut.«

»Ich bin alles andere als ein Engel«, sagte Niki. »Ich bin eine Frau aus Fleisch und Blut und will als solche behandelt werden. Wir müssen uns entscheiden, was aus uns werden soll, Harry. Das hätten wir schon längst tun sollen.«

Sie flog fast vom Sitz, als Harry auf die Bremse stieg, weil das Fahrzeug vor ihnen abrupt zum Stehen gekommen war. »Verflucht!«, rief er, dann wandte er sich wieder ihr zu. »Ich will auf jeden Fall mit dir zusammenbleiben.«

Ein winziges Licht erwachte in Niki, in dem sie ungläubig die Flamme der Hoffnung erkannte. Sie würden sich nicht trennen, jedenfalls nicht heute. »Es darf keine Seitensprünge mehr geben, Harry«, sagte sie drängend. »Weder von deiner noch von meiner Seite aus. Ich verlange totale Offenheit.«

»Also gut«, willigte er ein. »Aber was machst du nun ohne den Brief? Du kannst deinem Vater nichts mehr nachweisen. Außer du fragst ihn.«

»Am Telefon?« Niki hob den Blick. Die Strandpromenade war von langen Palmenreihen gesäumt. Dahinter lag das blaue Meer, so weit und offen, dass sie darin ertrinken würde. Ich werde nicht untergehen, dachte sie, aber dafür muss ich schwimmen. Nur ihn anrufen, das kann ich nicht. »Das will ich nicht. Ich hab es satt, mich herumschubsen zu lassen. Wir fahren nach Caux und sprechen mit meiner Mutter.«

Es war ein kühler Herbsttag. Genf lag unter einem Himmel voller federgleicher weißer Wolken. Das Grandhotel Caux Palace, in dem sich das Hauptquartier der Moralischen Aufrüstung in Europa befand, lag auf einem Aussichtspunkt hoch über dem See. Kaum waren sie ausgestiegen, erfasste sie der böige Wind. Niki übergab Laura, die schläfrig vor sich hin murmelte, an Harry. Sie war erst vor einer guten halben Stunde eingeschlafen, nachdem Niki sie während der Fahrt mit Reimen und Fingerspielen unterhalten hatte.

»Auf in den Kampf.« Sie gingen auf das Gebäude zu, das mit seinen zahlreichen Türmen eher einem Märchenschloss als dem Sitz einer Sekte glich. »Schick nicht?«

»Hier bunkern sie richtig viel Geld«, erwiderte Harry düster.

Er durchschritt die Drehtür zuerst. Laura legte den Kopf an seine Schulter und nuckelte am Daumen. Niki folgte ihnen und kam sich in der riesigen Lobby klein und unbedeutend vor. Sie hatten kaum ihre Taschen abgestellt, als ein weißhaariger Mann mit Schürze diensteifrig auf sie zueilte. »Willkommen in unseren bescheidenen Räumen, Mrs und Mr Mathews. Ich bin John und während Ihres gesamten Aufenthalts für Sie zuständig. Also, wann immer Sie Hilfe benötigen …«

»Man hat unsere Ankunft angekündigt?«, fragte Niki.

»Ja, Ihre Frau Mutter war so freundlich. Wenn Sie mir bitte folgen würden?«

John ging ihnen voran zum Aufzug. Im Foyer und durch die offene Tür des Speisesaals, überall sah Niki Leute, die sich nützlich machten. Eine Dame mit onduliertem Lockenkopf bearbeitete den Boden mit einem Staubsauger, ein paar Männer deckten die Tische für das Abendessen mit weißem Geschirr. Ein Zwanzigjähriger mit Hornbrille putzte mit einem Staubtuch hingebungsvoll den glänzend schwarzen Steinway.

»Die sehen gar nicht wie Dienstboten aus, sondern wie Gläubige, die den Chefsessel mit der Klobürste getauscht haben«, lästerte Harry.

Niki musste so lachen, dass John, der gerade den Knopf des Aufzugs betätigte, sich pikiert umwandte. »Respekt bitte! Sie wissen schon, wo Sie sich hier befinden?«

»Im Hauptquartier des ›Moral Re-Armament‹ oder MRA«, antwortete Harry unschuldig.

»Hauptquartier würde ich nicht sagen.« John schob ihr Gepäck in den verspiegelten Aufzug. »Das klingt viel zu kriegerisch. An diesem Ort beginnt die Zukunft. Wenn Sie sich informiert haben, junger Mann, wissen Sie sicher um die weltweite Vernetzung unserer Bewegung. Sogar Mahatma Gandhi sieht die Notwendigkeit ein, dass die Menschheit sich von innen heraus erneuern muss. Frieden beginnt bei jedem Einzelnen.«

»Amen«, sagte Harry. »Halleluja.«

Niki biss sich auf die Zunge, um nicht zu kichern.

»Wir werden siegen«, sagte John.

»Aufgrund der Überlegenheit des weißen Mannes über den Bolschewismus«, vollendete Harry todernst.

In seiner Begeisterung bemerkte John nicht, dass er ihn auf die Schippe nahm. »Genau. Mrs De Saint Phalle erwartet Sie. Sie ist eine unserer glühendsten Unterstützerinnen.« Der Aufzug hielt im dritten Stock. Sie folgten John den strahlend sauberen Gang entlang. Auf jeder Kommode prangte ein Strauß frischer Blumen.

»Bleib misstrauisch, egal, was sie sagen«, flüsterte Harry.

»Aber sie sind gegen den Kommunismus.« Niki nahm ihm Laura ab, die inzwischen aufgewacht war, und setzte sie sich auf die Hüfte. »Was kann daran verwerflich sein?«

»Vielleicht sind sie ja die fünfte Kolonne der CIA«, raunte Harry ihr zu, während John an eine Tür klopfte. »Auf jeden Fall sind sie eine Waffe im Kalten Krieg und lassen sich bereitwillig instrumentalisieren.«

»Herein!«, ertönte es von innen. John öffnete die Tür, und sie traten ein.

Jacqueline saß in einer gestärkten weißen Bluse und einem dunkelblauen Faltenrock am Fenster. Niki fiel auf, dass sie nicht wie sonst nach Chanel Nr. 5 duftete. »Da seid ihr ja endlich.«

Sie stand auf und zog Niki in eine lange Umarmung. Ohne ihr gewohntes Make-up wirkte sie verhärmt und so alt, wie sie war.

»Hattet ihr eine gute Fahrt?« Sie trat zurück und klatschte in die Hände. »Da ist ja meine kleine Laura. Komm zu deiner Großmutter, Liebes.«

Sie setzte sich, nahm die Kleine auf den Schoß und deutete auf zwei Stühle in der gediegen eingerichteten Fensternische.

»Nehmt doch Platz, ihr beiden. Ihr ahnt gar nicht, wie sehr ich mich freue, euch zu sehen.« Jetzt erst widmete sie John ihre Aufmerksamkeit. »Würden Sie bitte in der Küche Bescheid sagen, dass man uns einen Imbiss hinaufbringt, mein Lieber? Meine Tochter und mein Schwiegersohn haben sicher Hunger nach der langen Fahrt, ebenso wie die kleine Prinzessin hier.«

Sie kitzelte Laura am Bauch. »Ich hoffe, ihr erzieht sie zweisprachig. Dann bekommt sie kulturelle Vielfalt in die Wiege gelegt.«

John verließ den Raum.

»Maman«, begann Niki. »Dieser John …?« Jacqueline hatte ihn wie einen Dienstboten behandelt.

»Er war mal Pressesprecher eines großen Pharmaunternehmens«, sagte Jacqueline. »Bei uns übt er, wie es sich anfühlt, Gleicher unter Gleichen zu sein. Dazu gehört, dass man sich gegenseitig bedient und hilft, wo man kann.«

Niki nickte zweifelnd.

»Das muss dich nicht kümmern, Niki. Hier leisten alle Mitglieder ihren Beitrag zur Gemeinschaft, sogar ich. Der innere und der äußere Frieden ergänzen sich.« Jacquelines Augen leuchteten.

»Du siehst so beseelt aus«, stellte Niki misstrauisch fest. »Soll ich wegen so viel öffentlich zur Schau gestellter Nächstenliebe beeindruckt sein?«

Jacqueline setzte Laura um. »Oh ja, mein Schatz. Vielleicht färbt ja ein wenig auf euch zwei Rebellen ab.«

Harrys skeptisches Räuspern ging in einen Hustenanfall über. Niki klopfte ihm den Rücken und fragte sich, wie sich die Rolle der erwachten Christin mit ihrer extravaganten Mutter vertrug, die es mühelos verstand, alle nach ihrer Pfeife tanzen zu lassen.

In diesem Moment klopfte es. Zwei junge Männer brachten einen Servierwagen voller frisch zubereiteter vegetarischer Speisen und deckten den Tisch.

»Du musst essen, Niki!« Jacqueline füllte einen Teller für Laura, die hungrig den Mund aufsperrte, und begann sie zu füttern. »Du siehst immer noch aus, als könne dich ein Windhauch umpusten. Geht es dir besser?«

Niki bejahte, doch als sie das Gespräch auf ihren Vater bringen wollte, trat Harry sie sanft vors Schienbein. »Morgen«, raunte er ihr zu. »Fall nicht mit der Tür ins Haus.«

Also geduldete sie sich, gehorchte den Geboten der Höflichkeit und bediente sich reichlich an den ausgezeichneten Gerichten.

Abends trafen sie sich im Speisesaal, wo ein ebenso köstliches Dinner serviert wurde. Niki, die die Begeisterung der Gläubigen noch immer befremdlich fand, fühlte sich besänftigt, als Harry am Steinway ein Stück von Claude Debussy zu spielen begann, das ihm begeisterten Applaus einbrachte. Clair de Lune. Vielleicht entlarvte das subtile Meisterwerk das Schwarz-Weiß-Denken der Gemeinschaft ja als zu schlicht. Unsinn, sie sollte da nicht zu viel hineininterpretieren.

Harry wechselte zu einem Medley aus Musicalmelodien, das die Anwesenden zum Mitklatschen brachte. Wenigstens konnten sie sich noch freuen und waren nicht immer nur fromm und gesetzt.

Am nächsten Morgen brachen sie zu einem Spaziergang am Genfer See auf. Jacqueline, ganz die stolze Großmutter, schob den

Wagen, in dem Laura saß und abwechselnd auf Gänse und Enten zeigte. Harry, der ihnen Zeit zu zweit gönnen wollte, schnappte sich seine Tochter und ging zusammen mit ihr daran, eine Tüte mit Brotresten an das Federvieh zu verfüttern.

Niki und Jacqueline ließen sich auf einer Bank in Ufernähe nieder. Sie trugen beide Kopftücher gegen den böigen Wind, der den See kräuselte wie die schuppige Haut einer Schlange.

»Wie geht es dir wirklich?«, fragte Jacqueline. »Du glaubst gar nicht, wie uns dein Nervenzusammenbruch schockiert hat.«

»Besser.« Niki verzichtete darauf, ihr zu erklären, dass die Kunst ihr das Leben gerettet hatte. Sicher würde ihre Mutter ihr nahelegen, ihre Zeit nicht mit Überflüssigem zu verschwenden. »Ich gehe immer noch zur Therapie.«

»Das gehört heute ja zum guten Ton.« Ihre Mutter legte ihre Hand auf Nikis Rechte. »Achte auf dich, ich bitte dich. Von uns Frauen wird so viel gefordert. Wir sind es doch, die den Laden am Laufen halten.«

Niki sah zu Laura und Harry hinüber. Er hielt die Kleine schützend an der Schulter, während sie die Enten und Schwäne mit Brotkrumen fütterte, und schlitterte dabei fast die Böschung hinab. »Weißt du, was der Grund für … meine Depressionen gewesen sein könnte?«

Jacqueline blickte auf den See hinaus. »Im Stammbaum des Adelsgeschlechts der De Saint Phalles gab es einige exaltierte, sehr eigenwillige Menschen.«

»Priester, Mütter und Soldaten«, vollendete Niki. »Also haben noch mehr von uns einen Dachschaden, den man dann ja wohl als Ergebnis jahrhundertelanger Inzucht bezeichnen muss. Aber Papa und seine Brüder kommen doch ganz gut klar.«

»So habe ich das nicht gemeint«, lenkte Jacqueline ein. »Ich sehe da nur ein gewisses Übermaß an Dickköpfigkeit. Denk nur an deine Großmutter Catherine, die Schloss Huez partout nicht verlassen wollte, obwohl es mehr als angeraten war.«

»Zur Strafe für so viel Eigensinn geht man dann eben lichterloh in Flammen auf. Peng.« Niki blies sich in ihre kühlen Finger. »Papa … steht der ›Moralischen Aufrüstung‹ ebenfalls nahe, oder?«

»Wir gehen diesen Weg gemeinsam.« Jacqueline nickte ernst. »Auch er versucht, sein Leben zu ändern und Frieden zu finden.«

»Papa hat mir einen Brief geschrieben.«

»Kalt heute.« Jacqueline schüttelte sich und versteckte ihre Hände in den Taschen ihrer Jacke. »Davon weiß ich gar nichts.«

Niki nahm ihren ganzen Mut zusammen. »Es stehen gewisse Dinge in dem Brief, die zwischen uns geschehen sein müssen. Aber ich erinnere mich nicht an sie. Er bittet mich um Vergebung.«

»Er tut was?« Jacqueline blickte stur geradeaus. »Was meinst du damit?« Vor ihnen lustwandelten die ersten Touristen am Ufer des Sees. Ein älteres Paar kreuzte Arm in Arm ihren Weg.

»Ich kann nicht darüber sprechen«, flüsterte Niki erstickt.

»Warum nicht?«

»Es tut zu weh. Ich ersticke daran.«

Worte konnten zerstörerisch sein. Sie waren zwei Frauen im Sturm. Wenn Niki die Wahrheit sagte, würde der See aufwallen und sie beide für immer verschlingen. »Weißt du, was im Sommer 1942 geschehen ist, als ich elf Jahre alt war?«

Jacqueline strich sich über die Augen. »Das Licht ist so grell … Nein, mein Schatz. Das weiß ich nicht. Wir hatten ein Ferienhaus in Darien, Connecticut, gemietet, und Papa ist mit euch Kindern vorausgefahren, um mit euch einige Wochen allein zu verbringen. Aber was wirfst du ihm denn vor? Weißt du denn nicht, dass er ein Agent Provocateur ist? Man kann ihn nicht ernst nehmen, aber auch nicht lange böse sein.«

Leichtsinn und Risikobereitschaft. Das kennzeichnete Nikis Vater. Sie erinnerte sich an den Spaß, den ihm kleine Streiche bereiteten. Einmal hatte er einen künstlichen Kothaufen gekauft und auf den neuen Teppich gelegt, als hätte der Hund sich danebenbenommen. Jacqueline hatte sich furchtbar geärgert. Ein anderes Mal hatte er sich köstlich über die Wirkung eines Furzkissens auf ihrem Stuhl amüsiert. Und mit dem Segelboot aufs Meer hinaus fuhr er vorzugsweise bei Sturm, wodurch er seine Bootsgenossen mehrfach in Lebensgefahr brachte.

»Du weißt also nicht, was geschehen ist?«, wiederholte Niki.

»Wirklich nicht, mein Liebes«, versicherte Jacqueline. »Den Mitgliedern der MRA wird Umkehr und Versöhnung nahegelegt. Das hat er sich wohl zu Herzen genommen. Am besten, du vergisst das Ganze.«

Von fern hörte Niki Lauras fröhliches Kreischen. Eine Schar Enten war an Land gegangen, drängte sich um Vater und Tochter und balgte sich um die Brotkrumen. »Und, was wirst du tun? Deinem Vater verzeihen?«, fragte Jacqueline leise.

»Mein Arzt, Dr. Cossa, hat den Brief verbrannt.«

»Vielleicht ist das besser so«, sagte Jacqueline. »Das Leben ist begrenzt. Frauen ist es bestimmt, gehorsam zu sein und sich um ihre Kinder zu kümmern. Am besten, du fügst dich und akzeptierst, was Gott für dich vorgesehen hat.«

Niki wurde diese gespielte Demut zu viel. »Natürlich haben die

Frauen bei der MRA alle zehn Kinder und backen mit Vorliebe in ihrer gestärkten Rüschenschürze riesige Kuchen, wenn sie nicht gerade beten.«

»Lästere nicht!«, erwiderte Jacqueline in scharfem Tonfall.

Niki setzte sich aufrecht, bot dem Wind die Stirn. »Ich möchte Malerin werden.«

Jacqueline sah sie prüfend an. »Ach, wirklich? Aber hoffentlich nicht mit so schrecklichen modernen Werken wie dieser Jackson Pollock. Ich bitte dich.«

Obwohl Niki den Namen Pollock noch nie gehört hatte, wusste sie, auf welcher Seite sie stand. »Ich fürchte, ich werde mich zu den Modernen zählen müssen, Maman. Niki, die Schreckliche. Die menschgewordene Provokation. Es tut mir leid.«

»Tut es überhaupt nicht«, gab Jacqueline ätzend zurück. »Aber das ist egal. Denn durchsetzen wirst du dich als Frau ohnehin nicht. Du wirst scheitern, stell dich darauf ein. Erfolg haben nur die Männer.«

»Und das ist von Gott so bestimmt?« In Niki erwachte ihr unbezähmbarer Trotz. *Ich war ein starkes, wildes Kind, ein Unkraut, das sich nicht besiegen ließ.* Damals hatte sie sich alle Freiheiten herbeigesehnt, die die Männer so selbstverständlich für sich beanspruchten. Was, wenn sie um die gleichen Rechte kämpfen würde?

Bevor sie Jacqueline widersprechen konnte, lösten sich Laura und Harry aus der schnatternden Schar Federvieh. Laura rannte auf Niki zu, die aufstand und sie herumwirbelte. »Hattest du Spaß, mein Schatz?«

Laura nickte begeistert. »Oh ja, den hatte sie«, sagte Harry. »Ich weniger. Sie haben uns das Brot fast aus den Händen geklaut.

Aber jetzt wird es Zeit, zurückzugehen, damit sich Laura vor dem Essen noch etwas ausruhen kann.«

Jacqueline blieb sitzen. »Entschuldigt mich. Ich möchte noch eine Weile die frische Luft genießen und folge euch später ins Hotel.«

Sie packten Laura in den Wagen und wollten sie gerade hangaufwärts schieben, als Jacqueline Niki noch einmal zurückrief. Zögernd näherte sie sich ihrer Mutter.

»Auch wenn mir nicht klar ist, was im Sommer geschah. Aber an den Herbst und Winter 1942 erinnere ich mich bestens.«

»Was war da?« Niki, die sich gar nicht mehr sicher war, ob sie das wirklich wissen wollte, wandte sich ihrer Mutter zu.

»In diesem Herbst begannen deine Schwierigkeiten, Niki.« Jacqueline starrte auf den See hinaus. »Denk nur an dein Theaterstück mit dem kannibalischen Wirt. Du hast uns alle vor den Kopf gestoßen.«

»Papa hat sich köstlich amüsiert.«

»Diesem Filou ist nichts anderes zuzutrauen«, erwiderte Jacqueline. »Im Herbst hast du angefangen, bei Tisch herumzuzappeln, Grimassen zu schneiden und dir deine Ellbogen in die Seite zu rammen. Wir mussten dich zum Essen in die Küche verbannen.«

»Ja. Daran erinnere ich mich.« Wie war sie erleichtert gewesen, in der Küche bei Cora essen zu dürfen, anstatt im Esszimmer, wo man immer an ihr herummäkelte. *Einmal hast du Elisabeth gezwungen, ihr Erbrochenes aufzuessen, Maman, erinnerst du dich?* Es gab zu viele arme Heidenkinder, als dass sie etwas verschwenden durften. *Oder dieses Weihnachten, als du dem Rat des Arztes folgtest und mir nur Süßigkeiten zu essen gabst, weil ich in der Ad-*

ventszeit zu viel genascht hatte. In unserer Familie herrschte eine einzige Kraft vor, und das war die Gewalt.

»Und dann deine Schulschwierigkeiten«, fuhr Jacqueline fort. »Bald darauf kam dein Verweis von Brearley.« Sie wischte sich mit ihrem Taschentuch über die Augen. »Das Licht auf dem See ist so grell. Davon tränen mir die Augen. Aber was im Sommer 1942 vorgefallen sein soll, daran erinnere ich mich beim besten Willen nicht.«

»Nein«, sagte Niki traurig.

Jacqueline richtete sich auf und sah sie mit leeren Augen an. »Das kann ich auch gar nicht. Ich war während der ersten Wochen in Darien nicht dabei, Niki.«

»Schon gut.« Sie wandte sich ab und folgte Harry und Laura.

»Wie fühlst du dich?«, fragte Harry später.

»Unglaublich hilflos.«

Zurück in Nizza schloss Niki sich in ihrem winzigen Atelier ein, um zu malen. Unter ihren Händen entstanden zwei Figuren, eine Mutter ohne Gesicht, die ihr ebenfalls gesichtsloses Kind auf dem Schoß hielt. Die beiden hatte Köpfe wie Kegel und saßen vor einer Wand, in die rechts oben ein vergittertes Fenster eingelassen war. An ein Entkommen war nicht zu denken. Die Mutter hielt ihr Kind nicht richtig fest, im nächsten Moment würde es ihr vom Schoß gleiten.

Niki spürte, dass die Kunst für sie überlebenswichtig war. Die Malerei war gleichzeitig ihre Rettung und ihre Treppe hinab in die Finsternis. Sie musste den Drachen darstellen, wenn er sie nicht töten sollte.

In der Nacht darauf öffnete sich im Traum die Tür zum Schicksalssommer 1942 einen Spaltweit. Voller Vorfreude war Niki mit ihrem Vater und ihren Geschwistern in die Villa in Darien im Fairfield County vorausgefahren. Sie wollten faulenzen, segeln und angeln. Ein Urlaub ganz nach dem Geschmack ihres abenteuerlustigen Vaters.

Claire und Elisabeth schliefen noch, als er eines Morgens an die Tür des Mädchenzimmers klopfte und Niki herausbat.

»Ich komme.« Sie war stolz darauf, dass er sie und nicht ihren Bruder John mitnahm.

»Ich dachte, wir könnten unsere Angelsachen für heute Nachmittag zusammensuchen«, sagte er, als sie über den Rasen zu der kleinen Angelhütte direkt neben dem Anleger gingen. Im Hintergrund lag ihre behäbige Sommervilla in dem Park voller schattenspendender Bäume. Es war so früh, dass sich nicht einmal die kleinste Fahne Rauch aus dem Küchenschornstein kringelte.

André öffnete die Tür der Hütte, schob Niki hinein und schloss sorgfältig hinter sich ab. Sie blinzelte in das Licht, das wie Speere in das finstere Bretterverließ drang, und stand untätig daneben, während ihr Vater Angelruten und anderes Zubehör zurechtlegte.

Danach musterte er sie mit einem Blick, den sie nicht deuten konnte. »Komm näher, Niki. Sei nicht so scheu.«

Niki gehorchte und trat so nahe an ihn heran, dass er ihr über die Wange streichen konnte. Sie wich zurück, körperliche Zärtlichkeiten war sie nicht gewohnt.

»Wir sind doch Freunde. Vertrau mir«, flüsterte er und Niki konnte nur nicken.

Er war ihr nun so nah, dass sie den Schweiß auf seiner Stirn sehen konnte. Sie schluckte und schloss die Augen. *Das ist nur ein Traum, oder?* Sie konnte ihren Körper nicht mehr spüren, wie betäubt stand sie da.

»Du bist doch ein gehorsames Mädchen, oder?«

Seine Stimme war nur noch ein dumpfes Rauschen in ihren Ohren. Selbst als sie die Augen wieder öffnete, nahm sie weder sich noch ihn wahr. Unter dem Dachgebälk war ein kleiner, schwarzer Ort, den das Licht nicht ausleuchtete. Dort versteckte sie ihre Seele, bis es vorüber war.

Die Bilder zerrannen, als Niki mit einem Ruck erwachte. Ihr Herz pochte bis zum Hals. Im Mund hatte sie einen fauligen Geschmack.

»Was ist, Liebling?«, fragte Harry verschlafen.

»Nichts.«

KAPITEL 14

PARIS, SOMMER 1954

Es gab sie, diese schicksalhaften Tage, an denen das Leben sich wendete. Seit einigen Monaten lebten Niki und Harry mit den Bonners im Haus einer Künstlergemeinschaft nahe der Rue Hallé im 14. Arrondissement und genossen die Stadt in vollen Zügen.

Selbstvergessen bummelte Niki durch die kleinen Galerien an der Rive Gauche. Sie zeigten abstrakte Kunst, Außenseiterpositionen wie Jean Fautrier und Wols, bunt, wild und meilenweit davon entfernt, kommerziellen Erfolg zu haben. Genauso wie Niki, auch wenn sie gegenständlich malte. Der Termin, der später an diesem Nachmittag vor ihr lag, würde ihr eine Entscheidung abverlangen. Doch wenn sie Werke wie diese betrachtete, sah sie sich in ihrem Entschluss bestärkt. Die Kunst bestimmte ihren Weg.

Niki wanderte weiter, erreichte das Künstlerbedarfsgeschäft Lefèbvre-Foinet in der Rue Bréa im Viertel Montparnasse und bewunderte die Schaufenster voller Gliederpuppen und Pinsel, die Monsieur Lefèbvre wie Orgelpfeifen angeordnet hatte. Sie liebte diesen Ort. Warum sollte sie sich nichts Schönes gönnen, bevor sie zu diesem vermaledeiten Treffen ging? Kurz entschlossen trat sie ein und fand sich im Verkaufsraum wieder, in dem es herrlich nach Pigmenten und Leinöl duftete. Geballte Verheißung.

»*Mademoiselle la comtesse, bienvenue.*« Hinter der Ladentheke stand Maurice Lefèbvre persönlich, der seiner weiblichen Kundschaft gegenüber nicht an Galanterie sparte. »Wünschen Sie etwas Bestimmtes?«

»Nein.« Sie wollte nur einen kleinen Aufschub und etwas Spaß. »Ich bin nur so gern in Ihrer Hexenküche.«

Maurice beugte lächelnd den Kopf. »Ein Kompliment, merci. Schauen Sie sich nur um.«

Von Bleiweiß über Beinschwarz bis hin zu Cadmiumgelb, gebranntem Ocker und Sienarot stapelten sich die Farben in den Regalen. Sie bargen so viele Möglichkeiten. »Es ist so schön bei Ihnen. Am liebsten würde ich gar nicht mehr gehen.«

Maurice Lefèbvre lächelte. »Tun Sie sich keinen Zwang an und betrachten Sie den Laden als Ihr Zuhause.«

Er war jungen Künstlern gegenüber ausgesprochen zuvorkommend. Vielleicht dachte er an die Zeit zurück, als sein Großvater Pigmente per Bauchladen an die impressionistischen Maler verkauft hatte, oder an den bitterarmen Zöllner Henri Rousseau, dem das Geschäft kostenlos Leinwände zur Verfügung gestellt hatte, auch wenn sie seine Entwürfe hinterher wieder abkratzten.

Niki war ganz in die Welt der Farben versunken, als sich die Ladentür für ein älteres Paar öffnete. Der Mann war ein weißhaariger Gnom um die sechzig, die Frau an seiner Seite um einiges jünger und sehr attraktiv.

»Monsieur Ernst und Madame Tanning«, begrüßte Lefèbvre die beiden.

Niki blickte neugierig auf. Die Werke von Max Ernst, dem berühmten Surrealisten, kannte sie von Abbildungen. Eines zeigte die Madonna bei der ketzerischen Tat, dem Jesuskind den Po zu versohlen, wobei ihr André Breton, Paul Éluard und der Maler selbst über die Schulter schauten. Niki hatte sich köstlich amüsiert.

Max Ernst legte seine Hände auf die Ladentheke. »Wann werden Sie mich endlich Ihr Portrait malen lassen, Lefèbvre?«

»Kommt Zeit, kommt Rat«, antwortete dieser salomonisch. »Vielleicht, wenn Sie Ihre Pigmente bezahlt haben? Also nie.«

Madame Tanning lachte glockenhell.

Max Ernst wandte sich Niki zu. »Und wer sind Sie, wenn ich fragen darf?« Er sprach fließend Französisch mit einem leichten deutschen Einschlag.

»Niki Mathews«, stellte sie sich vor.

Der Maler musterte sie. »Gehe ich recht in der Annahme, dass sie eine hoffnungsvolle junge Künstlerin sind? Was würden Sie sonst hier wollen? So blutjung, mein Gott. Waren wir auch einmal so, Dorothea?« Er schüttelte den Kopf. »Kann nicht sein. Und? Wie malen Sie, abstrakt oder gegenständlich?«

Niki dachte einen Augenblick nach. »Gegenständlich, aber sehr eigenwillig.«

Obwohl ihre Malerei sie innerlich befreite, wäre es schön, wenn sich mehr Leute für sie interessieren würden.

Max Ernst schenkte ihr ein erfreutes Lächeln. »Und das, wo die Abstrakten gerade en vogue sind, diese Maler des Informel mit seinen Knäueln von Strichen und Punkten. Aber wenn sich junge Künstler wieder der Gegenständlichkeit zuwenden ... Siehst du, Dorothea, das Pendel wird wieder andersherum ausschlagen. Dada, der Surrealismus. Sie sind nicht tot. Die Jungen drängen nach ihrer Erneuerung. Schließlich träumen wir auch nicht abstrakt, oder?«

Niki stimmte ihm zu, obwohl sie keine Ahnung hatte, wovon er sprach.

Max Ernst hakte sich bei seiner Frau unter. »Was könnte mir

und dem guten Marcel Duchamp Besseres passieren, als dass man uns zu Vorbildern erklärt?«

Ungläubig lauschte Niki seinem Redeschwall. Würde eines Tages jemand die Abstraktion für überholt erklären und ihr einen komplett anderen Stil entgegensetzen? Ich wäre dabei, dachte sie spontan.

In diesem Moment fiel ihr mit Schrecken ein, wie knapp bemessen ihre Zeit war. Sie kaufte Monsieur Lefèbvre noch schnell eine Tube Veroneser Grün ab und verabschiedete sich. »Entschuldigen Sie mich bitte.«

»Bleiben Sie doch noch«, bat Max Ernst. »Sie erscheinen mir wie ein Traum, der es geschafft hat, meinen Bildern zu entkommen.«

Niki errötete. »Ich habe eine Verabredung.«

»Ein Rendezvous. Ach, die Liebe.« Dorothea Tanning zwinkerte ihr zu. »Was waren das noch Zeiten.«

Niki lächelte vielsagend, trat auf die Straße hinaus und versteckte das Tütchen mit der Tube wie einen Talisman in der Tasche ihres wadenlangen, schwarzen Tellerrocks. Dazu trug sie eine enge, rote Bluse und flache Schuhe.

Es war ein sonniger Spätnachmittag. Während sie in Richtung des Quartiers St. Germain des Prés eilte, sog sie den Duft nach blühenden Lindenbäumen und frischem Brot ein, der sie umgab. Wenn sie ehrlich war, genoss sie Paris nach ihrer Krankheit wie nie zuvor. Am Jardin du Luxembourg kam ihr eine Gruppe junger Männer mit strähnigen Haaren, schwarzen Rollkragenpullovern und Zeichenblöcken unterm Arm entgegen, die zielbewusst ein Café ansteuerte. Bingo! Das waren Künstler, auch wenn sich keine einzige Frau unter ihnen befand. Die Frage, ob sie dazugehörte, stellte sich nicht. Sie war Künstlerin von ganzem Herzen.

Dennoch hatte Niki bei ihrer Rückkehr nach Paris ihre Kontakte erneuert und sich mit einigen Kommilitonen von der Schauspielschule getroffen. Dabei musste sie Robert Bresson aufgefallen sein. Denn der namhafte Regisseur persönlich hatte sie ins Café Les Deux Magots eingeladen, um etwas Wichtiges mit ihr zu besprechen. Das Etablissement war in Künstler- und Literatenkreisen bekannt. Niki hatte es schon oft besucht. Einmal war sie dort sogar Juliette Gréco begegnet oder glaubte das zumindest. Die beiden chinesischen Händler, die ihm seinen Namen verliehen hatten, thronten als große Holzfiguren in seinem Interieur.

Niki trat ein. Sie erkannte den älteren Herrn im hinteren Teil des Cafés an seinen wirren, weißen Haaren und drängte sich zwischen den voll besetzten Tischen hindurch.

»*Enchantée.*« Bresson deutete einen Handkuss an. »Wie schön, dass Sie meiner Einladung gefolgt sind, Niki.«

»Gerne.« Sie nahm Platz, während der Regisseur dem Kellner winkte und Wein, Kaffee und eine Auswahl gefüllter Eclairs bestellte. Wahrscheinlich dachte er, junge Frauen ließen sich am besten mit Cremetörtchen ködern. »Haben Sie sich gut eingelebt in unserer Stadt der Liebe?«

»*Bien sûr.* Ich kenne Paris sehr gut.«

»Sicher sind Sie hier mit reichlich Verwandtschaft gesegnet.« In seine Augen trat eine Spur Schalk. »Ich sage nicht, dass sich katholische Adelige wie die Kaninchen vermehren.«

Niki grinste. »Meine Familie ist in der Tat weitverzweigt. Meine exzentrische Tante Hélène und mein Onkel leben hier mit ihrer Kinderschar.«

Der Kellner kam, deckte den Tisch, goss ihr Kaffee aus einer silbernen Kanne ein und stellte eine Karaffe mit Rotwein vor Bresson ab.

»Bedienen Sie sich, die Eclairs sind sehr gut.« Er setzte sich zurück und sah sie an. »Sicher ahnen Sie, weshalb ich Sie eingeladen habe.«

»Nicht ganz.« Niki nippte nervös an ihrem Kaffee.

»Ich habe vor, einen Film über König Artus zu drehen.«

Ihre Schultern verspannten sich. »Ja?«

»Eine internationale Produktion mit den besten Chancen, ein Publikumserfolg zu werden.« Der Regisseur machte eine wirkungsvolle Pause. »Und für die weibliche Hauptrolle ziehe ich Sie in Betracht.«

Niki riss die Augen aus. »Für Königin Guinevere?«

Bresson zählte zu den fortschrittlichsten Filmkünstlern Frankreichs und hatte bereits nach den avantgardistischen Vorgaben Jean Cocteaus gedreht. Jetzt wandte er sich diesem populären Stoff zu, der sicher auf Interesse stoßen würde. Niki gestand sich ein, dass sie sich brennend für seine Umsetzung der Geschichte interessierte.

»Genau. Für die Rolle dieser edlen Dame hatte ich an Sie gedacht. Ihr ätherisches Aussehen, gepaart mit unbändiger Energie. Das wäre so inspirierend wie romantisch.« Bresson zwinkerte ihr zu. »Denn schließlich verliebt sie sich in den tapfersten Ritter ihres Gemahls.«

Niki griff nach einem Eclair mit Himbeeren und verzehrte es, gesegnet sei Mamans Erziehung, mit der Kuchengabel, ohne dass die Creme zu beiden Seiten herausquoll. Sie schmeckte nichts, obwohl die Früchte frisch und köstlich dufteten. »Tut mir leid.

Aber meine Familie kommt nicht aus dem Wald von Brocéliande.«

Bresson lachte und lehnte sich zurück. »Touché, Niki. Auch wenn Sie keine persönliche Nachfahrin von König Artus oder der Zauberin Morgaine sind, verfügen Sie, meines Erachtens, doch über die passende Ausstrahlung. Was meinen Sie, werden Sie es sich überlegen?«

Nikis Herz klopfte schwer. So also fühlte es sich an, wenn man eine Chance ausschlug, die nie wieder kommen würde. Verzicht war nicht ihr Ding. Im Gegenteil, sie probierte sonst alles aus. Um Zeit zu gewinnen, trank sie einen Schluck Kaffee und tupfte sich mit der Serviette den Mund ab. »Es ist mir eine Ehre, dass Sie an mich gedacht haben, wo ich doch ganz unbekannt bin.«

»Das kann sich schnell ändern.« Bressons Augen leuchteten. »Im Handumdrehen könnte aus einem Sternchen ein Star werden, auf den eine internationale Karriere wartet.«

Niki spürte einen Anflug von Bedauern. Ein Historienfilm über die Ritter der Tafelrunde war eine größere Versuchung, als sie erwartet hatte. Sie stellte sich den Klang aufeinandertreffender Schwerter, schnaubende Rösser und sich selbst als ehebrecherische Königin in den Armen Lancelot du Lacs vor. Es würde ebenso verrucht wie wunderbar werden. Jacqueline würde vor Stolz platzen. Und dennoch. Sie schüttelte den Kopf. »Ich muss Ihr Angebot leider ablehnen, auch wenn es mir schwerfällt. Ich möchte mich weiterhin der bildenden Kunst widmen.«

Robert Bresson zog die Augenbrauen hoch. »Aber Niki. Das schließt sich doch nicht aus.«

Sie schüttelte erneut den Kopf. »Ich muss konsequent sein. Ich bin Malerin und werde mich darauf konzentrieren.«

Er zog die Augenbrauen hoch. »Verstehe. Dann sind Sie also für die Schauspielerei verloren?«

»Vielleicht nicht für immer. Aber im Augenblick schon.«

Natürlich verstand er sie nicht, wie sollte er auch? Wie konnte jemand Glamour und Ruhm ablehnen, um die Wände mit unverkäuflichen Bildern zu füllen, die niemanden interessierten? Niki stand auf und sah sich nach dem Kellner um.

»Lassen Sie nur. Ich lade Sie ein.« Bresson leerte sein Glas. Sie wandte sich schon zur Tür, als er sie zurückrief. »Denken Sie noch einmal über mein Angebot nach, Niki! Ich habe selbst als Maler begonnen und verstehe Sie besser, als Sie glauben. Es gibt Gesamtkunstwerke, in denen sich bildende und darstellende Kunst treffen.«

»Vielleicht später einmal.« Niki dachte an das freche Mädchen, das sie einst gewesen war, das so entschlossen um seine Rechte gekämpft hatte. Sie war so selbstgewiss gewesen. Ihren Stolz und Eigensinn musste sie dringend wiederfinden. »Ich habe mich entschieden.«

Kurz darauf stand sie auf dem Trottoir und atmete tief durch. Ihre Filmkarriere hatte sie soeben erfolgreich in den Sand gesetzt. Bravo, Niki! Sie würde niemals im Blitzlichtgewitter vor dem Filmpalast in Cannes aus einer Limousine steigen und mit dem gut aussehenden Harry an ihrer Seite die rot ausgelegte Treppe zum Festspielsaal hinaufsteigen. Stattdessen würde sie sich mit ihren Bildern voller Drachen und seltsamem Getier im Atelier einschließen und ebenso wunderlich wie ihre Werke werden. Eine Magierin, die in Farbe badete. So war das, und so musste es sein. Sie tastete in ihrer Rocktasche nach der Tube mit dem Veroneser Grün.

Ihr Bedauern schwand, als sie auf der anderen Straßenseite Harry erkannte, der ihr von seinem laufenden Motorroller aus zuwinkte.

Niki bahnte sich einen Weg zwischen hupenden Autos und den Abgaswolken des Feierabendverkehrs auf dem Boulevard St. Germain und stieg auf den Sozius. Harry drehte sich um. Sein kariertes Hemd stand offen und zeigte sein blütenweißes Unterhemd. Eine lockige braune Tolle hing ihm schneidig in die Stirn.

»Wie war es?«

Niki band ihre Haare zurück. »Bresson hatte tatsächlich eine Rolle für mich.«

»Und?«

»Ich habe abgesagt.« Sie schlang die Arme um ihn.

»Okay.« Er fuhr an und reihte sich in die Fahrzeugschlange in Richtung des 14. Arrondissements ein. Seit ihrer Versöhnung waren sie wieder ein Dreamteam, verliebt bis über beide Ohren und einig darin, dem Leben so viel Spaß wie möglich abzutrotzen.

Inspiriert von Nikis unerschütterlicher Zuversicht hatte Harry vor Kurzem die Musik an den Nagel gehängt und sich der Schriftstellerei zugewandt, einer Leidenschaft, die ihn seit frühester Jugend begleitete. Sein Freund, der amerikanische Literat John Ashbery, hatte ihn mit der New York School of Poetry bekannt gemacht und dazu angeregt, avantgardistische Texte zu schreiben. Niki bestärkte ihn in diesem Entschluss und las begeistert seine Gedichte und die ersten Seiten seines Romans.

In den letzten Wochen hatten sie täglich eine halbe Stunde im Louvre verbracht und nacheinander alle Abteilungen erkundet, von der ägyptischen, die Niki faszinierte, bis hin zur Moderne. Nur ihr zuliebe ließ sich Harry mit dem unablässigen Strom der

Touristen von Raum zu Raum spülen, das war Niki bewusst, während sie sich in das rätselhafte Lächeln der Gioconda vertiefte. Wie alle Künstler lotete sie ihre Möglichkeiten aus, und er war der strahlende Ritter, der sie beschützte, ihr tapferer König Artus. Wozu sollte sie da einen Gedanken an Lancelot du Lac verschwenden?

»Wohin fahren wir?« Nikis Stimme ging in den Motorengeräuschen und dem Gehupe unter.

»Nach Hause. Tony und Eva haben eine Überraschung für dich.«

Sie schlängelten sich durch den dichten Verkehr am Jardin du Luxembourg, fuhren weiter nach Süden und hielten erst vor dem Künstlerhaus in der Sackgasse nahe der Rue Hallé. Die Bonners erwarteten sie an der Tür. Hinter ihnen stand ein junger Mann, der ihnen neugierig über die Schulter spähte.

»Wo bleibt ihr denn? Ihr seid spät dran«, stellte Tony fest.

»Wo steckt Laura?« Niki blickte sich nach der Kleinen um, die sie ihren Freunden an diesem Morgen anvertraut hatte.

Harry drückte ihre Hand. »Sie geht schon nicht verloren.«

Laura wurde im Künstlerhaus von Wohnung zu Wohnung gereicht, ließ sich von den einen mit Keksen und Schokolade füttern, malte bei den anderen ein Bild und tauchte abends wie durch ein Wunder wieder auf. Niki blieb dennoch beunruhigt. Außerdem fragte sie sich, was der fremde junge Mann von ihr wollte.

Eva zog ihn an ihre Seite und hakte sich bei ihm unter. »Niki, das ist Hugh Weiss.« Sie platzte beinahe vor Stolz über ihre Entdeckung. »Das, mein lieber Hugh, ist unsere vielversprechende junge Malerin Niki Mathews. Niki … Hugh ist ein arrivierter

Künstler und Kenner seines Fachs. Hast du nicht Kunstgeschichte studiert, Hugh?«

Er bestätigte die Annahme mit einem Nicken.

»Ich verstehe nicht.« Niki sah von einem zum andern. Dass sich die Bonners als ihre Förderer aufspielten, war zwar nett, aber auch peinlich. Als ob sie sich nicht selbst um Rat und Expertise kümmern konnte.

Hugh lächelte. »Eva hat mich gebeten, mir Ihre Arbeiten anzusehen, Niki.«

»Okay.« Niki war müde. Nach diesem anstrengenden Tag drohte ihr nun auch noch ein Verriss ihrer Kunst. Vielleicht sollte sie ja doch als Königin Guinevere in Richtung Camelot reiten.

»Das ist doch toll, Darling«, beteuerte Eva.

Sie verzog das Gesicht. »Nein, eher wie ein Zahnarztbesuch.«

Tony ging ihnen voran und stieß die Tür zu Nikis Atelier auf, das vor Leinwänden, Pigmenten und anderem Malereibedarf nur so strotzte. Boden und Wände waren mit halb fertigen Werken bedeckt und von Farbflecken übersät. Sie biss sich auf die Lippen. Vielleicht hätte sie besser aufräumen und putzen sollen? Dann aber versteckte sie ihre Hände in den Rocktaschen und ertastete die Tube mit Veroneser Grün, der Farbe der Hoffnung. Harry trat an ihre Seite.

»Was sagen Sie, Mr Weiss?«, drängte er.

Der Fremde runzelte die Stirn. »Geben Sie mir einen Moment Zeit, bitte.«

Niki wusste, dass sie sich vom Mainstream unterschied. Ihre Bilder waren eigenwillig mit ihren flirrend schwarzen Himmeln und den gegliederten Erdenräumen darunter, die von den seltsamsten Gestalten bevölkert wurden. Drachen, Schlangen und übergroße Frauen tummelten sich darauf. Sie entsprachen nicht dem abstrakten Zeitgeschmack. Was, wenn dieser Hugh ihre Malerei für naiv und sie selbst für eine hoffnungslose Dilettantin hielt?

»Sie stammen aus New York, oder?« Hugh lächelte. Obwohl er mit seiner großen Nase und den wulstigen Lippen alles andere als ein schöner Mann war, empfand sie plötzlich Sympathie für ihn. »Keine Angst! Auch ich bin ein Amerikaner in Paris. Darf ich?«

»Bitte«, sagte sie beklommen.

Hugh trat näher und machte vor ihrer jüngsten Arbeit *Family Portrait* halt, die auf der Staffelei stand. Niki unterdrückte einen Anflug von Panik, denn das Bild entlarvte so viel. Sie hatte ihre Eltern frontal dargestellt, André im Smoking und Jacqueline im glitzernden Abendkleid. Ihr eigenes Abbild hatte sie in einen Rahmen eingefügt, der zwischen den beiden an der Wand hing.

Ausgiebig betrachtete Hugh das Bild. »Wer ist das? Sie und Ihre Eltern?«

Niki nickte beklommen.

»Ist Ihnen schon aufgefallen, dass sich auf diesem Bild niemand berührt?«

»Natürlich.« Und sie selbst sah wie ein Abklatsch ihrer Mutter aus, eine jüngere, strahlende Version der schönen Jacqueline, die ihr Leben im goldenen Käfig ohne Murren ertrug.

»Das bedeutet natürlich etwas«, sagte Hugh.

Niki errötete. Konnte es sein, dass er sie durchschaute?

Hugh lachte. »Ich bin auch Maler, und meine Frau Sabine ist Fotografin.«

»Und wie würden Sie Nikis Potenzial einschätzen?« Harry drückte ihre Hand. »Sollte sie es weiter versuchen?« Sie warteten atemlos, während Hugh lange schwieg und ein Bild nach dem anderen begutachtete.

»Auf jeden Fall«, sagte er dann. »Sie sind alles andere als langweilig, Niki. In manchen Bildern sehe ich Fernand Léger, in anderen Spuren von Paul Klee.«

Mit solchen Künstlern verglichen zu werden … Niki war sprachlos.

»Hin und wieder aber, Niki, sind Sie ganz Sie selbst. Ich sehe ein großes Potenzial an Zorn und Liebe.«

Niki schluckte vor Aufregung. »Wie soll ich mich weiterbilden? Vielleicht Kunst studieren?« Letztens hatten sie und Harry über eine Bewerbung an der École des Beaux-Arts nachgedacht.

»Auf keinen Fall.« Hugh schüttelte den Kopf. »Oder wollen Sie sich verbiegen lassen und hinterher abstrakte Bilder à la Wols und Fautrier malen? Das Informel gibt es schon. Dieser Stil hat nicht das letzte Wort.«

»Aber was dann?«

»Woher holen Sie sich bisher Ihre Inspiration? Aus Ihrem Innern, da wo der Schmerz begraben liegt?«

Niki konnte nur wie betäubt nicken.

»Und ein bisschen aus dem Louvre«, sagte Harry kleinlaut. »Was raten Sie ihr also?«

»Setzen Sie Ihre Besuche im Louvre fort.« Hugh fixierte sie beide fest. »Mit oder ohne Ihren Mann, und betrachten Sie an Kunst, was immer Ihnen begegnet, gerade so wie die Malerinnen vor hundert Jahren. Kennen Sie eigentlich Jean Dubuffet, Niki? Sie erinnern mich an ihn. Bleiben Sie sich auf jeden Fall treu. Radikal, ursprünglich, unverwechselbar und voller unterschwelliger Gewalt.«

War das ein Lob? Niki blinzelte ungläubig. Erst als Harry sie packte und herumwirbelte, bis ihr Tellerrock flatterte, begriff sie, dass Hugh ihr eine Menge zutraute.

»Geh deinen Weg«, raunte ihr Harry zu. »Ich bin so stolz auf dich.«

In diesem Moment sprang die Tür auf. Ihr Nachbar Don trat ein, der Laura auf dem Arm trug. Sie war ein süßes Kind mit braunen Locken, das mit seinem schelmischen Lachen sämtliche Herzen zum Schmelzen brachte. »Bitte sehr.« Er setzte sie vor ihnen auf den Boden. »Ich habe diese kleine Person seit heute Morgen beaufsichtigt, aber jetzt ist es genug.«

Während sich die Bonners zerknirschte Blicke zuwarfen, nahm Niki Laura auf den Arm. »Was hat sie denn angestellt?«

Don musterte sie missbilligend, als könne sie etwas dafür. »Sie hat die Badewanne überlaufen lassen. Stopfen rein, Wasser auf und *go*! Ich habe nicht gewusst, dass ein so kleines Mädchen so etwas kann oder überhaupt auf solche Gedanken kommt.«

»Unterschätzen darfst du sie nicht«, kommentierte Harry. »Und aus den Augen lassen schon gar nicht, egal wie niedlich sie aussieht.«

Don verdrehte die Augen. »Übernehmt sie. Ich muss die Überschwemmung wegputzen.« Sie begannen erst zu lachen, als die Tür hinter ihm ins Schloss gefallen war.

Hugh Weiss blieb Nikis Mentor und ermutigte sie in den nächsten Monaten, ihrem persönlichen Stil treu zu bleiben. Sie malte hingegeben und durchforstete den Louvre auf der Suche nach Inspiration. Das Werk Jean Dubuffets und seine Art Brut, in der er die Arbeiten von psychisch Kranken und anderen Outsidern würdigte, lernte sie in den Galerien an der Rive Gauche kennen. Doch als der Sommer in den Herbst überging, glaubten Niki und Harry, dass es Zeit wurde, zu neuen Ufern aufzubrechen. Sie entschlossen sich, Paris zu verlassen und in das Künstlerdorf Deià auf Mallorca zu ziehen.

Kapitel 15

Deià, Frühjahr 1956

Niki überquerte den Hof mit zwei Eimern in Richtung des Brunnens. Ein blauer Morgenhimmel wölbte sich über der Nordwestküste Mallorcas und den schwarzen Hängen des Tramontana-Gebirges. Sie war zum Umfallen müde. Wieder hatte sie eine schlaflose Nacht hinter sich gebracht. Die Kinder hielten sie wach, aber auch ihre Schilddrüse, die ihr nach Philips Geburt wieder zu schaffen machte. Für einen Augenblick ließ sie sich von der Schönheit dieses paradiesischen Ortes bezaubern und lauschte dem Gesang der Vögel, die den Morgen mit Inbrunst begrüßten. Zum Glück ging es dem Sommer entgegen.

Sie füllte ihre Eimer mit dem Wasser aus dem Brunnen, das über den Rand schwappte und in den ersten Sonnenstrahlen wie Sterne zu glitzern begann, und schleppte sie zurück zum Haus.

»*Merde!*« Sie stürzte zum Herd, wo die Milch kurz vorm Überkochen war, zog den Topf zur Seite und schüttete Grieß hinein, der sich im Nu in einen heftig blubbernden Brei verwandelte. Erschöpft strich sie sich eine Haarsträhne aus der Stirn.

Der zehn Monate alte Philip saß im Hochstuhl am Küchentisch, strampelte mit den Beinen und klopfte mit seinem Löffel auf den Tisch.

Milch, dieses Höllengesöff! Was konnte nur alles damit passieren? Philip musste sich manchmal davon übergeben, während seine Schwester mit Vorliebe ihren Kakaobecher umwarf. Am schlimmsten aber war es, wenn die Milch über den Topfrand schäumte und als stinkende, schwarze Schicht auf der Herdplatte festbrannte. *Cora, ich bewundere dich!* Ihrer Köchin in New York war das nie passiert. Grimmig rührte Niki etwas Pfirsichmus in den Grießbrei und begann, Philip zu füttern. »Du hast sicher Hunger, mein Kleiner.« Er sperrte seinen Mund auf und aß den Brei Löffel für Löffel.

»Ich bin so froh, dass du da bist.« Beglückt strich sie über seinen feinen Blondschopf. Er war als winziges Siebenmonatskind auf die Welt gekommen und hatte sich mit aller Kraft ins Leben gekämpft.

»Au Bei!« Laura stand in der Tür. Niki sah sie tadelnd an. »Aber Laura. Ich weiß, dass du richtig sprechen kannst.«

»Nein!« Laura stampfte mit dem Fuß auf, setzte sich dann aber an ihren Platz. Niki unterdrückte ein Seufzen. Obwohl sie sich alle Mühe gaben, kein Kind zu bevorzugen, neidete Laura ihrem kleinen Bruder jegliche Zuwendung. Niki holte einen zweiten Napf aus dem Regal und versorgte ihre Tochter ebenfalls mit Brei. Dann fütterte sie Philip weiter, der mit einem zweiten Löffel auf den Tisch klopfte und Laura inspirierte, ihm nachzueifern. »Gebt Ruhe, Kinder!«, rief Niki gegen den Lärm an.

Harry steckte seinen zerzausten Kopf durch die Tür. »Was ist denn das für ein Getöse!«

Laura hörte sofort auf. »Papa. Arm.« Ihre braunen Augen glitzerten herausfordernd.

Harry schüttelte den Kopf, trat ein, füllte die Kaffeekanne und setzte sie auf den Herd. »Jetzt wird gegessen, Laura, nicht in Babysprache gebrabbelt.«

Laura kicherte über seinen vergeblichen Versuch, Strenge walten zu lassen. Als der Kaffee fertig war, goss Harry für Niki und sich selbst je eine Tasse ein und setzte sich an den Tisch. »Warum ist sie nur so eifersüchtig?« Seit Philips Geburt war Laura schwierig geworden und hatte begonnen, sich wie ein kleiner Haustyrann zu benehmen. Harry war besorgt, doch Niki fand, dass man ihr einfach Zeit lassen und sie ernst nehmen musste.

Sie zog Philip auf ihren Schoß. »Glaub mir, das ist ganz normal. Du bist ein Einzelkind und kennst das nicht. Ich hätte Claire, als sie kam, auch am liebsten zum Mond geschickt.«

Das stimmte. Niki hatte sich erst mit der Thronräuberin abgefunden, als noch zwei weitere Geschwister nachgekommen waren, und verstand sich bis heute immer noch besser mit Elisabeth.

Der Tag blieb so mild, wie er begonnen hatte. Nachmittags stiegen sie in die malerische kleine Bucht hinab, die unterhalb des Dorfes an der Felsküste lag.

Niki ließ sich mit Philip am Strand nieder, während Harry und Laura über die Felsen kletterten und Krebse sammelten. Philipp war in Nikis Armen eingeschlafen, so dass sie in aller Ruhe aufs Meer hinausschauen und ihre Gedanken schweifen lassen konnte. Zeit war ein kostbares Gut. Niki hatte mit zwei kleinen Kindern alle Hände voll zu tun. Beide forderten sie ständig. Wenn Laura mit aufgeschlagenen Knien vom Spielen heimkam, hielt Philip sie mit an Sicherheit grenzender Wahrscheinlichkeit in Atem, weil er gerade zahnte.

Dennoch war Deià ein Wunder. Sofort hatten sie an diesem idyllischen Ort Freunde unter den Einheimischen und den zugezogenen Künstlern gefunden. Ihre Nachbarn waren der berühmte englische Dichter Robert von Ranke-Graves und seine Frau. Als Ranke-Graves Niki fragte, ob sie die White Goddess aus seiner gleichnamigen Abhandlung verkörpere, hatte sie gelacht und sich geschmeichelt gefühlt, sogar als Harry ihr erklärte, dass er jede halbwegs hübsche Frau auf diese Weise umgarnte.

Versonnen strich sie Philip über den Kopf, ihr Sohn schnarchte leise. Als Harry seinen Wunsch geäußert hatte, die Familie zu vergrößern, war sie überraschend schnell zum zweiten Mal schwanger geworden. Während der ersten Monate hatte sie sich schonen müssen und die Zeit genutzt, um Marcel Prousts Roman *Auf der Suche nach der verlorenen Zeit* von der ersten bis zur letzten Zeile zu lesen.

Im sechsten Monat hatte sich ihr Zustand so weit stabilisiert, dass sie auf Reisen gehen konnten. Das spanische Festland. Das grelle Licht. Andalusien mit seinen weißen Häusern und den schwarz gekleideten Frauen voller stiller Würde. Das Grauen und die Faszination des Stierkampfs. Der Prado in Madrid, wo sie lange vor den Bildern Goyas und Hieronymus Boschs Hauptwerk »Der Garten der Lüste« gestanden hatten. Die Tapasbars, in denen überraschend gutes Essen serviert wurde. Zu dritt waren sie mit dem Bus über schlechte Straßen von Ort zu Ort gerumpelt. Vielleicht hatte ihre Schwangerschaft aus diesem Grund ein viel zu frühes Ende gefunden.

Niki setzte Philip gerade, dessen Kopf ihm auf die Schulter gesackt war, und umfasste seine speckigen, kleinen Beine. Sie war so froh, dass er da war und sich gesund entwickelte.

Bei seiner Geburt war er das winzigste Wesen gewesen, das sie je gesehen hatte, einem gehäuteten Kaninchen nicht unähnlich. Doch die warme Jahreszeit und sein Kämpferherz hatten ihn überleben lassen.

Laura rannte auf sie zu. »Mama, guck mal, was wir gefunden haben.« Sie hielt ihr eine große, gewundene Meeresschnecke ans

Ohr. »Papa sagt, dass man die Meerjungfrauen darin singen hören kann.«

»Papa hat gut zugehört.« Philip maunzte und regte sich. Niki drehte ihn um und legte seinen Kopf an ihre Schulter.

»Hast du es auch gehört? Ich nämlich nicht.«

»Doch, doch, ich höre sie auch«, sagte Niki nach kurzem Zögern. »Sie singen Geschichten vom Leben unter Wasser.«

Laura setzte sich an Nikis Seite und baumelte mit den Beinen. »Erzählst du uns heute Abend Geschichten von den Meerleuten?«

»Aber sicher, mein Schatz.«

Harry war für das praktische Leben zuständig, Niki für die Träume. Nachdem er die Kinder gebadet hatte, steckte er Philip in sein Gitterbett und Laura in das selbst gezimmerte Kinderbett.

»Mama«, rief sie ungeduldig.

Niki wartete mit ihren Handpuppen hinter der Tür und legte den Finger auf die Lippen, als Harry sich an ihr vorbeischlich. Er nickte ihr verschwörerisch zu und verschwand in seinem Arbeitszimmer, um an seinem Roman weiterzuarbeiten. Er musste sich die Zeit zum Schreiben ebenso erkämpfen wie Niki ihre Atelierstunden.

»Wieso Mama?«, rief sie. »Mama ist weg. Hier sind nur die Meerjungfrau und ihr Papa, der Wassermann.« Laura kicherte erwartungsvoll, als Niki die beiden Puppen um die Ecke lugen ließ. »Wir kommen von tief unten im Meer. Dort schwimmen die Delphine um unseren Palast herum, der mit lauter Edelsteinen besetzt ist.«

»Wirklich?«, fragte Laura, während Philip, an seinem Daumen nuckelnd, bereits die Augen zufielen.

»Aber sicher …« Niki überlegte, was sie die Meerjungfrau sagen lassen sollte. »Ich will hier nicht bleiben. Ich will die Welt bereisen.«

»Untersteh dich!«, ließ sie den Wassermann antworten. »Und jetzt komm! Es ist Zeit. Du musst in dein Wasserbett.« »Gleich, gleich.« Niki ließ die Meerjungfrau den Türrahmen erklimmen, bis sie außer Sicht ihres zornigen Vaters war. »Wie kann ich eine Weltreise machen, Laura?«

»Du musst weglaufen und die Meerhexe fragen«, kam Lauras müdes Stimmchen aus dem Kinderzimmer. »Sicher hat sie einen Zaubertrank für dich.«

»In Ordnung. Das mache ich morgen. Aber jetzt gehe ich mit den Tintenfischen schwimmen.«

Die Meerjungfrau verschwand außer Sicht. Alles blieb still. Niki trat ins Zimmer und betrachtete die schlafenden Kinder. Wenn Engel schnarchen könnten, sähen sie sicher aus wie Philip. Laura drückte die scharfkantige Meeresschnecke an ihre Wange. Vorsichtig nahm Niki sie ihr aus der Hand und legte sie auf den Nachttisch. *Kneif mich, sie sind wirklich da. Harry und ich haben diese beiden Wunder zustande gebracht.*

Nachdem sie ihre Kinder fest zugedeckt hatte, ging sie in ihr Atelier, froh über ein paar Stunden für sich. Gegen die Kälte trug sie unter ihrem farbbespritzten Kittel ein kariertes Hemd und einen gestrickten Pullover, an den Füßen warme Socken und Holzpantinen. Der Schlaf würde sich, wenn überhaupt, erst in den Morgenstunden einstellen. Das machte nichts. Solange sie arbeiten konnte, begrüßte sie ihre Schlaflosigkeit sogar.

Niki trat an die Staffelei. Ihre Bilder waren im letzten Jahr feiner und differenzierter geworden. Doch noch immer entsprangen die Inhalte ihrer lebhaften Phantasie. Auf Hughs Rat hin blieb sie sich selbst treu. Sie wollte gerade zu malen beginnen, als die Tür aufsprang. Laura trat ein, im Nachthemd, ihre bloßen Zehen eingerollt vor Kälte. »Darf ich mitmachen?«

Niki zögerte und nickte dann. »Hier, nimm die!«

Sie schob ihre Holzpantinen zu ihrer Tochter, die hineinschlüpfte. Ihr selbst reichten die dicken Socken. »Was malst du da gerade?«, fragte Laura.

»Was siehst du denn?«

Laura legte den Kopf schief. »Links steht eine große Frau ohne Gesicht. Und unten ist noch alles frei.«

Niki lachte. »Stimmt.« Sie genoss das Malen als Prozess und ließ sich gern vom Ergebnis überraschen. »Du darfst dir Papier und Stifte nehmen.«

Laura schüttelte rebellisch den Kopf. »Das will ich aber nicht. Ich will auf deinem Bild malen.«

Niki dachte einen Moment nach. »Also gut.« Sie zog einen Trennstrich unter die große Hauptfigur. »Hier unten darfst du machen, was du willst.«

»Wirklich?« Laura konnte ihr Glück kaum fassen.

»Ja.« Niki mischte Farben auf ihrer Palette an. »Was willst du malen?«

Laura zuckte mit den Schultern. »Ein Auto.« Enthusiastisch tunkte sie ihren Pinsel in die Farbpfützen auf der Palette und bemalte das unterste Viertel des Bildes mit einem Fahrzeug und mehreren Figuren. Niki stand derweil hinter ihr. Nach ihrer Malaktion setzte sich Laura in den einzigen Sessel im Raum, zog ihre Füße an und schlief im Handumdrehen ein. Niki deckte sie zu und malte weiter an ihrer großen Gestalt ohne Gesicht, die einen

Blumenstrauß in die Hand halten würde. Die Formen im oberen Bereich sollten rätselhaft bleiben und die Imagination des Betrachters anregen. »Die Frau zwischen der Stadt und den Blumen« wäre ein treffender Titel.

Stunden später brachte Niki ihre Tochter ins Bett und kroch zu Harry unter die Bettdecke. Sie kuschelte sich in die warme Beuge seines Körpers und wartete auf den Schlaf, der nicht kommen wollte.

»Niki …« Harry begann, sie verschlafen zu liebkosen, umfasste ihre Brüste und streifte ihr schließlich die Schlafanzughose ab. Sie liebten sich lautlos, wobei Harry ihr ins Ohr flüsterte, wie sehr er sie begehrte. Danach fiel er sofort wieder in tiefen Schlaf. Niki aber lag bis zum Morgengrauen wach.

Über der Erziehung der Kinder und ihren Versuchen, selbst schöpferisch tätig zu sein, kamen sie kaum noch zum Reden. *Wir müssen aufpassen, dass wir uns nicht verlieren.* Sie war in Deià glücklich, oder etwa nicht? Doch warum sehnte sie sich dann mitten im Paradies nach der Hölle? Instinktiv wusste sie, dass sie tiefer hinabsteigen musste, dorthin, wo das Inferno wütete und sie sich im Feuer verlor. Nur dann würde sie die Antwort finden.

Am nächsten Abend traf sie Harry mit einigen Nachbarn in der Küche an. Robert von Ranke-Graves, der Deutsche Walter Auerbach und der Bildhauer Jimmy Metcalf saßen einträchtig beieinander und tranken den schweren Rotwein, der an den Hängen der Insel wuchs. Für Harry war Deià ein guter Ort. Es gab genügend Leute, mit denen er diskutieren und seinen kritischen Geist schärfen konnte. Sie wollte sich gerade zurückziehen, als er sie zum Bleiben aufforderte.

»Eigentlich hatte ich vor, noch etwas zu arbeiten.« Sie ließ sich auf einen Stuhl fallen, zündete sich eine Zigarette an und inhalierte tief. Als sie zur Ruhe kam, spürte sie, wie erschöpft sie war.

»Du wirst auch immer dünner«, stellte Walter Auerbach fest.

Niki sah auf und grinste schief. »Du nicht.«

Der gebildete Außenseiter Auerbach, ein Immigrant aus Nazi-Deutschland, war groß und korpulent. Sie hatten ihn sozusagen adoptiert.

»Ich sage nur, dass du aufpassen musst, Niki. Sonst weht dich der Sturm weg wie das letzte Blatt vom Baum.«

»Ich schlafe nicht so gut.« Sie legte ihre schmale Hand auf seine große schwammige. »Aber ich halte mich aufrecht.«

Robert von Ranke-Graves mischte sich ein. »Immer das Genörgel, Walter. Lass unsere traumschöne Niki doch in Ruhe. Meine weiße Göttin.« Er hob sein Glas und trank einen Schluck auf ihr Wohl. »Wie kommst du voran mit deiner Kunst?«

Das war eine schwierige Frage. »Ich bin auf der Suche.«

»Hin und wieder hört man Niki nachts in ihrem Atelier rumoren«, bemerkte Harry. »Ziemlich furchterregend. Dann weiß ich, es ist wieder so weit.«

»Was ist so weit?«, fragte Auerbach.

»Dann müssen einige meiner Bilder dran glauben.« Niki erzählte ihnen nicht, dass sie in ihrer Raserei ihre Bilder von der Staffelei riss, auf den Boden warf und zertrampelte. Sie war verzweifelt, wenn sie nicht nach ihren Vorstellungen gerieten. »Ich bin Skorpion mit Skorpion-Aszendent«, fügte sie hinzu, als würde das alles erklären. Sie hatte sich letztens ein Horoskop machen lassen, das sie sehr aufschlussreich fand. »In mir gärt die Leidenschaft potenziert mit der Leidenschaft.«

»In erster Linie bist du Perfektionistin«, stellte Harry fest.

»Leidenschaft ist gut, Inspiration ist besser.« Auerbach sah sie nachdenklich an. »Ich war neulich in Barcelona und habe mir dort außer der Sagrada Família den Park Güell von Antoni Gaudí angesehen. Ich verspreche dir, Niki, dieser Ort ist ein Hort der Feen, der auch dich beflügeln würde.«

Niki lächelte geheimnisvoll. »Barcelona. Dahin wollen wir demnächst sowieso. Wie ihr wisst, bin ich von Architektur und Gärten fasziniert. Eines Tages werde ich selbst etwas in der Art schaffen. Einen riesigen Garten mit begehbaren Gebäuden zur Freude der Besucher.« Ihre Gäste sahen sie, die zornige Niki, zweifelnd an. »Ja, Freude, darauf will ich hinaus.«

»Die Freiheit der Jugend«, sagte Auerbach spöttisch. »Unsereins baut sich seine Traumpaläste vorwiegend im Kopf.«

»Träume hin oder her …« Harry lehnte sich zurück. »Im Laufe des Sommers gehen wir zurück nach Paris. Es wird Zeit, dass wir irgendwo sesshaft werden.«

»Ihr wollt weg?«, fragte Von Ranke-Graves betroffen. »Ich habe mich so an euch gewöhnt.«

»Erst mal nur probehalber.«

Jimmy Metcalf ließ seinen Blick nachdenklich von Niki zu Harry wandern. »Ihr wisst, dass auch ich auf Reisen gehen will. Mexiko. Wenn es euch mit Paris ernst ist, könntest du dich um mein Atelier in der Impasse Ronsin kümmern, Niki? Vor mir hatte es übrigens der Maler Max Ernst.«

Max Ernst also? Wie sich die Kreise schlossen. Niki drückte ihre Zigarette aus und trank einen Schluck Wein, der erdig und süß zugleich schmeckte. Sie verbarg ihre Aufregung. Die Impasse Ronsin war eine Ateliersiedlung mitten in Paris, am Puls des Geschehens. »Das ist eine Gelegenheit, die ich mir nicht entgehen lassen werde.«

Das Frühjahr verbrachten sie mit Laura auf Reisen in Deutschland, Italien und Spanien, während die Ranke-Graves den kleinen Philip hüteten. Selbstverständlich nahmen sie Walter Auerbach beim Wort und besuchten Barcelona. Verzaubert durchstreifte Niki den Park Güell mit seinen phantastischen Elementen, der Treppe, der Fontäne und den Säulen und bannte ihre Eindrücke auf einem Haufen loser Skizzenblätter. Eines Tages, das schwor sie dem Universum, würde sie einen Garten gestalten, der Gaudís in nichts nachstand. Beginnen aber würde sie mit einer Kapelle für alle Menschen, unabhängig von ihrer Religion.

Während sie reisten, probierte Laura ihre Grenzen aus, wann immer sie konnte. Auf der Piazza San Marco in Venedig stellte sie sich bei einem Konzert an die Seite des Dirigenten und wollte unbedingt mitdirigieren. Kinderfreundlich wie die Italiener waren, ließ der Kapellmeister sie gewähren, während Niki und Harry so taten, als gehöre die kleine Rotzgöre nicht zu ihnen. »Sie muss jemand entlaufen sein«, flüsterte Harry Niki ins Ohr.

Sie malte Laura tanzend auf ihrer Flusskreuzfahrt in Deutschland und nannte das Bild »La fête«, das Fest. Das Kind bewegte sich ekstatisch in der Bildmitte, während sich die anderen Gäste mit maskenartigen Gesichtern im Hintergrund aufreihten und sie beobachteten. Vorne links stellte Niki sich und Harry dar, eng verbunden, beide ganz in Blau. Sich selbst kennzeichnete sie durch riesige Augen, während sie Harrys sensible Seele aus seinem Gesicht sprechen ließ. Zum ersten Mal seit langer Zeit war sie mit einem Bild rundum zufrieden.

Kapitel 16

August 1956

Nur Verrückte und Touristen blieben im August in Paris, wenn das Straßenpflaster glühte und die Seine sich in heißem Dunst verlor. Wer es sich leisten konnte, verschwand im Sommer in Richtung Bretagne oder Côte d'Azur, denn schon morgens baute sich eine Hitzeglocke über der Stadt auf, unter der die Welt in einen Dornröschenschlaf glitt.

Niki trat aus der Tür von Jimmy Metcalfs Bildhaueratelier in der Impasse Ronsin und warf ein paar Bretter auf einen Stapel. Sie musste eine Menge aufräumen, wenn sie die Räume nutzen wollte. Grau wabernder Qualm hing in der Luft, der nach verbrannten Autoreifen roch. Sie hustete und wischte sich den Schweiß von der Stirn. Die Impasse Ronsin war nichts weiter als eine Ansammlung von Holzschuppen mit Dächern aus Teerpappe und baufälligen Häusern, vor deren Türen sich Gerümpel stapelte. Gebüsch und staubiges Unkraut bahnten sich dazwischen den Weg und markierten ein Stück Wildnis, das in der Hitze vor sich hin träumte. Und dennoch. Niki war froh, hier arbeiten zu dürfen, denn die Impasse Ronsin schmeckte nach Freiheit.

Das Atelierdorf war ein Refugium der Kunst mitten in der Großstadt. Im 19. Jahrhundert hatte Alfred Boucher die dreißig Künstlerateliers auf dem Grundstück Nr. 11 errichten lassen. Heute schwang der berühmte rumänische Bildhauer Constantin Brâncuși hier das Zepter und führte ein hartes Regiment.

»*Salut.*«

Niki schreckte auf. Ein Fremder kam auf sie zu. Er hatte lackschwarzes Haar. Dichte Augenbrauen beschatteten dunkle Brombeeraugen, die sie aufmerksam musterten. »Bist du neu hier?«

»Sieht man das?«

»Kann sein.« Sie begrüßten sich mit Handschlag. Seine warmen rauen Finger hielten ihre eine Sekunde zu lange fest. »Ich bin Jean Tinguely.«

»Niki Mathews.« Sie nahmen nebeneinander auf dem Bretterstapel Platz. Ein Sonnenstrahl drang durch den Dunst, ließ die Farben rund um sie erwachen und kitzelte Niki an der Nase.

»Heiß hier.« Jean sprach mit einem Akzent, den Niki zunächst nicht einordnen konnte. Schweizerisch, dachte sie dann verwundert. Diesen Einschlag hörte man nicht allzu oft.

»Wie lange bist du schon hier?« Sein schüchternes Lächeln brachte seine Augen zum Glänzen.

»Seit gestern. Ich darf Jimmys Atelier für drei Monate nutzen. Ich bin Malerin. Und du?«

»Objektkünstler, Bildhauer, Zerstörer des Althergebrachten. Such dir das Passende aus.« Jean legte seine großen Hände auf seine Knie. Er trug eine weite Arbeitshose und ein locker geschnittenes Hemd. Darunter ahnte sie breite Schultern und einen athletischen Körper. »Ich stelle kinetische Kunstwerke her, bewegliche Objekte. Reliefs. Wenn du willst, zeige ich sie dir.«

»Warum nicht?« Niki stand auf, froh über die kreative Pause.

»Du musst mir natürlich auch deine Arbeiten zeigen, Niki Mathews.«

»Zuerst will ich deine Sachen sehen, Jean Tinguely.«

Sie bahnten sich zwischen den Bretterverschlägen, die sich zu einer windschiefen Allee formierten, den Weg zu Jeans Atelier und stoppten vor einem der Häuser, oder sollte man besser Schuppen sagen?

»Dann komm!« Jean schloss auf, und das Haus öffnete sich zu einem überraschend großen Raum voller Reliefs und Objekte, die aus Zahnrädern, Klöppeln und Metallteilen bestanden. Alles bewegte sich, drehte sich und griff ineinander. Niki war verzaubert. Überall klimperte und klopfte es wie in einer gigantischen Uhrmacherwerkstatt. In den Ecken stapelte sich Gerümpel, das aussah, als hätte Jean es auf dem Schrottplatz gesammelt. Sein Materiallager?

»Wie wunderbar!«

»Ich bin fasziniert vom Perpetuum mobile«, erklärte er. »Alles ist in Bewegung wie das Leben selbst. *Panta rhei.* Alles fließt. Du kannst niemals in denselben Fluss steigen, denn jede Sekunde sorgt für Veränderung.«

Heraklit, dachte Niki. Für einen Kenner der griechischen Philosophie hätte sie Jean nicht gehalten. Sie drehte sich mit ausgebreiteten Armen im Kreis. »Hast du auch Kuckucksuhren?«

»Noch nicht.« Jean lachte. »Aber das wäre mal eine Idee. Mich fasziniert alles, was sich bewegt.«

»Das Pulsieren der Maschinen, der Rhythmus der neuen Zeit, sogar wenn die Maschinen nichts herstellen?«

»Ich zeige ihr Innenleben und das, was sonst verborgen bleibt. Sie sind sich selbst genug«, sagte Jean. »Und stell dir vor, manche von ihnen machen sogar selbst Kunst. Zum Beispiel meine Zeichenmaschinen.«

»Dann rüttelst du also am letzten Tabu, dem Genie des Künstlers, der immer ein Mensch sein muss. Am besten ein Mann.« Fasziniert spazierte Niki durch Jeans Atelier und stoppte vor den

Reliefs aus Alltagsgegenständen an den Wänden. Sie waren perfekt komponiert.

»Du arbeitest mit Fundstücken? Ich mache auch manchmal Assemblagen, die ich in Gips einbette. Aber meistens male ich.« Sie hob die Hände und umfasste symbolisch das ganze Atelier. »Alle Achtung. Das ist Hexenwerk.«

»Wenn es nicht von mir wäre, schon.« Jean zwinkerte ihr zu. »Komm! Ich stelle dich meiner Frau Eva vor.«

Er war verheiratet. Wieso überraschte sie das? Niki ignorierte den winzigen Stich in ihrem Herzen und folgte ihm die Treppe hinauf in den ersten Stock. In einem weiteren Atelierraum kniete eine junge Frau mit kurzen, rotbraunen Haaren auf dem Boden und steckte den Saum eines Samtkleids ab, das auf eine Schneiderpuppe drapiert war. Der Raum wirkte wie ein Boudoir voller Samt, Stickereien und Spitzenreste.

»Das ist Niki. Sie ist neu in der Impasse Ronsin«, stellte Jean sie vor. »Niki, das ist meine Frau, Eva Aeppli.« Eva stand auf und spuckte eine Reihe Stecknadeln in ihre Hand.

»Für wen ist das Kleid?«, fragte Niki.

»Ich schneidere es diesem Herrn da auf den Leib.« Die Figur, die das Kleid einmal tragen sollte, lümmelte in einem Sessel vor sich hin.

Eva, die schüchtern und ernsthaft wirkte, war Niki auf Anhieb so sympathisch wie Jean. Oder zumindest fast.

»Darf ich mir deine Puppe näher ansehen?«

»Gerne.« Eva arbeitete weiter, während Niki auf die lebensgroße Figur zutrat. Ihr intensiver Ausdruck berührte sie auf den ersten Blick. Kopf und Hände waren ausgeführt, die Gliedmaßen aber bestanden nur aus Metallstäben. »Sie sieht so traurig aus.«

Vorsichtig ließ sie ihre Hand über die spinnenbeinartigen Finger der Gestalt gleiten.

Eva bejahte. »Ich werde sie mit anderen zu einem Totentanz gruppieren, wie das 20. Jahrhundert bisher einer war.« Sie ließ ihre Augen über Nikis Gesicht wandern. »Du bist schön. Darf ich dich porträtieren?«

Niki willigte auf die Gefahr hin ein, zum Vorbild für weitere melancholische Puppen zu werden. »Kann man davon leben?«

Eva zuckte mit den Schultern. »Wenn es mir gelingt, hin und wieder eine Handpuppe zu verkaufen, müssen wir zumindest nicht hungern.«

»Nun übertreib mal nicht, Wunderweib.« Jean warf sich in die Brust. »Schließlich bin ich auf dem Weg, ein mordsmäßig erfolgreicher Künstler zu werden.«

Niki hob die Augenbrauen.

»Er spielt darauf an, dass er schon 1950 den Schweizer Pavillon auf der Fiera Campionaria in Mailand gestalten durfte und in Paris regelmäßig bei Ausstellungen mitmischt«, sagte Eva. »In Stockholm hat er auch schon ausgestellt. Eindrucksvoll für jemanden, der aus seiner Dekorateurlehre beim Kaufhaus Globus geflogen ist.«

»Aber deshalb habe ich mich ja an der Kunstgewerbeschule in Basel beworben«, sagte Jean. »Und da …«

»… hast du mich kennengelernt.« Wenn Eva lächelte, offenbarten sich zwei charmante Grübchen in ihrer Wange. »Und nach reichlich Geplänkel mit Spoerri bin ich die Deinige geworden. Womit das Schicksal auf besondere Weise zugeschlagen hat.«

Langsam wurde es Niki zu existenziell. Sie beschloss, auf den

Boden der Tatsachen zurückzukehren. »Ihr habt ein schönes Atelier.«

»Wir wohnen hier auch«, beteuerte Jean.

»Tatsächlich?« Für Niki, die immerhin ihr Steinhaus in Deià gewohnt war, war die Impasse Ronsin alles andere als ein Luxusquartier.

»Ja, wir leben im wackeligen Stockwerk oben drüber.« Eva stupste Jean in die Seite. »Wir schlafen auf Matratzen, vergehen im Sommer vor Hitze und frieren uns im Winter den Popo ab, nicht wahr, Jeannot?«

Jeannot, dachte Niki verwundert.

Jean hob gespielt hilflos die Schultern. »Im Winter schickt mich diese Frau zum Hospital Necker, damit ich Kohle klaue. Sie hat eine bemerkenswerte kriminelle Energie.« Er zwinkerte Niki zu. »Aber damit sind wir nicht allein. Das machen hier alle so.«

»Sollen wir etwa erfrieren?« Eva stemmte ihre Hände in die Hüften.

»Ich finde das normal«, versicherte Niki, die Bücherdiebin. »Es ist eine Aufgabe der Nation, ihre Künstler warm zu halten und im Sommer für Kühlung zu sorgen.« Sie fächelte sich Luft zu. »Mein Mann und ich suchen für uns und unsere zwei Kinder eine Wohnung in Paris. Ihr wisst nicht zufällig eine?« Eva und Jean sahen sich an und zuckten mit den Schultern.

»Wo sind deine Kinder jetzt?«, fragte Eva.

»Auf Mallorca bei unseren Freunden.« Die Ranke-Graves und ihr Kindermädchen Tonia schauten dankenswerterweise nach Laura und Philip, während Niki und Harry in Paris auf Wohnungssuche waren. Dazu hatten sie sich in einem kleinen Hotel am Montmartre einquartiert und ließen sich den Kaffee und die Croissants morgens vor die Tür stellen; ein Luxus, an den Niki sich gewöhnen könnte.

Jean nickte. »Wir haben auch ein Kind. Unsere Tochter Miriam lebt bei meinen Eltern. Besucht uns doch mal gemeinsam, du und dein Mann. Dann erkläre ich euch, wie meine Arbeiten funktionieren. Was meinst du, Eva?«

»Gerne. Kommt einfach vorbei.« Eva wandte sich wieder ihrer Schneiderpuppe zu.

Gleich am nächsten Tag schneite Niki mit Harry in Jeans Atelier. Er teilte ihre Bewunderung für Jeans Arbeiten, und dieser musste ihm ausführlich erklären, welche Mechanismen sie in Bewegung hielten.

»Sehr interessant.« Harry und Niki blieben lange vor einem schwarz-weißen Relief stehen, das über dem Kamin hing. Händchenhaltend beobachteten sie, wie ein Hammer ausdauernd an eine Flasche schlug und zahlreiche Rädchen dazu antrieb, ausgeklügelt ineinanderzugreifen. »Was sagt es aus?«, fragte Harry.

»Sein einziger Sinn ist die Bewegung«, erklärte Jean. »Eine Hand wäscht die andere. Ein Zahnrad greift ins nächste. Im Universum laufen die Sterne auf Umlaufbahnen. Also vollkommen sinnbefreit, wie Dada.«

Niki klatschte entzückt in die Hände. »Oh Harry, ich will es kaufen.« Obwohl sie finanziell keine großen Sprünge machen konnten, hätte sie das Relief zu gern gehabt.

»*Really?*« Harry lachte. »Mir gefällt es auch. Also sind wir dabei.«

Jean hob erfreut die Augenbrauen. »Deal? Ich mache euch einen Sonderpreis.«

Sie besiegelten den Kauf bei einem Glas Rotwein in der überhitzten Küche, wo sich Eva von einem jungen Mann mit Schinkenstückchen füttern ließ. »Meine Frau Eva und ihr Liebhaber …«, stellte Jean sie vor. »Wie heißt du noch mal?«

»Gabriel«, sagte der Junge munter, der sicher noch keine fünfundzwanzig war. Harry zog die Augenbrauen hoch, während Niki ihr Erröten hinter ihrer Hand verbarg.

»Ach, Jean«, sagte Eva unschuldig. »Deine Freundinnen gehen hier doch auch ein und aus. Wisst ihr …« Sie flüsterte konspirativ. »Er träumt heimlich davon, auf jedem Knie ein Mädchen zu haben. Donatella, Ninon, Marie. Ihr müsst nämlich wissen, dass er ein übler Schürzenjäger ist und seine Geliebten wie die Oberhemden wechselt.«

»Öfter.« Jean zwinkerte Niki zu.

»Siehst du«, flüsterte ihr Harry ins Ohr. »So sind Künstler.«

Sie schüttelte vehement den Kopf. »Aber Schriftsteller hoffentlich nicht.«

»Aber vielleicht ja Malerinnen, Niki«, zog Jean sie auf.

Sie verdrehte scherzhaft die Augen zum Himmel. Ihre Gedanken an Lancelot du Lac hatte sie längst ad acta gelegt. Schließlich war sie mit König Artus verheiratet, und es klappte wunderbar.

Kurz darauf gingen sie Hand in Hand zur Metro.

»Danke, Harry. Ich weiß, dass wir eigentlich keinen Spielraum für Sonderwünsche haben«, sagte Niki.

Sie durchschritten die Schranke und tauchten in die überhitzte Station Montparnasse ein. Eine durchfahrender Zug ließ Nikis Haare aufwehen wie eine Meeresbrise. Endlich Kühlung. »Warum hast du Jeans Kunstwerk gekauft?«

»Dir ist sicher nicht entgangen, dass sie das Geld gut gebrauchen können.« Harry strich ihr wirres Haar glatt. »Aber ich habe dabei auch an uns gedacht. Ich habe in die Zukunft investiert. *Money makes the world go round.* Weißt du eigentlich, wer Jean Tinguely ist?«

Der Zug fuhr ein. Sie stiegen in den rappelvollen Waggon und hielten sich an der Haltestange fest. »Ein unbekannter Schweizer Künstler? Ebenso wie Eva …« Niki runzelte die Stirn. »Wie heißt sie gleich? Aeppli.«

Harry zog sein Sakko glatt. »Aber das wird nicht so bleiben, Niki, vertrau mir. Jean Tinguely und seine Freunde sind Avantgardisten wie die Impressionisten vor hundert Jahren. Die Museumsmacher und Galeristen stehen auf dem Sprung. Jean hat schon in Stockholm ausgestellt und wird das in Kürze auch in Paris tun. Unser Kunstwerk wird eine enorme Wertsteigerung erleben.«

Niki nickte beeindruckt.

»Und das ist nicht alles«, fuhr Harry fort. »In der Impasse Ronsin schlägt das Herz der Kunst.«

Niki schüttelte den Kopf. »Das Herz der Kunst schlägt da, wo ich bin.«

Sie lachten beide. Doch während sich der Zug seinen Weg durch die Unterwelt von Paris bahnte, spürte Niki den überwältigenden Wunsch, an der Avantgarde teilzuhaben, ja, in ihrer Mitte zu sein. Aufbruch, Zukunft, Rebellion … Das war ihr Platz.

Am Tag darauf stellte Jean ihr den Doyen der Impasse Ronsin, Constantin Brâncuşi, vor. Sie klopften an sein Atelier, warteten ewig und wollten gerade wieder gehen, als die Tür aufgerissen wurde.

Vor ihnen stand ein bärtiger Greis in einem weißen Bademantel, dessen Augenbrauen sich bei Jeans Anblick beängstigend sträubten. »Du wagst es …«

»Ich bringe dir dein Werkzeug zurück.« Jean hielt ihm einen Eimer voller Meißel, Hämmer und Sägen hin, die Brâncuşi voll schweigender Missbilligung entgegennahm.

»Und das da ist Niki.« Jean schob sie über die Schwelle.

»Mathews«, beeilte sie sich zu sagen.

»Aha.« Brâncuşi musterte sie sehr viel wohlwollender. »Deine neueste Eroberung, Jean? Was sagt Eva dazu?«

Jean lachte, während Niki die Mutmaßung richtigstellte, was Brâncuşis Augen belustigt glitzern ließ. »Tja, manchmal gerät alles durcheinander, und wenn nicht heute, dann morgen.« Er bat sie in seine Küche. »Etwas zu trinken?« Unaufgefordert goss er Sekt in drei Gläser. »Und was machst du hier, Niki?«

»Ich nutze Jimmy Metcalfs Atelier während seiner Abwesenheit zum Malen.«

»Gut, gut. Auf die Kunst, vor allem auf deine, Niki.«

Brâncuşi prostete ihnen zu. Niki nippte an dem Sekt, der nach Fruchtgummi schmeckte. Pappsüß und warm noch dazu. Sie lehnte ab, als der Doyen ihr nachfüllen wollte. Auf keinen Fall würde sie sich auf nüchternem Magen betrinken.

»Dann, meine Kinder, zeige ich euch das Allerheiligste.« Der alte Mann ging ihnen hinkend voraus und öffnete die Tür zu seinem überraschend lichtdurchfluteten Atelier. Niki hielt den Atem an. »Das ist wunderbar.«

Brâncuşi lachte leise. »Treten Sie ein, meine Liebe, und du, Tinguely, alter Banause, tu dir keinen Zwang an.«

Niki betrat Brâncuşis Welt und ließ ihre Finger über seine Skulpturen gleiten, die sie in ihrer Einfachheit verblüfften. »Stein und Bronze sind bei Ihnen glatt wie Seide.« Brâncuşi nickte belustigt, während Niki ihre Augen schweifen ließ. Eine Säule wuchs in Wellen zur Decke, und auf den Sockeln lagen Abbilder von Köpfen, die der Bildhauer auf ihre Grundmerkmale reduziert hatte. »Wie finden Sie sie?«, fragte er.

»Einfach schön. Wie Hühnereier. So perfekt.«

Brâncuşi lachte geschmeichelt. »Ja, die Natur ist die beste Lehrmeisterin.«

Nachdem sie noch eine Weile über Kunst diskutiert hatten, gingen Niki und Jean zurück zu ihrem Atelier auf Zeit. Sie schwankte leicht. »Es ist früh am Morgen. Was denkt er sich dabei, uns mit Sekt abzufüllen?«

»Das hat er mit Absicht getan.« Jean hielt sich den Bauch. »Er hat was gegen mich. Uns dieses süße Gesöff vorzusetzen …«

Sie ließen sich in der Morgensonne auf dem Bretterstapel vor Jimmy Metcalfs Atelier nieder und warteten ab, bis sich ihr Rausch gelegt hatte. Noch hielt sich die Hitze in Grenzen, doch hinter dem Dunst brütete der Himmel das überfällige Gewitter aus.

»Und? Zeigst du mir heute ein paar Arbeiten von dir«, fragte Jean.

Niki biss sich nervös auf die Lippen. »Soll ich? Ich habe einige Pläne gemacht. Aber ich weiß nicht, ob ich sie jemals realisieren werde.«

»Fass dir ein Herz.« Jean zwinkerte ihr zu.

Sie betrat das Atelier und suchte zwischen ihren Bildern die Entwürfe zusammen, an denen sie seit dem Sommer arbeitete.

»Hier.« Sie legte die Blätter vor ihm ins Gras. Hoffentlich bemerkte er nicht, wie verunsichert sie war. *Ich sterbe, wenn er mich auslacht.*

Jean beugte sich über die Zeichnungen, die wie immer vor Kritzeleien und Wortfetzen nur so strotzten. Niki schrieb und zeichnete ihren gesamten Gedankenstrom und alle Ideen auf. »Was ist das? Ein Architekturentwurf?«

Sie straffte sich. »Meine Ideen für eine Kapelle oder eine Kirche, in der alle Religionen ein Zuhause finden.«

»Bist du religiös?«

»Gott bewahre, ich bin eine für alle Zeiten geschädigte Klosterschülerin. Aber diesen Traum, um den werde ich kämpfen. Auch wenn ich ihn niemals wahrmachen werde.«

»Ich kann den Einfluss Antoni Gaudís erkennen. Der Park Güell, den kennst du, oder?«

Sie nickte. »Sieht man das? Der Park strotzt vor Mosaik, so knallbunt und frei. Mir hat auch imponiert, wie viel Freude die Besucher dort hatten. Aber das ›Palais Idéal du Facteur Cheval‹ in Hauterives geht mir ebenfalls nicht aus dem Sinn.«

Sie hatte das phantasievolle Bauwerk des erfindungsreichen Postboten erst vor Kurzem besichtigt und war begeistert gewesen.

Jean kniete sich auf den Grasfleck vor ihre Entwürfe und ging sie aufmerksam einen nach dem anderen durch, während Niki rauchend auf dem Stapel saß und kaum glauben konnte, dass er sie ernst nahm.

Schließlich setzte er sich auf seine Fersen. »Warum denkst du eigentlich, dass du das niemals realisieren wirst, Niki? Ich sag dir was. Die Technik kann man lernen. Der Traum aber ist das, worauf es ankommt. Die Visionen, das bist du. Du bist gut, und darum wirst du diese Kapelle eines Tages bauen.«

»Meinst du wirklich?«

»Ja. Und weißt du was? Ich werde die Figuren deines Kreuzwegs in Bewegung setzen, wenn du mich lässt.«

Jean tat ihre Träume nicht als Phantastereien ab. Niki fühlte sich bestätigt und arbeitete weiter. In den nächsten Wochen traf sie sich oft mit den beiden Schweizer Künstlern. Sie war gern mit ihnen zusammen. Besonders mit Jean. Niki fühlte sich von ihm angezogen, obwohl sie viele seiner Vorlieben verabscheute. Jean sah gut aus, ermutigte sie als Künstlerin und brachte sie zum Lachen. Aber er war auch ein begeisterter Fan von schnellen Autos, Autorennen und schönen Frauen. Ein Schürzenjäger par excellence. Die Damen gaben sich in seinem Wohnatelier die Klinke in die Hand. Kein Wunder, dass sich Eva auf ihre Weise rächte. Niki war auf der Hut, schließlich war sie mit Harry glücklich verheiratet.

Eines Tages lehnte Jean in der offenen Tür zu ihrem Atelier und beobachtete, wie sie Karmesin mit Bindemittel zu einem unglaublichen Scharlachrot verrührte. Draußen regnete es in dicken Tropfen, die den Staub in Matsch verwandelten. »Stellst du Farbe für deine Wunderwelten her?«

Ihre Bilder gefielen ihm glücklicherweise. »Du hast es erfasst.«

Jean blieb auf der Schwelle stehen und unterhielt sie, während der Regen den ausgedörrten Boden durchnässte, mit Anekdoten aus seinem Leben. »Eigentlich ist es ganz leicht, Mädchen abzuschleppen, Niki. Willst du wissen, wie ich es anstelle?«

»Eigentlich nicht.« Sie hob den Kopf aus einer purpurnen Farbwolke. »Aber wenn du es nicht lassen kannst.«

»Ich erzähle ihnen, dass ich ein mittelloser Künstler bin und heute noch nichts gegessen habe.« Er pfriemelte an einem Riss in seiner Arbeitshose herum. »Was meinst du, passt meine äußere Erscheinung zu diesem Bild?« Vor den grauen Regenbändern standen seine dunklen Augen wie Flusskiesel.

Niki lachte und rührte weiter. Jean liebte es, die Leute zu verulken, und sie zuallererst. »Unterernährt siehst du jedenfalls nicht aus.«

»Das täuscht. Ein Blick aus meinen treuen Hundeaugen, und sie laden mich in ein Café ein, um mich abzufüttern. Und dann habe ich sie schon fast rumgekriegt.«

»Ich will gar nicht mehr wissen.« Niki stand auf und schubste ihn auf den Vorplatz hinaus in den Regen, der ihn im Handumdrehen durchnässte. Was bildete sich dieser Kerl eigentlich ein? »Probier bloß nicht deine Masche an mir aus. Ich glaube dir nicht.«

»Das will ich auch hoffen.« Jean lachte und stolzierte davon, sexy und gefährlich wie ein schwarzer Leopard. Er war viel zu arrogant, als dass Niki ihn ernst nehmen konnte.

Sie musste Jimmy Metcalfs Räume in der Impasse Ronsin nicht mehr lange in Beschlag nehmen. Endlich hatten sie eine Wohnung in der Rue Alfred-Durand-Claye gefunden, deren Wohnzimmer ein wunderbares Atelier abgeben würde. Sie war selig, denn es war geräumig und den ganzen Tag nutzbar. Für Harry gab es ein kleines Arbeitszimmer. Laura und Philip würden sich ein Kinderzimmer teilen, so gemütlich, dass sie den Abschied von Deià verschmerzen konnten.

Harry und Niki machten sich mit Feuereifer an die Renovierung. Niki hatte gerade die Wände im Kinderzimmer bunt angestrichen, als ihr eine Idee kam. In der Rückwand des Raumes klaffte ein Kamin, hässlich, grau und nutzlos wie ein zahnloses

Maul. Sie näherte sich dem Steinloch, nahm mit den Armen Maß und nieste, weil ihr der Geruch nach alter Asche in die Nase stieg. »Harry?«

Er kam aus der Küche, einen Malerhut aus Zeitungspapier auf dem Kopf. »Ja, Darling?«

»Wie wäre es, wenn ich den Kamin mit einem bunten Ideenbaum schmücken würde, an dessen Ästen tausend Wunder hängen.«

»Mach nur.« Er drückte ihr einen Kuss auf den Mundwinkel.

»Das wird meine erste Eisenskulptur.« Voller Enthusiasmus begann sie sofort mit dem Entwurf. Am nächsten Morgen ging sie mit ihren Plänen zu Jean.

»Ein Baum?«, fragte er.

»Ja, aus Eisenrohren. Ich brauche das Gerüst. Wie macht man so etwas?«

»Einen Baum aus Eisenrohr?« Jean kratzte sich am Kopf. »Dafür müsste man schweißen.«

Mist, dachte Niki. Doch dann fasste sie sich ein Herz. »Könntest du mir dabei helfen?«

Er trat von seinem Relief zurück, einer Platte mit blauen, grauen und weißen Formen, die wie eine perfekte Ansammlung positiver und negativer Schablonen anmuteten. »Schweißen mit Feuer und so …? Dein Vertrauen ehrt mich. Aber ich bin eher so der Schrottsammler und Drahtbieger.«

Niki stemmte die Hände in die Hüften. »Gibt es etwas, das du nicht kannst?«

Er grinste und zuckte mit den Schultern. »Vielleicht bin ich ja in der Lage, es zu lernen.«

Einige Tage später hatte Jean sich die Ausrüstung beschafft, den Schutzhelm, der Niki an Filme mit Außerirdischen erinnerte, das Schweißgerät, die Gasflaschen und eine Reihe von Elektroden. Und dann stand er inmitten gleißender Lichtblitze und Funken im Atelier und schweißte Nikis fertig geschnittenen Eisenrohre zu einem Baum zusammen, den sie nur noch heimtragen und dekorieren musste. Sie war beeindruckt.

Eva trat hinter sie und legte ihr die Hand auf die Schulter. »Jean mag dich.«

Kapitel 17

Den Sommer 1957 verbrachte die Familie Mathews in Vivo d'Orcia in der Toskana in einem Haus mit zwei dekorativen Zypressen vor der Tür. Idyllisch, wenn man davon absah, dass es Niki nicht gut ging.

Eines Morgens stand sie im Badezimmer und betrachtete ihr hohlwangiges Gesicht im Spiegel, die Blässe, die tiefblauen Schatten unter ihren Augen. Sie seufzte. Die feine Knochenstruktur unter ihren eingefallenen Wangen war deutlich zu erkennen. Es gab die Kunst, es gab die Familie und es gab ihre Krankheit, die nun einen Namen besaß und ihr keine Ruhe ließ. Morbus Basedow. Nervosität, hervorstehende Augen und Haarausfall gehörten leider auch zu dieser Form einer massiven Schilddrüsenüberfunktion. Wieder hatte sie eine schlaflose Nacht hinter sich gebracht. Sie wog nur noch knapp vierzig Kilo. Wenn sie nicht aufpasste, würde das Leben ihr zwischen den Fingern zerrinnen.

Sie schnitt ihrem Spiegelbild eine Grimasse und griff zur Schere. Entschlossen nahm sie erst den einen und dann den anderen dunkelblonden Zopf in die Hand und schnitt sie knapp unterhalb der Ohren ab. Schnipp, schnapp. Sie seufzte erleichtert. Ihr Kopf fühlte sich leichter an, als wäre eine schwere Last von ihr abgefallen. Die Zöpfe legte sie über den Rand des Waschbeckens.

»Mama?« Laura stand mit großen Augen in der Tür. »Was machst du denn da? Deine schönen Zöpfe.«

»Sie werden immer dünner.« Sollte sie ihr erzählen, wie viele Haare sie jeden Morgen von ihrem Kopfkissen sammelte? Besser nicht.

»Ach, Mama!« Laura drehte sich auf dem Absatz um und stolzierte davon. Niki warf ihre Zöpfe in den Papierkorb, wandte sich ihrem Spiegelbild zu, korrigierte ihre Frisur mit der Schere und seufzte frustriert. Was auch immer sie tat, es änderte nichts daran, dass sie wie ein aus dem Nest gefallener Vogel aussah.

In diesem Moment gellte ein hoher, spitzer Schrei durchs Haus. Ihr Herz setzte einen Schlag aus. Sie stürzte aus dem Badezimmer, durchquerte die Bauernküche und erreichte den Schlafraum der Kinder. Alles erschien ihr überdeutlich, wie von einem Blitzlicht beleuchtet. Der Terracottaboden, die Holzbalken, die sich über die gekalkte Decke spannten. Das auf dem Boden ausgeschüttete Spielzeug. Philip lag schlafend in seinem Bett. Laura war kreideweiß im Gesicht und hielt seine Hand. Niki stand mit einem Schritt neben ihnen.

»Er bewegt sich nicht mehr«, schluchzte Laura. »Ich glaube, er ist tot.«

»Er schläft nur.« Erst zart, dann merklich kräftiger rüttelte Niki ihren Zweijährigen an der Schulter. »Philip, wach auf.« Er reagierte nicht. Seine Pupillen waren verdreht, und unter seinen Augenlidern schimmerte es weiß. Als sie ihn aus seinem Bett hob, kippte sein Köpfchen zur Seite.

»Hol Papa! Schnell!«

Laura sprang mit einem Satz aus dem Zimmer. Nicht Philip, dachte Niki, nicht mein sonniger kleiner Junge, der sich mit so viel Elan ins Leben gekämpft hat.

Harry trat ins Zimmer. Laura folgte ihm mit großen Augen. »Was ist los?«, fragte er.

»Philip ist bewusstlos.«

Harry nahm ihr den Jungen ab, legte ihn aufs Bett und kontrollierte seinen Puls. »Er atmet.« Niki holte tief und zitternd Luft.

Fünf Minuten später saßen sie in ihrem VW-Käfer und rasten nach Siena, wo es ein Krankenhaus gab. Harry fuhr wie ein Henker, während Niki den in eine Decke gehüllten Philip auf dem Schoß hielt. Er erwachte immer wieder für einige Minuten, trank etwas Tee und brabbelte vor sich hin, um dann wieder in Bewusstlosigkeit zu versinken. Niki verging fast vor Sorge.

»Er ist immer noch nicht ansprechbar. Was stimmt bloß nicht mit ihm?«

Harry konzentrierte sich auf die Straße. »Niki, wir können im Moment nichts weiter für ihn tun.«

»Wenn wir nur schon da wären.«

Die Strecke nach Siena zog sich in endlosen Kurven durch geschwungene, grüne Hügel mit exakt gepflanzten Zypressenalleen und silbrig grünen Olivenhainen. Niki jedoch hatte kein Auge für die Schönheit der Landschaft und der malerischen, mittelalterlichen Dörfer. Sie wichen gerade einer Stachelschweinfamilie aus, die quer über die Straße lief, als es ohrenbetäubend knallte. Harry schaffte es gerade noch, zu bremsen und rechts ranzufahren. Er schlug auf das Lenkrad. »Mist, verdammter!«

»Haben wir ein Stachelschwein überfahren?«, fragte Niki.

»Unsinn. Uns ist ein Reifen geplatzt.«

»Ausgerechnet jetzt.« Niki stand mit Philip auf dem Arm und der quengelnden Laura an der Hand am Straßenrand, während Harry fluchend den neuen Reifen aufzog.

Nachmittags erreichten sie Siena auf seinen sieben Hügeln. Bevor Harry den Kleinen in die Klinik am Stadtrand brachte, setzte er Niki und Laura im Zentrum ab. Sie mischten sich in die Menge aus unbeschwerten Touristen, die Eis essend auf den muschelförmigen Piazza del Campo zuströmten. Gruppen von überallher folgten Reiseführerinnen mit pinkfarbenen Sonnenschirmen. Nie zuvor hatte Niki sich irgendwo fremder gefühlt. Die Sorge um Philip nagte an ihr.

»Der Platz ist ja ganz orange«, sagte Laura verzaubert.

Mit seinem ziegelroten Pflaster senkte er sich harmonisch zu einem prächtigen Gebäude ab, dem Rathaus, das, wenn Niki richtig lag, einige berühmte Wandgemälde von Ambrogio Lorenzetti beherbergte. Im Moment hatte sie nicht die Nerven, sie sich anzusehen. Deshalb folgte sie Laura, als diese sie in das nächstbeste Café zog und sich auf einen Stuhl fallen ließ. »Ich will Eis.«

»In Ordnung.« Niki winkte einem Kellner in weißer Schürze. Das Lokal sah teuer aus. Aber das musste jetzt eben sein. Der Kellner kam und beäugte sie misstrauisch. *Meine missratene Frisur.* Niki überlief es kalt, als ihr bewusst wurde, wie sie aussehen musste. Dann aber besann sie sich auf ihre Erziehung. »Wir hätten gern Eis, Kuchen, Kaffee und Wasser, *per favore.* Welche Sorten möchtest du, mein Schatz?« Zwischen Lauras Augenbrauen erschien eine steile Falte. »Vanille, Schokolade, Pistazie, Nuss und Erdbeere.«

»Aber Laura, das sind fünf Kugeln!«

Sie nickte störrisch. »Ich will sie alle.«

Niki bestellte und beobachtete beunruhigt, wie sich Laura Löffel für Löffel zwischen die Lippen schob. Sie vertilgte ihre Portion bis auf den letzten Rest und rutschte danach unruhig auf ihrem Stuhl herum. »Mama. Mir ist schlecht.«

Niki zog ihre Tochter auf den Schoß. Laura war groß für ihr Alter. Ihre langen Beine schlackerten bis zum Boden. »Wird Philip sterben?«

»Aber nein, mein Schatz.« Niki strich ihr die verschwitzten Ponysträhnen aus der Stirn.

»Und wenn doch?«, flüsterte Laura. »Was, wenn ich schuld bin, weil ich ihn immer so piesacke?«

Niki hatte nicht gewusst, dass man sich mit fünf Kugeln Eis selbst bestrafen konnte. »Unsinn. Niemand ist schuld. Außerdem darfst du dir keine Sorgen machen. Philip ist im Krankenhaus. Da hilft man ihm.«

»Aber wenn er doch stirbt?«, fragte Laura, bevor sie einschlief.

Harry kam, als die Sonne schon hinter den ziegelroten Häusern verschwunden war. »Philip ist außer Lebensgefahr.«

Niki seufzte vor Erleichterung, während er sich erschöpft auf einen Stuhl fallen ließ und Nikis dritten Cappuccino austrank. Laura schlief inzwischen auf ihrem eigenen Stuhl.

Harry setzte sich erschöpft zurück. »Sie haben eine Lumbalpunktion bei ihm durchgeführt, da hat er die ganze Klinik zusammengeschrien. Aber jetzt geht es ihm den Umständen entsprechend gut.«

Niki war schwindlig vor Müdigkeit. »Aber was ist mit ihm? Wir haben furchtbare Angst um ihn gehabt, Laura und ich.«

Harry winkte dem Kellner und bestellte für alle Pasta und Wasser. »Die Ärzte wissen es noch nicht. Seine Hirnströme waren nicht okay. Aber er ist wieder wach und hat ein bisschen gegessen.«

Sie atmete auf. Philip lebte und würde sich bestimmt erholen. »Es geht ihm besser, hörst du?«, flüsterte sie in Lauras Ohr, aber die schnarchte ungestört weiter.

Am nächsten Tag war Philip bei Bewusstsein. Niki trat ins Krankenzimmer und runzelte die Stirn, als sie sah, dass eine ältliche Nonne ihn mit einem Löffel Traubenzucker fütterte. Niki rationierte die Süßigkeiten streng, die die Kinder essen durften, ihrer Milchzähne wegen. Philip sperrte seinen Mund auf wie ein kleiner Vogel und schluckte. Dann sah er sie und streckte ihr die Arme entgegen. »Mama!«

Niki setzte ihn auf ihre Hüfte, ihr Herz erfüllt von Dankbarkeit.

»Wie geht es dir, mein Kleiner?« Statt zu antworten, legte er seinen Kopf an ihre Schulter und nuckelte am Daumen, während die Nonne ihnen riet, Philip auch daheim Zucker zu geben, wenn ein Schwächeanfall drohte. Er brauche das.

Niki blieb den ganzen Nachmittag bei Philip, malte mit ihm und zeigte ihm durch das Fenster den Garten. Der Kleine war schon eingeschlafen, als Harry ins Zimmer trat. »Wie geht es ihm?«

»Besser«, sagte Niki.

Sie war zu Tode erschöpft. Als sie aufstehen wollte, drehte sich die Welt. Sie taumelte, und ihre Knie gaben nach. Harry konnte sie gerade noch auffangen, bevor sie zu Boden fiel. *»Aiutami!«* Sein Hilferuf war das Letzte, was sie hörte.

Sie erwachte unter einem weißen Laken auf einem Feldbett an der Wand von Philips Zimmer. In den Fenstern stand blaue Dämmerung, und Harry sprach leise mit einem Arzt in weißem Kittel. »Sie sollten nicht nur wegen Ihres kleinen Jungen in die Berge ziehen, sondern auch Ihrer Frau zuliebe, Signor Mathews. Weg von der Großstadt. Die Luftveränderung würde ihr guttun.«

Niki räusperte sich.

»Du bist wach«, stellte Harry erfreut fest.

Der Arzt trat an ihr Bett heran und fühlte aufmerksam ihren Puls. »Da sind Sie ja wieder. Sie haben uns ganz schön in Aufregung versetzt.« Er war ein freundlicher älterer Herr mit Schnauzbart und einer goldgeränderten Brille. »Ich bin Dottore Massoni.«

»Niki Mathews.« Sie sah sich nach Philip um, der süß und selig schlief, die Ärmchen hinter seinem Kopf verschränkt. Auf seinem Nachtschrank stand eine verlockend duftende Schale mit Brühe. Nikis Magen knurrte. »Wie lange war ich weg?«

»Etwa eine Viertelstunde. So eine kleine Ohnmacht ist nicht das Problem.«

Das wusste sie nur zu gut.

Der Arzt legte ihr Handgelenk sorgsam auf der Bettdecke ab. »Die Suppe ist für Sie. Essen Sie. Ich komme in ein paar Minuten wieder. Dann reden wir.« Harry reichte ihr den Teller und das dazugehörige Panini. Hastig aß Niki alles auf. Nie hatte ihr etwas besser geschmeckt.

Harry runzelte die Stirn. »Hattest du heute überhaupt schon etwas gegessen?«

Niki dachte kurz nach. »Zum Frühstück im Hotel Kaffee und ein paar Kekse.«

Harry schüttelte den Kopf. »Das ist zu wenig. Du weißt doch, dass dein Stoffwechsel zu schnell ist.«

»Philip erschien mir wichtiger«, sagte sie mit vollem Mund.

Harry schüttelte den Kopf. »Für Philip wird hier bestens gesorgt. Niemand hat etwas davon, wenn du uns einfach umkippst.« Er konnte so erbarmungslos rational sein. Niki spürte einen Anflug von Scham, weil sie nicht gemerkt hatte, wie sie sich überforderte und wieder allen zur Last fiel. »Ich weiß. Aber die Kinder …« Sie kamen immer zuerst, egal, wie sie sich fühlte.

Der Arzt kehrte nach zehn Minuten zurück, in der Hand ein Krankenblatt. Er sah müde aus. »Sie hatten einen Puls von 180, Niki. Außerdem sind Sie stark untergewichtig, wahrscheinlich wegen Ihres zu schnellen Stoffwechsels. Zittern Ihre Hände manchmal?«

»Immer«, sagte Niki düster. Sie war überhaupt nicht mehr belastbar. »Nichts für ungut. Ich kenne die Diagnose, wegen der ich aussehe wie ein glupschäugiger Fisch. Morbus Basedow.« Sie zog die Wangen zwischen die Zähne und bewegte ihre Lippen auf und zu.

Der Arzt erlaubte sich ein schiefes Grinsen. »Dann sage ich Ihnen ja nichts Neues.«

Niki trank einen Schluck Wasser und stellte das Glas ab. »Die Schilddrüsenprobleme hatte ich nach Lauras Geburt auch. Ich habe das von meiner Mutter geerbt. Mein Körper hat sich noch nicht daran gewöhnt, nicht mehr schwanger zu sein. Aber irgendwann wird sich das schon wieder einpendeln.«

Der Arzt schüttelte nachdenklich den Kopf. »Das glaube ich nicht. Ihr Herzrasen ist besorgniserregend, und Sie werden immer schwächer. Wenn Sie zurück in Paris sind, lassen Sie sich bitte untersuchen. Früher oder später werden Sie sich die Schilddrüse ganz oder teilweise entfernen lassen müssen, wenn Sie überleben wollen.«

Niki riss erschrocken die Augen auf. »Es legt sich nicht von allein?«

»Damit können Sie nicht rechnen, Signora Mathews«, sagte er. »Ich habe Ihrem Mann auch gesagt, dass es für die ganze Familie gut wäre, wenn sie aufs Land ziehen würden, am besten in die Berge. Dort besteht bei viel Ruhe und guter Luft eine geringe Chance, dass sich Ihre Schilddrüse von alleine erholt.«

»Oje.« Sie hatten erst vor Kurzem ihre Wohnung in der Rue-Alfred-Durand-Claye bezogen. Außerdem wollte sie in Paris bleiben, wo das Herz der Avantgarde schlug und sie Kontakt zu anderen Künstlern hatte.

Harry griff nach ihrer Hand. »Wir werden tun, was notwendig ist.«

Als sie nach Paris zurückgekehrt waren, wurde Philip im Kinderhospital Necker aufgenommen, aus dessen Kohlevorräten sich die Künstler der Impasse Ronsin Winter für Winter bedienten. Die Ärzte stellten bei ihm eine seltene Form der Hypoglykämie fest, die dringend behandelt werden musste. Niki begleitete ihn zu allen Untersuchungen und war immer für ihn da. Philips Krankenhausaufenthalt setzte ihr besonders zu, weil einige seiner Zimmergenossen so gut wie nie Besuch bekamen. Man hat sie einfach vergessen, dachte Niki.

Abgesehen davon reagierte sie zunehmend emotional auf die Herausforderungen des Lebens. Ein sentimentaler Film ließ sie die ganze Nacht hindurch weinen. Im Herbst flogen sie in die USA, wo sich Niki ausgerechnet von ihrer Schwiegermutter Mary Mathews überzeugen ließ, ärztlichen Rat einzuholen. Der Privatarzt der Familie Mathews riet Niki zur Operation. Wenn sie sich nicht dazu durchringen könne, bestehe Lebensgefahr.

So stand es, als Niki mit den Kindern ihre Familie in der Park Avenue besuchte. Sie war jahrelang nicht mehr dort gewesen.

Jacqueline öffnete die Tür und begrüßte sie überschwänglich. »Da seid ihr ja! Meine Niki und meine beiden Schätze!« Sie zog sie in ihre Arme, obwohl Laura und Philip ihrer exaltierten Großmutter misstrauische Blicke zuwarfen. »Kommt doch herein.«

Sie traten ins Esszimmer mit seinen Rosensträußen und verspiegelten Wänden. Wie oft hatte Niki hier gegessen und versucht, die Benimmregeln ihrer Mutter zu verinnerlichen?

»Es ist ja so schön bunt hier«, flüsterte Laura.

Niki setzte sich an den Esstisch. »Hier hat sich überhaupt nichts verändert.« Ihre Mutter trug immer noch ihre Lockenfrisur und duftete wieder nach Chanel Nr. 5, was Niki nach dem Besuch in Caux beruhigend fand.

»Ach, das sieht nur so aus.« Jacqueline klingelte nach dem Dienstmädchen, das Tee und Kuchen auftrug, während Laura staunend zwischen den bunten Schätzen umherstreifte. Sie strich über glänzende Vasen und zarte Blütenblätter. »Hast du das alles dekoriert, Großmutter? Es ist ja so hübsch.«

»Ja, Süße, ich strenge mich an, dass es so bleibt.« Jacqueline zog Philip auf ihren Schoß und fütterte ihn mit einem Stück Kuchen. »Endlich wieder ein kleines Kind im Haus. Aber du bist furchtbar dünn geworden, Niki. Wie geht es dir wirklich?«

»Es könnte besser sein.« Niki nippte an ihrer Teetasse. »Meine Schilddrüse spielt verrückt. Ich werde mich wohl operieren lassen müssen.«

Jacqueline setzte sich müde zurück. »Das tut mir leid. Auch hier haben sich die Dinge verändert. Es ist furchtbar still geworden, seit deine Schwestern aus dem Haus sind. Und dein Vater lässt sich kaum noch blicken.«

Niki ahnte, was das bedeutete. André de Saint Phalle ging seine amourösen Wege, während Jacqueline traurig zu Hause auf ihn wartete.

Diese warf ihr einen strengen Blick zu. »Habt ihr euch endlich entschieden, die Kinder taufen zu lassen? Oder sollen sie für immer kleine Heiden bleiben?«

»Ach, Maman!«

Bevor Niki zu einer ausführlichen Antwort ansetzen konnte, trat ein breitschultriger, junger Mann ins Zimmer, der eine Sporttasche über der Schulter trug.

»Richard?«, fragte Niki verdutzt.

»Niki? Und hi, ihr seid meine Nichte und mein Neffe.« Er lachte ausgelassen, als Laura und Philip ihn mit offenem Mund anstaunten. »Ich gehe zum Training. Das wollte ich nur sagen, Mutter.« Die Tür fiel hinter ihm ins Schloss.

»Der ist aber groß geworden.« Niki konnte sich die Plattitüde nicht verkneifen.

»Ja, wirklich. Er ist Quarterback in seiner Schulmannschaft.« Jacqueline ließ Philip von ihrem Schoß springen und beugte sich zu Niki. »Weißt du, was er neulich getan hat?«

»Wie sollte ich?« Niki zog Philip auf ihren Schoß.

»Ich habe ihn nur daran erinnert, dass er sein Zimmer aufräumen muss.«

»Und dabei hast du nicht zufällig ein bisschen herumgezetert?«

Sie hob abwehrend die Hände. »Nur ganz wenig, ich schwöre es. Aber er hat sich nicht einmal das gefallen lassen.«

»Und stattdessen?«

Maman sah mit blanken Augen auf, ein halbes Lächeln spielte um ihren Mund. »Stattdessen hat er mich in mein Zimmer getragen und in den Kleiderschrank gesperrt. Papa hat mich erst Stunden später befreit.« Niki versteckte ein Grinsen hinter einem Hüsteln. »Vielleicht solltest du dich nicht mit einem Footballer anlegen.«

Kurze Zeit später verabschiedeten sie sich, nachdem Jacqueline den Kindern Tüten voller Süßigkeiten in die Hand gedrückt hatte.

»Hast du Papa inzwischen gefragt?«, fragte Niki beim Abschied.

Jacqueline wurde blass. »Wonach?«

»Das weißt du ganz genau.« Niki flüsterte, weil Laura scharfe Ohren hatte.

»Nein, mein Schatz. Versuch doch einfach zu vergessen, was geschehen ist. Manche Dinge belässt man besser unter dem Deckmantel des Schweigens.«

Dort, das wusste Niki, würden sie vor sich hin gären, faulige Gase absondern und irgendwann wie verweste Schreckgestalten an die Oberfläche treiben. Die Familie De Saint Phalle hatte Leichen im Keller, oh ja. Aber sie konnte ihre Mutter zu nichts zwingen.

Nach ihrer Heimkehr ging Niki in das amerikanische Hospital in Paris und ließ sich den Großteil ihrer Schilddrüse entfernen. Darauf folgte eine lange Phase der Rekonvaleszenz.

Harry suchte derweil ein Quartier auf dem Land und wurde in Lans en Vercors, zehn Kilometer südwestlich von Grenoble, fündig. Im Mai 1958 zogen sie in ein Bauernhaus am Hang, von dem aus sich der Blick in ein weites Tal öffnete. Niki genoss das Landleben. Lans war wie Deià, nur kälter. Kaum war sie eingezogen, legte sie einen Garten an und pflanzte Gemüse. Im Haus nebenan lebte eine Bauernfamilie mit Namen Fayollat, mit der sie sich anfreundeten. Die Kinder gingen in ihrer warmen Küche ein und aus und spielten mit ihren vielen Tieren. Obwohl sich Niki noch immer erholen musste, normalisierte sich ihr Leben zusehends.

Auf den kargen Bergsommer folgte der Herbst, der in den Alpen schnell vom Winter abgelöst wurde. Als der erste Schnee fiel, stapften die Kinder begeistert durch die weiße Pracht und bauten Schneemänner. Laura fand Freundinnen in der Schule und lud sie zu Kuchen und Saft nach Hause ein. Alles wäre gut gewesen, wenn Niki die Großstadt Paris und ihre dortigen Kontakte nur nicht so vermissen würde. Sie fühlte sich wie abgeschnitten von der Welt.

Sie fand, dass ihr noch immer eine gewisse Karenzzeit zustand. Während sie sich tagelang ins Atelier zurückzog, um in Ruhe zu arbeiten, organisierte Harry den Alltag mit den Kindern.

An einem Winterabend kam sie nach einem langen Arbeitstag in die Küche. Sie war zufrieden mit sich, weil ihr ein Relief aus Gips und Fundstücken gelungen war. Draußen türmte sich meterhoch der Schnee, und ihre Finger waren so kalt, dass sie sie über dem prasselnden Holzfeuer im Herd wärmte. Die Kinder saßen am Tisch und hatten gerade zu Abend gegessen. Harry stand am Spülbecken, wusch ab und stapelte die sauberen Teller im Trockenständer.

»Mama!«, rief Laura empört. »Papa will, dass ich Philip zu Bett bringe, alleine!«

Niki atmete tief durch. Sie war immer noch untergewichtig und ermüdete schnell. Für eine lautstarke Auseinandersetzung fehlte ihr die Kraft. »Dann tust du, was Papa gesagt hat, Laura, und zwar ohne Geschrei.« Auch wenn sie Harrys Anweisung zu harsch fand, wollte sie ihm nicht in den Rücken fallen.

Philip, der auf dem Boden mit seiner Lokomotive gespielt hatte, stürzte auf sie zu und schlang ihr die Arme um den Bauch. »Ich will meine Mama!«

Niki löste sich vorsichtig von ihm. »Geh mit Laura, mein Kleiner.«

Diese schmollte und nahm ihren Bruder bei der Hand. »Phhh. Ihr seid unsere Eltern. Wenn ihr normal wärt, müsste ich das jetzt nicht tun. Aber ihr seid ja Künstler und macht immer so komische Sachen.« Sie sah sie mit funkelnden braunen Augen an. »Niemand in der Schule hat so verrückte Eltern, nur ich.«

Harry fuhr herum und schüttelte sich die Spülschaumflocken von den Händen. »Herrgott noch mal, Laura! Tu endlich, was ich dir gesagt habe!«

Sie gehorchte schulterzuckend und zog mit dem heulenden Philip von dannen. Niki blieb mit Harry zurück. »Hatten wir uns nicht darauf geeinigt, dass die Bedürfnisse der Kinder immer Vorrang haben? Du hättest mich holen können, wenn dir die Zeit nicht reicht, sie ins Bett zu bringen.« Ihre Stimme klang nach Vorwurf und Bitterkeit. Solche Worte hatte sie ihm niemals an den Kopf werfen wollen.

Harry beherrschte sich mühsam. »Seit Monaten regle ich alles, Niki. Das gesamte Familienleben und der Schulbesuch, alles hängt an mir. Erst warst du krank …«

»Und das bin ich noch immer.« Niki stemmte ihre dünnen Handgelenke auf den Tisch. Knochige Arme, Spinnenfinger. Sie hatte nicht gewusst, dass es so schwierig sein würde, zuzunehmen.

Er sah sie an und nickte. »Ich weiß, dass deine Erschöpfung dir zu schaffen macht. Aber zur gleichen Zeit arbeitest du nach Kräften im Atelier.« Er zog den Stopfen und ließ das Wasser gurgelnd in den Abfluss laufen. »Siehst du nicht, dass ich den ganzen Rest mache? Und merkst du nicht, wie sehr mir das alles über den Kopf wächst? Auch ich würde gern an meinem Buch weiterarbeiten. Ich komme zu nichts.« Frustriert hängte er das Geschirrtuch über die Stuhllehne.

In Niki regte sich ein Anflug schlechten Gewissens, der sie dazu veranlasste, den Tellerständer auszuräumen. »Es tut mir leid. Aber wir sind hier nicht in einem amerikanischen Jungeninternat. Und du bist kein Drillsergeant. Als Nächstes lässt du die zwei noch exerzieren wie bei den Marines.«

Harry schüttelte den Kopf. »Der Laden muss laufen. Wir haben ihnen viel zu viel durchgehen lassen. Laura denkt, sie könne sich alles erlauben.«

Niki wusste, dass ihre intelligente Älteste ihre Freiheit nutzte, wo immer sie konnte, und fand ihren Eigenwillen zumeist imponierend. »Aber wir wollten es doch anders machen als unsere Eltern. Dazu gehört, dass wir nicht ohne triftigen Grund Autorität ausüben. Jedenfalls nicht ohne ihnen zu erklären, warum.«

»Sie müssen lernen, zu gehorchen, Niki. Es geht nicht ohne Disziplin.«

»Aber das sind Kinder, Harry. Sie brauchen in erster Linie Liebe.« Niki war müde. In den letzten zehn Jahren hatten sie so viel zusammen erlebt und erlitten. Vieles wäre einfacher, wenn ihre Gesundheit mitspielen würde. Als Mutter war sie immer nahe daran zu versagen. Nur, wenn sie als Künstlerin tätig war, fühlte sie sich vollständig und richtig.

Harry zog sie an sich und legte sein Kinn auf ihren Kopf. »Ich tue mein Bestes, doch manchmal geht es eben nicht mehr. Wenn es schwierig wird, verschwindest du in deine bunten Welten, oder erfindest dich einfach neu. Aber was ist mit mir?«

Niki streckte sich und umfasste sein Gesicht mit ihren Händen. »Lass uns nach Paris fahren, Harry. Ohne die Kinder. Die Fayollats passen sicher auf sie auf, und Laura und Philip werden viel Spaß mit den Tieren haben. Lass uns in Ausstellungen gehen und wieder leben!«

Kapitel 18

Hand in Hand standen sie vor Jackson Pollocks monumentalem Wandbild und staunten. Es maß über drei Meter in der Breite und war von einem Netz aus vibrierenden Farbfäden überzogen, das den Augen ein subtiles Spiel aus imaginären Räumen bot.

»Eine Farbexplosion.« Niki war hingerissen und zugleich voller Verlangen, es ihm gleichzutun. »Pollocks Bilder sind so ausdrucksstark, so unmittelbar, so tief. Und verdammt groß. Ich will das auch können.«

»Pollock ist der Inbegriff des Action Paintings«, referierte Harry. »Er hätte noch so viel vor sich gehabt.« Sie schwiegen im Gedenken an den Maler, der im Jahr zuvor im Alter von 44 Jahren bei einem Verkehrsunfall ums Leben gekommen war.

Niki drückte Harrys Hand. »Aber es ist gut, dass wir hergekommen sind, oder?«

Paris war so elektrisierend lebendig. Trotz der Kälte machten sie ausgedehnte Spaziergänge und genossen Kunst und Kultur nach Kräften.

Die Schau »Jackson Pollock und die neue amerikanische Malerei« fand im Musée d'art moderne de la Ville de Paris statt. Im Sommer zuvor waren die Kunstwerke im amerikanischen Pavillon der Brüsseler Weltausstellung zu sehen gewesen und hatten dem Publikum bewiesen, dass das Herz der Moderne in den USA mindestens genauso laut schlug wie in Europa.

Niki hatte nicht gewusst, dass ihre Heimatstadt New York zum

Hotspot der Kunst geworden war, ganz besonders das Village rund um den Washington Square. *Really impressing and amazing.* Mit großen Augen durchstreifte sie die Ausstellung und fand reichlich Inspiration. Franz Kline malte Kalligraphien voller riesiger, schwarz-weißer Schriftzeichen. Willem de Koonings wilde, figürliche Werke würden sie bis in ihre Träume verfolgen.

Sie gingen in den nächsten Raum. Nikis Fuß stockte, und ihr Herz begann viel zu schnell zu klopfen, denn da stand Jean Tinguely inmitten einer Gruppe von Freunden. Ein großer Mann mit einem Lockenkopf, dünn wie ein Reiher, lachte ausgelassen über seine Späße.

»Sei still, Spoerri!« Jeans dunkler Blick glitt zu Niki. Während sie mit Harry weitere Werke betrachtete, spürte sie überdeutlich seine Gegenwart. *Ich liebe doch Harry. Warum also setzt dieser verrückte Schweizer mein Herz in Brand?* Mit aller Gewalt kämpfte sie gegen die magische Anziehung an und verbat sich ihre ketzerischen Gedanken.

»Es wird Zeit.« Harry sah auf die Uhr. »Du weißt, dass ich mich noch mit John Ashbery treffen will.« Er schätzte den Kontakt zu dem jungen amerikanischen Dichter, der ihm die Tür zur literarischen Avantgarde geöffnet hatte. »Ich gehe dann mal.«

»Klar.« Sie sollte sich nicht erleichtert fühlen, aber in diesem Moment tat sie es.

Nachdem Harry sich verabschiedet hatte, kam Jean auf sie zu. »Niki Mathews. Lange nicht gesehen. Deine Haare sind kurz. Aber das steht dir.«

Ihre Augen begegneten sich. Die Trauben von Kunstinteressierten, die sich parlierend durch die Räume bewegten, die Mutter mit dem brüllenden Kleinkind, der alte Mann mit dem Mantel wie ein Penner, all das verschwamm vor ihren Augen. Niki, Jean und Jackson Pollocks leuchtende Farberuptionen an den Wänden waren alles, was zählte.

»Herausragend, dieser Pollock. Oder was meinst du?« Jean war mindestens so verlegen wie sie.

»Er ist so stark. Ich wollte, ich wäre auch so gut.«

»Aber das bist du, Niki.« Jean stellte sich neben sie. »Er macht Drip Paintings. Dafür legt er die Leinwand auf den Boden, lässt Farbe darauf tropfen oder gießt sie aus, in langen vibrierenden Linien. Darauf muss man erst mal kommen.«

»Er ist tot«, sagte sie traurig.

»Viel zu früh, ich weiß.« Jean nickte. »Aber was bleibt, ist diese ungezügelte, rohe Kraft, dieser spontane Ausdruck von Gefühlen ...«

»Diese Farbexplosionen«, vollendete sie. »Und doch ist das Ergebnis geplant und kalkuliert. Sieh dir mal das Netz aus Farbtropfen an, das über dem Bild ausgespannt ist. Es hat so viele Ebenen. Pollock ist ein wahrer Künstler. Bei ihm ist der Prozess, die Handlung genauso wichtig wie bei ...«

»... uns«, sagte Jean. Niki bemerkte verwundert, dass er sie eingeschlossen hatte, in was auch immer.

»Ich meine, ich bin ja kein Maler«, fuhr Jean fort. »Aber du. Ich bin schon gespannt, wie sich seine Inspiration auf dich auswirken wird.«

»Mal sehen. Ich werde versuchen, ihm entgegenzuwachsen, denke ich.« Niki stemmte herausfordernd ihre Hände in die Hüften. Pollocks Kunst setzte hohe Maßstäbe. Sie würde sich verwandeln müssen, wenn sie der hohen Zielmarke näher kommen wollte. »Warum keine Metamorphose?«

In diesem Augenblick betrat Harry den Raum und blickte sich suchend in der Menschenmenge um.

»Harry!« Niki winkte ihm zu. »Ich habe dich noch gar nicht zurückerwartet.«

»Da bist du ja.« Er trat auf sie zu und legte ihr besitzergreifend den Arm um die Schultern. »John Ashbery, dieser Schlawiner. Da verlässt man sich mal auf ihn, und dann versetzt er einen eiskalt.«

»Es tut mir leid«, sagte Niki.

»Das muss es nicht.« Er nickte Jean zu. »Jean. Schön dich zu sehen. Wie geht's?«

»Harry. Danke, gut.« Als sich die beiden Männer mit Handschlag begrüßten, stand so viel Unausgesprochenes zwischen ihnen, dass Niki schlucken musste.

Während Harry am Tag darauf sein Treffen mit John Ashbery nachholte, besuchte Niki Eva Aeppli in der Impasse Ronsin. Jean war nicht da. Seine Werkstatt voller magischer Maschinenwesen lag da wie ausgestorben.

Sie stieg die schmale Treppe empor in Evas Reich, das von den Puppen für ihre Totentänze bevölkert wurde. Auch dort war es still.

»Eva? Ist hier jemand?«

»Ich bin oben. Komm rauf!«

Sie erklomm das oberste Stockwerk und traf Eva in der Küche an, wo sie sinnierend vor dem vollen Spülbecken stand. Der Frühstückstisch war nicht abgedeckt, und auf den Stühlen stapelten sich Zeitungen und anderer Krimskrams. Aus einem Topf auf dem Herd roch es penetrant nach verdorbener Erbsensuppe. Die Aschenbecher quollen über.

Eva wandte sich ihr zu. »Niki. Schön, dass du da bist. Lass dich vom Chaos nicht abschrecken.«

»Ach, i wo!« Sie schubste einen Stapel von Jeans Arbeitshemden von einem Stuhl und setzte sich, während Eva einen Kessel auf den Gasherd stellte, Darjeeling in die Kanne füllte und zwei Tassen spülte.

»Das ist noch gar nichts gegen die Unordnung in unserer Wohnung in Basel. Jean und ich lebten in einem Abbruchhaus und stapelten unseren ganzen Müll in einem Extrazimmer.«

»Bis er von selber weglief? Der Müll, nicht Jean?«

Eva lachte. »Heute schüttele ich mich, wenn ich daran denke.«

»Ich bin auch nicht sehr ordentlich«, gestand Niki.

»Aber Harry?«

»Aber Harry. Ertappt.« Niki lachte lauthals. »Glaub mir, er rettet die Kinder und mich. Sonst würden wir im Chaos ertrinken.«

Eva goss den Tee auf und setzte sich. Mit ihrer rotbraunen Kurzhaarfrisur und den Sommersprossen auf der Nase war sie so hübsch, dass Niki kaum die Augen von ihr lassen konnte. Süß wie eine Weihnachtselfe, dachte sie. »Und warum wolltet ihr so leben? So wenig bürgerlich?«

Eva straffte den Rücken. »Meinst du nicht, dass sich das 20. Jahrhundert von allen bürgerlichen Normen verabschieden muss? Ich meine, nach dem Krieg und dem Holocaust sollten wir gezielt nach einer neuen Kunst und einer neuen Art zu leben suchen. Die Frage nach dem Neuen ist alles, was zählt, und dass man es zielbewusst aufbaut und dieser beschissenen Gegenwart entgegensetzt.«

»Ihr seid Marxisten?« Niki hob das Teesieb aus der Kanne. Eva wusste nicht, aus welcher gesellschaftlichen Schicht sie stammte, und sie würde es ihr nicht freiwillig erzählen.

»Jean ist Anarchist. Ich selbst bin eine Akrobatin zwischen Himmel und Erde«, erklärte Eva. »Weißt du eigentlich, dass wir von Basel nach Paris getrampt sind, Jeannot und ich? Per Anhalter. Mit nichts als zwei Taschen und unseren Träumen im Herzen.«

»Luftschlösser bauen«, erwiderte Niki. »Wie abenteuerlich. Und eure Tochter?«

Evas Stirn umwölkte sich. »Miriam ist bei Jeannots Eltern viel besser aufgehoben als bei uns. Und Jean. Der ist schon mit fünfzehn von zu Hause ausgebüxt, um den Albanern bei ihrer Revolution zu helfen.«

Niki kicherte und verbrannte sich den Mund am heißen Tee.

»Das ist gar nicht witzig.« Eva rollte mit ihren großen Augen. »Er meinte es damals ernst, und das tut er auch heute noch, radikal wie er ist. Im Sommer wird er seine Zeichenmaschinen in der Galerie von Iris Clert ausstellen. Weißt du, was Méta Matics sind?«

»Nicht genau«, sagte Niki achselzuckend. »Sie malen automatisch, oder?«

Eva lachte. »Es sind Maschinenplastiken, in die du 2 Franc 50 einwerfen kannst. Dann zeichnen sie dir mit Filzstift ein abstraktes Kunstwerk; so wilde Knäule, wie sie uns die abstrakten Maler als Kunst verkaufen. Wir sind gespannt, was sie dazu sagen werden.«

»Die Avantgarde legt richtig los«, kommentierte Niki.

Die Zeichenmaschine produzierte also auf Knopfdruck abstrakte Bilder als Massenware. Den Prozess zu automatisieren, war revolutionär, weil dadurch das Genie des Künstlers ebenso infrage gestellt wurde wie der Absolutheitsanspruch des Kunstwerks. Außerdem verführten die Méta Matics die Betrachter dazu, aktiv mitzugestalten. Jean hatte wieder einmal bewiesen, dass er Witz mit Innovation verbinden konnte.

Niki lachte. »Diese Maschinen lassen wir heiß laufen, Eva, oder?«

Eva sah sie mit einem entschuldigenden Lächeln an. »Aber dann bin ich vielleicht schon nicht mehr hier.«

»Was sagst du da?«, fragte Niki überrascht.

Eva zündete sich eine Zigarette an und begann hastig zu rauchen. »Jean und ich. Ja, weißt du denn gar nicht, dass wir im Begriff stehen, uns zu trennen? Ich dachte, wir seien Stadtgespräch. Aber du und Harry, ihr wart ja in den Bergen, weitab vom Schuss. Da muss man so etwas ja nicht mitkriegen.«

Niki schwieg betroffen. »Aber ihr seid so ein besonderes Paar.«

Eva blies ihr einen Schwall blauen Rauch ins Gesicht. »Das waren wir vielleicht mal, Niki. Aber heute treten wir auf lauter Scherben. Jeannot braucht Action, ich brauche Kontemplation. Er ist immer in Bewegung, dieses Energiemonster von einem Mann. Siehst du ihn jemals ohne Arbeit? Ich hingegen suche die Stille, den Rückzug.«

»Aber Gegensätze – «

Eva schüttelte den Kopf. »Du irrst dich, wenn du glaubst, dass sie sich anziehen. Sie stoßen sich ab. Ihr habt doch die Wohnung in Paris behalten, oder?«

»Ja.« Niki runzelte die Stirn. Besser, sie stellte die vielen Fragen, die ihr durch den Kopf gingen, nicht.

Eva zog ein letztes Mal an ihrer Zigarette und drückte sie im Aschenbecher aus. »Kümmere dich bitte um Jeannot, wenn ich weg bin. Er kommt nicht so gut alleine klar.«

Niki bekam große Augen. »Aber ich bin doch mit Harry …?«

Eva schüttelte den Kopf. »Aber Niki, ich sehe doch, wie du Jean ansiehst.«

»Wir sind nur Freunde«, beeilte sich Niki zu erklären.

»Wirklich?«, fragte Eva.

Kurze Zeit später kehrten sie nach Lans zurück. Niki erholte sich vollständig und widmete sich mit neuer Kraft ihrer Kunst. Ihr Atelier hatte ein großes Glasfenster, von dem aus sie das gleißend weiße Tal bis hin zu einer Kette schneebedeckter Berge überblicken konnte. Als sie an einem Wintertag zu malen begann, hatte die Kälte die Farbe auf ihrer Palette erstarren lassen. Sie mischte neue an. Sie würde sich weiterentwickeln, aber nicht in Pollocks Richtung, sondern in ihre eigene.

Nach und nach schuf sie auf ihrer Leinwand einen Himmel, der aus einer dicken Schicht aus weißen und schwarzen Tropfen bestand, so üppig wie das glitzernde Firmament über den Bergen. Den Horizont begrenzte sie durch eine gezackte Bergkette und stellte einen pinkfarbenen Akt in die Landschaft, eine kraftvolle Urfrau, die einen Drachen am Zügel führte und den Mond auf ihrer Hand balancierte. Sie spickte den Drachen mit Nägeln, bildete die Brustwarze der Frau aus einem Deckel nach und versah diese ebenfalls mit einem Kranz aus Nägeln. Ein weiterer kreisrunder Deckel wurde zum Gesicht umfunktioniert, der Embryo in ihrem Leib aus Kaffeebohnen gebildet. In die landschaftlichen Elemente des Bildes fügte sie farbige Steine, Nägel und Türangeln ein. Schließlich trat sie von ihrer Staffelei zurück.

Sie würde das Bild »Pink nude with dragon« nennen. Assemblagen und Materialcollagen, dachte sie. Sie würde mit Gegenständen gegenständlich arbeiten. Das war ihre Zukunft.

Kapitel 19

Frühsommer 1959

Ein feuerfarbener Sonnenuntergang setzte den Himmel über dem Tal in Brand. Im Osten blitzte der Abendstern auf. Es würde eine laue Sommernacht werden.

Niki und Harry hatten Gäste. Im Hof war eine lange Tafel gedeckt, die sich unter den aufgetragenen Speisen bog. Suppen, Schinken in Kräuterkruste, Brot und Kuchen. Sie hatten den ganzen Tag in der Küche gestanden und gekocht und gebacken, was der Ofen hergab. Niki stellte die große Salatschüssel auf den Tisch und versicherte sich, dass Gläser und Besteck an ihrem Platz standen. Die Familie Fayollat hatte eine Quiche und eine große Platte mit gebratenen Hähnchenteilen beigesteuert. In der Mitte der Tafel prangte ein großer Strauß Wiesenblumen von Laura.

»Es ist so weit. Ihr könnt kommen.« Nikis Stimme schallte über den Hof. »Harry, kümmerst du dich um den Wein?«

Während er die Flaschen aus dem Keller holte, nahmen ihre Gäste nacheinander Platz. Außer dem Ehepaar Fayollat hatten sie John Ashbery und das Künstlerpaar Jean-Paul Riopelle und Joan Mitchell eingeladen, das sie aus der Pariser Kunstszene kannten.

»Niki, wo ist der Aschenbecher?« Joan zündete sich die gefühlt hundertste Zigarette an diesem Tag an. Ihr Schäferhund lag zu ihren Füßen.

Zähneknirschend reichte Niki ihr den Untersetzer und passte auf, dass sie dabei nicht über das Riesenvieh stolperte, das sie misstrauisch beäugte.

Joan Mitchell hatte als Mitglied der New York School schon 1951 mit Franz Kline, Willem de Kooning und Jackson Pollock ausgestellt und war in diesem Jahr auf der Documenta in Kassel vertreten. Ihre Bilder waren farbenprächtig und großformatig. Wenn Niki jedoch auf einen kreativen Austausch mit ihr gehofft hatte, sah sie sich getäuscht. Für Joan war sie gerade gut genug, um den Aschenbecher zu leeren und Weingläser zu holen. Außerdem rauchte sie wie ein Schlot, betrank sich Abend für Abend und fluchte wie ein Seemann.

»Mama!« Laura trat heran, gefolgt von Philip, der eins der gefleckten Katzenjungen auf dem Arm trug. »Dürfen wir heute Abend aufbleiben?«

»Natürlich!« Harry hätte das nicht erlaubt, aber Niki war bereit, eine Ausnahme zu machen.

Während Harry reihum Wein einschenkte, füllte sie die Teller der Kinder mit Hähnchenschnitzeln und Salat. Die Runde aß, diskutierte, lachte und redete, bis sich der Himmel wie ein dunkles Seidentuch über das Tal legte. Nicht Niki hatte es mit Diamanten gespickt, sondern ein himmlischer Bildhauer.

»New York ist so elektrisierend«, sagte Joan. »Der Jazz, Bebop ist unser Lebenselixier, Charlie Parker unser Gott.« Sie wandte sich mit gönnerhafter Miene an Harry. »Das kannst du nicht wissen, Harry. Ihr seid ja schon so lange fort. Wenn du die Leute kennen würdest, die ich kenne. Jackson Pollock wurde übrigens erst durch seine Frau Lee Krasner dazu gebracht, so konsequent zu arbeiten. Womit sich die Frage stellt, was ihr Männer ohne uns wärt? Und überhaupt …« Ihr Blick streifte geringschätzig die rostige Schaukel und den Sandkasten. »Warum müsst ihr euch ausgerechnet auf diesem Berg vergraben? Das ist ja wie der lebendige Tod.« Sie wandte sich an Niki. »Wir haben noch Hunger, Kleines.«

Niki erhob sich seufzend und trug mit Madame Fayollat den Nachtisch, den Käse und weiteren Wein auf. Während sich die Gäste über die Süßspeise hermachten, ließ sie sich erschöpft auf einen Stuhl fallen und begann zu dösen. Lauras Stimme schreckte sie auf. »Mama. Guck mal!«

»Oje!«

Philip war mit dem Kopf voran in seinem Puddingschälchen gelandet und eingeschlafen.

Niemand beachtete sie, als sie sich zuerst eine Serviette und dann den schlafenden Jungen über die Schulter legte, der durchdringend nach Vanille roch. »Du kommst mit, Laura!« Ihre Große stand maulend auf.

In diesem Moment hob Joan Mitchell den Kopf und blies Niki Zigarettenrauch entgegen. »Wie fühlt man sich eigentlich als malende Schriftstellergattin, Niki?«

Die Worte trafen sie wie Pfeilspitzen. Ihre Finger wurden mit einem Schlag taub und kalt. Wie betäubt ging sie mit den Kindern ins Haus und versuchte, sich einzig darauf zu konzentrieren, Philip nicht fallen zu lassen.

»Das ist eine blöde Frau, Mama, oder? Eine richtige Hexe«, sagte Laura. Sie schlief ein, sobald sie ihren Kopf auf das Kissen gelegt hatte. Philip tat es ihr gleich. Niki deckte beide Kinder zu, verließ das Haus und gesellte sich zurück zur Runde ihrer Gäste, die rauchend und diskutierend an der Hauswand standen.

»Dem Action Painting, der Geste gehört die Zukunft«, erklärte Jean-Paul Riopelle, dessen mosaikartige Bilder Niki normalerweise sehr gut gefielen. Aber heute hatte ihr Besuch es sich mit ihr verdorben.

Joan an seiner Seite taumelte ein bisschen, wahrscheinlich hatte sie Nikis gutem Wein zu sehr zugesprochen. »Die europäische Abstraktion hat sich totgelaufen. Da setzen wir Amerikaner an. Oder seht ihr einen anderen Weg als den unsrigen?«

An diesem Punkt konnte Niki es nicht lassen, sich einzumischen. »Aber sicher gibt es den«, entgegnete sie spitz. »Das Bild ist tot. Es sind die Dinge selbst, die zum Sprechen gebracht werden müssen. Kennt ihr Jean Tinguely und seine kinetischen Kunstwerke? Das Herz der Avantgarde schlägt nicht nur in New York, sondern auch in Paris, in Rom, in Deutschland. Schon mal was von ZERO gehört? In Italien zerschneidet Lucio Fontana seit Jahren die Leinwände und erklärt genau diese langen senkrechten Schnitte zum Kunstwerk.«

Joan lachte schallend. »Was verstehst du denn davon? Bist du nicht hauptsächlich für die Kinder und die Küche zuständig? Windeln waschen und abspülen?«

»Alles.« Niki drehte sich abrupt um und ging.

Harry, der sich angeregt mit John Ashbery unterhielt, hatte nicht mitgekriegt, wie sehr Joan sie verletzt hatte.

Seufzend machte sie sich ans Aufräumen. Ihre schöne Festtagstafel glich einem Schlachtfeld voller Knochen, Scherben und Krümel. Ein Glas war umgekippt, der Wein hatte eine blutige Lache auf der weißen Tischdecke hinterlassen. Lauras Strauß lag verstreut auf dem Boden. Zwischen den Blumen stritten sich die Katzen mit Joans Hund erbittert um die Reste der Hähnchenteile. Madame Fayollat stapelte gelassen die verschmierten Teller. »Ein harter Tag, oder Niki?«

Resigniert stimmte Niki ihr zu und fasste mit an.

»Schwierige Gäste.« Die Nachbarin drückte kurz ihre Schulter. »Besonders die Frau. Morgen sieht die Welt schon wieder ganz anders aus.« Niki nickte skeptisch.

Am nächsten Tag kam sie als Erste in die Küche und setzte Kaffee auf. Sogar die Kinder schliefen noch. Sie trug nur einen Slip und eins von Harrys ausrangierten Hemden. In der Spüle stapelten sich die Reste der gestrigen Küchenschlacht, um die sie sich später kümmern würde.

Sie ließ sich auf einen Stuhl fallen, wartete, bis der Kaffee durchgelaufen war, und trank ihn viel zu heiß. Joans Bemerkung ging ihr nicht aus dem Kopf. Wie konnte die Frau ihr jede Anerkennung als Künstlerin verweigern? War ihre Kunst weniger wert, weil sie als Mutter Rotznasen abwischte und Streit schlichtete? Aber vielleicht war sie trotz allem als Künstlerin nicht konsequent genug.

Frustriert trat sie vor die Tür in die blaue Morgenluft hinaus. Weit unten auf dem Pfad bewegte sich ein dunkler Punkt zielstrebig aufwärts und verwandelte sich in den Postboten, der sich mit seinem Fahrrad den steilen Hang hinaufquälte. Es dauerte, aber schließlich hatte er den Hof erreicht und schwenkte einen Umschlag. »Luftpost. Ein Brief für Madame Mathews.«

Niki nahm ihn entgegen und erschrak, als sie den Absender erkannte. *Jeanne Jacqueline de Saint Phalle, New York, Park Avenue 1088.* Der letzte Brief von zu Hause hatte ihr Leben auf den Kopf gestellt. Dann aber drückte sie dem Postboten ein Trinkgeld in die Hand, ließ sich auf die Steinmauer fallen, riss den Brief auf und begann zu lesen.

Liebe Niki,
nach mehreren Jahren des Schweigens habe ich begriffen, dass es keinen Sinn macht, die Augen vor der Wahrheit zu verschließen. Die Tatsachen müssen offen auf den Tisch, wenn wir und vor allem Du weiterleben wollen, und meine Ehe werde ich auch nicht retten, wenn ich weiter ignoriere, was geschehen ist. Es tut mir leid, meine Tochter. Ich bitte Dich, mir zu verzeihen.

Niki hob den Kopf und blinzelte in die grelle Morgensonne, die ihre Augen zum Tränen brachte. Sie las weiter.

Im furchtbaren Sommer Deiner Krankheit erreichte uns ein Brief Deines Psychiaters Dr. Cossa, in dem dieser Deinen Vater beschwor, sich gegen seine Wahnvorstellungen behandeln zu lassen. Er glaubte nicht daran, dass an Andrés Geständnissen auch nur ein Korn Wahrheit war. Ich konfrontierte André noch am selben Abend mit dem Inhalt des Briefes. Zunächst stritt er es ab. Dann aber räumte er alles ein. Ich machte ihm eine Szene und drohte sogar, aus dem Fenster zu springen. Fast hätte mein Leben an diesem Tag ein Ende genommen.

Niki hatte genug gelesen. Ihre Mutter hatte jahrelang vom Missbrauch durch ihren Vater gewusst und es ihr nicht gesagt. Ja, sie hatte es sogar noch bei ihrem letzten Besuch in New York abgestritten. Auch wenn Niki es jetzt schriftlich hatte, machte es den Verrat nicht besser.

Wie betäubt zog sie sich an, deckte den Frühstückstisch für die Kinder, nahm den Autoschlüssel und ging. Unschlüssig stand sie im Unterstand und wählte den PS-starken Peugeot, nicht den VW-Käfer, mit dem sie Laura und Philip sonst zur Schule brachte. Sie fühlte sich ausgelaugt und leer.

In den letzten Jahren hatte Niki selten einen längeren Weg ohne Harry zurückgelegt und war alles andere als eine sichere Autofahrerin. Aber es musste sein. Sie lenkte den Peugeot auf die Autoroute, fuhr die schier endlose Strecke bis nach Nizza und parkte in der Seitenstraße zur Promenade des Anglais, in der sich Dr. Cossas Praxis befand. Sie stieg aus und sog die milde Luft ein, die so ganz anders war als in Lans en Vercors.

Nizza hatte sich überhaupt nicht verändert. Noch immer wehten die Palmen im Wind, und der blaue Streifen des Meeres war ein Lichtblick am Ende der Straße. Langsam stieg sie die Treppe zur Praxis hinauf und stieß die Tür auf. Die Sprechstundenhilfe saß am Empfang und telefonierte gerade, als Niki eintrat. Sie legte die Hand über den Hörer. »Was wünschen Sie?«

»Ich muss Dr. Cossa sprechen.«

»Kommen Sie morgen wieder. Ich wollte gerade schließen.«

Niki rang die Hände. »Auf keinen Fall. Ich bin extra die weite Strecke von Grenoble gefahren und muss heute noch zurück. Es ist wichtig.«

»Also gut.« Die Arzthelferin führte sie mit einem Ausdruck tiefster Missbilligung ins Sprechzimmer und ließ die Tür hinter sich zufallen. Niki blieb in dem dunkel vertäfelten Raum zurück, den sie nur zu gut kannte. Hier war sie mehr als an jedem anderen Ort gedemütigt worden. Im Kamin hatte der Psychiater den letzten Brief ihres Vaters zu Aschefetzen verbrannt und ihr Leiden für null und nichtig erklärt.

Dr. Cossa saß im weißen Kittel am Schreibtisch. In seine schwarzen Haare hatten sich einige graue Strähnen gemischt, die

Niki zu vermehren gedachte. Er runzelte verwirrt die Stirn, als er sie erkannte. »Madame Mathews? Was wollen Sie hier? Wer hat Sie ohne Termin vorgelassen?«

Niki knallte ihm den Brief auf den Schreibtisch. »Lesen Sie!« In dieser Situation erschien ihr jeder Austausch von Höflichkeiten überflüssig.

»Was fällt Ihnen ein?« Cossa schüttelte den Kopf, aber dann rückte er seine Brille gerade und tat, was sie verlangte. Sicher dachte er, dass man Verrückten am besten ihren Willen ließ. Sein Gesicht war ausdruckslos, als er danach den Bogen auf die Schreibtischplatte legte. »Und was wollen Sie mir damit sagen?«

»Begreifen Sie es nicht?« Niki schluckte an ihrem alles überwältigenden Zorn. »Ich hatte recht. Mein Vater hat mich wirklich missbraucht. Er leidet nicht unter Wahnvorstellungen, auch wenn Sie sich das noch so sehr wünschen.«

Dr. Cossa schaute auf. Niki wurde bewusst, wie sie aussehen musste. Eine junge Frau, zu dünn, exaltiert, hypernervös. Und ja, nach dem heißen Tag hinterm Steuer schwitzte sie und roch wahrscheinlich entsprechend. »Es ist alles wahr.«

»Aber das ist irrelevant«, erklärte Dr. Cossa so sanft, als würde er mit einem Kind sprechen. »Es passierte vor fast zwanzig Jahren und ist damit so gut wie verjährt. Kein Gericht wird sich je damit befassen. Außerdem ist Ihr Vater allein durch seine gesellschaftliche Stellung über jede Anschuldigung erhaben. Und überhaupt … Wen interessiert das Geschreibsel einer hysterischen Ehefrau, wie Ihre Mutter eine ist? Nur ihre psychisch angegriffene Tochter.«

»Wollen Sie meinen Brief wieder verbrennen, Dr. Cossa?«, fragte Niki bitter. »So dass mir auf keinen Fall ein Beweisstück bleibt?«

Sie sah, wie der Arzt tief durchatmete. »Vergessen Sie, was passiert ist und funktionieren Sie, Niki. Ich rate es Ihnen um Ihrer selbst willen. Sie glauben gar nicht, wie oft das vorkommt, was Sie erlebt zu haben glauben. Sogar in den besten Kreisen. Freuen Sie sich über Ihre wirtschaftliche Sorglosigkeit. Sie haben es doch nicht schlecht getroffen mit Ihrem Dichter aus der Oberschicht. Und jetzt verschwenden Sie nicht länger meine Zeit.« Er wandte sich demonstrativ seinen Aufzeichnungen zu.

Niki blieb schwer atmend stehen. Hier und jetzt könnte sie einen hysterischen Anfall kriegen, ihre Hand gegen die dunkel vertäfelten Wände schlagen, die Papiere vom Tisch wischen und den gläsernen Aschenbecher auf dem Boden zertrümmern, aber sie ließ es bleiben. Stattdessen nahm sie ihren Brief und verließ das Haus auf Nimmerwiedersehen.

Die Sonne neigte sich schon gen Westen, als sie sich auf eine Bank an der Promenade des Anglais fallen ließ. Das Meer war sehr blau, und vom Strand her klangen die heiseren Schreie der Möwen hinüber. Das Verbrechen ihres Vaters und das daraus resultierende Leid waren Dr. Cossa gleichgültig. Es zählte nicht. Sie zählte nicht. Niki war nicht wichtig und nicht der tiefe Schmerz, das Schuldgefühl und die unbändige Verzweiflung, die ihren Ursprung im Verrat durch ihren Vater hatten.

Ich löse mich auf, dachte Niki. Um zu entschwinden, brauchte man keine Schilddrüsenüberfunktion. Sie existierte ohnehin nicht.

Sie fuhr nach Hause. Es war bereits Nacht, als die Strecke sie durch eine bergige Landschaft führte. Brücken überspannten schwarz bewaldete Täler. In dieser Einsamkeit würde niemandem auffallen, wenn sie Gas gab, eine Leitplanke durchbrach und mitsamt dem Peugeot in den Abgrund flog. Sie geriet in Versuchung, genau das zu tun, doch sie ließ es bleiben. Auf dieser Fahrt begriff sie, was auf dem Spiel stand. Wenn sie überleben wollte, musste sie sich allein den Weg aus der Dunkelheit bahnen. Mithilfe der Kunst. Sie würde alles zeigen, den Fluch, den sie ihr auferlegt hatten und den sie mit so vielen Frauen teilte. Auch Maman, die sich nicht getraut hatte, sich offen auf ihre Seite zu stellen, war ein Opfer.

Ich brauche die Freiheit, dachte sie. Wie lange wünschte sie sich schon, aus dem Paradies auszubrechen und in die Hölle hinabzusteigen, wo sie Antworten auf ihre Fragen finden würde?

Später erinnerte sie sich nur noch an ihre Ankunft mitten in der Nacht. Sie stellte den Motor ab und stieg aus.

Das Haus lag in tiefer Stille. Das Einzige, was sie hörte, waren die heiseren Schreie des Käuzchens, das im Kirschbaum saß. Niki ging in ihr gemeinsames Schlafzimmer und rüttelte Harry an der Schulter. Er richtete sich schlaftrunken auf. »Wo hast du die ganze Zeit gesteckt, Niki? Ich hab mir solche Sorgen gemacht.«

»Wir müssen reden.« Ihr Herz schmerzte vor Traurigkeit. »Es ist etwas geschehen, Harry. Ich kann so nicht mehr weitermachen. Ich will …«

»Herrgott noch mal, Niki«, unterbrach er sie mit einem Blick auf den Wecker. »Es ist 3 Uhr in der Früh.« Er warf sich das Kissen über den Kopf, drehte sich um und schlief weiter, als sei nichts geschehen.

Am nächsten Morgen rückte sie mit ihrem Plan heraus. Sie wollte eine Weile alleine leben. Eine begrenzte Zeit, um mit sich selbst ins Reine zu kommen und den Weg zu Ende zu gehen, den die Kunst ihr bot. »Ich habe keine Wahl«, sagte sie erstickt.

Harry fiel aus allen Wolken. »Aber Niki, wir lieben uns doch. Und warum solltest du die Kinder verlassen? Hat dir Joan diesen Floh ins Ohr gesetzt?«

Niki schüttelte den Kopf. »Nein. Sie war es nicht, obwohl mich ihre Aussagen verletzt haben. Es geht nicht anders. Die Dunkelheit ist zu tief.« Sie brauchte diese Auszeit, um ihre Gespenster zu bannen. Sie wusste, dass sie sich verlieren würde, wenn sie bliebe.

Im Sommer flogen sie in die USA und verbrachten einige Wochen mit Harrys Eltern in den Hamptons. Das gediegene Ferienhaus, gelegen in den Dünen der Ostspitze Long Islands, wurde zum Schauplatz der Scharmützel, in denen sie um ihre Ehe kämpften.

Die Sonne stand schon hoch. Es war einer jener Tage, an denen sie sich von morgens an gestritten hatten. Niki ließ sich erschöpft auf den Bettrand fallen und schob den Haufen Scherben unters Bett, der vom Frühstücksgeschirr übrig geblieben war. Harry setzte sich neben sie und legte erschöpft seinen Kopf in die Hände. »Warum muss es so enden, Niki? Kannst du es mir sagen?«

Niki schüttelte den Kopf. »Ich muss da alleine durch. Durch dieses Dickicht, das in mir ist. Verstehst du nicht, was auf dem Spiel steht?«

»Aber du bist nicht allein. Wir lieben dich und sorgen uns um dich.« Harry legte den Arm um sie. Sie sprachen gedämpft. Von draußen hörten sie das begeisterte Kreischen der Kinder, die Großvater Mathews gerade mit dem Gartenschlauch abspritzte. Man wusste nie, wann sie hereinplatzen würden.

»Wir waren so jung, als wir geheiratet haben«, sagte Niki. »Und wir sind zusammen erwachsen geworden. Es war eine Entdeckungsreise zu uns selbst. Eine wunderbare Zeit. Aber wir haben uns verändert, Harry.«

»Vielleicht haben wir zu viel erlebt«, flüsterte er in ihr Haar hinein. »Mehr, als wir ertragen konnten. Du warst krank, Philip war krank, und wir gerieten ins Schleudern, haben den Boden unter den Füßen verloren.«

»Es liegt an mir.« Niki schüttelte den Kopf. »Ich verliere mich, es ist, als würde ich nicht existieren. Und weißt du, was das Schlimmste ist?«

»Nein, Niki.«

»Es ist allen egal.«

Harry schüttelte den Kopf. »Mir bist du nicht egal. Und glaub mir, du wirst auferstehen, Niki. Nicht jeder verwandelt sich immer wieder neu so wie du. Aber ich ...« Er sprach sehr leise weiter. »Ich schaff es nicht mit den Kindern.«

Tränen stiegen in Niki auf, die sie entschlossen hinunterschluckte. »Doch, Harry, das glaube ich schon. Ich muss dem Weg in den Schmerz allein folgen, ungestört. Und es ist ja nur für ein paar Monate, bis ich mich wieder gefangen habe.«

»Glaubst du das wirklich, Niki?«

»Ich weiß es nicht, Harry. Ich weiß es nicht.« Eng umschlungen saßen sie auf der Bettkante und weinten, bis sie keine Tränen mehr hatten.

Eine Woche später flog Niki im Cockpit einer Air-France-Maschine zurück nach Paris, deren Captain einer ihrer Cousins war, und blickte auf ein endloses weißes Meer aus Wolken hinab. Das Flugzeug landete auf dem Flughafen Charles-de-Gaulle. Erschöpft zog sie ihren Koffer über die Schwelle der Wohnung in der Rue Alfred-Durand-Claye. Staub tanzte im Licht des Spätsommertags. Von draußen drang nur das leise Geräusch des Verkehrs herein. Der Wunderbaum stand noch immer im Kamin des Kinderzimmers, behängt mit tausend Träumen, doch Lauras und Philips Lachen war verstummt.

Kapitel 20

Der Platz war voller Menschen.

Von Antiquitäten bis hin zu Büchern und gebrauchten Haushaltsgegenständen konnte man auf dem Flohmarkt an der Avenue Georges-Lafenestre alles ersteigern, was das Herz begehrte. Niki bummelte über den Markt wie eine dieser gut betuchten Touristinnen, die auf der Suche nach einer exquisiten Kleinigkeit für ihr nobles Chateau waren.

»Mademoiselle! Ich habe einen bezaubernden kleinen Spiegel für Sie, echt antik!« Der Händler lehnte sich über seinen Stand und fasste sie begehrlich ins Auge.

Sie winkte lachend ab und tauchte im Menschenstrom unter, bevor sie sich den Ständen mit den billigen Küchenutensilien und dem ausrangierten Spielzeug zuwandte. In ihrer geräumigen Reisetasche klapperte es verdächtig, fast wie früher. Aber jetzt war alles anders. Wie besessen schuf sie seit ihrer Ankunft in Paris Assemblagen, in denen sie Fundstücken ein neues Leben verlieh. Vom Küchensieb bis zum Beil. Alles landete genau kalkuliert auf einer gipsbedeckten Holzplatte, wurde zum Kunstwerk umfunktioniert und in reine Magie verwandelt. Wenn Niki arbeitete, lebte sie und nur dann.

Sie machte an einem Stand voller Krimskrams halt und vergrub ihre Hände in einer Kiste voller kleiner, nackter Plastikpuppen. Maman hätte angesichts des Ramschs die Augen zum Himmel verdreht.

»Wie viel?«, fragte sie den Händler, der in der Mittagssonne schwitzte.

»Geht nach Kilo.« Er zwinkerte ihr vertraulich zu. Niki handelte ihn professionell herunter und kramte gerade nach ihrer Börse, als ihr jemand von hinten sachte in den Nacken blies. Sie fuhr herum und blickte in Jean Tinguelys lachende schwarze Augen. Neben ihm stand der dünne, junge Mann, den sie in der Ausstellung von Jackson Pollock zum ersten Mal an seiner Seite gesehen hatte.

»Niki Mathews«, begann Jean. »Wie lange bist du schon in Paris?«

»Einige Wochen …«

Er schüttelte tadelnd den Kopf. »In denen du nicht daran gedacht hast, mich zu besuchen?«

»Ich brauchte Zeit für mich.« Sie öffnete ihre Tasche, und der Händler füllte sie schaufelweise mit kleinen Puppen.

»Kann passieren«, kommentierte der Lange. »Willst du mich nicht vorstellen?«

»Doch, klar.« Jean machte eine ausladende Geste. »Niki, das ist Daniel Spoerri, seines Zeichens Objektkünstler, Tänzer, Dichter, Tausendsassa. Spoerri, das ist Niki Mathews. Sie ist die vielversprechendste junge Malerin, die ich kenne.«

»Oho. Jeans Lob geht dir voraus.« Spoerri, lockenköpfig, mit schmalem Gesicht und Raubvogelnase, musterte Niki ungeniert. »Noch so ein malendes Frauenzimmer. Als ob es davon nicht schon genug gäbe.«

Eine Welle rot leuchtenden Zorns schwappte über Niki hinweg. Sie streckte sich und schlug ihm mit voller Kraft ins Gesicht. Schwer atmend kam sie zur Ruhe und dachte, dass sie das bei Joan Mitchell auch hätte tun sollen.

»Hoppla.« Überrascht griff Spoerri sich an seine linke Wange, auf der Nikis Finger eine leuchtend rote Spur hinterlassen hatten.

Sie sah ihn mit funkelnden Augen an. »Der Spruch war zu dumm. Da konnte ich nicht anders.«

Spoerri lachte schallend. »Ich hatte das als Scherz gemeint.«

Jean stand grinsend daneben. »Nicht, dass so ein Rotzlöffel wie du das nicht verdient hätte. Pass auf, Niki. Er treibt seine Späße mit allen. Und was machst du in Paris?«

»Assemblagen.« Niki öffnete ihre Tasche und ließ Jean und Spoerri hineinspähen.

»Sieht nach Gemetzel aus«, sagte Spoerri mit einem Blick auf die Puppen.

»Sie sind Material und bergen neue Möglichkeiten.«

Jean nickte. »Ja, wir sind auch hier, um uns von dem ganzen Krempel inspirieren zu lassen. Ist Harry auch in Paris?«

Niki errötete flammend. »Wir sind auf Zeit getrennt.«

Jean schwieg zwei Sekunden zu lange. »Wirklich? Warum?«

»Ich will meinen Weg als Künstlerin finden«, sagte sie leise. »Wie Mata Hari, allein.«

Jean nickte. »So ist das also.« Zum Abschied steckte er ihr einen pinkfarbenen Gegenstand in die Tasche. »Für dich. Mach was draus.«

Niki stieg an der Station Porte de Vanves in die Metro und setzte sich auf eine Bank. Während der Zug durch die Pariser Unterwelt ratterte, dachte sie wehmütig an ihre Familie. *Ich habe meine Kinder verlassen.* Sie konnte sich selbst nur ertragen, wenn sie wie besessen schuftete, um sich einen Platz in der Welt der Kunst zu erobern. *Ich werde allen beweisen, dass ich es schaffen kann. Aber zuerst mir selbst.* Es fühlte sich an, als müsste sie sich ohne Machete einen Weg durch den Dschungel bahnen.

In ihrer Wohnung in der Rue Alfred-Durand-Claye leerte sie ihre Tasche auf dem Küchentisch aus. Inmitten des Gruselkabinetts aus nackten Puppen lag ein singender Elvis Presley aus rosafarbenem Plastik. Jeans Geschenk.

Einige Tage später klingelte es Sturm an ihrer Tür. Sie öffnete und sah sich Jean Tinguely gegenüber, der mit untergeschlagenen Armen am Türrahmen lehnte.

»Warum so ungestüm?« Nie würde sie ihm gegenüber zugeben, wie sehr sie sich freute, ihn zu sehen.

»Ich wollte dich abholen.«

»Wohin?«

»Wart's ab. Aber darf ich zuerst reinkommen und mir deine neuesten Arbeiten ansehen?«

»Bitte.« Sie trat beiseite, um ihn reinzulassen.

Er ging ihr voraus in ihr Atelier, das inzwischen fast die gesamte Wohnung einnahm. Auf einem Tapeziertisch lag ihre neueste, fast 2 Meter breite und knapp 1 Meter 40 hohe Arbeit, eine Assemblage aus Gips und Fundstücken, die noch nicht ganz getrocknet war.

Jean pfiff durch die Zähne. »Großformat. Drunter tust du es nicht, was?«

»Warum sollte ich? Das habe ich letzte Nacht gemacht.« Niki hatte eine rechteckige Holzplatte in zwei horizontale Hälften geteilt und dick mit Gips überzogen. Den oberen Teil hatte sie schwarz bemalt. Auf der weißen Fläche darunter tummelten sich Werkzeuge, verschiedene Messer, eine Reibe, Metallfedern, ein Zahnrad, Nägel und andere Kleinigkeiten.

»Ein Nachtexperiment also.« Jean sah sich um. An der Wand lehnten weitere Arbeiten Nikis, kleinere und größere. »Du hast ganz aufgehört mit der Malerei?«

»Vorläufig, ja.«

Jean ließ seine Hand über den gefurchten Gips auf den Platten gleiten. »Viele der Objekte sehen spitz und gefährlich aus. Anderes wirkt fragil.«

Sie hob trotzig den Kopf. »Ich banne, was ich liebe und fürchte in Gips.«

»So ist das also.« Jean nickte ihr zu. »Wir sollten los. Zieh dich warm an. Es ist kalt.«

Niki zwängte sich in ihre Winterstiefel und folgte ihm auf die Straße hinaus. Nebel tauchte die Fassaden der Häuser in Grau. Die Bäume an den Avenuen waren kahl und schwarz, die Äste mit durchsichtigen Tropfen besetzt. Niki vergrub ihre Hände in den Taschen ihres Dufflecoats und fühlte sich überraschend wohl an Jeans Seite. »Wohin entführst du mich?«

»Ich dachte, wir besuchen Spoerri, der Ohrfeige wegen.«

Niki errötete. »Sorry.«

Jean zuckte mit den Schultern. »Schwamm drüber. Spoerri ist nicht nachtragend, aber seine Arbeiten sind hochinteressant. Er hat es nicht einfach gehabt, weißt du? Seine Mutter Lydia musste mit ihren fünf Kindern aus Rumänien fliehen, weil ihr Mann, Spoerris Vater, ein konvertierter Jude war. Dass er auch protestantischer Missionar war, machte es nicht besser. Faschisten haben was gegen Idealisten.«

»Und, hat er es geschafft, der Vater?«

»Nein«, sagte Jean. »Isaac Feinstein ist 1941 in einem Vernichtungslager ermordet worden.«

Niki nickte betroffen. »Eva hat recht.«

»Inwiefern?«

»Diese Zeit hat vielen Menschen Verletzungen zugefügt. Und was Krieg und Diktatur nicht schaffen, tun wir Menschen einander an.«

»Wir sind so frei, dass uns der Himmel auf den Kopf fällt«, kommentierte Jean. »Da hilft nur Dada.«

Niki schob mit den Stiefelspitzen einen Blätterhaufen zusammen. »Überall Aggressionen. Der Koreakrieg. Die Atomversuche. Die Großmächte, die nicht genug kriegen und sich an der Macht berauschen.«

Jean stimmte ihr nachdenklich zu. »Geben wir der Gewalt ein Gesicht. Vielleicht bekommen wir dann selber eins in dieser komischen Zeit.«

Sie gingen zur Metro und nahmen die nächste Bahn in den Norden von Paris. Ihr Ziel war das Hotel Carcassonne in der Rue Mouffetard im 5. Arrondissement, wo Spoerri ein Zimmer direkt unterm Dach bewohnte. Er war nur wenig überrascht, als sie bei ihm klingelten. »Immer hinein in unsere luxuriöse Behausung, Jean Tinguely, der Magier mit den Zahnrädern, und die unvergessliche Niki mit dem harten Schlag.«

Sie traten in seine eiskalte Bude. Am Tisch saß eine junge Frau mit blondierten Zuckerwattehaaren, die aufstand und sie freundlich begrüßte. »Ich bin Vera, Daniels Frau.«

Niki lächelte. »Niki Mathews.«

Vera stand auf. »Wir könnten Tee kochen. Kommst du mit? Sonst fühle ich mich beim Wasserholen so einsam.«

Veras Redeschwall begleitete sie ins Treppenhaus, wo sich der einzige Wasserhahn befand. Sie stammte aus Berlin, war die Tochter des bekannten Bühnenbildners Franz Mertz und hatte Spoerri am Theater in Darmstadt kennengelernt. »Wir waren dort beide Tänzer, wobei Daniel mehr den Ausdruck als die Technik beherrschte. Und jetzt bin ich seine bessere Hälfte. Aber pass nur auf. Ich bin auf dem Weg, eine berühmte Fotografin zu werden.«

Sie setzten Teewasser auf und legten ein paar ziemlich ausgetrocknete Madeleines auf einen Teller. Als der Tee fertig war, traten sie mit dampfenden Bechern in den Händen Spoerris neustem Werk entgegen. Auf den ersten Blick herrschte darauf das reinste Chaos. Niki musste zweimal hinsehen, ehe sie seine Intention begriff, aber dann konnte sie einen entzückten Aufschrei nicht unterdrücken. »Das ist Absicht! Du konservierst deine Frühstückstische!«

Spoerri nickte bescheiden. Auf einer Holzplatte hatte er benutztes Geschirr, Messer, Aschenbecher, Brotreste, Zigarettenstummel und anderes Zubehör arrangiert und festgeklebt. »Auf dass wir unsere Überbleibsel der Nachwelt hinterlassen«, kommentierte er. »Alles ist nichts, und nichts ist alles.«

»Das ist unglaublich witzig und kreativ«, lobte ihn Niki.

»Danke, Niki«, sagte er leise. »Ich nenne diese Art Bild ›Fallenbild‹. Und diese Richtung Eat Art.«

»Du musst nur aufpassen, dass nichts runterfällt, wenn du es an die Wand hängst«, unkte Jean. »Aber er ist nicht allein mit der Idee. César Baldaccini – «

Spoerri verdrehte die Augen. »Dieser Zwerg, wenn auch nicht geistiger Natur, macht Ähnliches mit komprimierten Autowracks. Arman reiht Milchkannen auf …«

Jean lachte. »Es gibt einen neuen Aufbruch. Die Abstrakten haben den Schuss nicht gehört. Marcel Duchamp, der alte Knabe, hat schon vor Jahrzehnten ein schönes, weißes, vollkommen unschuldiges Pissoir zum Kunstwerk erklärt –«

»Das nichts dafür kann, wenn es missbraucht wird«, vollendete Spoerri. »Aber niemand außer mir ist bisher auf die Idee mit den Esstischen gekommen. Da siehst du es, Niki. Jean gönnt mir den Ruhm nicht.«

»Du hast es erfasst.« Jean zog Niki vor sich und vergrub seine Daumen in ihren Schulterblättern. Sofort stellten sich ihre Nackenhaare auf und ihr Herz begann zu glühen. Sie atmete tief durch gegen den Schwindel. Aber nein, sie würde mit diesem sexy Leoparden nichts anfangen! »Aber diese Kleine hier … Du wirst noch von ihr hören. Sie ist richtig gut. Und sie passt perfekt zu uns.«

»Zu wem?«, fragte Vera. »Zu den Neorealisten?«

Niki streifte sie mit ihren Blicken. Vera wirkte einigermaßen normal, aber die Männer erinnerten sie an zwei Welpen, die sich vor Eifer überschlugen. Nichts schien ihnen heilig zu sein.

»Unser Freund, der Kritiker Pierre Restany, will die Pariser Avantgarde unbedingt zu einer Gruppe formieren«, berichtete Spoerri. »Die Nouveaux Réalistes, oder Neorealisten. Wer braucht schon so was? Als Nächstes schreibt er noch ein Manifest mit unseren Zielen oder dem, was er dafür hält.«

»Ich finde Manifeste gut«, gab Jean freimütig zu. »Ich habe selbst ein ›Manifest der Bewegung‹ geschrieben und stapelweise vom Hubschrauber aus über Düsseldorf abgeworfen.«

»Wirklich?«, fragte Niki.

»Ja, in diesem Frühjahr.« Jean zwinkerte ihr zu. Dann aber wurde er ernst. »Die Gruppe kann uns nur Vorteile bringen,

Spoerri. Wir alle, so verschieden wir sind, feiern die Dinge des Lebens, die Großstadt, die Maschinen, den Konsum und führen alles gleichzeitig ad absurdum. Selbst Yves ›Le Monochrome‹ Klein mit seinen Bildern in Ultramarinblau und dieser knochige Junge, der Bulgare, wie heißt er gleich?«

»Christo«, sagte Spoerri. »Er will die ganze Welt verpacken.«

Niki riss erstaunt die Augen auf.

»Ja …« Jean nickte. »So verschieden wir auch sind, eint uns doch die Provokation und die Nähe zum Publikum, das unsere Kunstwerke zu Ende denkt. Wenn wir als Gruppe agieren, sind wir schlagkräftiger. Wir werden eher von der Kritik wahrgenommen, können gemeinsame Ausstellungen organisieren und uns gegenseitig unterstützen.« Er machte eine kurze Pause. »Apropos Düsseldorf. Da schlägt das Herz der Kunst. Die Akademie dort zieht interessante Leute an.«

»Das Bild ist tot. Es lebe das Bild.« Die Männer klatschten sich ab.

Vera verdrehte die Augen und zog Niki sanft zur Seite. »Lass sie nur prahlen, Niki. Genehmigen wir uns lieber eine Zigarette.«

Kapitel 21

Einige Tage nach ihrem Besuch bei Spoerri lud Jean Niki zu einer Party in die Impasse Ronsin ein. Er sei besorgt über die Melancholie, mit der sie die Welt betrachte, hatte er gesagt. Eine Feier mit viel Alkohol würde sie aufheitern. Niki glaubte das nicht, entschied sich aber kurzfristig doch, hinzugehen.

Es war Anfang November und so kalt, dass ihr der Atem weiß vor dem Gesicht stand. Der schlammige Boden in der Impasse Ronsin war zu tiefen Furchen gefroren. Niki kuschelte sich in ihren Dufflecoat, unter dem sie einen karierten Rock und einen schwarzen Rollkragenpullover trug. Ihre kurzen Haare wurden von einem Haarreifen zurückgehalten. Nachdem sie in den letzten Jahren zum Entsetzen ihrer Schwiegermutter gern mit zweifarbigen Hosen und weiten Hemden herumgelaufen war, hatte sie kürzlich begonnen, wieder mehr auf ihr Äußeres zu achten. Man musste ihr ja nicht auf den ersten Blick ansehen, wie verloren sie war.

Sie erreichte Jeans Atelierhaus, trat ein und blieb unschlüssig stehen. Der große Raum war von Jazzklängen erfüllt und voller Menschen. Es roch süßlich nach Cannabis und verschüttetem Weinbrand. Jean stand inmitten einer Gruppe von Künstlern, die ihm in launiger Stimmung zuprosteten.

Eva, Hand in Hand mit einem Mann mit Halbglatze, kam auf Niki zu und küsste sie flüchtig auf beide Wangen. »Schön, dich zu sehen, Niki. Das ist mein Freund Billy Klüver.« Sie musterte

Niki gründlich. »Du siehst blass aus, Süße. Hast du Sorgen? Natürlich. Ertränken wir sie …« Sie zog Niki an einen Tisch heran, der sich unter Batterien von Flaschen bog. »Bier, oder willst du einen Joint?«

»Bier, gerne.«

Billy Klüver öffnete die Flasche und reichte sie ihr.

»Danke.«

»You're welcome«, sagte er mit leiser Stimme.

»Billy ist nicht nur Künstler, sondern auch Wissenschaftler«, erzählte Eva siegessicher. »Er wird Jean bei seinem Projekt am Museum of Modern Art in New York assistieren.«

»Tatsächlich?« Niki fand nicht, dass dieser introvertierte Billy gut zu ihrer lebhaften Elfe Eva passte. Zu kopflastig, dachte sie.

»Komm, du musst ein paar Leute kennenlernen.« Eva bat Billy, auf sie zu warten, zog Niki zu einer elegant gekleideten Gruppe und stellte sie einem dunkelhaarigen, jungen Mann mit goldgeränderter Brille und Schnauzbart vor.

»Das hier, Niki, ist Pierre Restany, seines Zeichens Kunstkritiker, Förderer und Vordenker der –«

»Neorealisten«, vollendete Niki. »Ich habe schon von Ihnen gehört.«

»Enchantée.« Restany verstand sich darauf, einer Dame zur Begrüßung formvollendet die Hand zu küssen. Niki lächelte ihm zu.

Eva zog sie weiter und tippte einem Herrn im schwarzen Anzug auf die Schulter, der sich zu ihnen umwandte. »Yves, darf ich dir Niki Mathews vorstellen?«

Mathews? Mit einem Mal erschien Niki der Name so falsch, dass sie Eva am liebsten korrigiert hätte. Seine Zeit war abgelaufen. Aber sie kam nicht dazu. »Niki, das ist Yves Klein, der das Monopol auf das wahre Blau hat.«

Niki staunte. Der Abend entwickelte sich. »Sie also sind der berühmte Yves, le Monochrome?«

»Berüchtigt trifft es wohl eher.« Yves Klein lachte breit. »Aber ja, das ewige Blau hat mir seine Herrlichkeiten offenbart, so wie diese Dame da.« Er griff nach dem Arm einer bezaubernden jungen Frau mit dunklen Locken an seiner Seite, die ihn prompt vor die Brust stieß.

»Das klären wir später.« Um Yves' Mund zuckte es.

»Nichtsdestotrotz ist das meine Freundin Rotraut Uecker.«

Stolz erzählten die beiden, dass Rotraut nicht nur die Schwester von Günther Uecker, dem deutschen Künstler mit den Nagelbildern, sondern selbst Künstlerin sei.

Eva führte Niki weiter, diesmal auf einen jungen Mann zu, der nur aus einem zerrauften Haarschopf, einer überdimensionierten Brille und abstehenden Ohren zu bestehen schien.

»Hallo, Christo.«

»Eva.« Er nickte ihr zu.

»Niki, darf ich dir unsere neuste Errungenschaft vorstellen? Christo Javacheff macht Kunst aus Ölfässern. Das hier, Christo, ist Niki. Sie ist Objektkünstlerin.«

»*Wir* machen Kunst aus Ölfässern.« Der junge Mann winkte seine junge Begleiterin zu sich heran, deren rotes Haar zu einer modischen Außenwelle frisiert war. »Jeanne-Claude ist immer an meiner Seite.«

»Ja, natürlich.« Eva zog Niki mit sich. »All diese ambitionierten Künstlerpaare hier, ätzend. Die wollen sich immer gegenseitig übertreffen. Fehlt nur noch Vera, aber die ist nicht da.«

Niki sah sie überrascht an. »Aber du warst doch auch einmal Teil eines Künstlerpaars.«

Eva verdrehte die Augen. »Ich weiß. Jean ist, was den Erfolg angeht, längst an mir vorbeigezogen. Die Frauen sorgen fürs Essen und löffeln hinterher die Suppe aus.«

Niki folgte ihr nachdenklich. Während die Avantgardekünstler sich langsam etablierten, blieben die Frauen an ihrer Seite auf ihre Rolle als Muse reduziert. Egal, was für eine vielversprechende Künstlerin diese Rotraut Uecker war. Neben Yves Klein, der seinen Namen in den blauen Himmel über Nizza schrieb, verblasste ihre Kunst.

Christo schien mit seiner Jeanne-Claude eine Ausnahme zu bilden. Hatte Joan Mitchell mit ihrem Ausspruch, Niki sei eine malende Schriftstellergattin, recht gehabt? Auf jeden Fall war es Joan gelungen, sie aufzuschrecken und ihr die Defizite bewusst zu machen, mit denen Frauen in der Welt der Kunst zu kämpfen hatten.

»Ah, da ist Jean!« Eva winkte. »Er spricht mit Spoerri, Pontus Hultén und Serge Rossi.« Jean stand mit Spoerri und zwei groß gewachsenen jungen Männern zusammen, der eine breit wie ein Bulle, der andere schmal und elegant.

»Serge, wer?«

»Serge Rossi«, flüsterte Eva. »Der Dünne. Er ist ebenfalls Künstler.« Eva legte sich den Zeigefinger auf ihren Mund. »Vorsicht! Finger weg!«

Von Serge? Verwirrt gesellte sich Niki zu dieser Gruppe. »Hi, ich bin Niki.«

»Serge.« Der junge Künstler musterte sie mit lachenden Augen. Er war einen halben Kopf größer als Niki und hatte schulterlange, dunkle Haare.

»Niki, du bist doch gekommen.« Jean begrüßte sie herzlich. »Serge hat sich ja schon selbst vorgestellt. Das hier ist Pontus Hultén, seines Zeichens Kunsthistoriker und Direktor des Moderna Museet in Stockholm. Und das ist Niki Math-«

»Stopp!« Sie unterbrach ihn mit einem Wink ihrer Hand. »Mein Name ist Niki de Saint Phalle.«

Jean zog die Augenbrauen hoch, während der schwedische Hüne sie freundlich begrüßte und ihr zu ihrer Verwunderung vorschlug, sie in ein paar Tagen in ihrem Atelier zu besuchen.

»Was ist das denn für ein Name?«, raunte ihr Jean zu.

Niki schenkte ihm ein trotziges Lächeln. »Mein Mädchenname.«

»Alter Adel, oder was? Und die Bedeutung? Vom heiligen Phallus. Ganz schön ehrgeizig.«

»Der Name kommt vom heiligen Fidelis«, flötete Niki. »Meine Familie lässt sich bis zu den Kreuzrittern zurückverfolgen.«

Jean zuckte wenig beeindruckt mit den Schultern und wandte sich wieder seinem Publikum zu. Wie immer stand er im Mittelpunkt, lachte und redete unablässig, nur unterbrochen durch Spoerris spöttische Bemerkungen. Oh ja, die Neorealisten würden im nächsten Jahr im Moderna Museet ausstellen, und wenn es das Letzte wäre, was sie täten, und sie würden Furore machen, denn dazu waren sie ja schließlich da. Niki schwieg und war froh, dass man sie in Ruhe ließ.

Kurz darauf fiel ihr auf, dass dieser Serge Rossi jede ihrer Regungen mit den Augen verfolgte. Immer wieder senkte er seine Augenlider mit den fedrigen Wimpern und hob sie dann mit einem feurigen Blick, der nur ihr galt. So lange war sie Harry treu gewesen. Jetzt fühlte sie sich zum ersten Mal seit langer Zeit von einem Fremden wahrgenommen, ja begehrt. Und sie war frei zu tun, was immer sie wollte.

Als sie später in die kalte Nacht hinaustrat, stand er neben der Tür, ein Bein lässig an die Wand gelehnt. Der Lärm der Stadt war ein leises Rauschen, das in der Ferne verklang, fast wie das Meer. »Ich habe auf dich gewartet.«

Sie gingen zu ihr nach Hause, erzählten sich ihr Leben und lachten über dieselben Scherze. Kaum war die Tür ihrer Wohnung hinter ihnen ins Schloss gefallen, streifte er ihr Mantel und Pullover ab und küsste sie. »Weißt du eigentlich, wie wunderschön du bist?« Sein Mund auf ihren Lippen. Niki wollte mehr. »Natürlich.« Sie vergriff sich an seinem weißen Hemd. Ritsch, ratsch rissen die Knöpfe ab und fielen einer nach dem anderen zu Boden. »Du bist aber auch sehr schön.«

Ihre Hände gruben sich in seine weichen, lockigen Haare und strichen über seine muskulöse Brust. Serge hob sie hoch und küsste sie stürmisch, während sie ihn mit ihren Beinen umschlang. Sie fanden gerade noch den Weg ins Schlafzimmer, wo er sie auf das Bett warf. Wie sehr hatte sie sich gewünscht, zu leben. Die Nacht verging wie im Fluge. Als sie erwachte, galt ihr erster Gedanke Jean, dem rastlosen Leoparden, der sich nicht für sie interessierte. Erst dann erinnerte sie sich an Serge. Sie tastete nach ihm, aber das Bett neben ihr war zerwühlt und leer. Er war fort.

Kapitel 22

Wie immer fand Niki Ablenkung in ihrer Arbeit. Über Weihnachten fuhr sie zu ihrer Familie nach Lans und verbrachte schöne Tage in ihrem tief verschneiten Tal. Sie rodelten den Hang hinab und bauten Iglus und Heerscharen von Schneemännern. Fast immer endete so ein Nachmittag in einer handfesten Schneeballschlacht. Die Kinder jauchzten und kreischten, wenn sie sich gegen ihre Eltern verbündeten und sie mühelos besiegten. Danach gingen sie ins Haus, wo das Feuer im Ofen prasselte und der Weihnachtsbaum im Schein roter Kerzen leuchtete. Niki und Harry legten ihre Streitereien bei und genossen die Abende in der Küche bei gerösteten Maronen und Rotwein. Sie redeten viel und verbrachten sogar die Nächte eng aneinandergekuschelt in ihrem Ehebett. Morgens kamen Laura und Philip auf Wollsocken in die Küche und drückten sich die Nase an den Fensterscheiben platt, während Niki den Tisch deckte wie früher.

Nach einer Woche Familie konnte sie sich kaum noch vorstellen, die drei je wieder zu verlassen. Und ihre Beziehung zu Harry? Auch wenn vieles im Argen lag … Vielleicht brauchte es keine Liebe. Vielleicht reichte die Freundschaft, die sie für ihn empfand, ja aus, um ein gutes Leben zu führen? Und dieser Seitensprung mit Serge zählte nicht.

Während sie mit ihrem schlechten Gewissen kämpfte, traf sie Harrys Neuigkeit unvermittelt. Er plante mit den Kindern zurück nach Paris zu ziehen, in eine eigene Wohnung. Also würde Niki den dreien helfen, in der Rue de Varenne Fuß zu fassen. Ohne sie.

Es war ihr letzter Morgen in Lans. Später würde sie mit dem Zug nach Paris zurückfahren. In der Küche herrschte gedrückte Stimmung. Laura saß am Tisch und blätterte in einem Comic.

»Guck mal, Mama. Eisblumen.« Philip rückte nahe an die Blütenpracht auf der Fensterscheibe heran.

»Pass auf, dass deine Nase nicht an der Scheibe festfriert«, sagte Niki.

»Oder deine Zunge«, unkte Laura. »Geh da weg, Philip!«

Also hockte er sich auf die Bank neben seine Schwester und gurgelte seinen Kakao durch den Trinkhalm. Für Laura der Tropfen, der das Fass zum Überlaufen brachte. »Philip, du Ferkel!«

Philip sprang von der Bank und stampfte mit dem Fuß auf. »Sie hat mich Ferkel genannt, Mama.«

»Und das bist du auch«, sagte Laura kalt. »Musst du immer so schlürfen?«

»Nicht streiten, Kinder!« Niki nahm ihren weinenden Sohn auf den Arm.

»Er benimmt sich immer so schlecht.« Laura verschränkte ihre Arme über der Brust. In ihren Augen stand eine Mischung aus Schmerz und Zorn, die Niki bewusst machte, wie sehr sie Laura mit ihrer Abwesenheit verletzte.

Philip heulte noch lauter.

»Du Baby!«, zischte Laura. »Immer bin ich mit diesem Kerl allein!«

»Selber Baby!«, kreischte Philip. »Und ich bin kein Kerl.«

»Schhh, Philip.« Niki legte ihre Hand auf seinen warmen, blonden Scheitel. »Aber Laura. Ihr zieht doch nach Paris. Ich warte dort auf euch.«

»Glaubst du, ich will nach Paris?«, fuhr Laura auf. »Ich gehe hier zur Schule und habe hier alle meine Freundinnen.«

»Ich weiß«, sagte Niki leise. Hatten sie das Recht, ihre Kinder nach Gutdünken zu verpflanzen wie Bäume, die man einfach mit den Wurzeln ausgrub? Auch ihre Eltern hatten sie von Schule zu Schule geschoben, und nie hatte sie ihren Ansprüchen genügt. Was war aus ihrem Wunsch geworden, die Kinder zu freien, autonomen Persönlichkeiten zu erziehen? Ihr Herz wurde schwer.

Sie setzte Philip ohne Trinkhalm vor seinen Kakaobecher und begab sich auf die Suche nach Harry, der im Freien Holz spaltete. Der Himmel über dem Tal war kobaltblau, die Berge schneebedeckt. Es war so kalt, dass Niki der Atem als eisige Fahne vor dem Gesicht stand. Harry, der ein kariertes Holzfällerhemd trug, legte gerade einen Scheit auf den Block und hob die Axt. Als er Niki entdeckte, ließ er sie sinken.

»Ich muss mit dir sprechen.« Sie zog ihn einige Schritte beiseite neben die Kellertür, einen Ort, an dem die findige Laura sie hoffentlich nicht belauschen konnte. »Wie kommst du klar, so alleine?«

Er schwieg lange. Sein warmer Atem streifte ihre Haare. »Glaub ja nicht, dass es einfach ist. Ich habe immer das Gefühl, nicht gut genug zu sein.«

»Aber das bist du.« Niki schluckte an dem Kloß in ihrem Hals. »Und wenn ich zu euch zurückkehren würde?« Sie sprach jetzt so leise, als hoffte sie insgeheim, dass Harry sie nicht hörte. Diese Entscheidung würde Konsequenzen nach sich ziehen. Sie würde sich von ihrem selbst gewählten Weg abwenden und auf ihre

Rolle als Mutter und Hausfrau zurückwerfen lassen. Um der Kinder willen. Aber dieser Preis war nicht zu hoch, wenn den beiden Schaden drohte und Harry sich überfordert fühlte.

Harry wandte sich ab. Sein Blick bohrte sich in den eisigen Winterhimmel. »Es ist zu spät, Niki, auch wenn ich dich noch so sehr vermisse.« Er blies sich in die kalten Hände. »Hast du deinen Koffer gepackt? Ich fahre dich zum Bahnhof.«

Auf der Fahrt stand bleiernes Schweigen zwischen ihnen.

Niki kehrte allein in ihre Wohnung in der Rue Alfred-Durand-Claye zurück. Nie zuvor hatte sie sich so einsam gefühlt, wie an diesen Januartagen in Paris, an denen die Schneeflocken wie tausend Tränen tauten, sobald sie den Asphalt berührten. Sie verdrängte ihre überwältigenden Schuldgefühle, indem sie wie besessen arbeitete. Ihre Kunst war die einzige Entschuldigung für das Vergehen, ihre Kinder verlassen zu haben.

Eine Woche später stand überraschend Serge vor der Tür, eine Tüte frische Croissants in der einen, einen Strauß roter Rosen in der anderen Hand. Niki öffnete ihm in ihrem dicken Arbeitspullover die Tür. Als sie sie vor seiner Nase ins Schloss werfen wollte, stellte er seinen Fuß in den Spalt und wischte Niki mit seinem unwiderstehlichen Lachen einen Fleck Gips von der Nase. »Hast du Zeit, mit mir zu frühstücken?«

Sie überlegte einen Moment lang, aber dann wollte sie nichts mehr, als die Tristesse aus ihrem Leben verbannen.

Während der Spätwinter Paris mit grauer Tünche überzog, brachte Serge Farbe in ihr Dasein. Sie liebten sich die Nächte hindurch, lachten viel und sprachen über die Geschichte der Kunst, in der er sich überraschend gut auskannte. Niki war willens, jeden Spaß mitzumachen, und im Bett war Serge eine Granate. Schließlich jedoch kamen ihr Zweifel.

Er versicherte ihr, wie sehr er ihre Arbeiten schätzte, lud sie aber nie in sein eigenes Atelier ein. Genau genommen wusste sie gar nicht, wo er wohnte und was er machte. Obwohl er sie immer wieder versetzte, deponierte er haufenweise Kleidung und einen Stapel Bücher bei ihr.

»Du bist das Beste, was mir je passiert ist«, versicherte er ihr, wenn sie morgens in seinen Armen erwachte. Ich muss aufpassen, dass ich mich nicht verliebe, dachte sie. Außerdem galt es, Harrys Umzug vorzubereiten, und sie hatte alle Hände voll zu tun.

Zwischendurch verschwand Serge für Wochen. Niki fragte ihre Freunde nach ihm, suchte seine Wohnung und sein Atelier, fand ihn aber nicht. Serge war ein Phantom, das sich bei Bedarf in Luft auflöste. Niki bezwang ihre Wut, indem sie sich zum Ausgleich mit dem immer gut gelaunten Spoerri, Vera und Eva traf. Jean Tinguely war nicht in Paris, weil er in den ersten Monaten des Jahres 1960 sein Kunstprojekt am Museum of Modern Art, dem MOMA, in den USA realisierte.

Eines Tages kehrte Serge zurück und quartierte sich bei Niki ein, diesmal anscheinend mit der Absicht zu bleiben. Während sie arbeitete, saß er lesend im Atelier, kochte Unmengen an Tomatensauce, verteilte seine getragenen Socken in der Wohnung und nahm sich mehr und mehr kleine Freiheiten heraus.

Einmal übertrug Niki ihm die Verantwortung für die Kinder, weil Harry und sie ein paar Möbel für die neue Wohnung kaufen wollten. Als sie abends in die Küche kam, zuckte sie erschrocken zurück, denn die drei bemalten gerade die Wände mit psychedelisch anmutenden Blumenranken. »Ist das nicht dekorativ?«, fragte Serge.

»Das ist meine Küche«, sagte Niki drohend.

Doch er lachte nur und zwinkerte Laura verschwörerisch zu, die zu kichern begann. Am selben Abend stritt Niki sich mit ihm und warf ihm vor, ihre Autorität zu untergraben. Es gehe nicht um die Küche, sondern darum, dass die Kinder lernten, nicht jedem Impuls nachzugeben. Serge nannte sie eine Spielverderberin und verschwand im Bett.

Ein anderes Mal fütterte er Philip mit so viel Schokolade, dass der Kleine sich übergeben musste. Niki verdrehte die Augen. Zum Kinderhüten war er nicht zu gebrauchen. Im Gegenteil. Mit Serge hatte Niki nicht auf zwei, sondern auf drei Rabauken aufzupassen.

Dann aber überspannte er endgültig den Bogen. Eines Morgens kam Niki in ihr Atelier und sah, dass sich ihre neueste Assemblage über Nacht auf wundersame Weise verändert hatte. Ein Sieb, das sie gestern der Komposition hinzugefügt hatte, war gelöst und zu Boden geworfen worden.

Niki sah rot. »Serge!«

Er kam sofort und sah viel jünger aus, als er war. Ein trotziger Junge mit hageren Schultern, der seine Hände in den Taschen seiner Jeans vergraben hatte. »Was ist los?«

»Was hast du getan?« Sie deutete auf das Relief.

Serge runzelte die Stirn, ganz Ausdruck verletzter Unschuld. »Ich habe deinen Entwurf verbessert.«

»Du hast was?« Niki war fassungslos.

Serge sah sie beleidigt an. »Mal ehrlich. Was du gemacht hast, ging gar nicht. Schließlich bin ich als Künstler sehr wohl in der

Lage, das zu beurteilen. Und du bist allenfalls eine Frau, die das zum Spaß macht.«

»Und da denkst du …? Raus!« Empört schob Niki ihn in den Flur.

»Aber Niki!«

»Verschwinde, und lass dich hier nicht wieder blicken!«

»Niki …« Er bedachte sie mit diesem Hundeblick, der sonst immer ihr Herz zum Schmelzen brachte. Diesmal nicht. Sie klaubte seine Sachen zusammen, die Hemden, die haufenweise im Schlafzimmer lagen, die durchlöcherten Socken, die Bücher, schubste ihn durch die Tür und warf ihm sein Hab und Gut hinterher. David Montgomery und sein Lover Rizzi ließen grüßen.

»Hau ab!« Schwer atmend schloss sie hinter ihm die Tür und hörte nicht auf das Dauerläuten, mit dem er sich bemerkbar machen wollte. Vergiss ihn, dachte sie. Lass ihn ziehen. Sie war zu oft verletzt worden, um sich auf einen so launischen Menschen einlassen zu können. Aber es tat weh.

Im Frühling blühten die Kastanien, die Boulevards füllten sich mit sommerlich gekleideten Menschen auf der Suche nach Glück, und Jean Tinguely kehrte aus New York zurück, wo er seine Skulptur »Homage to New York« im Skulpturengarten des MOMA hatte in die Luft fliegen lassen.

Am 13. Mai fand »Le Transport« statt, ein Happening, bei dem Jean seine aus Schrott und Eisenrohr geschweißten Skulpturen durch die Stadt und den Alltag der Pariser transportieren ließ. Ziel war die Galerie der vier Jahreszeiten im 7. Arrondissement, wo vom 14. bis 23. Mai unter dem Titel »L'Art fonctionnel de Jean Tinguely« eine Ausstellung seiner Werke stattfinden sollte.

Die Kunst wollte ins Leben, und Jeans schräge, schrullige Maschinen gingen ihr voraus.

Seine Freunde steuerten die Kunstwerke, die er auf Räder gestellt hatte, mehr oder weniger geschickt durch die Straßen. Hin und wieder strandete eines und blieb wie das Skelett eines urzeitlichen Tieres auf dem Asphalt liegen. Die Frauen trugen weit schwingende Röcke und hatten ihre Haare zu Außenwellen frisiert. Die jungen Männer strahlten, köpften Champagnerflaschen auf dem Kutschbock und teilten das süße Gesöff mit ihren Partnerinnen. Eine Reihe schöner junger Menschen lief den Kunstwerken in einer Prozession voran, während die Pariser staunend Spalier standen und ihnen zujubelten. Ihnen folgte mit Pauken und Trompeten eine Kapelle, die das Spektakel mit schrägen Klängen umrahmte.

»Ist das nicht herrlich?« Niki stand mit Laura und Philip am Boulevard Montparnasse. In der Häuserzeile hinter ihnen drängten sich Cafés, schicke Geschäfte und Restaurants.

»Die Maschinen sehen aus wie verrückte Fahrräder«, sagte Laura. »Mich wundert, dass sie sich überhaupt bewegen.«

»Nein, wie Giraffen«, befand Philip.

»Jeans Maschinen produzieren Kunst«, erzählte Niki. »Eine meißelt Skulpturen. ›Le Cyclograveur‹ macht selbstständig Zeichnungen.«

»Und wo steckt dieser Zauberer, der sich das alles ausgedacht hat?« Laura stellte sich auf die Zehenspitzen und hielt Ausschau nach Jean. »Kann er auch ein Kaninchen herbeizaubern?«

»Ich glaube nicht.« Niki wusste nicht, ob Jean »Le Transport« angemeldet hatte. Sie lauschte beunruhigt auf die Klänge der Polizeisirenen, die dem Schauspiel ein vorzeitiges Ende bereiten würden, und meinte, in der Ferne schrille Trillerpfeifen zu hören. »Lasst uns lieber verschwinden, bevor die Polizei einschreitet.«

»Polizei?«, protestierte Philip. »Das will ich sehen.« Er zog Niki kräftig an der Hand. In diesem Moment tippte ihr jemand von hinten auf die Schulter. Sie fuhr herum.

»Hallo, Kinder; hallo, Niki.« Eva Aeppli strahlte sie an.

»Hallo, Tante Eva«, sagte Laura erfreut.

»Wo steckt eigentlich Jean?«, fragte Niki.

»Der lässt sich gerade verhaften. Er hat damit gerechnet, dass die Polizei das Spektakel auflöst. Das gehört zum Konzept.«

»Das sollten die Kinder am besten nicht mitkriegen«, befand Niki. »Also, allez hopp! Ab mit uns.«

Gegen ihren Protest scheuchte Niki sie in die Rue Stanislas, wo sich Laura bei Eva einhängte. »Und dein Jean macht wirklich Maschinen? Ich dachte, die kommen aus Fabriken.«

»Ja, nur …«, Eva räusperte sich. »*Mein* Jean ist er nicht mehr. Das war er eigentlich auch nie. Oder kann man einen Menschen besitzen?« Eva war vor Kurzem aus der Atelierwohnung in der Impasse Ronsin ausgezogen. »Aber sonst stimmt es«, fuhr sie fort. »Jeannot kann alles bauen, was er will. Er braucht nur eine Idee. Die Konstruktion schüttelt er sich aus dem Ärmel.«

»Wirklich?«, fragte Philip. »Auch ein Fahrrad für mich?«

»Ja, mein Süßer. Aber das wird dir Harry schon kaufen.« Eva nahm den kleinen Jungen auf den Arm, der noch immer alle Herzen im Sturm eroberte.

Die eng stehenden Häuser tauchten die Rue Stanislas in so tiefe Schatten, dass Niki das Paar fast übersehen hätte, das aus der gegenüberliegenden Patisserie trat. Die beiden wechselten die Straßenseite und streiften sie beinahe.

Es war Serge an der Seite einer jungen, blonden Frau, die er im Vorbeigehen mit Konfekt fütterte. Er übersah Niki, Eva und die Kinder und ließ im Vorbeigehen das Stück Folie fallen, in das die Praline eingewickelt gewesen war. Niki schnaubte entrüstet. Doch Serge blickte sich nicht einmal um.

»Das war Onkel Serge«, stellte Philip verwundert fest. »Aber er hat uns nicht mal Hallo gesagt.«

»Der ist eben blöd«, kommentierte Laura.

Eva zog sie in dieselbe Patisserie, die Serge soeben verlassen hatte. Kurz darauf saßen sie an einem Tisch und ließen sich heiße Schokolade und gefüllte Croissants bringen. Eva trank einen Schluck aus ihrer Kakaotasse und lehnte sich zurück.

»Tante Eva, du hast einen Schokoladenmund«, kommentierte Laura kichernd.

»Ruhe jetzt. Lest, esst und trinkt.« Niki versorgte ihre Kinder mit ein paar Comicheften und zog Eva in die Nische vor den Toiletten. »Schnell, bevor sie sich mit den Croissants bewerfen. Warum hast du mich damals eigentlich vor Serge gewarnt? Was weißt du über ihn?«

»Ach, Niki.« Eva verdrehte die Augen. »Serge Rossi gehört zu den Männern, mit denen man nichts anfängt. Die ultimative Nervensäge. Ihm geht ein Ruf voraus.«

»Aber …?« Niki runzelte die Stirn.

»Ich weiß nicht, ob es an deiner Trennung von Harry liegt, aber du kriegst scheinbar nichts mit. Serge macht sich an Frauen heran und lässt sie irgendwann fallen wie eine heiße Kartoffel, obwohl er selbst verheiratet ist. Und er hat immer mehrere Pferdchen am Start. Dann kann er von einer zur anderen wechseln, wenn ihm Nummer 1 zu zickig wird.«

Erschöpft lehnte sich Niki an die Garderobe. »Warum musste das ausgerechnet mir passieren?«

»Weil du so ein süßes Schäfchen bist. Du denkst immer das Beste von den Menschen.« Eva holte tief Luft. »Am liebsten aber macht er die Beziehung seiner Geliebten kaputt, so dass in ihrem Leben kein Stein auf dem anderen bleibt. Das gibt ihm ein Gefühl von Macht. Denn ein Künstler ist dieser Serge wirklich nicht. Seine Arbeiten sind nicht der Rede wert.«

Laura hob den Kopf und sah zu ihnen herüber. »Kommt ihr bald, Mama? Was habt ihr denn für Geheimnisse zu besprechen?«

»Wir sind gleich fertig, Schatz.« Niki vergrub ihr Gesicht in den Händen.

Eva drückte ihre Schulter. »Ja, dem schönen Serge geht ein Ruf voran. Aber du wolltest ja nicht auf mich hören. Jetzt hast du ihn durch und kannst ihn abhaken.«

Kapitel 23

Niki platzte fast vor Zorn wegen ihrer Erfahrung mit Serge. Wie hatte sie nur auf ihn hereinfallen können? Und weshalb hatte sie zugelassen, dass er sie so schlecht behandelte? Sie vergrub sich in ihre Kunst, besuchte ihre Familie oft und akzeptierte schweren Herzens, dass Harry ihre Kunstwerke kaufte, um ihr einen bescheidenen Lebensunterhalt zu ermöglichen. Niemand außer Jean interessierte sich für das, was sie machte.

Im Spätsommer begann er, Niki zu gemeinsamen Streifzügen über die Pariser Flohmärkte zu begleiten. Wer Assemblagen aus Fundstücken herstellen wollte, brauchte Nachschub. Jean deckte seinen Bedarf zwar meistens auf Schrottplätzen, aber für Niki machte er eine Ausnahme.

Es war Anfang Oktober. Zwielicht lag über den Avenuen und Häuserschluchten, und der Tag ertrank im Nieselregen. Sie hatten sich spontan entschlossen, vor ihrer Flohmarkttour einen Abstecher zu Christo Javacheff zu machen.

Der bulgarische Künstler und seine Frau Jeanne-Claude schlossen für sie die Tür zu ihrem Keller in der Avenue Raymond Poincaré 4 auf. »Bitte sehr. Das ist unser Atelier. Schaut euch nur um.«

Niki und Jean schoben sich nacheinander in den Raum. Sie blinzelte, bis ihre Augen sich an das Dämmerlicht gewöhnt hatten. Der Keller war vollgestellt mit rostigen Ölfässern, einige waren bemalt, andere in farbigen Tüchern verpackt. Manche stapelten sich zu Pyramiden, die Niki überraschend kalkuliert erschienen. Andere hingegen lagen solo herum. Es dauerte einen Moment, aber dann sah sie die profanen Ölfässer plötzlich als Kunstobjekte, die sich zu farbigen Kompositionen verdichteten oder als Solitäre zur Wirkung kamen. Objets Trouvés in Reinkultur. »Es kommt allein auf meine Wahrnehmung an, ob die Dinge zur Kunst werden oder nicht«, stellte sie Christo gegenüber fest, der ihr erfreut zunickte.

»Du brauchst ebenso viel Platz wie ich.« Jean wandte sich an Christo und ließ seine Finger behutsam über das Öltuch gleiten, mit dem ein Fass bedeckt war.

»Noch mehr.« Christo verschränkte selbstbewusst die Arme.

»Christo packt alles ein«, sagte Jeanne-Claude. »Vasen, Flaschen, alles … Er hat einen Drang dazu, dem er kaum widerstehen kann.«

»*Wir* packen alles ein.« Christo griff nach ihrer Hand.

Niki war begeistert. »Die Dinge gewinnen dadurch einen ganz neuen Charakter, als ob du sie verwandelst.«

»Wir werden uns schon bald größeren Aufgaben zuwenden«, kündigte Christo an. »Der Arc de Triomphe, was meinst du, Jeanne-Claude?«

»Er wartet auf uns«, versicherte sie. »Außerdem Inseln, Brücken, Regierungsgebäude.«

»Welt, wir kommen«, sagte Jean lachend. *»Bonjour le neoréalisme.«*

Christo und Jeanne-Claude bewegten sich zwar noch am Rande der Gruppe, aber Niki ahnte, dass es nicht mehr lange dauern konnte, bis sie aktiv mitmischten.

Schließlich verabschiedeten Niki und Jean sich, eilten zur Metrostation und polterten die endlose Treppe in die Unterwelt hinab.

Der Zug fuhr ein, und die Türen glitten wie von Zauberhand auf. Jean zog Niki in das überfüllte Abteil und verschaffte ihr einen Platz an einer Haltestange. »Wie geht es eigentlich Eva?«, fragte sie.

Die Bahn ruckelte los, so dass Jean sich festhalten musste. »Ich glaube, es geht ihr gut mit ihrem Billy. Er hat mir im Frühjahr bei meiner ›Homage an New York‹ am MOMA assistiert.«

»Und? Hast du eure Trennung verkraftet?« Es kostete Niki überraschend viel Überwindung, das zu fragen.

»Ich kann Eva verstehen.« Jean wandte sich Niki zu. »Keine hält es lange mit mir aus. Ich bin zu eigenwillig und zu unstet. Also ist klar, wer das Scheitern unserer Beziehung zu verantworten hat.«

Niki schüttelte den Kopf. »Ich glaube nicht, dass man in diesem Zusammenhang von Schuld sprechen kann.« Sie spürte eine eigenartige Wehmut. Wie schade, dass Jean nichts von ihr wollte. Sie könnte und sie würde sich auf ihn einlassen. Obwohl … »Und außerdem bist du nicht treu.«

Jeans Augen blitzten. »Genau. Und du? Liebst du Harry noch? Er ist dir ja mit den Kindern nachgekommen.«

Niki blickte durch die Scheibe auf die Tunnelwände, die wie von Geisterhand vorüberglitten. Was geschehen war, war geschehen. Es führte kein Weg zurück. »Ich werde nie aufhören, ihn zu lieben, aber vielleicht nicht mehr … so. Es ist Zeit, neue Wege zu gehen. Und ich muss meine Möglichkeiten als Künstlerin ausloten.«

Jean ließ die Stange los, schwankte kurz, fing sich und streckte ihr die Hand entgegen. »Freunde?«

Sie klatschten sich ab. Niki errötete, als Jeans dunkler Blick sie traf. Seine schwarzen Haare, die dichten Augenbrauen, die kräftigen Armmuskeln, die sich unter seiner Jacke wölbten. Freundschaft war es nicht, was sie für ihn empfand. Man konnte mit ihm flirten und Spaß haben, und er war zweifellos sexy. Aber das war nicht alles. An seiner Seite fühlte sie sich sicher. Er brachte sie zum Lachen. Es war, als ob ihre Herzen im Gleichklang schlugen. *Lauf, Niki, solange du es noch kannst, sonst wirst du wieder enttäuscht.*

Als sie aus der Station auf die Straße traten, hatte es zu regnen aufgehört, und die Ahornblätter fielen wie gezackte Goldsplitter von den Bäumen. Sie besuchten den Flohmarkt an der Porte de Clignancourt ganz im Norden von Paris zum ersten Mal. Zweifelnd inspizierte Jean die Stände mit Trödel, Antiquitäten und Mode vom letzten Jahr. »Das ist zu teuer für meinen leeren Geldbeutel.«

»Wart's ab!« Niki zog ihn in die zweite Reihe und steuerte zielbewusst die Bude eines marokkanischen Altwarenhändlers an, der seine Kisten mit Netzen abgesichert hatte.

»Wie auf dem arabischen Basar«, befand Jean, nachdem Niki den Händler heruntergehandelt und zwei Messer, eine Schere, ein Beil und einen ausrangierten Revolver erstanden hatte. Jean kaufte einige kleinere Zahnräder und ein paar Schrauben. Voll beladen machten sie sich auf den Heimweg.

Als Niki ihre Tasche auf dem Küchentisch ausleerte, kullerten ihre Schätze ans Licht und verbreiteten ihren typischen Geruch nach Rost und Plastik.

Jean ließ sich auf einen Stuhl fallen. »Was für ein Glück, dass kein Flic auf die Idee gekommen ist, uns zu filzen. Er hätte dich wegen unerlaubten Waffenbesitzes drangekriegt.«

Niki zwinkerte ihm zu. »Meinst du? So wie du dich nach dem ›Transport‹ hast einbuchten lassen?«

Jean schüttelte den Kopf. »Nur für eine Nacht. Das gehörte zur Aktion und war echt aussagekräftig, Süße.«

Warum musste er eigentlich immer so prahlen? »Wenn du meinst.« Niki füllte die Kaffeekanne, stellte sie auf den Herd und musterte zufrieden das Arsenal ihrer neuen Errungenschaften, das ihren Tisch bedeckte. »Diese Dinge sind der Grundstein für eine ganze Reihe von Assemblagen.«

Jean runzelte die Stirn. »Warum eigentlich immer so viel Gewalt?«

»Weil sie ein Teil von mir ist, nehme ich an.« Der Kaffee blubberte durch. Sein Duft überdeckte den Schrottgeruch. Sie füllte ihn in zwei Tassen und stellte eine vor Jean ab. »Um der Finsternis in mir zu begegnen.« Sie setzte sich und faltete die Hände. »Vielleicht kann ich sie dann ja bannen. Niki, die Magierin, die den Drachen zähmt und den Schrecken vertreibt.«

Jean trank einen Schluck und verbrannte sich den Mund. »Was ist geschehen? Warum hast du das Vertrauen in das Leben verloren? Hat Harry dir das angetan? Oder dieser Leichtfuß Serge?«

»Serge ist Geschichte.« Niki lachte bitter auf. »Und Harry, der war und ist meine Rettung. Nein. Du kennst meinen Mädchennamen?«

»Nicht mehr so ganz.« Jeans dunkle Augen funkelten amüsiert. »Du hast dich Pontus Hultén gegenüber so hochnäsig vorgestellt, dass ich von den Socken war.«

»De Saint Phalle«, sagte Niki würdevoll. »Ich war ein armes, reiches Mädchen aus New York. Und von Adel noch dazu.«

Jean setzte sich aufrecht. »Wirklich? Bist du da nicht stolz drauf?«

»Ach wo.« Niki lachte lauter. »Bin ich jetzt der Klassenfeind für dich?«

Jean grinste. »In erster Linie bist du mal Niki und unverwechselbar.«

Sie atmete tief und erleichtert auf. »Das alles hat mir nie etwas bedeutet. Die Adelsprivilegien sind sowieso abgeschafft. Es gibt von meinen Großeltern väterlicherseits ein verfallenes Schloss, durch das der Wind pfeift, und viele faule Erinnerungen. Das ist alles.«

Jean, der Anarchist und Kommunist, schüttelte verwundert den Kopf. »Vielleicht nicht ganz. Ich kann dich mir gut in einem Kleid von Dior vorstellen.«

Niki lächelte zögernd. »Ich wäre nicht abgeneigt. Also, wenn du es mir schenken würdest?« Mein Gott, sie flirtete mit ihm … Sei vorsichtig, Niki!

»Du bist eine Prinzessin aus einer anderen Welt«, fuhr Jean nachdenklich fort. »Aber was hat dieses verdammte Waffenarsenal in deinen Werken damit zu tun? Oder war dein Großvater Jäger?«

Niki zögerte. Außer Dr. Cossa, Harry und ihrer Mutter wusste niemand vom Missbrauch durch ihren Vater. Was, wenn Jean sie verachten oder ihr, schlimmer noch, die Schuld daran geben würde?

Sie begann zu erzählen. Zunächst verweigerten sich ihr die Worte, dann aber sprudelten sie nur so aus ihr heraus. Und Jean, der Energiebolzen, Jean, der niemals schlief und immer arbeitete, hörte einfach zu, eine ganze Stunde lang. Danach blickte er von seinen schwieligen Händen auf. »Das habe ich nicht geahnt.«

»Es macht was mit einem, über Jahrzehnte hinweg«, flüsterte sie. »Ich habe das beschissene Gefühl zu verschwinden, als würde ich mich in Luft auflösen.«

Jean schüttelte den Kopf. »Das tust du aber nicht. Im Gegenteil. Du bist sehr präsent. Und du kommandierst uns nach Gutdünken herum; egal, ob du es nun merkst oder nicht.«

Das dachte er also. Vielleicht stimmte es sogar. Niki rang sich ein Lächeln ab. »Es ist besser, du gehst jetzt.«

An der Tür wandte sich Jean noch einmal um. »Und was jetzt? Soll ich Monsieur le Comte für dich töten?«

»Das erledige ich schon selbst. Irgendwann.« Als sie die Tür hinter ihm ins Schloss fallen ließ, wusste sie, dass sie es ernst meinte.

Kapitel 24

Niki stand im Gang. Das Gespräch mit Jean brannte in ihr. Oh nein, sie hatte Serge nicht abgehakt, und die Missetaten ihres Vaters erst recht nicht. Der lodernde Zorn in ihr wollte ans Licht und nahm so plötzlich Gestalt an, dass sie sich für einen Moment an der Wand abstützen musste.

Sie begann fieberhaft zu suchen, zog eines von Serges vergessenen Hemden vom Grund ihres Wäschekorbs und deponierte es zusammen mit einer alten Krawatte in ihrem Atelier. Dann ging sie noch einmal in den Herbstabend hinaus und kaufte in einem Spielwarenladen ein Wurfspiel mit Zielscheibe und Pfeilen. Als sie zurück war, montierte sie alle Elemente auf eine Holzplatte und hängte sie an die Wand. *Das Bild ist tot, es lebe das Bild!* Im oberen Teil erinnerte die Zielscheibe an ein Gesicht, darunter ordneten Hemd und Krawatte die Darstellung einem männlichen Wesen zu. Einem männlichen Gegner, verbesserte sich Niki.

Die kreisrunde Zielscheibe war Serges miese Visage. Sie konnte ihn nicht schlagen, aber sie konnte Dartpfeile auf sein Abbild werfen. Ein Akt der symbolischen Bestrafung für ihn und der Befreiung für sie. Niki übte die gleiche Macht aus wie die Männer, die zerstörten, was sie liebten.

Jean und Spoerri besuchten Niki einige Tage später und standen lange vor dem Objekt. Spoerri schwieg, während Jean probeweise ein paar Pfeile auf die Zielscheibe schleuderte. »Das ist gut, Niki.«

Spoerri schüttelte den Kopf. »Gut ist zu wenig. Das ist exzellent und ganz und gar innovativ.«

Jean hob seine dichten Augenbrauen. »Warum?« Niki wusste, dass Jean seinen Freund in kunsttheoretischen Fragen oft um Rat bat.

»Es ist komplett aus Fundstücken gemacht«, erklärte Spoerri. »Aber das ist nicht alles. Die Dinge beginnen zu sprechen. Worüber, Niki?«

Sie trat näher und runzelte die Stirn. »Stell dir jemanden vor, den du nicht magst. Einen Feind, oder manchmal dich selbst.«

Spoerri dachte nach, bevor er weitersprach. »Du nimmst also Rache. Ich frage mal lieber nicht, an wem. Aber du lädst auch die Betrachter ein, das Kunstwerk in Gedanken zu vollenden. Sie sollen sich entscheiden, wen es für sie darstellen soll. Genial einfach und einfach genial. Das ist Neorealismus in Reinkultur. Wie willst du es nennen?«

»Portrait of my lover«, sagte Niki ohne Zögern.

»Geht es um Serge?«, fragte Jean.

»Nicht nur.«

Ein paar Tage später erreichte sie die Einladung, im Februar mit einigen ihrer Werke an der Gruppenausstellung »Comparaisons« im Musée d'Art Moderne de la Ville de Paris teilzunehmen. Die Neorealisten wollten sie als Gast dabeihaben.

Niki konnte es kaum glauben und war außer sich vor Freude. Wie lange hatte sie davon geträumt, ihre Arbeiten vielen Menschen zu zeigen? Sie würde im gleichen Museum ausstellen, das zwei Jahre zuvor Jackson Pollocks Bilder beherbergt hatte.

Am 27. Oktober gründete sich die Gruppe der Neuen Realisten offiziell unter der Leitung Pierre Restanys. Noch gehörten weder Niki noch Christo Javacheff ihr an, doch ihr künstlerischer Stil wies in dieselbe Richtung.

Zwei Tage später feierte Niki ihren dreißigsten Geburtstag. Zum Gedenken an ihre guten Zeiten schenkte Harry ihr eine zottelige, weiße Lammfelljacke, die sie vor der Kälte schützen sollte. *Très chic.* Zum ersten Mal seit Langem fühlte sie sich schön.

Jean hatte richtiggelegen mit seiner Behauptung, sie erfreue sich an Luxus und eleganter Kleidung. Ein Glas Champagner zum Frühstück durfte es sein, ein Bad, das nach teurem Zusatz duftete, und ein Haute-Couture-Kleid von Chanel oder Dior ebenfalls, wenn das Geld dafür reichte. Mamans Einfluss hatte Spuren hinterlassen, und Niki begann, damit zu spielen. Heute kleidete sie sich elegant, morgen hüllte sie sich in ihre unförmige Wetterjacke und zog ihre Pudelmütze über beide Ohren.

Anfang November lud Spoerri sie überraschend zum Essen ein. Sie wusste, dass er in sie verliebt war, und machte sich mit leichtem Unbehagen auf den Weg durch den trüben Novemberabend. Auch wenn seine Ehe mit Vera in ihren Kreisen kein Hindernis darstellte, würde eine Affäre mit ihm ihrer Freundschaft ein Ende setzen. Wollte sie das? Als Freund war er ihr teuer. Und warum hatte sie das Gefühl, Jean zu verraten, wenn sie sich mit Spoerri traf?

Wie von selbst führten ihre Schritte sie in sein Atelier in der Impasse Ronsin. Sie öffnete die Tür und blieb auf der Schwelle stehen.

Jean arbeitete mit seinem Schweißgerät an einer Eisenskulptur und stand wie Hephaistos in seiner Schmiede in einer Aureole aus weißem Licht. Elektrizität pulsierte in der Luft. Als sich Draht und Elektrode berührten, stoben Heerscharen von Funken auf und flogen zur Decke. Der Lichtbogen sonderte ein zischendes Prasseln ab, bei dem sich Nikis Nackenhaare aufstellten.

»Jean«, sagte sie so leise, dass er sie unmöglich gehört haben konnte. Sie war drauf und dran, wieder zu verschwinden, als er überraschend das Schweißgerät abstellte und Helm und Gehörschutz vom Kopf zog.

»Niki.« Ihr Name hing wie eine aufblühende Blume in der plötzlich erwachten Stille. Sie hatte nicht gewusst, dass man ihn so zärtlich aussprechen konnte. »Woher hast du diese Jacke?« Er trat einen Schritt näher.

Sie hob ihre Nasenspitze aus dem üppigen Fell, war sich ihrer provokanten Geste vollständig bewusst. »Wie du weißt, bin ich neulich dreißig geworden. Harry hat sie mir geschenkt.«

»Harry also?« Jean kam auf sie zu. Er roch nach rostigem Eisen, Schweiß und Rauch. »Und warum hast du dich so … schick gemacht?«

»Eigentlich geht dich das nichts an.« Niki räusperte sich. »Ich treffe mich mit Daniel.«

Jean schüttelte den Kopf. »Spoerri? Auf keinen Fall! Er hätte mir schon einmal fast Eva ausgespannt, und jetzt …«

Trotz stieg in ihr auf. Was bildete er sich eigentlich ein? »Ich darf mich treffen, mit wem ich will. Du hast mir gar nichts zu sagen.«

»Doch, das habe ich –«

Er trat näher und verschloss ihre Lippen mit seinem Zeigefinger. »Weißt du nicht, dass du in dieser Jacke zum Anbeißen aussiehst? Und findest du nicht, dass ich der Einzige sein sollte, der dich darin sieht?«

Niki schluckte trocken. Wenn sie zu sprechen versuchte, würde sie sich endgültig verraten. Ihre Gefühle machten sie schrecklich schwach und verwundbar.

»Nikita, mon amour. Ich will, verdammt noch mal, mehr für dich sein als ein Freund«, gestand Jean. »Aber ich hatte solche Angst, dass du mich zurückweist.«

»Warum sollte ich?«, fragte sie.

Er war ihr so nahe, dass sie seinen Atem spürte. »Du hast etwas Besseres verdient. Ich arbeite pausenlos. Und wenn nicht, plane ich mein nächstes Projekt. Ich bin ein hoffnungsloser Chaot.« Seine Geste umfasste das Atelier voller begonnener Skulpturen und Reliefs. »Und meine Ehe mit Eva ist gescheitert. Was habe ich dir schon zu bieten, außer meiner Liebe?«

Niki drehte sich auf dem Absatz um und floh aus dem Atelier und der Impasse Ronsin auf die Rue de Vaugirard, wo das Leben weiterging wie bisher. Die Passanten hetzten durch den Novemberabend nach Hause, einige zog es schon in die Restaurants. Über der Häuserschlucht hatten sich ein paar Sterne aus dem Rauch und Nebel geschält und blicken auf sie hinab wie Boten des Schicksals. Jean, dachte sie. Wie oft hatte sie sich vorgenommen, die Finger von ihm zu lassen? Und jetzt servierte er ihr sein Herz auf dem Silbertablett.

Sie versetzte Spoerri, ging nach Hause und dachte nach. Zwei Tage und Nächte überlegte sie hin und her, während sie Assemblagen fertigte, Tee trank, Brot einkaufte und vergeblich zu schlafen versuchte. Wollte sie Jean die Frau zumuten, die sie war? Sie, die die Last der ganzen Welt mit sich herumtrug. Harry und die Kinder. Ihre fragile Gesundheit. Dieser brennende Ehrgeiz und das Gefühl, dass ihr Leben vergeblich war, wenn sie nicht arbeitete. Außerdem war er ein Hallodri, der sie in absehbarer Zeit wegen einer anderen verlassen und ihr damit endgültig das Herz brechen würde. Es wäre ein riesengroßer Fehler, wenn sie auf ihn zuginge, da war sie sich sicher.

Nach diesen zwei Tagen aber wusste sie, dass sie ihn dennoch wollte. Weil sie ihn schon so lange liebte.

Am frühen Abend betrat sie das Atelier in der Impasse Ronsin. Jean saß am Tisch, eine brennende Zigarette in der Hand. Er stand auf, als er sie sah und glättete mit nervösen Händen seinen Blaumann. »Du?«, fragte er. »Ich dachte nicht, dass du wiederkommen würdest.«

Niki trug die gleiche Lammfelljacke wie letztens.

»Ich komme zu dir, weil ich es so will.« Sie staunte über ihren eigenen Wagemut. »Du sagtest, du liebst mich. Woher, in drei Teufels Namen, weißt du, dass ich nicht dasselbe für dich empfinde?«

»Ich wusste gar nicht, dass Prinzessinnen fluchen können.«

»Da kennst du mich schlecht.«

Statt zu antworten, zog Jean sie in seine Arme und küsste sie zuerst forschend und dann immer leidenschaftlicher auf den Mund. Niki erwiderte den Kuss, schmeckte Jean, Tabak und Tee. Seine Hände strichen über ihr Gesicht, zart an ihrem Hals entlang, glitten unter ihre Jacke, wanderten über ihren Rücken und ihre Brüste und spürten mit einem Anflug von Ehrfurcht der Form ihres Körpers nach. Er setzte sie auf den Tisch und küsste sie noch leidenschaftlicher, bis sie das Gefühl hatte, sich in seinen Armen aufzulösen.

»Findest du nicht, dass es im Atelier zu warm ist für dieses dicke Fell?«, murmelte er.

»Viel zu warm.« Niki zog die Jacke aus und ließ sie wie ihre anderen Kleidungsstücke auf der Treppe nach oben fallen. Und dieses eine Mal störte es weder sie noch ihn, dass es im Schlafzimmer so kalt war wie draußen.

Einige Tage später packte Niki ihre Sachen und zog zu Jean in die Impasse Ronsin.

Ihre Liebe war ein Wunder. Magnetismus. Sie waren die beiden Hälften einer Kugel, die sich finden mussten, auch wenn sie zuvor in verschiedenen Welten existiert hatten.

Wenn Jean einatmete, atmete Niki aus. Wenn er einen Satz begann, vollendete sie ihn mühelos. Dieses vollkommene Verstehen erstreckte sich auch auf ihre Arbeit.

Zusammen schufen sie in diesem Winter Reliefs, die mit langen Tentakeln in den Raum hineinwuchsen, und eine Reihe filigraner Schrottskulpturen, die Jean »Balubas« nannte.

Während der Regen ans Fenster klatschte, saßen sie in der Küche, wärmten sich ihre Hände an ihren Teebechern und brachten sich mit den Geschichten aus ihrem Leben zum Staunen, die gegensätzlicher nicht sein konnten. Jeans Vater war Lagerist in der Schokoladenfabrik von Nestlé in Basel gewesen, seine Eltern stammten aus dem französischen Teil der Schweiz. Niki erzählte ihm von ihren Reisen über den Atlantik vor dem Krieg, den Schlössern ihrer Großeltern, dem Leben ihrer Familie in der Park Avenue und ihren Schulverweisen.

Jean legte seine Füße auf den Tisch und amüsierte sich über die rot bemalten Feigenblätter vor den wertvollen Teilen der Götter in der Brearley School. »Das ist die Niki, die ich liebe.«

»Ich bin kläglich gescheitert«, gestand sie. »Sie hielten mich für reichlich gestört. Und weißt du was? Sie hatten recht.«

»Unsinn«, beharrte Jean. »Rebellion ist ein Lebensprinzip. Die Grundlage von Kunst.«

Niki lachte. »So kann man es auch sehen. Aber dann wurde ich trotzig und habe mir vorgenommen, eines Tages riesige, begehbare Kunstwerke zu schaffen, größer als die der Männer. Die Größten, die man sich überhaupt vorstellen kann. Eine eigene Welt aus Poesie.«

»Warum nicht?«, fragte er. »Mein Alter kann mit deinem Papa konkurrieren. Nicht in dieser Sache.« Röte überzog sein Gesicht. »Aber wenn er besoffen war, hat er mich übel verprügelt. Maman und ich, wir versteckten uns dann unter dem Tisch. Einmal hat er mich in der Nacht mitsamt meinem Bett umgeworfen, ein Choleriker sondergleichen. Aber im Sommer, auf dem Hof meiner Großeltern in Bulle bei Gruyère, da waren wir zusammen auf der Alm, und ich habe meine ersten Wasserräder gebaut und in den Bach gesetzt.«

Das konnte sich Niki gut vorstellen. »Jean, der Konstrukteur. Und was sagen deine Eltern zu deinem künstlerischen Erfolg?«

»Sie hassen meine Arbeit. Vor allem mein Vater versteht nicht, was ich mache. Und meine Mutter meint, ich hätte mein Talent verschwendet.«

Sie legte ihre Hand auf seine. »Lass dich nicht beirren.«

»Glaubst du, dass ich das einmal in Betracht gezogen habe? Ich bin der personifizierte Widerstand. Aber sonst … Ich war immer ein Außenseiter. Es war übel, als welscher Schweizer nach Basel zu kommen. Ich sprach Französisch, die Einheimischen Baseldütsch. Außerdem sind sie strenge Reformierte, und wir sind katholisch. Ich war mit sieben sogar Messdiener in der Heiliggeistkirche.«

»Ich war auch Katholikin.« Niki erzählte ihm, wie sie die Nonnen in der Klosterschule zur Weißglut gebracht hatte.

»Ich habe mich schon früh von der Kirche abgewandt«, berichtete Jean. »Als Teenager war ich Partisan genug, um mich nach Albanien absetzen zu wollen, um den Rebellen gegen die Italiener zu helfen.«

Niki grinste. »Eva sagte da was. Und was ist dann passiert?«

Jean grinste schief. »Sie haben mir meinen Pfadfinderführer hinterhergeschickt. Der hat mich in Bellinzona aufgegriffen.«

Niki lachte. Aber Jean lachte noch lauter, als sie ihm vorschlug, Federn in seine Balubas zu integrieren. »Du meinst nicht diese spiraligen Dinger aus Metall, sondern das, was dem Strauß oder dem Huhn aus dem Hintern wächst? Federn, wie sie die Damen auf Hüten tragen? Womöglich rosa gefärbt? Widersinnig.«

Jeans Kunst verkörperte in ihrer Technikfixierung das männliche Prinzip. Vielleicht stand Nikis ja für das Weibliche in der Kunst? Sie sah ihn unerbittlich an. »Yin und Yang. Die Vereinigung der Gegensätze, so wie bei uns.«

Jean liebte sie so sehr, dass er es ausprobierte. Und siehe da, es gefiel ihm. In ihrer Arbeit traten sie in Wettstreit miteinander und stachelten sich gegenseitig zu Höchstleistungen an.

Der Winter verging in einem Rausch von Glück. Nie hätte Niki geglaubt, dass sie so etwas noch einmal erleben würde. Es war wie eine Woge, die sie beide davontrug. Völlig im Reinen mit sich, versuchte sie sich selbst als Liebesbotin. Die Gewissheit, dass Eva mit ihrem Wissenschaftler nicht glücklich war, brachte Niki dazu, sie ihrem amerikanischen Bekannten Samuel Mercer vorzustellen, einem Anwalt und Künstler. Daniel Spoerri unterstützte sie dabei. Es war Liebe auf den ersten Blick. Eva entschloss sich, Billy Klüver zu verlassen und mit Sam in Paris zu leben.

Nur an Harry biss Niki sich die Zähne aus. Der hatte zwar Affären, vergrub sich aber ansonsten in seiner Trauer um das Ende ihrer Ehe.

Im Februar 1961 fand die Eröffnung der Ausstellung »Comparaisons« statt. Niki stand mit Jean stolz neben ihrer Arbeit »Portrait of my lover« und beobachtete die Besucher, die sichtlich Spaß daran hatten, die Zielscheibe mit Pfeilen zu bewerfen. »Wahrscheinlich denken sie sich gerade aus, auf wen sie zielen«, raunte ihr Jean zu. »Ihren Chef, ihre Schwiegermutter, ihre Lehrer. Du verdienst dir für den gewaltfreien Aggressionsabbau gerade einen Orden.«

Niki war aber etwas ganz anderes wichtig. »Was sagst du jetzt? Ich kann mich mühelos mit euch messen. Niki, die Neorealistin.«

»Hat jemand je etwas Gegenteiliges behauptet?«

Sie wandte sich ab und betrachtete die anderen Werke im Raum. Darunter befand sich ein schneeweißes Relief des Belgiers Bram Bogart, dessen üppige Formen in den Raum zu wuchern schienen. »Das sieht so aus, als hätte ein Riese Unmengen von Knetgummi und Wandfarbe auf einer Platte verteilt. Dieses unschuldige Weiß macht mich unruhig. Wenn ich ehrlich bin, fehlen mir die Farben.«

»Bogart steht der Gruppe Cobra nahe«, dozierte Jean. »Er zählt zu den abstrakten Expressionisten.«

Die Idee, die Niki in diesem Moment kam, war so überwältigend, dass ihr für einen Moment die Luft wegblieb. »Was, wenn das eigentliche Bild unter dieser jungfräulichen weißen Oberfläche schlummern würde? Was, wenn sich tausend Farben darunter verstecken würden und ans Tageslicht wollen?«

»Wie meinst du das? Das Relief ist vollendet«, widersprach ihr Jean.

»Was, wenn nicht?« Sie sah ihn provozierend an. »Was, wenn man es bluten lassen könnte?«

Kapitel 25

Der 12. Februar war ein kalter Spätwintertag, an dem die Impasse Ronsin unter Nebelschwaden verschwand. Niki stand im Hinterhof und beobachtete aufgeregt, wie ihre Gäste nach und nach eintrafen. Daniel Spoerri, Vera Mertz, Pierre Restany, seine Frau Jeannine de Goldschmidt sowie ihr Mentor Hugh Weiss und seine Frau Sabine vertraten sich bereits die Füße in der Kälte und ließen ihre Augen über die Gipsreliefs wandern, die sich kalkweiß von der rostroten Ziegelwand abhoben. Vor den seitlich aufragenden Mauern standen Kisten mit weiteren Platten bereit, Nachschub für Nikis ehrgeizigen Plan.

Jean drückte ihre Hand. »Es wird schon klappen.«

»Es ist das Spektakulärste, was ich überhaupt je geplant habe.« Sie wusste nicht, ob ihr Plan aufgehen, geschweige denn, ob es ihr gelingen würde, ihre Freunde mit auf die Reise zu nehmen. »Vielleicht sagen ja alle, ich sei verrückt, was ja nichts Neues wäre.«

Das Fotografenduo Harry Shunk und János Kender, bekannt dafür, Künstler bei der Arbeit abzulichten, baute seine Ausrüstung auf. Niki hatte begriffen, dass Dokumentation alles war, und das Geschehen ausschließlich in Fotografien, Geschichten und Erinnerungen Bestand haben würde. Das Konzept, das Prozesshafte war wichtiger als die realen künstlerischen Ergebnisse.

»Was soll das hier werden?« Spoerri kam auf Niki zu, die Hände in seinen Jackentaschen vergraben.

»Wart's ab.«

In diesem Moment betrat ein Fremder den Hof und sah sich suchend um. Jean legte ihr den Arm um die Schultern. »Er ist pünktlich.«

»Wer ist das?«, fragte Spoerri.

»Der Mann betreibt auf dem Rummelplatz beim Boulevard Pasteur eine Schießbude«, raunte ihm Pierre Restany zu.

Derweil streifte der Fremde den Schutzbezug von einem Gewehr und reichte es Niki wie ein kostbares Artefakt aus einem Tempel. »Nur unter meiner Aufsicht, verstehen Sie?«

Die 22er-Rifle fühlte sich kühl, schwer und verheißungsvoll an. Niki wollte loslegen, aber zuerst wandte sie sich an die Gäste. »Wir werden Schießbilder machen, *Tirs*. Zusammen. Wer will anfangen?«

Ihre Freunde tauschten zögernde Blicke und schwiegen. So zurückhaltend kannte sie sie gar nicht. Die Waffe schien ihnen Respekt einzuflößen.

»Also beginne ich.« Niki hob das Gewehr und legte es an, wie Jean es ihr gezeigt hatte, der beim Schweizer Militär eine Ausbildung zum Schützen hinter sich gebracht hatte. Niki war voller Erwartung, berauscht von Ekstase, vollkommen ohne Angst. Sie blendete alles andere aus und lauschte nur dem Klopfen ihres Herzens. Alle Augen waren auf sie gerichtet.

»Fixier dein Ziel über Kimme und Korn«, sagte Jean leise.

Niki nahm das Relief ins Visier und drückte ab. Der Knall zerriss die Stille. Sie taumelte unter dem Rückstoß, während die Kugel die Oberfläche des Bildes zerfetzte, sie aufplatzen ließ. Farbe tropfte in roten, blauen und gelben Schlieren über die unschuldige weiße Fläche. Spaghetti, Tomaten und Eier spritzten durch die Luft.

Niki kam schwer atmend zur Ruhe, doch das Adrenalin pulsierte weiter durch ihren Körper. Endlich konnte sie der Gewalt in der Welt etwas entgegensetzen. *So fühlt sich also Macht an*. Sie hatte noch lange nicht genug und brannte darauf, es zu wiederholen, später. »Wer will als Nächstes?«

»Ich.« Jeannine de Goldschmidt brach den Bann. Sie stöckelte mit ihren Pumps durch den Matsch und griff begierig nach der Rifle.

Einer nach dem anderen schoss auf die *Tirs* mit den Farbbeuteln, die ihren Inhalt über die Fläche verspritzen wie aufgeplatzte Geschwüre. Mit wachsender Begeisterung brachten sie die Reliefs zum Bluten und beobachteten fasziniert, wie die Bilder starben und zu neuem Leben in knalliger Farbigkeit und verstörender Materialität erwachten. Ein Rausch aus Rot und Blau und Gelb, der dem trüben Tag sein Licht entgegensetzte.

Wilde Freude erfasste Niki, als sie sah, dass ihr Konzept aufging. Sie schoss mehrfach. Mit jedem Mal trugen die Reliefs für sie ein neues Gesicht. Sie schoss auf Papa und so viele andere Männer, Maman, die Gesellschaft, den Konvent, die Kirche. Sie schoss auf sich selbst.

Als sie das Gewehr sinken ließ, hing ein betäubender Geruch nach Pulver in der Luft, und ihre Hände waren kalt. Erst jetzt bemerkte sie das Blitzlichtgewitter, in das Shunk und Kender den Hof noch immer tauchten. Niki löste sich und wandte sich ihren Gästen zu.

»Wie bist du auf die Idee gekommen?«, fragte Spoerri.

»Die Ausstellung.« Niki fand es schwierig, Worte aneinanderzureihen oder sich zu bewegen. Der Rausch wollte sie nicht aus seinen Klauen lassen.

Nach ihrer Rückkehr von der Vernissage hatte sie ihre Idee sofort in die Tat umsetzen müssen. Mit Jeans Hilfe hatte sie Holzplatten mit Farbbeuteln präpariert und in wildem Eifer alles hinzugefügt, was sich finden ließ, von Spaghetti bis hin zu Eiern und Tomaten. Darüber hatte sie eine dicke Schicht Gips gekleistert, so dass man den Reliefs ihr prekäres Innenleben nicht ansah. Ein Gewehr zu besorgen, hatte sich als Problem erwiesen. Jean hatte die rettende Idee gehabt und den Besitzer der Schießbude am Boulevard Pasteur um Unterstützung gebeten.

»Niki?« Pierre Restany trat auf sie zu, seine goldene Brille matt im Nebel. »Das war sehr gut.«

»Ich weiß.« Sie unterdrückte das Zittern, das sie erfassen wollte.

Pierre sprach feierlich weiter, in der Hand eine kubanische Zigarre. »Ich lade dich ein, Mitglied der Gruppe der Neorealisten zu werden. Wenn du willst … Du wirst die einzige Frau sein. Bisher jedenfalls.«

Und ob sie wollte. »Es ist mir eine Ehre.«

Noch an diesem Tag bot Jeannine de Goldschmidt ihr eine Einzelausstellung in ihrer Galerie »J.« an. Niki sagte sofort zu, denn wer wusste schon, wie lange diese Glückssträhne anhalten würde.

Sie brannte darauf, die nächste Schießaktion noch im Februar stattfinden zu lassen. Diesen Rausch, diese Ekstase wollte sie immer wieder erfahren. Indem sie den Tod und die Auferstehung des Bildes zelebrierte, eroberte sie sich ihre Handlungsfähigkeit zurück. Rache schmeckte süß.

Kurz nach ihrer zweiten Schießaktion am 26. Februar luden Niki und Jean die beiden amerikanischen Künstler Robert Rauschenberg und Jasper Johns in die Impasse Ronsin ein.

Jean hatte Rauschenberg in den USA kennen- und schätzen gelernt. Er war der einzige Künstler gewesen, der sich auf seine Einladung hin an der Aktion am MOMA beteiligt und eine münzenspuckende Metallbox beigesteuert hatte, den »Money thrower for Tinguely's H. T. N. Y.«.

Jasper Johns war sein Partner im Leben und sein Konterpart in der Kunst. Niki imponierte die Offenheit, mit der sie als schwules Paar ihre Liebe auslebten. In den USA feierten sie rauschende Erfolge.

»Voilà.« Niki deutete auf zwei Gipsplatten, die sie extra für die beiden präpariert hatte.

»Meinst du wirklich, dass ich feuern soll, Niki?« Der schüchterne Jasper starrte ängstlich das Gewehr in Nikis Hand an.

»Na, mach schon, Mimose«, ermunterte ihn sein Partner. »Du wirst dir schon nicht ins Knie schießen.«

Nach langem Nachdenken schoss Jasper kalkuliert und vorsichtig auf seine Gipsplatte, auf die Niki für ihn als Zitat aus seinen eigenen Arbeiten eine Glühbirne montiert hatte.

»Jeder soll nach seiner Fasson selig werden«, kommentierte Jean. Niki fand sich bestätigt mit ihrer Annahme, dass das Schießen die Besonderheit jedes einzelnen Schützen zutage brachte.

Rauschenberg, einem strahlenden Collegeboy ähnlich, war weniger zögerlich.

»*Let's close the gap*«, schlug er vor.

»Welchen?«, fragte Niki auf Französisch.

»Den zwischen Kunst und Leben.« Er griff nach dem Gewehr, legte auf die »Hommage à Rauschenberg« an, die Niki unter anderem mit einer Milchkanne präpariert hatte, und schoss. Farbe triefte in dicken Schlieren über die Fläche.

»Bingo.« Augenzwinkernd pustete er über die Mündung der Rifle.

Niki und Jean verstanden sich prächtig mit den beiden amerikanischen Künstlern und nahmen ihre Einladung an, im Sommer gemeinsam das Bühnenbild für die Aufführung eines Musikstücks von John Cage zu gestalten.

Mit ihren Schießbildern hatte Niki in die Tiefe ihrer Existenz hinabsteigen und ihrem glühenden Zorn Gestalt verleihen wollen. Doch ebenso unvermittelt wie unerwartet katapultierten ihre Taten sie in die schwindelnden Höhen des Erfolgs.

Die Zeiten, in denen sie einsam im Atelier vor sich hin gearbeitet hatte, waren vorbei. Das Medienecho auf die *Tirs* war gewaltig. Die Presse stürzte sich begeistert auf die Heldentaten der »Jeanne d'Arc vom Montparnasse«. Im April wollte eine Filmcrew ihren Alltag im Atelier filmen, inklusive der Herstellung eines Schießbilds, denn mit den beiden ersten Schießaktionen war es nicht getan. Es folgten viele weitere. Ihre Kreativität war wie ein Schiff, das in See stach, bunt und voller Ideen. Schon bald spickte sie die *Tirs* mit Schrott und Fundstücken und begann, mit hängenden Farbdosen zu experimentieren, die ihren bunten Regen unter Beschuss wie zufällig verteilten.

Weitere Ausstellungsangebote flatterten ins Haus. Pontus Hultén lud Niki und Jean ein, im März in Amsterdam an der Ausstellung »Bewogen Beweging« teilzunehmen, die anschließend ins Louisiana Museum bei Kopenhagen und ins Moderna Museet nach Stockholm wandern würde. An jedem dieser Orte sollte Niki Schießaktionen durchführen. Mehrere Gruppenausstellungen mit den Neorealisten waren ebenfalls in Planung. Niki schwante, dass sie in diesem Jahr kaum einen Tag für sich haben würde.

Es war der letzte Morgen vor ihrem Aufbruch nach Amsterdam. Nachdem der kleine Philip bei ihnen in der Impasse Ronsin übernachtet hatte, saßen sie zu dritt beim Frühstück in der Küche. Jean faltete die Zeitungen zusammen, aus denen er gerade einige Presseberichte zu Nikis Schießaktionen vorgelesen hatte.

»Du gehst ab wie eine Rakete«, sagte er. »Wie ein Rennwagen von null auf hundert.«

»Mama ist ein Rennwagen. Das ist lustig.« Philip saß entspannt auf Nikis Schoß und ließ die Beine baumeln.

Jean goss ihnen Kaffee ein. Den Kleinen hatten sie mit Kakao und Croissants versorgt, aber er aß und trank fast nichts.

»Ein durchschlagender Erfolg.« Jean setzte sich aufrecht. »Wobei nicht von Nachteil ist, dass du eine hübsche, junge Frau bist. Und von Adel noch dazu. Glamour lässt grüßen.«

»Mein Name weckt Assoziationen«, ergänzte Niki.

Jean nickte. »An Marie Antoinette ebenso wie an Jeanne d'Arc. Die Heldinnen der Vergangenheit mit Krone und Schwert.«

»... denen ihre Taten schlecht bekommen sind.« Niki lachte. »Denk nur an Mata Hari. Dann lieber ›Annie get your gun‹.«

»Du bist meine Mama und eine Prinzessin«, sagte Philip besitzergreifend.

Niki zerzauste seine blonden Haare. »Aber klar doch, und das bleibe ich auch, mein kleiner Prinz.«

»Du sollst nicht wegfahren.« Er kuschelte sich an sie.

»Papa ist doch da, und Laura.« Niki rang mit ihren Schuldgefühlen. Philip verdiente es nicht, dass sie ihn enttäuschte.

»Aber ich will dich.«

»Du bist in meinem Herzen«, flüsterte sie ihm ins Ohr.

Philip schüttelte den Kopf. »Aber ich will dich in echt.« Niki seufzte. Sie konnte ihn verstehen. Was hatte er schon davon, wenn sie trotzdem wegfuhr?

Jean holte derweil ihre Reisetaschen aus dem Schlafzimmer. »Niki, kommst du? Das Taxi müsste gleich da sein.«

Sie bat um etwas Zeit und ließ Jean das Gepäck allein ins Erdgeschoss tragen. Kaum war er weg, kletterte Philip von ihrem Schoß und baute an seiner Eisenbahn weiter. Niki hatte sich über die Präzision gewundert, mit der er die Gleise verlegt hatte.

Er sah auf, eine seiner Lokomotiven in der Hand. »Ich bin nicht mehr klein, aber ich will dich trotzdem bei mir haben.«

»Ich bin bald wieder da. Und du bist ja nicht allein.« Niki schluckte an ihren Tränen. »Kommst du?«

Hand in Hand stiegen sie die Treppe ins Erdgeschoss hinab, wo Harry sie schon erwartete. Er stand ins Gespräch mit Jean vertieft im Atelier, während draußen das Taxi vorfuhr. Jean wuchtete ihre Taschen über die Schwelle und packte sie in den Kofferraum des Peugeots, so dass Niki eine kurze Zeit mit Harry allein blieb.

Er trat auf sie zu, legte seine Arme um sie und seine Stirn an ihre. »Niki.«

Sie zuckte zusammen. Es stand so viel Unausgesprochenes zwischen ihnen. So viel Sehnsucht und so viel unwiederbringlicher Verlust.

»Harry.« Was hatte sie ihrer Familie nur angetan? Ihr Herz klopfte dumpf in ihrem Brustkorb.

»Papa!« Philip drängte sich zwischen sie und streckte seinem Vater fordernd die Arme entgegen.

»Da bist du ja.« Harry wuschelte ihm durchs Haar. »Es wird Zeit, sich zu verabschieden, junger Mann.«

»Adieu, Philip«, flüsterte Niki erstickt.

»Viel Erfolg«, sagte Harry. »Aber den wirst du ja auf jeden Fall haben.«

»Danke.« Sie schob sich neben Jean auf die Rückbank des Taxis, während Harry und Philip winkend vor der Tür des Ateliers standen. Traurig erwiderte Niki ihren Gruß.

»Wird schon.« Jean griff nach ihrer Hand und umschloss ihre kalten Finger mit seinen festen, warmen.

»Das hört niemals auf«, sagte sie.

»Was?«

»Dieses verflixte Schuldgefühl.«

Sie drehte sich um. Während sich das Taxi in Bewegung setzte, verschwanden die große und die kleine Gestalt in der Heckscheibe langsam aus ihrem Blickfeld. Seufzend drückte sie Jeans Hand. Und dennoch. Dieses Jahr gehörte ihr. Niki war fest entschlossen, die Welt zu erobern.

Kapitel 26

Amsterdam, 10. März 1961

Die Vernissage der Ausstellung »Bewogen Beweging« im Stedelijk Museum war gerappelt voll. Niki und Jean hatten sich gerade an der Bar etwas zu trinken geholt und drängten sich auf der Suche nach einem Sitzplatz durch die Menge.

»Wart mal, Niki!« Jean fasste nach ihrer Hand. »Calder? Bist du es wirklich?«

Der ältere Mann, der sich vor ihnen mit breiten Schultern seinen Weg bahnte, wandte sich um. Er hatte weiße Haare und ein mürrisches Gesicht, das sich bei Jeans Anblick aufhellte.

»Tinguely, alter Halunke.« Er schlug Jean jovial auf die Schulter, während sich die Menschenmenge um sie herum teilte wie um ein Hindernis im Strom. »Lasst uns einen Platz suchen, Kinder! Und dann erzählst du mir, was du gerade so machst.« Seine Augen glitten wohlwollend zu Niki. »Und deine Partnerin natürlich auch.« Er ging davon und ließ ihnen keine andere Wahl, als ihm zu folgen.

»Ist das wirklich Alexander Calder?«, raunte Niki bewundernd.

Jean nickte. »Der Erfinder der beweglichen Skulptur höchstpersönlich. Ohne ihn …«

»… würde es dich doch geben«, vollendete Niki lachend und hängte sich bei ihm ein.

»Aber vielleicht nicht in dieser Form. Er hat mich bestärkt, wann und wo immer er konnte.«

Niki war beeindruckt. Sie bewunderte Alexander Calders schwerelose Mobiles, die den Grundstein für die kinetische Kunst gelegt hatten.

Sie belegten zu dritt eine Bank. Es war so eng, dass Jean Niki auf seinen Schoß zog, als Calders Frau Louisa hinzukam. Gemeinsam lauschten sie den Anekdoten, die der alternde Künstler mit dröhnender Stimme zum Besten gab. »Weißt du noch, wie Salvador Dalí gesagt hat, eine Skulptur solle stillstehen oder sich zumindest nicht bewegen, damit er sie ernst nehmen kann?« Calder lachte polternd.

Niki wusste, dass Dalí, der Extravaganz zu seinem Markenzeichen gemacht hatte, in künstlerischen Fragen überraschend konservativ war und allzu radikale Experimente ablehnte.

»Und wie du dann genau das Gegenteil davon getan hast?« Jean stimmte in sein Lachen ein. »Und ich ebenfalls. Ohne dich wäre ich heute nicht da, wo ich bin.«

»Großes Kompliment an einen alten Haudegen wie mich. Du hast ja bewiesen, dass du die Kunst in Pulverdampf auflösen kannst.« Calder spielte auf Jeans Performance »Homage to New York« im Skulpturengarten des MOMA im letzten Jahr an. Die Explosion einer seiner Großskulpturen würde man wohl nicht so leicht vergessen. »Letztens warst du doch noch mit dieser kleinen Schweizerin zusammen, Jean. Wie hieß sie noch mal?«

»Eva Aeppli«, antwortete Jean. »Die Frauen haben mich ausgetauscht. Eva ist ausgezogen. Und da sie meinte, ich käme allein nicht zurecht, hat sie mich Niki überlassen. So habe ich immer noch eine Frau, die meine Socken wäscht.«

»Aber Jean, das stimmt nicht!«, widersprach Niki errötend. Jean gab diese Version ihrer Geschichte mit Vorliebe zum Besten.

Calders weiße Augenbrauen sträubten sich belustigt. »Und was machen Sie, junge Frau?«

»Ich bin auch Künstlerin und zeige zwei Objekte in der Ausstellung«, antwortete sie leise.

Das erschien ihr im Gesamtumfang der Schau unfassbar gering, vor allem, wenn man Jeans Anteil bedachte. Er steuerte neben einem drei Stockwerke hohen Turm aus Schrott, der vor der Tür stand, siebenundzwanzig weitere Arbeiten bei. Niki war mit ihrer Zielscheibe »Hors d'œuvre – Portrait of myself« und einer weiteren auf Rollschuhen vertreten, die die Besucher mit Pfeilen bewerfen konnten, was sie allem Anschein nach mit Begeisterung taten.

»Aber das ist nicht alles«, berichtete Jean. »Niki lädt in zwei Tagen zu einer Schießaktion ein.«

»Tatsächlich?« Calders dichte, weiße Augenbrauen hoben sich.

»Sie schießen, Miss?«, fragte Louisa Calder befremdet auf Englisch.

Niki grinste. »Oh ja. Ich werde ein Schießeisen in die Hand nehmen und feuern.« Was sich für eine Frau schickte und was nicht, interessierte Niki herzlich wenig. »Meine Ziele werden Bilder sein.« Sie verkniff sich zu versichern, dass sie hinterher aufräumen und die Spuren ihrer Schandtat beseitigen würde. Frauen, sozialisiert als Ehefrau und Mutter, passten sich an. Sie waren keine Zerstörerinnen des Althergebrachten. *Aber ich. Ich tue das Gegenteil und negiere alle Erwartungen. Ich greife nach der Macht und den Sternen. Ich will die Hälfte des Himmels für mich und vielleicht auch für alle anderen.*

Allein die Gedanken daran berauschten sie. Sie spürte Jeans Knie unter sich, strich sich ihren Rock glatt und bewegte ihre

Füße, die in schwarzen Ballerinas steckten. Dieser neue, wilde Anfang würde sie mit sich reißen, das wurde ihr schlagartig bewusst. Aber wer wusste schon zu welchem Ziel?

»Das Handlungselement wird sich mehr und mehr durchsetzen«, sagte Calder gerade. »Performance und Happening. Dazu braucht es Magierinnen wie Morgaine le Fay. So wie Sie, Mademoiselle.«

»Tatsächlich?« Sie erinnerte ihn also nicht an Guinevere, die fromme Ehefrau von König Artus, sondern an seine Schwester, die zwielichtige Magierin. »Das ist ein Kompliment.« Denn schließlich hatte Morgaine ihr Leben selbst in die Hand genommen.

»Niki ist grandios und unglaublich innovativ«, bestätigte Jean.

»Und du liebst sie«, bemerkte Calder leise zu Jean. Oh ja, das tat er. Sie konnte es noch immer kaum glauben. Niki wartete ab, bis die beiden sich voneinander verabschiedet hatten. Dann zog sie Jean mit sich fort. Sie erwartete einen besonderen Gast. »Sie müsste längst da sein. Ich verstehe gar nicht, wo sie so lange bleibt.«

Niki drängte sich durch die Menge und hielt Ausschau nach ihrer Schwester Elisabeth, die sich mit ihr auf der Vernissage treffen wollte. New York war irrsinnig weit weg. Elisabeths Besuch brachte ihre Erinnerungen zurück wie Träume aus einer fernen Welt.

Sie entdeckte sie an der Tür, lief jauchzend auf sie zu und schloss sie überschwänglich in die Arme. Wenn sie gekonnt hätte, wäre sie mit ihr im Kreis herumgetanzt, aber dazu gab es in der Menschenmenge zu wenig Platz. Wie viele Jahre hatte sie sie nicht mehr gesehen?

»Kleine Schwester. Du überragst mich.« Niki reckte sich ein wenig und drückte Elisabeth nach französischer Manier einen luftigen Schmatz auf jede Wange.

»Du weißt gar nicht, was mir deine Gegenwart bedeutet.« Niki hakte sich bei ihr unter und winkte Jean zu sich heran, der diskret abseits gewartet hatte. »Das, ma chère Elisabeth, ist Jean Tinguely, mein …« Ja, was war er denn nun für sie? Partner, Geliebter, Gefährte oder doch Lancelot du Lac, der Ritter in der Not? Ein bisschen von allem vielleicht.

Elisabeth überspielte den peinlichen Moment und drückte Jean die Hand. »Elisabeth de Saint Phalle.«

»Ich freue mich, Sie kennenzulernen.« Jean zwinkerte ihr zu. »Ich bin der Mann für alle Fälle.«

Er schlug Elisabeth noch schnell das Du vor, bevor Niki sie für sich beanspruchen konnte. Sie brannte auf ein paar Minuten zu zweit. Jean besorgte ihnen Wein und ließ sie dann allein, während die Menge der Besucher wie ein Meer um sie herumwogte.

»Das ist er also«, sagte Elisabeth. »Dein Neuer.«

Niki trank einen Schluck Wein. »Mein Ein und Alles. Ich weiß gar nicht, wie ich meine Gefühle für ihn beschreiben soll.«

Elisabeth lächelte. »Er ist charmant. Und Harry? Wie geht er mit der Situation um?«

Niki überlegte. »Es war großzügig von ihm, mich gehen zu lassen. Er mag Jean, und wir tragen noch immer gemeinsam die Verantwortung für die Kinder. Also arrangieren wir uns irgendwie.«

»Kommt er klar?«

»Ich hoffe es.« Niki gestand sich ihre Zweifel lieber nicht ein. Sie drückte Elisabeths Hand. »Und zu Hause?«

Elisabeth trank einen Schluck Wein. »Maman und Papa sprechen über nichts anderes als deinen Erfolg. Es ist *das* Reizthema zwischen ihnen.«

»Und was sagen sie?« Niki wartete gespannt, obwohl die Antwort auf diese Frage sie eigentlich kaltlassen sollte.

»Papa findet es toll, wenn jemand über die Stränge schlägt, und lacht sich kaputt, dass die Presse ihn als entsetzten Adligen darstellt, dessen missratene Tochter auf Abwege geraten ist. Aber Maman fürchtet den realen Skandal.«

»Das war zu erwarten«, schüttelte Niki den Kopf. Andrés Reaktion erfüllte sie mit einem namenlosen Zorn. Er begriff einfach nicht, um was es wirklich ging.

Elisabeth hob die Augen. »Wenn sie überhaupt miteinander sprechen. Seit Jahren herrscht Funkstille zwischen den beiden. Papa ist meistens außer Haus. Und auch sonst. John und Claire haben ihr eigenes Leben, und Richard verbringt viel Zeit mit seiner Freundin.«

Niki seufzte. »Unsere Familie ist wie ein Hochseilakt im Zirkus, von dem nach und nach alle Akrobaten abspringen und mit einem dreifachen Salto auf dem Boden landen.«

»Sie ergreifen die Flucht, oder sie fallen herunter«, korrigierte Elisabeth sie düster.

Für die Schießaktion am 12. März hatten Niki und Jean die vorbereiteten Reliefs an die kahlen Äste einer Weide auf einem Gartengrundstück gehängt, hinter dem träge ein Fluss dahinströmte.

Niki ging Arm in Arm mit Elisabeth zum Schießplatz und gesellte sich zu ihren Freunden, die schon auf sie warteten. Sie war so euphorisch wie immer vor einer Aktion und freute sich darauf, die Erfahrung des Schießens mit ihrer jüngeren Schwester zu teilen. »Es ist so schön, dass du da bist. Wie findest du es?«

»Beeindruckend.« Es war kühl. Elisabeth trug ein Kopftuch und einen Wollmantel. Niki ließ sich in ihrer Wetterjacke ohne Mütze den Wind um die Nase wehen. Sie fror nie, wenn sie im Begriff stand zu schießen.

Zuerst feuerte Jean so professionell auf das Ziel, wie es nur ein ausgebildeter Schütze der Schweizer Armee konnte. Danach griff Niki nach dem Gewehr, zielte und schoss. Wieder versank die Welt im Rausch und in weißer, göttlicher Ekstase. Pontus Hultén schloss sich an, dann seine Frau Anna-Lena Wibom und schließlich Elisabeth. Die Schüsse hallten in Nikis Ohren, die Reliefs bluteten und starben und feierten ihre Auferstehung in leuchtender Farbigkeit. Sie hauchten dem grauen Tag Leben ein.

Elisabeth ließ das Gewehr sinken und übergab es an Jean. »An wen denkst du, wenn du schießt?«, fragte sie Niki.

»Das weißt du«, erwiderte Niki nach kurzem Zögern. »Es ist meine Rache.«

»Maman sagt, du solltest dich mit ihm aussprechen«, flüsterte Elisabeth. »Er bereut, was passiert ist.«

»Never«, erwiderte Niki.

Die Ausstellung wanderte unter Pontus Hulténs Regie weiter nach Stockholm und wurde unter dem Titel »Rörelse i konsten« im Moderna Museet eröffnet. Am 25. Mai lud Niki einige Freunde zu einer Schießaktion in eine Sandgrube auf Värmdö ein und stellte zwei übermannsgroße *Tirs* fertig.

Auch wenn ihre Schießaktion in der schwedischen Presse eher mit Befremden als Begeisterung aufgenommen wurde, nahmen sie sich die Zeit, um ausgiebig zu feiern. Das Appartement, in dem Pontus die Pariser Clique untergebracht hatte, war der ideale Ort für eine Party, bei der der Alkohol in Strömen floss. Niki tanzte mit Bob Rauschenberg, der gerade ein Gipsbein hatte, ausgelassen zur Musik von Billie Holiday, während Spoerri das Fenster öffnete und kurz entschlossen einen Stuhl packte und auf die Straße warf. Niki kicherte hemmungslos, als ihm der Tisch und weitere Stühle folgten.

»Ich habe Kummer!«, rief Spoerri in die Frühlingsnacht hinaus. »Liebeskummer. Jasper, komm mit!« Niki beobachtete irritiert, wie die beiden Hand in Hand verschwanden.

Anschließend stritten sie sich lautstark auf der Straße, bis die Lichter in den umliegenden Wohnblöcken nach und nach angingen. Bei nächtlicher Ruhestörung war selbst die Toleranz der Schweden irgendwann aufgebraucht. In der Ferne ertönten die ersten Polizeisirenen, und Niki taumelte auf Jean zu, der sie auffing und auf seine Knie zog. »Hoppla, Kleine. Vielleicht solltest du aufhören zu trinken.«

»Ich vertrag nichts.« Niki schüttelte wild den Kopf. »Aber trotzdem … Daniel und Jasper. Wieso ist Spoerri auf einmal schwul? Und Bob …«

»Besser, du machst mal eine Pause.«

»Und Bob …«, wiederholte Niki, kriegte aber nicht mehr zusammen, was sie eigentlich sagen wollte.

»Bob hat Kummer, was denn sonst?« Jean zog sie an sich und legte den Arm um sie, während der Genannte mühsam heranhumpelte.

»Sie streiten sich eben, wie man das so macht, wenn man verliebt ist. Jasper ist eine Mimose, aber bis vor Kurzem war er meine

Mimose«, sagte er bitter, doch da war Niki schon an Jeans Schulter eingeschlafen und schnarchte lautstark. Sie waren jung und wunderschön, und die Welt lag ihnen zu Füßen wie ein weißes Blatt Papier, auf das sie ihre Namen schreiben würden.

Kapitel 27

Im Juni fieberte Niki ihrer ersten Einzelausstellung entgegen, die Pierre Restany in der Galerie seiner Frau organisieren würde. »Feu à volonté«, Feuer frei – schon der Name klang vielversprechend und brachte ihre Kunst auf den Punkt. Jeannine de Goldschmidt wollte das Wagnis eingehen, die Besucher auf vorbereitete *Tirs* schießen zu lassen. Niki war nicht ganz wohl dabei, aber Jean versicherte ihr, dass er die Schießbahn absichern und eine Art Regenrinne konstruieren würde, durch die die Farbe ablaufen konnte. »Das Ganze macht keine Probleme, solange kein echtes Blut fließt«, unkte er augenzwinkernd.

Zunächst jedoch würden sie das Bühnenbild zur Aufführung der Komposition »Variations II« von John Cage gestalten, wozu sie Bob Rauschenberg und Jasper Johns im Winter eingeladen hatten. Die Performance sollte im Theater der amerikanischen Botschaft stattfinden. John Cage hatte das Stück für den Pianisten David Tudor konzipiert, der es auch spielen würde. Während seiner Interpretation der Musik sollten die Künstler ein wandelbares Bühnenbild erschaffen.

Niki und Bob Rauschenberg verbargen sich hinter dem Vorhang und beobachteten, wie sich der Zuschauerraum langsam füllte, während Jean und Jasper damit beschäftigt waren, ihre Arbeiten auf der Bühne zu installieren.

»Das wird ein echtes Gesamtkunstwerk«, kündigte Bob flüsternd an.

»Provokation«, kommentierte Niki. Sie trug ein Chiffonkleid, das wie eine antike Tunika aussah.

»Was sonst?« Bob, barfüßig, hemdsärmelig und mit hochgekrempelten Hosenbeinen, klopfte mit seinen langen Fingern auf der Holzumrahmung herum. Er brannte darauf, endlich loszulegen.

»Was planst du?«, fragte Niki.

»Ich werde auf der Bühne ein Bild malen«, kündigte er würdevoll an. »Der Clou ist, dass das Publikum es nicht zu sehen bekommt, weder während des Herstellungsprozesses noch danach. Kunst ohne Betrachter, das ist die ultimative Verweigerung.«

Bob trat aus seinem Versteck und platzierte seine Malsachen auf dem Boden neben der Leinwand, deren Vorderseite für das Publikum unsichtbar blieb. Niki ließ ihre Augen über die Bühne wandern, wo sie an Jasper Johns großformatigem »Target«, einer Zielscheibe mit echten Blumen, hängen blieben. Daneben legte Jean gerade letzte Hand an seine von oben bis unten mit Federn bestückte Striptease-Maschine.

Nikis Schießbild hing schon an der Wand und harrte des Kommenden. Sie hatte ein Beil, eine Pistole und eine Art Traktorsitz auf der Bildfläche montiert. Den Akt des Schießens aber würde ein professioneller Schütze bestreiten, den die Veranstalter eigens für die Aktion engagiert hatten. Ein Vorgehen, über das Niki eher erleichtert als verärgert war, denn der Zuschauerraum hatte sich inzwischen bis auf den letzten Platz gefüllt.

Sie beugte sich vor, um einen Blick auf David Tudor zu erhaschen, der sich an den Flügel setzte und zu spielen begann. Das Stück klang fremd und schräg für ungeübte Ohren wie die ihren. Harry hätte sicher mehr damit anfangen können. David ließ die Töne einzeln tropfen und machte lange Pausen, in denen der Raum vom Raunen des Publikums widerhallte. Cage spielte mit der Musik des Schweigens und bezog die unvorhersehbaren Laute der Zuhörer in seine Gestaltung ein.

Als der Pianist plötzlich unter dem Flügel verschwand, ertönten die ersten Pfiffe und Buhrufe. Einige Leute standen auf und verließen den Raum. Aber es war noch längst nicht vorbei. Niki setzte sich auf den Boden, während Jeans Maschine über die Bühne fuhr und schwallweise Federn abwarf, wie es sich für einen grandiosen Striptease gehörte.

Bob malte unverdrossen weiter, als eine weitere Schar Zuschauer in Richtung Ausgang strebte. Niki, seit ihrer Kindheit ein Fan der Marx Brothers, verkniff sich ein Grinsen, so viel Slapstick steckte in dem Ganzen.

Dann aber sah sie den Schützen, der sich im Zuschauerraum aufstellte, seinen Revolver hob und ihr Schießbild anvisierte. Oder sie? Sie hielt den Atem an. Was, wenn er danebenschoss und statt ihres *Tirs* sie selbst traf? Für die Presse wäre es ein gefundenes Fressen: Die Comtesse, die ihr Leben neben ihrem Kunstwerk aushauchte.

Er schoss, und der Knall hallte so laut durch den Raum, dass Niki für einen Moment taub war. Aber nein, sie lebte noch. Er hatte das Bild getroffen. Farbe spritzte über die Bühne, während Jeans Maschine ihre restlichen Federn verlor und Bob sein Werk in ein Tuch wickelte und stoisch von dannen trug. Niki stand auf und vertrat sich die eingeschlafenen Füße.

Als David Tudor das Stück beendete, war der Zuschauerraum so gut wie leer gefegt, bis auf einen eleganten, grauhaarigen

Herrn, der überraschend flink auf die Bühne kletterte. Bob begrüßte ihn enthusiastisch mit einem Schlag auf die Schulter.

»That was gorgeous, simply marvellous«, sagte der Fremde, dem man seine Herkunft aus großbürgerlichen New Yorker Kreisen ansah. »Wo ist sie, die Erfinderin der *Tirs*?«

Bob zog ihn auf Niki zu. »Das ist die Kriegerin der massakrierten Bilder.«

»Niki de Saint Phalle«, stellte sie sich vor.

»Leo Castelli.« Er nickte ihr zu. »Sie sind also die schießwütige Comtesse. Bezaubernd. Ich bin Galerist in New York und werde mir Ihren Namen merken.«

Niki errötete, immerhin diesen kleinen Erfolg konnte sie an diesem Abend verbuchen.

»Schade, dass nur Sie es mochten, Mister Castelli. Die Leute haben wohl mit den Füßen abgestimmt«, sagte Jean.

Jasper schüttelte den Kopf. »Das siehst du falsch, Jean. Die Reaktion des Publikums war ein kalkulierter Teil der Aufführung.«

»Da habe ich wohl noch was zu lernen«, kommentierte Niki. »Aber vergesst nicht, übernächste Woche findet meine Eröffnung in der Galerie ›J‹ statt. Ihr seid eingeladen.«

Leo Castelli notierte sich den Termin und den Ort, Rue de Montfaucon, nicht weit entfernt vom Boulevard St. Germain.

Der Tag kam schneller, als Niki es für möglich gehalten hatte. Sie war zufrieden mit sich. Endlich war es ihr gelungen, eine Galeristin von ihrem Potenzial zu überzeugen. Vielleicht würde sie sogar die eine oder andere Arbeit verkaufen. Und was noch besser war: Sie hatte Joan Mitchell widerlegt, die ihr das alles niemals zugetraut hätte. Ja, man konnte fast sagen, dass Niki die etablierte

Künstlerin mithilfe ihrer Schießaktionen weit hinter sich gelassen hatte.

Am Tag der Eröffnung waren Niki und Jean noch lange nicht fertig.

»Wie sollen wir das nur schaffen?« Niki, in Arbeitshose und fleckigem Pullover, rieb sich die Augen und gähnte verstohlen. In der letzten Nacht hatte sie so gut wie nicht geschlafen.

Jean war mit der Montage seiner Regenrinne beschäftigt. »Manchmal wird es knapp, aber es klappt immer. Du wirst schon sehen.«

Die letzte Woche war mit der Vorbereitung einer Reihe von *Tirs* wie im Fluge vergangen. Ein Schießbild wollte Niki am Tag der Eröffnung selbst vollenden, die anderen sollten die Besucher im Laufe der Ausstellung fertigstellen. Das deckenhohe *Tir*, das im Zentrum der Ausstellung stehen sollte, war schon an der Wand platziert.

»Was meinst du, ist es gut genug?« Es war so groß, dass Niki ihren Kopf in den Nacken legen musste, um es als Ganzes betrachteten zu können.

Die Bildfläche zeigte einen Kotflügel, ein Waschbecken, Plastikgeschirr, einen Vogelkäfig und andere Fundstücke, über die malerisch Farbe tropfte.

»Hör auf, an dir zu zweifeln und mach lieber weiter«, knurrte Jean, der auf dem Boden kniete. »Der Schießstand muss fertig werden.«

Niki griff nach einem Brett und einem Hammer, legte sich eine Reihe von Nägeln zurecht und begann zu bauen. Was, wenn sie es nicht schafften? Sie legte einen Zahn zu und hämmerte ihre

Bretter mit einer Geschwindigkeit zusammen, die sie selbst erstaunte.

In diesem Moment sprang die Tür auf. »Mama!« Laura stürmte herein, Philip im Schlepptau. Hinter ihnen schob Harry seine große Gestalt in den Raum und sah sich um.

»Da seid ihr ja, wie schön!« Niki stand auf und zog ihre Kinder in die Arme. »Hallo, Harry.«

»Du siehst aus, als könntest du Hilfe gebrauchen.« Harry legte sein Sakko über einen Stuhl und krempelte sich die Ärmel hoch.

Philip klatschte in die Hände. »Jetzt sind wir ja da, Mama.«

»Wir rocken das schon«, rief Laura.

Niki blickte zweifelnd auf ihre Kinder, die begeistert auf- und absprangen. Was, wenn sie sich gegenseitig mit dem Hammer auf den Kopf schlugen oder in die Gipswanne stolperten? Dann aber atmete sie tief durch und nahm sich vor, Vertrauen zu haben.

»Also gut.« Sie verwies Harry an Jean und zeigte Laura und Philip, wie man Farbe in kleine Beutel füllte. Kurz darauf schleppte Harry zwei Säcke in Richtung des Schießstands. Die Kinder stritten sich, wer die Beutel verschließen durfte, und Jean rührte den Gips für die restlichen *Tirs* an. So arbeiteten sie konzentriert, bis alles fertig war.

»Uff, der nächste Schritt wäre geschafft.« Niki stemmte sich auf die Füße.

»Bei so tollen Helfern ist das ja auch kein Problem.« Jeannine de Goldschmidt trat ein und legte ihr den Arm um die Schultern. Sie trug bereits einen engen Rock, eine Perlenkette und hochhackige Schuhe. Niki war dankbar, dass ihre Galeristin angesichts des geplanten Frontalangriffs auf ihre Räumlichkeiten Ruhe bewahrte.

»Und du bist dir wirklich sicher?«

Jeannine lachte. »Ja, die Besucher dürfen schießen und sich dabei vorstellen, was oder wen immer sie wollen. Und wenn es die moderne Kunst an sich ist, die sie auf den Mond schießen wollen.«

Auch wenn Jeannine angesichts des zu erwartenden Farbenregens gelassen blieb, flatterten Nikis Nerven wie zu den schlimmsten Zeiten ihrer Schilddrüsenüberfunktion. Nervös schaute sie auf ihre Uhr.

»Was sagt man da? Hals und Beinbruch?«, kam es von Harry.

»Es kann nur noch schiefgehen.« Sie pustete sich eine Ponysträhne aus der Stirn. »Aber jetzt muss ich mich wirklich umziehen.«

»Tief durchatmen«, empfahl Harry ihr.

In diesem Moment sprang die Tür auf. »Ist das hier die Ausstellung, in der man schießen darf?« Ein älterer Herr trat über die Schwelle und blickte sich begierig um. Seine bebrillten Augen blieben an Nikis nagelneuer Flinte hängen. »Später«, beeilte sie sich zu sagen und nahm das Schießeisen sicherheitshalber an sich. »Wir haben noch geschlossen.«

»Ich gedulde mich so lange. Wenn auch ungern.« Der Fremde rieb sich die Hände und blieb im Raum, während Harry ihm Gipsstaub auf die polierten Schuhe fegte. Niki verschwand im Hinterzimmer, um sich das neue karierte Kleid anzuziehen, das sie sich für die Vernissage geleistet hatte. Très chic, obwohl es sie ein bisschen wie ein Schulmädchen wirken ließ.

Als sie zurück in die Ausstellung kam, stand der ältere Herr noch immer da und drehte erwartungsvoll Däumchen.

Laura war damit beschäftigt, Champagner in Gläser zu füllen. »Der nervt«, zischte sie. »Er fragt ungefähr alle drei Minuten, wann es endlich losgeht.«

Leute, die wie die Geier auf die Schießaktion warteten, konnte auch Niki nicht gebrauchen. Sie wollte den Mann gerade zurechtweisen, als Jean auf sie zutrat. »Sei bitte vorsichtig mit ihm.«

»Ich werde ihn schon nicht rauswerfen. Aber er hat schon was Penetrantes an sich, oder nicht?«

»Weißt du denn nicht, wer das ist?«, flüsterte Jean ihr zu.

Niki runzelte die Stirn.

»Das ist Jean Fautrier.«

Niki war sprachlos. Der übereifrige Besucher entpuppte sich als Altmeister des Informel. In Frankreich war er eine anerkannte Koryphäe der Nachkriegskunst.

Jean grinste. »Da bist du baff, oder? Also spring über deinen Schatten.«

Während sich die Räume nach und nach mit Freunden und Weggefährten füllten, begrüßte Niki respektvoll den berühmten Künstler, und versicherte ihm, wie sehr sie seine abstrakten Werke in den Galerien an der Rive Gauche vor Jahren bewundert hatte.

Bob Rauschenberg und Jasper Johns brachten außer Leo Castelli noch einen weiteren Amerikaner mit: den jungen Künstler Frank Stella, der im Jahr zuvor mit seinen Black Paintings in Castellis New Yorker Galerie für Furore gesorgt hatte.

Schließlich war die Galerie so voll, dass kaum noch ein Durchkommen war.

»Ein großer Erfolg«, raunte Jeannine Niki zu, ganz die charmante Gastgeberin wie immer.

Niki kam kaum dazu, ihr Glas zu leeren, so viele Leute wollten sie in ein Gespräch verwickeln. Indes machte die Champagnerlaune die Gäste übermütig. Sie brannten darauf, selbst zu schießen.

Jean Fautrier, dem sie das Recht auf den ersten Schuss eingeräumt hatte, wollte die Rifle gar nicht wieder aus der Hand legen. Als der nächste Schütze an der Reihe war, konnte er es nicht lassen, ihn zu belehren.

»Ziel auf die Mitte!«, rief er aufgeregt. Es knallte, als rote, gelbe und blaue Farbe durch den Raum spritzte und Wände und Besucher gleichermaßen bekleckste. Jeannine nahm das elegante Tropfenmuster gelassen. Niki fand, dass sie Galgenhumor bewies. Dennoch könnte die Vernissage nicht besser laufen.

Als Bob Rauschenberg dann sogar noch eines ihrer Bild kaufte, war sie rundum zufrieden. Beschwingt ließ sie den Abend mit Jasper Johns und Daniel Spoerri vor der Tür ausklingen, bevor sie ins La Coupole essen gingen, zusammen mit Jean Fautrier, der sich einfach nicht abschütteln ließ.

Die Ausstellung verbuchte einen Besucherrekord und zog ein weltweites Presseecho nach sich, das sogar die Reaktion auf Nikis erste Schießaktionen in den Schatten stellte. Manche Pressevertreter schafften es, sie gründlich misszuverstehen, aber Furore erregte sie immer.

»Ob du dir damit einen Gefallen getan hast?«, fragte Jean grinsend. Sie saßen beim Frühstück in ihrer Küche in der Impasse Ronsin. »Sieh mal da.« Er reichte ihr eine Zeitung. »Gräfin Niki malt mit dem Karabiner«, übersetzte er den Titel aus dem Deutschen.

Niki schüttelte den Kopf. »Ich kann das alles kaum glauben.« Der Bericht würdigte sie als Frau in der Männerdomäne der Kunst und hob die Reaktion ihres Vaters hervor, der als Bankier und Mitglied des exklusivsten Pariser Jockeyclubs außerordentlich schockiert von ihrer Schießprügelaktion und ihrer skandalösen Verirrung gewesen sei.

»Hoffentlich«, murmelte sie rachsüchtig.

Der Name De Saint Phalle weckte Assoziationen und öffnete ihr den Weg, machte sie aber auch zum Spielball der Kritik. Manche sahen die Femme fatale in ihr, in Italien verstieg man sich sogar dazu, sie einen »männermordenden Vampir« zu nennen.

In der Schweiz inszenierte man sie dagegen als überzeugte Frauenrechtlerin, was viel zu einschichtig war, denn Niki wollte auf das männliche Pendant als Gegenkraft auf keinen Fall verzichten.

In Amerika leistete sie sich in einem Fernsehinterview den größten Fauxpas, als sie auf die Frage nach dem Sinn und Zweck ihrer Schießaktionen antwortete, Krieg zu führen sei zweifellos besser, aber sie könne nur auf Bilder schießen. Der handfeste Skandal, den das Interview nach sich zog, traf sie unvorbereitet. Sie wurde als Terroristin der Kunst gefürchtet und gefeiert.

Wie auch immer. Sie war froh, dass sie mit den *Tirs* ein Ventil für ihre innere Gewalt gefunden hatte.

»Ich war ein wildes Unkraut«, sagte sie zu Jean. »Ich weiß nicht, was geschehen würde, wenn ich mich nicht auf diese Weise abreagieren könnte.«

Jean versteckte ein Grinsen hinter seiner Zeitung, während Niki das Gesicht verzog. »Wie kannst du dich darüber amüsieren? Ich bin eine vestalische Jungfrau, die ihre eigenen Bilder massakriert.«

»Solange du mich verschonst«, kommentierte er.

Die Presse ließ in ihren Bemühungen nicht nach, Niki neue Namen zu geben. Auch wenn sie es noch so zähneknirschend registrierte, es stand den Kunstkritikern frei, sie als Göttin, Hure, Heldin oder Mata Hari der Kunst zu feiern oder zu verurteilen.

Aber das war nicht alles. Ihre Schießbilder waren stilbildend. Aus der Zerstörung des Althergebrachten entstand ein neues Kunstwerk. Das war Pop, das war Beat, eine Revolte gegen eine Kunst, die angesichts der Gräuel des Krieges in Kontemplation und Innerlichkeit erstarrt war. Niki aber versank beim Schießen so in ihrem Rausch aus Zorn und Ekstase, dass sie dabei ganz vergaß, krank zu werden. Ihre lästige Empfindlichkeit war wie weggeblasen.

Kapitel 28

Die Arena in Figueiras quoll über von jubelnden Zuschauern, die hitzig auf die Ankunft der Stiere warteten. Niki stand an der Treppe zwischen den Tribünen und blickte sich suchend um. Wo steckten sie nur? Und wie sollte sie sie in der Menschenmenge finden? Es roch nach Zigarettenrauch, dem Schweiß von Mensch und Tier, Mist und Parfüm.

»Niki!« Eine elegante Dame in der ersten Reihe schwenkte ihre Sonnenbrille.

Niki drängte sich durch und nahm erleichtert neben ihr Platz. Ihr zur Seite saß ein älterer Herr mit einem schmalen Gesicht und einer Raubvogelnase. Es handelte sich um Teeny und Marcel Duchamp.

Teeny, im geblümten Sommerkleid, legte ihr eine Hand auf den Arm. »Seid ihr fertig?«

»Oh ja, und es wird gut.« Niki strich sich erschöpft über die Stirn. Bis vor einigen Minuten hatte sie Jean bei der Vollendung ihrer Hommage zu Ehren Salvador Dalís assistiert und brannte nun vor Aufregung, wie die Aktion beim Altmeister ankommen würde.

»Dalí wird staunen«, prophezeite Marcel Duchamp.

»Abwarten.«

Niki war sich dessen nicht sicher, denn Dalí galt nicht nur als Eigenbrötler, sondern war in künstlerischen Fragen äußerst konservativ. Er saß einige Plätze entfernt neben seiner schönen Frau

Gala und zwirbelte erwartungsvoll seinen blauschwarzen, bleistiftdünnen Schnurrbart.

Und da, hatte er sich etwa vorgebeugt und Niki zugenickt? Sie errötete.

»Wird schon klappen«, sagte Teeny. »Außerdem hat er euch eingeladen.«

Das stimmte. Sie hatten Dalí durch das Ehepaar Duchamp kennengelernt, das sie zufällig in ihrem Urlaub an der Côte d'Azur getroffen hatten. Die Duchamps hatten auf einer Bank an der Promenade des Anglais gesessen und sie angesprochen, als sie dort zufällig vorbeigekommen waren.

Für Jean Tinguely war es ein Wiedersehen mit einem seiner geschätzten Vorbilder gewesen. Für Niki eine große Überraschung, denn Marcel Duchamp, der geniale Schachmeister, Erfinder des Readymades und Vordenker des Dadaismus, hatte Teeny Matisse nach deren Scheidung geheiratet, die Mutter ihrer alten Schulfreundin Jackie. Niki erfuhr, dass Jackie ebenfalls verheiratet war. Brearley und ihre gemeinsamen Schandtaten ließen grüßen.

In Cadaqués, am nordöstlichsten Zipfel Kataloniens, hatten die Duchamps ihnen dann einige Tage später Salvador Dalí und seine Gattin Gala vorgestellt. Niki und Jean fühlten sich hochgeehrt, als der Meister der zerlaufenden Taschenuhren und brennenden Giraffen ihnen erlaubt hatte, beim Stierkampf ein Spektakel zu seinen Ehren zu organisieren. Und genau das taten sie jetzt.

»Ist Dalí nicht der, der gesagt hat, eine Skulptur dürfe sich nicht bewegen, damit er sie ernst nehmen kann?«, fragte Niki.

»Dann wird er heute eines Besseren belehrt«, erwiderte Duchamp selbstbewusst und wandte sich wieder der Arena zu. Niki schätzte ihn als einen der klügsten und reflektiertesten Künstler, die sie je kennengelernt hatte.

In diesem Moment stürmten die ersten Stiere herein, gefolgt von Toreros auf Pferden, die sie gnadenlos jagten. Sie hielt den Atem an. Blut tropfte in den Sand, als die Speere die Flanke des ersten trafen, und das Publikum zeigte seine Begeisterung durch kollektiven Jubel.

»Olé«, sagte Teeny matt. Sie war sehr blass. »Warum stellt hier niemand die Frage, warum die Stiere gegen die Mordlust dieser Bande keine Chance haben?«

»So ist nun einmal die Tradition«, kommentierte Duchamp.

»Das sollte man wirklich überdenken«, sagte Niki. Ihr wurde schlecht von dem Geruch nach Blut, der sich schwer auf ihre Atemwege legte.

Sieben Stiere ließen in der Arena ihr Leben, bevor das von Jean und ihr gebaute Monstrum hereingezogen wurde. Es maß 2 Meter 80 in der Höhe und ähnelte, obschon aus Gips und Papier, seinem realen Vorbild in zufriedenstellendem Maße.

Niki hielt den Atem an. Kaum hatte der Stier seinen Platz als Herrscher der Arena bezogen, explodierte er in einer Kaskade aus Licht, Lärm und Feuer. Toro del Fuego, der Feuerstier, hatte seine Schuldigkeit getan.

Dalí stand auf, verneigte sich zunächst vor Niki und dann vor Jean, der an der Bande stand, und applaudierte mit einem betont langsamen Klatschen. Dann brach der Applaus los. Das Publikum johlte, tobte und verlieh seiner Begeisterung durch vielstimmiges Fußgetrampel Ausdruck.

Spätabends feierten sie ihren Erfolg in einem Restaurant in Figueiras, das direkt vor der glatten schwarzen Fläche des Meeres lag. Dalí hatte Platten mit Paella und Hummer bestellt. Niki, die erst jetzt bemerkte, wie hungrig sie war, griff bei dem safranduftenden Reisgericht mit Hühnerfleisch und Meeresfrüchten reichlich zu. »Essen Sie, essen Sie!«, forderte Dalí sie auf, und sein Schnurrbart sträubte sich. »Das ist die beste Paella in ganz Figueiras.«

»*Gracias.*« Niki hatte noch immer eine gewisse Scheu vor ihm. Die lackschwarzen Haare, der gezwirbelte Schnurrbart. Sein exzentrischer Charakter war ihr gleichzeitig fremd und vertraut. Er wagte es, seine Obsessionen auszuleben, und war darin ihr heimliches Vorbild.

»Mein Kompliment.« Er neigte den Kopf. »Meine Liebe zu Gala ist mein heiliges Feuer, aber Sie beide kamen dem schon recht nahe. Der Stier, der auf dem Altar der Kunst geopfert wird.«

Jean nahm das Lob mit einem Kopfnicken entgegen.

»Könntest du mir eine Frage beantworten, Tinguely?«, fragte Duchamp. »Warum ist so viel Gewalt in deinem Werk und in Nikis ebenso?«

»Ja«, ergänzte Teeny. »Immer so viel Zerstörung. Als sei die herumspritzende Farbe Blut.«

»Das ist sie auch«, antwortete Jean. »Stellvertretend. Die Zeit der Kontemplation in der Kunst ist vorbei.«

»Denkst du an das Informel?«, fragte Niki.

Jean nickte. »Zum Beispiel. Die Kunst hat sich nach dem Weltkrieg nach innen gewandt. Wir jungen Künstler suchen eine Utopie und setzen unsere Akte der Zerstörung gegen die Sinnlosigkeit dieses Wunsches.«

Zur Freude der Gäste trugen die Kellner in diesem Moment die Platten mit dem frischen, pfirsichfarbenen Hummer auf.

»Endlich.« Marcel Duchamp ließ sich vorlegen. »Und Niki, was meinst du? Ist der Mensch von Natur aus gut oder böse?«

Sie erwarteten doch wohl nicht allen Ernstes eine philosophische Antwort von ihr? Also gut, sie sollten sie bekommen. Sie ließ die Gabel einen Moment lang in der Luft schweben. Ihre Augen glitten über goldgelben Reis, Hähnchenfleisch und pinkfarbene Garnelen. »Ich glaube nicht an die Theorie Jean-Jacques Rousseaus, wonach der Mensch von Natur aus gut ist und erst die Gesellschaft ihn korrumpiert.«

»Warum nicht?«, fragte Gala lächelnd. Niki fand Dalís geheimnisvolle Muse rundum faszinierend. Sie hatte nicht nur den Maler, sondern auch ihren ersten Ehemann Paul Éluard und Max Ernst bezaubert und zu ihren Werken inspiriert. Damit werde ich mich nicht begnügen, dachte Niki. Ich werde meine Kunst selbst schaffen.

»Weil wir die Gesellschaft bilden«, antwortete sie. »Wir alle sind verantwortlich für das, was geschieht. Sie, ich, die ganze Welt. Darum können wir uns nicht mit irgendwelchem Geschwafel aus der Verantwortung stehlen. Gut sind wir erst, wenn es dem Ganzen gut geht und jeder seinen Teil dazu beiträgt.«

Und diese Welt war aus den Fugen geraten. Es war keine Frage, dass Niki und Jean sich politisch engagieren mussten. Der Frieden zwischen den Großmächten war brüchig. Paris hallte von den Demonstrationen gegen den Algerienkrieg wider. Über allem lag die Drohung der Atombombe, mit der so mancher Machthaber das Leben auf der Erde mit einem Fingerschnipsen auslöschen könnte.

Niki und Jean antworteten mit ihren Mitteln auf die Gefahr. Sie probten den Weltuntergang bei der Vernissage zur letzten Station der Ausstellung »Bewogen Beweging« im Louisiana Museum unter dem Titel »Study for an end of the world No. 1«.

Der 22. September 1961 war ein kühler Herbsttag. Die Ostsee vor Kopenhagen kräuselte sich unter dem frischen Wind. Niki, in Arbeitshose, gestreiftem T-Shirt und Kopftuch, legte letzte Hand an ihre Skulptur und beobachtete, wie sich der Park des Museums nach und nach mit Besuchern füllte. Auch die Presse wollte sich das Spektakel nicht entgehen lassen. Kameras und Stative wurden aufgebaut, während sich eine Horde von Journalisten mit Blocks und Mikrophonen am Rand versammelte. Gut so, dachte Niki. Sie beabsichtigten, Furore zu machen.

»Bist du so weit?« Jean kam auf sie zu, gefolgt von Spoerri, der ihnen assistiert hatte. Beide hatten rote Wangen vor Aufregung.

Niki erhob sich. »Ich bin gerade fertig geworden.«

Sie hatten fünf bis zu acht Meter hohe Objekte vorbereitet und mit Sprengsätzen ausgestattet. Nikis Skulptur bestand aus einem Unterbau aus zwei Holzpferden, über dem ein Nähmaschinengestell montiert war, von dem aus sich einige Stangen und Aufbauten in die Höhe schraubten. Der Clou aber war die Kiste mit der lebendigen, weißen Taube, die bei der Explosion wegfliegen sollte. Die Friedenstaube war Nikis Augapfel.

Sie versteckten sich hinter einem Baum und verfolgten gespannt, wie sich die Wiese mit Zuschauern füllte. Dann wurde es still. Auf das Nicken des Museumsdirektors Knud Jensen hin drückte Jean auf den Schalter, und die Skulpturen explodierten in einem Inferno aus Lärm, Rauch und Feuer. Nikis Werk hatten sie mit Absicht nur leicht aus dem Gleichgewicht gebracht. Die Holzpferde gerieten ins Schaukeln, und ein Hampelmann flog in die Luft, der den russischen Astronauten Jurij Gagarin symbolisieren sollte, den ersten Menschen im Weltall. Nur die Taube rührte sich nicht.

»Sie fliegt nicht«, bemerkte Niki gestresst. Und dabei hatten sie so aufgepasst, dass ihr nichts passierte.

»Himmel, dieser Scheißvogel!« Spoerri sprintete los, gefolgt von den Journalisten, die sich ein Wettrennen mit ihm lieferten. Niki beobachtete, wie Spoerri als Erster bei den Resten ihrer Skulptur ankam und etwas in hohem Bogen ins Gebüsch warf. Dann kehrte er zurück. »Was ist los?«, fragte Niki.

»Die verflixte Taube ist tot.«

Sie schlug erschrocken die Hand vor den Mund. Sie waren sich so sicher gewesen, dass sie den Vogel nicht in Gefahr brachten.

»Nie wieder ein lebendiges Tier in einem meiner Kunstwerke«, kündigte Jean düster an.

Trotz des Opfertods der Friedenstaube feierten sie den Erfolg ihrer Ausstellung ausgelassen bis tief in die Nacht. Niki zog sich um 2 Uhr zurück und ging erschöpft zu Bett. Sie fiel sofort in einen tiefen Schlaf und erwachte erst, als jemand wie wild an die Tür klopfte. »Wer ist da?« Sie setzte sich verschlafen auf und zog die Beine an. »Herein.«

Die Tür sprang auf, und Jean und Spoerri standen vor ihr wie zwei Lausejungen, die man bei einem Streich ertappt hatte.

Niki unterdrückte ein Gähnen. »Habt ihr noch lange gefeiert?«

Sie drucksten herum. »Er hat noch echtes Fracksausen gekriegt, der Knud Jensen«, berichtete Jean dann. »Er stürmte um 4 Uhr in den Saal mit der Nachricht, dass eine Boulevardzeitung die tote Taube als Aufhänger für eine Titelgeschichte nehmen will.«

»Auweia.«

»Wir haben sie gesucht, eingesammelt und Jensen in Silberpapier gewickelt in den Kühlschrank gelegt«, fügte Spoerri hinzu.

Niki verdrehte die Augen. Jean Tinguely und Daniel Spoerri waren mit allen Wassern gewaschen, das stand außer Zweifel.

»Aber das hier konnten wir nicht verhindern.« Jean pfefferte eine Zeitung aufs Bett. Die Schlagzeile stach Niki sofort ins Auge. »Sadistischer Künstler tötet Taube im Louisiana-Museum«, las sie langsam. »Und damit meinen sie dich.«

»Das wird ein riesiger Skandal«, kommentierte Spoerri. »Und das in diesem friedliebenden Kopenhagen. Der Tierschutzverein wird uns aufs Dach steigen.«

»Was machen wir jetzt?«, fragte Niki.

»Abhauen«, schlug Jean vor. Und das taten sie, obwohl sich bei der Obduktion der Taube herausstellte, dass sie an Herzversagen gestorben war.

Skandale wie diese konnten Nikis Siegeszug rund um die Welt nicht aufhalten, im Gegenteil. Im Sommer 1961 wirkte sie bei mehreren Ausstellungen der Neorealisten mit, unter anderem in Köln und Nizza. Im Oktober zeigte sie ihre Werke in der Gruppenausstellung »Assemblage« im Museum of Modern Art in New York.

Kapitel 29

Als Niki an diesem Sommermorgen auf ihrem Matratzenlager im Atelierhaus in der Impasse Ronsin erwachte, wirkte das Licht, das durch das milchige Dachfenster drang, wie zerstäubt. Feenlicht. Jean lag neben ihr auf dem Bauch und schlief. Sachte ließ sie ihre Hand über seine Schultern und Arme gleiten, gebräunte Haut, ausgeprägte Muskeln, schwarze glänzende Haare. Er war so schön. Jean, dieses Energiebündel, das immer arbeitete, Pläne schmiedete und strotzend vor Ideen von Land zu Land jettete, schlief friedlich wie ein Kind. Ausnahmsweise. Niki dachte nicht daran, ihn zu stören. Stattdessen rollte sie sich aus dem Bett, streifte Shirt und Hose über und wollte gerade die Treppe hinabsteigen, als sie ihn vor sich hinmurmeln hörte. Sie wandte sich um.

»Was ist, mon amour?«

»Nikita, mon chef tigre«, raunte er, legte sich auf die andere Seite und schlief selig weiter. Niki lächelte. Sie liebten sich, aber sie standen auch in Wettstreit miteinander, forderten sich gegenseitig heraus und trieben sich bei der Arbeit zu Höchstleistungen an. Wenn sie nicht gemeinsam an einem Projekt arbeiteten, schrieben sie sich Briefe mit kleinen Zeichnungen und Texten, in denen Nikis Drache und andere Wesen ihrer inneren Menagerie lebendig wurden. Oft begegneten sie einander im Traum. Wie nur hatte sie dieses Glück verdient?

Sie stieg ins Atelier hinab, wo ihre neuesten Werke in Arbeit waren. An der Wand hing »Notre Dame«, eine Assemblage, die die Front der Pariser Kathedrale zum Vorbild nahm. Niki würde sie heute als *Tir* vorbereiten. Aber jetzt noch nicht.

Sie trat auf die Gasse hinaus. Weiße Wolken trieben über den blauen Himmel. Irgendwo krähte ein Hahn. Es war einer jener Tage, an denen die Impasse Ronsin mit ihrem wuchernden Grün, den Bretterverschlägen und baufälligen Fassaden wie aus der Welt gefallen wirkte. Ein Stück Provence, das sich nach Paris verirrt hatte und den Abgasen seinen Duft nach blühendem Geißblatt entgegensetzte.

Niki zog gerade an ihrer Zigarette, als sich von rechts eine junge Frau mit einem Korb über dem Arm näherte. Sie hatte schulterlange, blonde Haare, trug einen wallenden Rock und lief barfuß über Schotter und Unkraut. Ein Engel, Pomona oder die Venus aus Botticellis »Primavera«, die ihnen die Ehre gab. Der Eindruck verstärkte sich, als Niki sah, dass sie auf dem Kopf einen Blumenkranz trug. Wenn sie in ihren Korb greift, wird sie Knochen und Blüten auf den Weg werfen, und sie werden keimen. Niki hielt den Atem an. Sie fürchtete, die Erscheinung durch ihren nächsten Atemzug zu vertreiben.

»Weißt du, dass du aussiehst, als hätte Botticelli dich gemalt?«, fragte sie leise. »Du bist seine irdische Venus.«

Die Fremde sah sie verständnislos an, woraufhin Niki ihre Bemerkung auf Englisch wiederholte, und endlich zauberte sie ein Lächeln ins Gesicht der Göttin. »Ich bin Clarice Rivers. Mein Mann Larry und ich sind gestern hier eingezogen. Wir kommen aus den Staaten.«

Niki freute sich über den Neuzugang aus ihrer alten Heimat. »Nicht zufällig aus New York?«

»Doch.« Die junge Frau lächelte. »Ich bin zwar ursprünglich Waliserin, aber New York war meine letzte Station. Komm doch mit. Dann stelle ich dir Larry vor, und wir können plaudern. Wir wohnen gleich nebenan.«

Sie ging voran und hielt Niki die Tür auf. Clarice und Larry Rivers hatten eines der heruntergekommensten Atelierhäuser der Nachbarschaft bezogen. Niki stieg über Umzugskisten und Farbeimer hinweg und begrüßte den Mann, der ihr aus dem Chaos entgegentrat. »Mein Name ist Niki.«

Larry Rivers, um einiges älter als Clarice, mit schwarzer Tolle und scharfer Nase, begrüßte sie mit Handschlag und stockte. »Du bist die Künstlerin mit den Schießbildern?«, fragte er überrascht. »Clarice. Niki hat die Kunstwelt erschüttert, zusammen mit diesem …?«

»Tinguely.«

»Wow«, sagte Larry beeindruckt. »Ihr seid die Zerstörer der Kunst. Die ganze Welt spricht von euch.«

Niki errötete. »Nur keine Ehrfurcht. Wir sind so normal, wie wir nur sein könnten. Jeannot schnarcht nebenan.«

»Wirklich?« Clarice lächelte. »Ich setze Kaffee auf.«

Während sie auf einem provisorischen Tisch frühstückten, erfuhr Niki einiges über ihre neuen Nachbarn. Bevor Larry sich als Künstler der New York School einen Namen gemacht hatte, war er Jazzmusiker gewesen. Er hatte die junge Lehrerin Clarice kennengelernt, als sie als Au-pair für seinen Sohn Steven tätig gewesen war. Beide waren brandneu in Paris und konnten so gut wie kein Französisch. Blöcke mit Vokabellisten lagen auf den Umzugskisten herum, und ihre Aussprache war grauslich. Aber sie versicherten ihr, dass sie ganz erpicht darauf waren, es zu lernen.

»Es ist schön hier. Die romantische Umgebung, die Seine, die Cafés, die Bouquinisten«, schwärmte Clarice.

»Die Stadt der Katzen und der Liebe.« Niki verzichtete darauf, sie vor den eisigen Wintern in der Impasse Ronsin zu warnen.

Nach dem Kaffee betrachtete sie Larrys Bilder. Auf einer Staffelei stand ein Porträt von Clarice. Er war ein präziser Zeichner und hatte ihre Eigenarten genau erfasst, obwohl er sich eigenwillig auf nur ein einziges Auge beschränkt hatte. »Clarice with a blue eye«, titelte er.

»Er findet, ich sehe mit nur einem Auge besser aus«, sagte Clarice.

»Du arbeitest gegenständlich«, stellte Niki fest. »Dabei hat es ja fast etwas Surrealistisches.«

Larry zuckte mit den Schultern. »Clarice ist mein liebstes Modell.«

Niki betrachtete die junge Waliserin mit dem großflächigen Gesicht und den schulterlangen, blonden Haaren. Ihre ruhige Schönheit war die ideale Projektionsfläche für Träume. »Das verstehe ich.«

Von diesem Tag an verbrachte sie viel Zeit mit den Rivers, die ihr begeistert von neuen künstlerischen Strömungen in den USA erzählten. »Es gibt eine weitere Gegenbewegung zum abstrakten Expressionismus, noch radikaler als die Kunst von Bob Rauschenberg und Jasper Johns«, meinte Larry. »Andy Warhol, Roy Lichtenstein und die anderen Künstler der Pop-Art. Sie kritisieren den Kommerz und feiern ihn gleichzeitig. Sagen dir die Namen was?«

»Nicht genau«, erklärte Niki. »Aber sie haben ähnliche Grundgedanken wie wir Neorealisten und die ZERO-Bewegung in Deutschland und Italien.«

Larry runzelte die Stirn. »Sie stellen alle das Triviale dar und reagieren auf die Konsumgesellschaft mit Faszination und Abscheu. Abstrakt arbeitet keiner mehr. Und ich sag dir was, Niki. Pop-Art wird in den Staaten explodieren wie eine Bombe.«

Niki grinste. »Für Bomben sind wir zuständig. Nächstes Jahr werden wir in Los Angeles ausstellen, mit einer Schießaktion von mir und Jeans großer Explosion in der Wüste.«

»Wirklich?« Clarice trug die Suppe auf.

Bei dem vorzüglichen Essen und den anregenden Gesprächen vergaß Niki die Zeit. Sie saßen gerade beim Dessert, als es so laut knallte, dass Clarice sich verschluckte und Larry ihr den Rücken klopfen musste. »Was war das denn?«, fragte er alarmiert. »Ein Banküberfall mit Polizeieinsatz?«

»In der Impasse gibt es nichts zu holen.« Niki stand auf. »Ich fürchte, Jean hat soeben mithilfe unseres Schießeisens seine Ansprüche auf mich kundgetan. Dabei kocht er selbst die beste Bouillabaisse der Welt.«

Sie verabschiedete sich und eilte nach Hause. Jean stand mit der rauchenden Flinte in der Hand vor ihrer Tür und sah sehr zufrieden aus.

»Bist du vollkommen übergeschnappt?«, rief sie aufgebracht. »Du Chauvi!«

In Jeans Gesicht schlich sich ein mutwilliges Grinsen. »Ich habe auf dich gewartet, weil ich dich bei mir brauche, Nikita.« Von seiner eigenen Unwiderstehlichkeit überzeugt, zog er sie in die Arme. »Wo hast du gesteckt?«

Niki legte ihren Kopf an seine Stirn. »Bei unseren neuen Nachbarn. Ich allein bestimme, wo ich meine Zeit verbringe.«

»Du sollst bei mir sein und nicht bei fremden Leuten.«

Er ist eifersüchtig, dachte Niki mit einem befremdlichen Gefühl von Triumph. »Aber ganz gewiss nicht rund um die Uhr.«

Jean ließ seine Muskeln spielen und fuhr ihr mit einer Hand sanft den Rücken hinab. »Da sei dir mal nicht so sicher.«

Nikis Trotz war geweckt. Am nächsten Tag saß sie wieder mit Larry und Clarice zusammen und vergaß die Zeit absichtlich. »Mal schauen, ob er wieder unsere Munition verschwendet.« Gespannt wartete sie auf Jeans Schuss, der wie verabredet kam. »Er muss dich wirklich lieben«, sagte Larry.

So ging es eine Weile hin und her. Eines Tages hatten sie gerade rund um den Tisch Platz genommen, als ein enormer Donnerschlag die Wände erbeben ließ. Niki fiel fast vom Stuhl, während sich hinter ihr in einer Staubwolke einige Ziegelsteine aus der Wand lösten und zu Boden polterten. Niki sprang zornentbrannt auf. »Jetzt bist du zu weit gegangen, Tinguely!«

»Was war das?« Clarice war kreidebleich geworden, und Larry putzte sich mit gespielter Gelassenheit ein paar Putzbröckchen von den Schultern.

Gefolgt von den beiden lief Niki nach Hause. »Was hast du getan, Jean? Uns ist fast das Herz stehen geblieben.« Sie war ganz außer Atem, und vor Schreck zitterten ihr die Hände.

»Sieh mal, da.« Jean stand stolz neben der kleinen Kanone, die er eben abgefeuert hatte, und konnte sich sein Lausbubengrinsen nicht verkneifen. Quer über seine Wange verlief ein dekorativer Rußstreifen. »Fandet ihr das zu laut? Das war nur zur Probe.« Seine Augen glitten zu Larry, der den Arm um Clarice gelegt hatte. »Und wie heißt ihr überhaupt, wenn ihr euch schon erdreistet, mir Niki abspenstig zu machen?«

Nachdem Niki die neuen Nachbarn vorgestellt hatte, ließ sich

Jean herab, ihnen zu erklären, dass die Kanone für ihre Aktion in den Staaten im Frühjahr nächsten Jahres bestimmt war.

Dieser Tag markierte den Beginn einer wunderbaren Freundschaft zu viert. Larry Rivers, der Älteste unter ihnen, entpuppte sich als mindestens ebenso unruhiger Geist wie Jean Tinguely und harmonierte perfekt mit ihm. Bevor er sich der Kunst verschrieben hatte, hatte er in verschiedenen Bands Saxophon gespielt. Clarice war seine zweite Frau. Mit der ersten hatte er zwei Söhne. Es schien nicht seine Art zu sein, irgendwo haltzumachen. Gib gut auf dich acht, Clarice, dachte Niki. Aber ihre neue Freundin ließ sich nicht entmutigen. Sie wünschte sich eine eigene Familie und verwandelte ihre schäbige Bruchbude in der Impasse Ronsin nach und nach in ein Zuhause.

Im selben Herbst kündigte Nikis Mutter unerwartet ihren Besuch in Paris an. Um, wie sie sagte, Weihnachtsgeschenke einzukaufen und ihre weitverzweigte Familie wiederzusehen.

Mit gemischten Gefühlen reservierte Niki drei Plätze für ein Mittagessen in der stilvollen Brasserie La Coupole, dem Stammlokal der Künstler am Boulevard de Montparnasse. Sie erwartete ihre Mutter an einem der langen Tische. Jacqueline, in ihrem kurzen Nerzjäckchen, Pumps und dem kecken Hütchen auf dem ondulierten Haar, trat ein und sah sich suchend um.

Niki winkte. »Maman, hier bin ich.«

»Mein Schatz!«

Die Bisous auf Nikis Wangen fielen kühl wie immer aus. Nerzjacken konnten Schutzpanzer sein. Das wusste Niki, seit sie Mary Mathews kennengelernt hatte. Jacqueline ließ sich die ihre von einem Kellner abnehmen. Wie viele hitzige Diskussionen hatte Niki im La Coupole mit den Neorealisten und anderen Künstlern geführt? Einmal hatte sie sogar Alberto Giacometti absichtlich ein Bier auf den Pullover geschüttet. Und jetzt Maman. Auch wenn ihre Mutter nicht zur Bohème gehörte, wirkte sie im eleganten Art-déco-Ambiente des Lokals nicht fehl am Platz.

»Setz dich doch«, lud Niki sie ein.

»Was für ein unwirtliches Wetter.« Jacqueline rümpfte die Nase, bevor sie Niki prüfend musterte. »Gut siehst du aus. Und zugenommen hast du auch.«

Niki nickte. »Die Schilddrüsenoperation hat mir geholfen.«

»Und die Narbe?« Jacqueline beugte sich vor. »Lass mal sehen. Am besten, du lässt dir eine schöne Perlenkette schenken, die sie verdeckt.«

»Nicht der Rede wert.« Die einzige Spur der Operation war eine feine, weiße Linie in Nikis Halsgrube. Jacqueline inspizierte sie, nickte zufrieden und vertiefte sich in die Karte. »Ich lade dich natürlich ein.«

Sie winkte dem Kellner und bestellte Hummersuppe und Käsetoast sowie Champagner von Veuve Clicquot für sie beide. »Ich komme gerade von Harry und den Kindern. Er macht seine Sache sehr gut, das muss ich sagen. Auf jeden Fall gibt er sich große Mühe als alleinerziehender Vater, was ja an sich schon ein Ding der Unmöglichkeit ist. Du kannst dich freuen, dass du in Paris lebst und nicht in New York. Die Leute würden sich das Maul zerreißen über euer merkwürdiges Arrangement.«

Niki errötete und ärgerte sich im gleichen Moment über sich selbst. Ihr Schmerz und ihre Schuldgefühle gegenüber der Familie, die sie verlassen hatte, waren ihre dauerhaften Begleiter. Jacqueline ahnte das sicher. »Ich besuche sie oft. Sie kommen klar.«

Der Champagner kam. Sie prosteten sich zu und tranken von dem perlend süßen Getränk, das nach Luxus schmeckte.

Jacqueline beugte sich vertraulich vor. »Aber Niki, warum machst du es nicht wie alle Frauen? Warum bleibst du nicht bei deinem Mann und hältst dir deinen Liebhaber nebenbei?«

Niki hob den Kopf. »So wie du? Immer alles unter den Teppich kehren, damit es keinen Skandal gibt?« Das war kein Schuss ins Blaue. Niki wusste, dass ihre Mutter während ihrer Kindheit fremde Männer empfangen hatte, die gekommen und wieder gegangen waren wie Geister.

»Nun …« Jacqueline errötete.

»Bei Papas Eskapaden sei es dir gegönnt.«

In diesem Moment öffnete sich die Tür für Jean, der eintrat und sich suchend umsah.

»Ist er das?«, fragte Jacqueline entsetzt. Niki lächelte bestätigend. Kneif mich, dachte sie. Ich träume nicht. Dieser Traummann mit den glutvollen Augen, nach dem sich die weiblichen Gäste reihenweise umdrehten, gehörte zu ihr. Er sah sie und kam näher.

»Glaub ja nicht, dass ich mit dem Liebhaber meiner Tochter esse.« Jacqueline griff nach ihrer Handtasche.

»Aber sicher doch«, sagte Niki. »Oder wohin willst du so schnell verschwinden?«

Jean trat heran. Jacqueline konnte nicht verhindern, dass er den Kopf beugte und ihr die Hand küsste. »Madame de Saint Phalle.« Und dann lächelte er sein unwiderstehlichstes Lächeln.

Konsterniert sah Niki zu, wie ihre Mutter unter seiner geballten Charmeoffensive dahinschmolz wie eine Eisbombe in der Sonne, und Jean, dem Magier, auf der Stelle das Du anbot. *Wie machst du das nur, Jean, dass dir die Herzen reihenweise zufliegen?*

Das Essen kam, sie aßen, redeten und lachten über Jeans Späße. Er, der wie besessen arbeiten konnte, der manchmal ein Kindskopf war und manchmal ein Weiser, hatte das Talent, sie bestens zu unterhalten und ihre anspruchsvolle Mutter professionell zu umgarnen.

Jacquelines Vorbehalte waren wie weggeblasen. Sie reagierte mit Begeisterung auf seine harmlosen Flirtversuche. Nach dem Dessert lehnte sie sich zurück und wirkte sehr zufrieden. Man musste sie nur bestätigen, dann fraß sie einem aus der Hand, dachte Niki. »Und du bist wirklich der Künstler, der stockwerkshohe Kunstwerke baut, bloß um sie dann explodieren zu lassen?«, fragte Jacqueline.

»Nicht alle.«

Um Jeans Mund zuckte ein Lächeln, während sich Jacqueline ihrer Tochter zuwandte. »Aber Niki hält sich ja auch für eine große Künstlerin.«

»Aber das ist sie«, nahm Jean sie in Schutz. »Sie ist auf dem Wege, die beste Bildhauerin des Jahrhunderts zu werden.«

»Meine Niki?«, schnaubte Jacqueline. »Das möchte ich doch sehr bezweifeln.«

Niki stand auf. »Ich brauche frische Luft.«

Sie ging vor die Tür und zündete sich eine Zigarette an, erleichtert, dass sie Mamans Spielchen für den Moment entronnen war. Dunst lag über dem Boulevard Montparnasse. Die Autoscheinwerfer warfen lange Lichtstreifen auf den nassen Asphalt. Sie wusste nicht, was es war, die Abgase oder der Rauch ihrer Zigarette, aber ihre Atemwege setzten sich zu, so dass sie das Gefühl hatte zu ersticken. Auch das noch, dachte sie und zertrat die Kippe unter ihrem Absatz. Kurz darauf kamen Jean und Jacqueline aus dem Lokal.

»Jean hat mit Engelszungen auf mich eingeredet und gesagt, ich soll mir unbedingt deine Werke ansehen«, befand Jacqueline.

Niki funkelte ihn böse an. »Ich glaube nicht, dass das eine gute Idee ist.«

»Doch, doch, zeig mir nur, was du machst.«

Widerstrebend ging Niki ihr in die Impasse Ronsin voran. Wie erwartet schlug Jacqueline die Hände über ihrem Kopf zusammen, als sie zwischen den verfallenen Häusern hindurchliefen. »Und hier wohnst du?«, sagte sie. »Das ist ja eine Schutthalde.«

»Die Impasse Ronsin bietet uns den Raum, den wir brauchen.« Jean öffnete die Tür zu ihrem Atelier. »Hier ist alles möglich.« Sie traten ein. »Kalt hier.« Jacqueline rieb sich die Hände. »Pass auf, dass du dir nicht den Tod holst, Niki, du mit deinem Asthma und deinen sonstigen Beschwerden.«

Niki ignorierte sie. »Willst du nun sehen, woran ich arbeite?«

Sie sah, wie Jacqueline sich wappnete und ihr Pelzjäckchen enger um sich zog. »Also gut, zeig es mir.«

Während Jean in die Küche ging, um Tee aufzusetzen, zog Niki ihre Mutter zum Schießbild der Kathedrale Notre Dame, über das sich in Längsrichtung farbige Schlieren und Streifen zogen. »Sehr dekorativ, oder?«

Jacqueline schwieg und seufzte. »So habe ich dich nicht erzogen. Auch wenn du nicht zur ›Moralischen Aufrüstung‹ gestoßen bist, wie ich es gehofft hatte … Die Heilige Katholische Kirche besudelt man nicht. Das ist Blasphemie.«

Jean kam mit der Teekanne und drei Tassen, stellte das Tablett ab und legte Niki den Arm um die Schultern.

»Die Kirche ist nicht Gott«, wandte er ein. »Sie nimmt sich Dinge heraus, die Jesus nie gesagt oder getan hätte.«

»Sie ist eine Institution, die dazu dient, die Menschen gefügig zu machen«, ergänzte Niki. »Das solltest du eigentlich wissen, Maman.« Sie beschwor sich, keinen Streit anzufangen. Zum Glück konnte sie in der Nähe ihrer Kunstwerke wieder freier atmen. Sie erdeten sie.

Sie sah, wie ihre Mutter mit sich kämpfte und ihre Ressentiments überwand. »Zeig mir noch mehr! Nicht, dass du sagst, ich hätte es nicht versucht.«

»Respekt«, kommentierte Jean.

Jacqueline nahm seine Anerkennung nickend zur Kenntnis, ließ sich von Niki einige Schießbilder und von Jean eine Reihe seiner kinetischen Objekte zeigen und stellte ihnen anschließend überraschend durchdachte Fragen zu ihrer Arbeit. Bevor sie sich verabschiedete, zog sie Niki zur Seite. »Willst du es dir nicht doch noch einmal überlegen?«

»Was denn?«

»Das weißt du ganz genau.«

Aha, daher wehte der Wind. Elisabeth hatte auch schon versucht, Niki ins Gewissen zu reden. »Papa? Mit dem rede ich kein Wort mehr. Nie wieder.«

Ich habe keine Wahl. Sie würde sich verlieren, wenn sie ihrem Vater und dem Sumpf der Lügen und Halbwahrheiten noch eine Chance gäbe. Sie weigerte sich, der Familie Absolution zu erteilen, als ob sie allein diejenige war, von der ihr Frieden abhing. Und Jacqueline? Mit ihr würde sie den Kontakt auf das Notwendigste beschränken.

Deshalb schob sie sie mit sanfter Gewalt vor die Tür.

»Wir sehen uns wieder, Niki, oder?«

Da war eine solche Sehnsucht in ihrer Stimme, dass Niki sie mitsamt ihrer Nerzjacke in den Arm nahm und ihre Vorsätze sofort wieder vergaß. »Na klar. In ein paar Tagen.«

Jacqueline löste sich, winkte ihr noch einmal zu und stöckelte durch die Impasse Ronsin davon, als hätte es sie auf einen fernen Planeten verschlagen.

Jean erwartete Niki mit einer Tasse Tee in der Hand. »Deine Mutter ist eine tolle Frau«, sagte er. »Sehr mutig. Und sehr attraktiv.«

Niki ließ sich auf einen Stuhl fallen. »Sie ist immer für einen großen Auftritt zu haben. Sie wollte Schauspielerin werden und hat alle ihre Ambitionen für uns zurückgestellt.«

Er goss ihr ein. Darjeeling. Niki legte ihre kalten Hände um die Tasse. »Du liebst sie«, sagte Jean.

Sie nickte. »Wenn sie nur nicht immer die Wahrheit unter den Teppich kehren würde, so dass es darunter zu gären und zu faulen beginnt. Bloß um des lieben Friedens willen und weil die Leute ja das Falsche denken könnten von unserer ach so respektablen Familie.«

Jean setzte sich. »Wenn sie sich offen auf deine Seite stellen würde, wäre ihre Ehe keinen Pfifferling mehr wert.«

»Ich weiß. Aber die ist ohnehin am Ende.« Niki schüttelte den Kopf. »Sie weigert sich nur, das zuzugeben. In ihren Kreisen lässt man sich nicht scheiden.«

»Aber da kannst du doch nichts dafür.«

»Ich weiß. Aber ich habe mir immer die Schuld an allem gegeben, was bei uns schiefging.«

Um sich abzulenken, widmete sie sich ihren neuen Projekten. Sie entschied sich, eines der letzten Tabus zu brechen und sich an Altäre zu wagen. Die Religion war als Thema noch lange nicht ausgereizt. Doch zuerst würden Jean und sie in die USA reisen.

Kapitel 30

Niki stand inmitten der grünen Hügel Malibus und spürte, wie sich die Erde unter ihren Füßen drehte. In der Ferne verschwammen die Hügel in blauem Dunst, und der Gesang der Zikaden war ein allgegenwärtiges, unwirkliches Rauschen. Vor ihr erhob sich ihr monumentales Schießbild in jungfräulichem Weiß. Ihre Gäste hielten gespannt den Atem an, als ihr Adjutant, der Künstler Ed Kienholz, ihr feierlich das erste Gewehr überreichte. Sie legte an, zielte, feuerte und wiederholte das Ritual zwölf Mal mit einer immer neuen Waffe.

Das Schießbild vor ihr blutete und erblühte in vibrierender Farbigkeit zu neuem Leben. Schließlich war es vorbei. Triumph erfasste sie. Ihr Herz klopfte, als hätte sie einen Sieg über einen unsichtbaren Feind errungen. Sie ließ die Waffe sinken und spürte dem Feuer dieses wunderbaren Zorns nach, das in ihr verglühte. Jean markierte das Ende der Schießaktion, indem er seine Kanone abfeuerte.

Doch Niki war viel zu sehr in ihrer eigenen Welt versunken, als dass sie es bemerkt hätte. Ihre Galeristin Virginia Dwan löste sich aus der Menge und legte ihr den Arm um die Schultern. »Gut gemacht!«

Erst jetzt hörte sie in der Ferne den Applaus des Publikums.

»Was sonst?«, fragte Jean. »Erde an Niki?« Er schnippte mit Daumen und Zeigefinger.

»Ja?« Niki blinzelte. Von Mal zu Mal fiel es ihr schwerer, in die

Realität zurückzukehren. Das Schießen war weißes Licht, Rausch, Ekstase. Sie wollte es immer und immer wiederholen. *Wenn ich nicht aufpasse, werde ich zum Junkie.*

»Entschuldigt mich einen Moment, bitte.« Sie stellte sich neben Ed Kienholz und betrachtete das neugeborene *Tir* aus einiger Entfernung.

Ed Kienholz hatte so wie Jean Tinguely vor Kurzem in Los Angeles eine Ausstellung gehabt und dort mit seinen Tableaux aus lebensgroßen Figuren und morbide anmutenden Fundstücken Furore gemacht. Niki hatte besonders seine Assemblage »Bunny, Bunny, You're so funny« imponiert, die eine weibliche Gestalt zeigte. Eds Hure bestand aus dem Unterkörper einer Schaufensterpuppe mit einem eisernen Strumpfgürtel, Netzstrümpfen aus rotem Maschendraht und Stahlwolle als Schambehaarung.

»Bist du zufrieden?«, fragte er.

»Oh ja.« Farbe hatte sich in pastellfarbenen und roten Linien über die ehemals weiße Fläche des *Tirs* ergossen.

»Du machst das jetzt über ein Jahr, oder?«, fragte Ed. »Die *Tirs*? Haben sie sich seither verändert?«

Niki dachte einen Moment nach. »Ja, natürlich. Zuerst waren sie abstrakt und viel kleiner. Ich wollte ausprobieren, wie sich die Idee erweitern ließ. Und dann wurden sie immer gegenständlicher. Ich beginne, damit Geschichten zu erzählen.«

»Der Drache?«, fragte Ed.

Niki lachte ertappt. Ihr typischer Drache mit dem gezackten Rückenpanzer stapfte ungeniert über die Bildfläche voller Geschirr und Puppen, als würde er demnächst für Verwüstung sorgen.

»Der Albtraum einer jeden Hausfrau?«

»Genau.«

Virginia winkte ihnen aus der Ferne zu und hob zwei Sektgläser. Niki berührte Ed am Arm. »Lass uns feiern gehen.«

Sie mischten sich unter die illustren Gäste aus der Film- und Medienwelt, unter denen sich die Filmschauspielerin Jane Fonda, das Model Peggy Moffitt und der Kurator des Museums of Modern Art in New York, Henry Geldzahler, befanden.

Jane Fonda hatte für den Regisseur John Houseman ein Picknick organisiert, mit dem sie sich die Zeit bis zur Schießaktion vertrieben hatten. Sekt floss in Strömen. Es gab Häppchen und Gegrilltes. Bob Rauschenberg, der vor Kurzem in Virginia Dwans Galerie seine »Combine Paintings« ausgestellt hatte, war ebenfalls gekommen.

»Super, Niki«, sagte er und zog sie kurz in seine Arme.

»Ich weiß.« Wie immer hatte sie nach dem Schießen einen Bärenhunger.

Niki füllte sich den Teller, bevor sie sich neben Jean an einen Tisch setzte. Bob, Jane Fonda und Ed Kienholz nahmen die gegenüberliegende Seite in Beschlag. Virginia setzte sich dazu und gratulierte ihnen noch einmal überschwänglich zu ihrem Erfolg.

Nach Jeans Einzelausstellung in der Everett Ellin Gallery hatte die Galeristin mit ihrem sicheren Gespür für Trends begonnen, Jeans und Nikis Karriere in den USA voranzutreiben. Ein Filmteam des amerikanischen Fernsehsenders NBC wich ihnen nicht von der Seite. Plötzlich waren sie Stars. Man sprach über sie, weil sie Skandale provozierten, die die Lebenswirklichkeit der Menschen gleichzeitig beleuchteten und infrage stellten.

Niki trug dem öffentlichen Interesse Rechnung, indem sie nur noch in ihrem weißen Lederanzug schoss. Sie trug ihn mit schwarzen, hochhackigen Stiefeln und zelebrierte ihr Styling als

Teil des Auftritts. So gekleidet und mit ihrer kurzen Ponyfrisur glich sie der Heroine, die sie darstellen wollte.

Anlässlich von Jeans Vernissage am 4. März hatte sie ein großformatiges Schießbild auf einem Parkplatz am Sunset Boulevard vollendet. Am 21. März folgte dann Jeans pyrotechnisches Happening »Study for an end of the world No. 2« in der Mojave-Wüste.

»Was versteht ihr denn unter dem Weltuntergang?«, fragte Jane Fonda. »Bezieht ihr euch auf die reale atomare Gefahr?«

»Wir nehmen nur auf, was gerade geschieht«, erwiderte Jean.

Jane nickte. Zuerst hatte Niki die Tochter des Filmschauspielers Henry Fonda für ein Starlet mit modisch toupierten Haaren und mäßiger Intelligenz gehalten. Dann aber hatte sie sich als kluge Gesprächspartnerin mit politischem Bewusstsein entpuppt.

»An dem Salzsee, wo die Inszenierung stattfand, hat man früher oberirdische Atomversuche durchgeführt«, erklärte Niki.

»Aber Atompilz geht anders.« Jean machte eine anschauliche Handbewegung, die seine Zuhörer zum Kichern brachte. Sein ausgeprägter Sinn für rabenschwarzen Humor ließ sich nicht leugnen.

Niki trank einen Schluck Sekt. »Vorher haben wir uns noch Material vom Schrottplatz geholt. Ebenfalls in der Wüste.«

Sie hatte den bulligen Transporter gefahren, auf dem Jean die Teile transportieren wollte. Die Mojave-Wüste mit ihrem weiten Tal, flankiert von einer gezackten Reihe Gipfel, wirkte wie eine weiße Leinwand für die Kunst ebenso wie der Schrottplatz voller ausrangierter Kühlschränke. Sie war im Schritttempo hinter Jean hergefahren, während er in seinem orangefarbenen Hemd auf der Suche nach Brauchbarem zwischen den aussortierten Küchengeräten umhergestapft war.

»Jean hat sich auf ein Gespräch mit dem Schrotthändler eingelassen und verlangt, dass er ihm im Preis entgegenkommt«, berichtete sie weiter. »Er kam sprachlich an seine Grenzen und bat mich auszuhelfen.«

Sie machte eine effektvolle Pause. Jane Fonda, Ed Kienholz, Virginia, Bob und Jean, Letzterer mit den lachenden Augen, hingen an ihren Lippen.

»Und dann?«, fragte Virginia gespannt.

»Dann habe ich ihm zugesichert, er würde seinen Schrott nach dem Ende der Welt zurückbekommen.« Niki lachte so laut, dass sie sich verschluckte und Jean ihr den Rücken klopfen musste.

»Ernsthaft?«, fragte Jane.

Niki grinste. »Wir haben den Schrott tatsächlich billiger gekriegt. Er hat uns vollkommen perplex hinterhergestarrt, als wir mit dem vollgepackten Transporter davongeschaukelt sind. Glaubt mir, es hat seine Vorteile, wenn man als Künstler für verrückt gehalten wird.«

»Und habt ihr Wort gehalten?«, fragte Jane. »Hat er seinen Schrott zurückgekriegt?«

»Nein. Es ist alles abgebrannt.«

Das Fernsehteam von NBC hatte von einem sicheren Schutzraum aus gefilmt, wie Niki mit Cowboyhut und Westernstiefeln lässig zwei Kugeln Plastiksprengstoff zu Jean getragen hatte, der damit seine Skulpturen zur Explosion brachte. Ein Kühlschrank voller Federn war ebenso effektvoll in die Luft geflogen. Niki erinnerte sich an rostrote Staubwolken, die die Sonne verdunkelten.

»Und warum so viel Pyrotechnik, Jean?«, fragte Ed Kienholz. »Gehst du dabei nach dem Motto vor: Macht kaputt, was euch kaputtmacht?«

»Weil ich etwas sichtbar machen möchte«, sagte Jean schlicht. »Politisch.«

Niki wusste, dass er im Jahr 1940 miterlebt hatte, wie Basel von einer verirrten Bombe getroffen und das Nachbarhaus in Flammen aufgegangen war. Eine junge Deutsche und ihr Baby waren darin ums Leben gekommen. »Wir wollen Spiegel sein«, sagte Niki. »Und den Finger in offene Wunden legen.«

»Nie wieder Krieg«, ergänzte Jane Fonda und hob die geballte Faust.

»Und ihr glaubt wirklich, dass ihr mit eurer Kunst etwas ändert?«, fragte Bob Rauschenberg.

Niki und Jean sahen sich an. »Wir versuchen es zumindest.«

Mit ihrer Reise nach Kalifornien hatten sie sich endgültig als Bonnie und Clyde der Kunst etabliert. Als Gaunerpärchen der besonderen Art tingelten sie mit ihren spektakulären Aktionen über den Großen Teich und wieder zurück.

Niki kam dabei ihr Status als Weltbürgerin zugute, die fließend Englisch und Französisch sprach. Sie hatte zwar mit ihrem großbürgerlichen Umfeld gebrochen, doch ihre anerzogene Selbstsicherheit half ihr dabei, für sich und andere Kontakte und Netzwerke auf der ganzen Welt zu knüpfen.

Am 4. Mai waren Jean und Niki im Maidman Playhouse in New York bei der Premiere der Theaterperformance »The Construction of Boston« von Kenneth Koch zu Gast, wo Niki auf eine mit Farbe bestückte Venus von Milo schoss und Bob Rauschenberg den Regenmacher gab. Jean hatte eigentlich in einer Travestieshow Mae West nachahmen wollen, aber sein Englisch war zu schlecht. Deshalb beschränkte er sich darauf, während der Vorstellung im weißem Abendrock eine Mauer aus Leichtbetonsteinen zu bauen, die dem Publikum den Blick auf die Bühne versperrte. Alle drei waren sie auf der Höhe ihres Erfolges.

Besonders Niki staunte über die Beachtung, die ihre Aktionen fanden. Zuerst waren sie nur ein Ventil für ihre Aggressionen gewesen. Jetzt aber schwamm sie auf einer Welle, die sie dazu zwang, immer provokantere Ausdrucksformen zu suchen. Aber warum nicht?

Ihr Zorn reichte für eine weitere Steigerung locker aus.

Nach der missglückten Invasion der CIA in der Schweinebucht auf Kuba hatten John F. Kennedy und Nikita Chruschtschow sich in Wien getroffen. Auf der Grundlage eines Fotos der beiden Anführer schuf Niki ein entlarvendes Doppelbildnis, das sie, verschmolzen zu einer einzigen Figur, mit Strapsen in Soldatenstiefeln zeigte. Ihre grinsenden Fratzen waren austauschbare Masken. Niki beschoss sie ausgiebig.

Nach ihrer Rückkehr in die Impasse Ronsin entwickelte sie ihre Reihe von Altären und Kathedralen weiter. Die Galerie Rive Droite wollte im Sommer verschiedene Versionen ausstellen, die sie dringend vorbereiten musste. Niki arbeitete mit zunehmender Verbissenheit daran. Schon bevor ihre Eltern sie in den Konvent gesteckt hatten, hatte sie an der Institution Kirche zu zweifeln begonnen.

Sie war wieder dreizehn Jahre alt, und Schwester Ermintrud hatte sie zur Strafe für ihre Respektlosigkeit in die bitterkalte Kirche des Konvents verbannt, die vor Kruzifixen und blutigen Darstellungen der Märtyrer nur so strotzte. Sie hatte sich so klein gefühlt.

Sie erinnerte sich an ihre schmerzenden Knie, den Rosenkranz in ihren Fingern und ihren Blick, der betroffen über das Kruzifix und die Glasfenster voller Bilder geglitten war.

Christus hatte ihre Sünden auf sich genommen und mit seinem Blut dafür bezahlt. So viel Schmerz, den man ihr als Voraussetzung für die Erlösung verkauft hatte. Man hatte ihr weismachen wollen, dass das Leben einer Frau aus diesem Grund aus Verzicht und Selbstverleugnung bestehen musste.

Nicht mit mir! Für ihre bitterböse Rezeption kramte sie in ihrer Vorratskiste und wurde fündig, den Flohmärkten sei Dank.

Zuerst baute sie ein Triptychon aus drei Holzplatten wie einen gotischen Flügelaltar. Darauf montierte sie Heiligenfiguren, Plastikpuppen und Spieltiere. Alles miteinander überzog sie mit Gips und Goldbronze. Frei nach Niki, respektlos und blasphemisch, wie sie nun einmal war. Glühender Zorn trieb sie an.

Auf der Spitze platzierte sie ein Kruzifix, das partout nicht halten wollte. Es neigte sich, kippte und fiel Niki schließlich vor die Füße. Sie seufzte frustriert.

Also gut. Eine Pause war überfällig. Sie trat vor die Tür.

Es war schon fast Mittag. Über der Stadt hing eine Dunstglocke aus Abgasen. Das Unkraut, die verwilderten Rosen und die Fliederbüsche waren staubbedeckt und halb vertrocknet.

Nur Clarice schien sich von der Tristesse nicht entmutigen zu lassen. Sie kniete mit erdigen Händen vor ihrer Tür, zog eine scharlachrot blühende Pflanze aus einem Topf und steckte sie mit den Wurzeln voran in die Erde ihres provisorischen Gartens.

»*Bonjour, mon amie.* Sind das Zinnien?«

»Ja, Chérie.« Das französische Wort klang aus Clarices Mund wie das englische »Cherry«, was Niki entzückend fand. Die Freundin stand auf und strich ihr geblümtes Sommerkleid glatt, zu dem sie einen breiten Strohhut trug. »Ich tue mein Bestes, um der Impasse Ronsin ein wenig Schönheit abzutrotzen. Kannst du mir mal die Gießkanne geben?«

Niki wunderte sich über die Zärtlichkeit, die sie für Larry Rivers' junge Frau empfand. Clarice glich ihrem früheren idealistischen Selbst, das in seiner Rolle als Mutter aufgegangen war. Außerdem war sie Nikis größter Fan und ihre Kritikerin, wann immer sie an ihre Grenzen stieß.

Niki trat auf sie zu. »Möchtest du sehen, was ich gerade mache?«

»Unbedingt.« Clarice folgte ihr ins Atelier.

»Oh dear!« Sie riss die Augen auf und schlug die Hand vor den Mund. »Das ist eine Provokation. Willst du darauf schießen?«

»Aber ganz gewiss. Ich freu mich darauf.« Niki nahm das Kruzifix, stieg auf einen Stuhl und versuchte erneut vergeblich, es an der Spitze zu befestigen. »Vielleicht lasse ich es so schief.«

»Aber sag mal, Niki?«, flüsterte Clarice. »Hast du was gegen Gott?«

Niki dachte einen Moment nach. »Bist du zur ersten heiligen Kommunion gegangen, Clarice?«

Die Freundin schüttelte den Kopf. »Ich hab es nicht so mit der Religion.«

»Dann freu dich«, sagte Niki düster. »Es war das Highlight meiner Kindheit. Wir haben dem Weißen Sonntag entgegengefiebert, mussten sogar vorher beichten, aber unsere Sünden haben uns immer eingeholt. Wir konnten nie gut genug sein. Im Gottesdienst sind wir unter den Klängen der Orgel nach vorn gegangen und haben uns auf die Kommunionbank gekniet, und dann kam der große Augenblick.«

Clarice musterte sie stirnrunzelnd. »Das klingt so dramatisch, als ob du die ganze Welt mit dir herumträgst und Himmel und Hölle noch dazu.«

Niki lachte. »Ich liebe Gott sehr, aber auf sein Bodenpersonal schiebe ich einen Heidenzorn.«

»Und weshalb?«, fragte Clarice.

Niki sprang mit katzenhafter Eleganz vom Stuhl. »In der Klosterschule hat man versucht, meinen Willen zu brechen. Sie wollten uns Mädchen im Namen Gottes versklaven. Deshalb bin ich als Teenie Atheistin geworden. Beziehungsweise habe ich das vorgegeben.« Voller Genugtuung erinnerte sie sich an Schwester Ermintruds entsetztes Gesicht.

»Deshalb diese Gewalt?« Clarice bückte sich, hob einen kleinen Engel auf und setzte ihn auf die Tischkante. »Damit bist du nicht allein, Niki. Vielen Mädchen bringt man bei, sich unterzuordnen. Im Namen Gottes oder Allahs oder der Gesellschaft, oder was weiß ich.«

Niki zog die Nase kraus. »Es wird Zeit, dass wir uns das nicht mehr gefallen lassen, Clarice.«

»Manchmal habe ich Angst vor dir, Niki«, sagte Clarice.

»Ich auch.«

Clarice, Larry und Jean waren dabei, als sie zum ersten Mal auf den Prototyp eines Altars schoss. Rote Farbe spritzte über die Assemblage, und der Knall hallte von der Ziegelwand des Hinterhofs wider. Sogar, wenn man nicht gläubig war, weckten die purpurnen Ströme im Zusammenhang mit der christlichen Bildsprache die Assoziation von Blut. Niki ließ das Gewehr sinken und sah ihre Freunde gespannt an, die lange schwiegen. Sie konnte nicht sagen, ob vor Schreck, oder weil ihnen die passenden Antworten fehlten.

Jean durchbrach die Stille als Erster. »Gut gemacht, Niki.«

»Donnerwetter«, sagte Larry beeindruckt. »Du steigerst dein Gewaltpotenzial noch, Niki. Das hier zielt auf die Insignien der Religion ab. Da könnten die falschen Leute sauer werden.«

»So soll es sein«, erwiderte Niki fest.

»Was meinst du, Clarice?«, fragte Larry.

Sie löste sich von seiner Seite und legte den Arm um Niki. »Niki drückt aus, was wir alle fühlen. Es wird Zeit, dass eine von uns die Stimme erhebt.«

Niki stellte ihre Kathedralen und Altäre im Sommer 1962 bei ihrer Ausstellung »Art morale, Art sacré« in der Galerie Rive Droite aus. Bei den Schießaktionen dort trug sie zu ihrem weißen Lederanzug ein großes, goldenes Kreuz.

Eines Tages besuchte der berühmte Galerist Alexandre Iolas die Ausstellung und zeigte sich von ihren Arbeiten so beeindruckt, dass er sich entschloss, Niki dauerhaft zu vertreten. Das war nicht nur von Vorteil für sie, weil er Galerien in Paris, Genf, Mailand und New York betrieb, sondern auch, weil er ihr regelmäßig einen gewissen Prozentsatz ihrer Werke abkaufte. Noch in diesem Herbst wollte er die Altäre außerdem in Nikis Heimatstadt ausstellen. Sie triumphierte. Damit hatte sie Joan Mitchells beleidigende Aussagen endgültig widerlegt.

Aber der Preis ihres Erfolges war hoch. Wenn sie bei ihren seltenen Aufenthalten in Paris ihre Familie besuchte, spürte sie, wie ihr die Kinder entglitten. Die Rolle der verständnisvollen Mutter ließ sich mit der der rebellischen Künstlerin schlecht vereinbaren. Laura kam langsam in die Pubertät. Niki wusste, dass sie Jean misstraute und sie deshalb nicht in der Impasse Ronsin besuchte. Aber warum zeigte sich Philip ihr gegenüber ebenfalls so verschlossen? Keine Entscheidung, die Niki fällte, keine ihrer Taten blieb ohne Konsequenzen.

Darum war sie erleichtert, als sie nach Amsterdam aufbrachen, um im Stedelijk Museum mit Daniel Spoerri, Bob Rauschenberg, Martial Raysse und dem schwedischen Künstler Per Olof Ultvedt die Ausstellung »DYLABY, ein dynamisches Labyrinth« zu konzipieren.

Ebenso wie Pontus Hultén hatte der Direktor des Amsterdamer Museums den Ehrgeiz, das Museum zu einem Ort der Teilhabe zu machen, an dem das Publikum mit den Kunstwerken in Kontakt treten konnte.

In neun Räumen schufen die Künstler Erlebnisorte, die die Besucher aktiv in ihren Bann ziehen sollten. Spoerri gestaltete einen komplett finsteren Raum, der den Gast auf seinen Tastsinn zurückwarf, und einen weiteren, den er um 90 Grad kippen ließ.

Niki war begeistert von dem Vergnügungspark mit Selbsterfahrungswert mitten im Museum. Mit Jeans Unterstützung konzipierte sie eine »Shooting Gallery«, in der die Besucher wie Großwildjäger mit einem Luftgewehr auf Dinosaurierfiguren schießen durften, die sie vorher mit Farbbeuteln präpariert hatte.

Zur Finissage posierten alle Künstler in einer Reihe für ein Gruppenfoto. Es zeigte Niki im gestreiften Pulli mit in ihre Hüften gestützten Händen und herausforderndem Lächeln ganz rechts an Jeans Seite. Obwohl sie außen stand, zog sie die Blicke der anderen Künstler auf sich. Sie war eine von ihnen. Im Herbst 1962 wanderten ihre Altäre für die Ausstellung in der Galerie Iolas über den Großen Teich.

Kapitel 31

Für Niki war der Besuch in New York reine Nostalgie. Sie stiegen im Künstler-Hotel Chelsea in der 23rd Street in Manhattan ab. Während sie durch die Häuserschluchten des Big Apples bummelten, führte sie Jean vom Central Park über Chinatown bis zum Greenwich Village und stellte ihm alle ihre Lieblingsplätze vor. Im Central Park hatte sie Rollschuhlaufen gelernt, natürlich unter der strengen Aufsicht ihrer Nanny. Sie zeigte ihm auch den Kiosk, an dem sie ihre Wonder-Woman-Comics und ihre heiß geliebten Tootsie-Bonbons gekauft hatte, die sie am liebsten unter der Bettdecke aß, während sie las. »Und wenn ich traurig war, hat mich unsere Köchin Cora in ihre warmen Arme gezogen.« Doch die schwarze Hausangestellte, Nikis Inbegriff von Herzlichkeit, arbeitete schon lange nicht mehr für ihre Familie.

Gemeinsam besuchten sie alte Freunde und hielten sich lange im MOMA auf. David Montgomery aber, der Fotograf, der Niki den Weg in die Modebranche geebnet hatte, blieb verschollen. Er musste sich schon vor Jahren abgesetzt haben, mit oder ohne Rizzi.

New York vibrierte unter den Strömungen der Kunstszene, deren Innovationen weit über den abstrakten Expressionismus hinausgingen. Die Künstler überboten sich mit skandalösen Stilen und Ismen. Eine Welle löste die andere ab.

Am meisten Furore machte die Pop-Art. Ein junger Rebell mit Namen Andy Warhol, dessen Frisur einem Bohnermopp glich, wie Jean respektlos bemerkte, nahm in seinen Werken den Massenkonsum in den Blick, indem er in der Ferus Gallery 32 Abbildungen von Campbell-Tomatensuppen-Dosen ausstellte. Das war nichts, was Niki und Jean sonderlich überraschte. Larry hatte ihnen von ihm erzählt, und jetzt gingen sie seiner Kunst auf die Spur.

Nikis eigene Ausstellung in der Galerie Iolas rief geteilte Meinungen hervor. Der Kritiker Donald Judd tat die Altäre als typisch europäische Kunstäußerung ab, was Niki, die sich als Ur-New-Yorkerin fühlte, zutiefst empörte. Judd war nicht nur Kunstkritiker, sondern auch selbst Künstler, der die radikal reduzierte Minimal Art vertrat, die ihnen nun wirklich diametral entgegenstand.

»Wie kann er sich ein solches Urteil anmaßen? Er stellt geometrisch exakte Holzboxen aufeinander.«

An einem klaren Oktoberabend gingen Niki und Jean Hand in Hand zu dem Restaurant, in dem ein Familientreffen mit den De Saint Phalles stattfinden sollte.

»Es wird immer wieder schlechte Kritiken geben«, sagte Jean. »Manche verstehen dich einfach nicht, und manche wollen dich nicht verstehen. Am besten, du nimmst dir das Geschwafel eines einzigen Kritikers nicht so zu Herzen.«

Niki biss sich auf die Oberlippe. »Das tue ich aber. Schließlich bin ich genauso Amerikanerin wie Französin. Vielleicht noch mehr, denn die Stadt und die amerikanische Lebensart haben mich geprägt.«

»Du stehst auf der Schwelle«, sagte Jean. »Das kann eine Stärke sein.«

Sie erreichten das piekfeine, französische Restaurant, auf dessen pinkfarbener Neonreklame der Schriftzug *Chez Jean* zu lesen war.

»Der Name stimmt schon mal.« Jean nahm ihren Arm. »Und siehe da. Das Empfangskomitee scharrt schon mit den Hufen.«

Vor der Tür stand Jacqueline im kleinen Schwarzen und wartete. »Niki, meine schöne Tochter, und der ebenso attraktive Jean. Da seid ihr ja.« Küsschen links und Küsschen rechts. Sie hakte sie beide unter und zog sie ins Restaurant. »Wie schön, dass ihr gekommen seid! Die anderen sind so gespannt, dich kennenzulernen, Jean.«

Niki zog die Augenbrauen hoch. Der unwillkommene Liebhaber schien sich zum passablen Ersatzschwiegersohn gemausert zu haben. Wenn man den Schriftsteller Harry Mathews nicht haben konnte, musste es eben der Avantgardekünstler auf dem Weg zum Erfolg sein, und das sogar ohne Trauschein. Hauptsache, sie machten etwas her.

Sie folgten Jacqueline ins Restaurant. An der langen Tafel hatte sich schon ein Großteil der Sippe versammelt, Nikis Schwestern Claire und Elisabeth mit ihren Partnern und sogar ihr Onkel Fal de Saint Phalle, der als ältester Bruder ihres Vaters offiziell den Titel »Comte« trug. Er saß an der Schmalseite des Tisches und führte die Oberaufsicht.

»Onkel Fal.« Niki hatte den Mann mit dem Spitzbart und dem verschmitzten Grinsen immer gemocht.

»Meine Schöne«, entgegnete er und verbeugte sich galant.

Neben ihm saß ihr Vater im Smoking. »Da ist ja meine Niki.«

»Nein, Papa.« Als er aufstand und sie in seine Arme ziehen wollte, trat sie zurück und hob abwehrend die Arme. Sie ging und spürte seine enttäuschten Blicke in ihrem Rücken.

Sie setzten sich neben Nikis Bruder Richard und seine Freundin ans untere Ende der Tafel. »Du siehst ja aus, als seist du noch größer geworden, Kleiner«, unkte Niki.

»Du nicht«, erwiderte er schlagfertig.

Über Eck saß ihre Lieblingsschwester Elisabeth. Jacqueline nahm an Nikis Seite Platz. »Es ist so schön, dich zu sehen. Und das inmitten meiner Kinderschar wie früher. Wie geht es dir?«

»Gut.« Zum ersten Mal seit langer Zeit musste sie nicht lügen.

Der Tisch war mit einer weißen Tischdecke und glänzenden Kristallgläsern stilgerecht eingedeckt. Besteck, Teller und Gläser waren in der klassischen Reihenfolge angeordnet, die man Niki von Kind an eingebläut hatte. Jean aber nicht. Niki fragte sich, wie er sich wohl behaupten würde.

Während sie auf den ersten Gang warteten, berichtete er von seinem Spektakel im Skulpturengarten des MOMA. »Es war ein ziemlich großes kinetisches Kunstwerk aus lauter Rädern und …«

»Es war nicht ziemlich groß. Es war riesig.« Niki fand, dass er zur Untertreibung tendierte.

»Lass Jean ausreden, Niki, ich bitte dich.« Jacqueline hing an seinen Lippen. Niki runzelte die Stirn, flirtete ihre Mutter etwa schon wieder mit ihrem Lover? »Du hast ein Klavier, achtzig Fahrradräder, ein Gokart, Motoren und Blechbüchsen integriert«, beharrte sie.

»Das Ding war wirklich groß.« Jean lächelte ihr zu.

»Und was dann?«, fragte Richards Freundin, ein süßes Collegegirl mit Pferdeschwanz.

Jean nahm einen Schluck Wasser. »Nun, ich hatte einige New Yorker Künstler eingeladen, mitzumachen. Aber einzig Bob Rauschenberg hat angenommen und seinen ›Money Thrower‹ beigesteuert, der immer Münzen auswarf. Und dann sollte sich alles selbst zerstören.«

Während die Anwesenden gebannt lauschten, trugen die Kellner mit vollendeten Manieren die Austern auf. Jean zog die Augenbrauen hoch und verkniff sich ein Grinsen, als Niki ihm pantomimisch darzulegen versuchte, wie sie sich essen ließen, ohne eine Sauerei zu veranstalten. Doch dann schlug er sich mit Bravour. Blitzschnell und mit sardonischem Grinsen schaute er sich von ihr ab, welches Messer, welches Glas und welche Gabel die jeweiligen Gänge begleiteten, und unterhielt die Anwesenden derweil mit Anekdoten aus seinem ereignisreichen Leben. Dass sie alle gut Französisch sprachen, kam ihm entgegen.

»Und hat es das?«, fragte Elisabeth.

»Oh ja. Das Klavier begann zu spielen. Meine Zeichenmaschine hat im Augenblick des Untergangs Seiten beschrieben, und alles miteinander hat einen gewaltigen Lärm produziert«, erinnerte sich Jean mit leuchtenden Augen. »Das Klavier spielte weiter, während das Feuer es verschlang.«

»Cool«, kommentierte Richard.

»Und dann?«, fragte Jacqueline.

»Dann erschien mit viel Tamtam die Feuerwehr«, vollendete Jean schulterzuckend. »Es gab Ärger, aber den gibt es meistens.«

»Und was war der Grund für diese spektakuläre Aktion?« Elisabeth gelang es wie so oft, die einzig wichtige Frage zu stellen.

Jean dachte nach. »Meine Werke zerstören sich, weil sie sich dem Grab der Museen entziehen wollen. Sie wollen sein wie fallende Sterne. Es bleibt nichts außer Müll und einer Idee. Aufleuchten, verglühen, basta.«

»Es bleiben ein paar Fotos oder ein Film«, ergänzte Richard. Jean nickte. »Genau. Das muss sein.«

Niki drückte unter dem Tisch seine Hand. Noch arbeiteten sie in den Kategorien der Vergänglichkeit. Irgendwann aber würde sie mit ihrem eigenen Skulpturengarten das Gegenteil davon erschaffen, Bauwerke, die begehbar und für die Ewigkeit gemacht waren. *Wenn ich hier verkünde, dass ich die größten Kunstwerke meiner Generation erschaffen will, halten sie mich für größenwahnsinnig.* Wenn sie das nicht ohnehin taten. Und wer weiß, vielleicht hatten sie ja sogar recht.

»Und du, Niki?«, fragte Claire von der Längsseite der Tafel unschuldig.

»Ich mache weiter meine *Tirs*«, sagte sie. »Sie werden immer gegenständlicher und verstörender.«

»Wie deine Altäre?«

An diesem Punkt unterband Jacqueline das Gespräch. Über den Inhalt von Nikis jüngster Ausstellung schwieg man ihrer Ansicht nach besser. Um des lieben Friedens willen machte Niki keinen Aufstand. Stattdessen spürte sie weiterhin die Blicke ihres Vaters auf sich lasten, fragend, traurig, ratlos.

Sie sah zur Seite.

»Willst du ihm nicht verzeihen?« Jacqueline legte ihre Hand auf Nikis.

»Nein.« Niki schüttelte die Hand ihrer Mutter ab, konzentrierte sich auf ihre Trauben und schnitt sich ein Stück Bergkäse dazu ab.

»Er ist unglücklich«, wiederholte Jacqueline, aber Niki ignorierte sie weiter.

Ihr Vater, der Spieler, der Spaßvogel, der sich nichts bei dem gedacht hatte, was er ihr angetan hatte. Nein, so schnell würde sie nicht nachgeben. Als sie klein gewesen war, hatte sie ihn geliebt. Er hatte sie beeinflusst, anti-rassistisch und klar demokratisch zu denken, europäisch eben. Er war ihr Vorbild gewesen, sie seine Komplizin bei seinen Streichen. Bis zum Sommer 1942, der alles verändert hatte. Man sprach nicht darüber. Es kam vor, es war gar nicht so ungewöhnlich, nur dass es ihre Seele in Grund und Boden gestampft hatte. *Es ist ein Wunder, dass es mich nicht zerstört hat, dass ich hier sitze, lebendig und so heil, wie ich eben sein kann.*

Nach dem Essen trat sie mit Jean aus der Tür und sog gierig die frische Nachtluft ein. Da sah sie ihn. Ihr Vater stand an der Hausecke, ein schlanker Mann mittleren Alters, mit sorgfältig gekämmtem ergrauendem Haar und Sehnsucht im Blick. Er streckte beide Hände nach ihr aus. »Niki!«

In diesem Moment fuhr ihr Taxi vor, drei gelbe Quadratmeter Sicherheit.

»Wir müssen jetzt gehen«, sagte sie zu Jean.

Sie öffnete die rückwärtige Tür und schob sich, gefolgt von Jean, auf die Rückbank. Als das Taxi anfuhr, war ihr Vater nur noch ein Bild im Rückspiegel, ein Fremder, dessen Enttäuschung sich an seinen hängenden Schultern ablesen ließ. *Meine schöne Tochter*, hallte es in ihrem Kopf.

Während sie durch die Straßen fuhren, herrschte zwischen Jean und Niki Schweigen. Das Taxi fuhr durch das Gitternetz aus rechtwinkligen Straßen, deren Häuserschluchten ihre Kindheit gesäumt hatten wie goldene Käfigstangen.

»Mein Alter ist auch kein Wonneproppen«, durchbrach Jean als Erstes die Stille. »Was glaubst du, habe ich mit alldem gemacht, was er mir im Laufe der Zeit an den Kopf geworfen hat, von wegen, ich sei nur ein Monteur und nicht mal ein guter?«

»Keine Ahnung.«

»Ich habe ihm vergeben«, sagte Jean schlicht. »Das tut nicht nur ihm gut, sondern vor allem mir. Dann erst konnte ich damit fertigwerden, dass ich seine Erwartungen enttäuscht habe, und meinen eigenen Weg weitergehen.«

»Du bist so schrecklich weise und gut.«

Das Taxi hielt vor der roten Backsteinfassade des Chelsea Hotels. Während Jean noch den Fahrer bezahlte, ging Niki aufs Zimmer und verzog sich mit ihrer Zigarette auf den lang gestreckten Balkon, der quer an der Frontseite entlanglief. Sie rauchte hastig und lauschte den von unten heraufdringenden Geräuschen, Verkehrslärm, Lachen und Gehupe, Polizeisirenen. Die Musik der Stadt, die ihr von klein auf vertraut war.

Jean kam ihr nach. Sie schnippte die Asche über das schmiedeeiserne Geländer. »Was glauben Maman und Elisabeth eigentlich? Warum sollte ich ihm verzeihen? Weil man es von mir erwartet? Weil Frauen klaglos ihre Rolle zu akzeptieren haben, egal, was man ihnen antut? Weil sie immer klein beigeben?«

»Ich weiß es nicht, Niki«, sagte Jean leise. »Aber wir sind in New York. Vielleicht geht es gar nicht darum, dass du ihm verzeihst, sondern dass du dich mit ihm aussprichst. Du könntest ihm deine Meinung sagen.«

Niki wandte sich ihm zu. Tränen rannen über ihre Wangen.

»Ach, Niki.« Jean nahm sie in seine Arme, den einzigen Ort, an dem sie sein wollte.

»Papa war mal mein Freund«, murmelte sie an seiner Schulter. »Weißt du, was unser Lieblingsspiel war, wenn wir in den Central Park gingen?«

»Wie sollte ich?« Jeans Lippen glitten über ihre Haare.

»Er hat die Augen zugemacht und den blinden Seher Teiresias gespielt, und ich habe ihn durch den Park geführt und darauf aufgepasst, dass er sich nicht den Fuß stößt. Ich war unglaublich stolz, dass ich das konnte, und kam mir genial wichtig vor. Aber dann hat er mein Vertrauen missbraucht. Ich war klein, er war groß. Er hätte es besser wissen müssen.«

Sie weinte mit bebenden Schultern sein Hemd nass.

Jean schüttelte den Kopf. »Ihr standet euch wirklich nahe. Das ist vorbei. Aber was, wenn er früh stirbt? Was, wenn du niemals Gelegenheit bekommst, dich mit ihm auszusprechen?«

Niki löste sich und sah ihn wild an. »Wer sagt dir, dass ich ihn nicht eines Tages umbringen werde, meinen süßen Daddy? Oder du, wie du es mir versprochen hast?«

Jean runzelte die Stirn. »Du hast es in deinen Schießbildern mehr als einmal getan.«

Ja, das hatte sie, und sie würde es wieder tun.

»Hast du mal ein Taschentuch für mich?«

Jean griff in seine Hosentasche und faltete umständlich sein nicht mehr ganz sauberes Herrentaschentuch auf. Nachdem Niki sich geschnäuzt hatte, ging es ihr besser.

»Sie haben mich schon einmal zum Sündenbock für alles gemacht, was in dieser Familie schiefgeht. Ich wurde stellvertretend für alle verrückt, Jean. Aber sie irren sich, wenn sie denken, ich könnte kitten, was krumm und faul bei den De Saint Phalles ist. Das werde ich mir nicht noch einmal antun.

»Ach, Nikita.« Jean zog sie ins Hotelzimmer und begann, sie mit der ihm eigenen Zärtlichkeit auszuziehen. »Du weißt, dass ich dich anbete.«

Sie liebten sich langsam auf dem Hotelbett, während die Geräusche der Nacht zu ihnen hinaufdrangen. Danach schlief sie tief und traumlos. Als sie erwachte, machte sich die Sonne gerade daran, die Häuserschluchten zu erklimmen und ihre Strahlen wie Schwerter durch die Lücken zu werfen. Auch das war eine typische New Yorker Erfahrung, bei der ihr das Herz schmerzte. Vielleicht war man nur da zu Hause, wo man sich geliebt fühlte.

»Jean?« Sie rüttelte ihn an der Schulter.

Er richtete sich benommen auf. »Nikita, was ist los? In dieser Herrgottsfrühe?«

»Ich muss mit dem Schießen aufhören.«

Er legte sich auf den Rücken und kreuzte die Arme hinter dem Kopf. »Warum denkst du das?«

Niki holte tief Luft. »Wenn ich auf ein Bild schieße, versinke ich mehr und mehr in einem Rausch. Es ist Adrenalin pur. Ich will es wieder und wieder tun. Aber es ist nicht real. Ich werde zum Junkie.«

»Ich weiß«, sagte Jean. »Und du kannst immer schlechter zurückkommen. Was also willst du tun?«

»Die *Tirs* ad acta legen.« Sie nickte verbissen. »Weil ich nicht abhängig von meiner eigenen Kunstäußerung werden will wie andere von einer Spritze Heroin.«

Und wenn der Preis dafür war, dass sie sich aus dem Olymp ihres unerwarteten Erfolges verabschieden musste, dann würde sie das eben tun. Basta. Die *Tirs* waren ihrem brennenden Zorn entsprungen. Ihre nächsten Werke würden eine andere Wurzel haben.

Zunächst jedoch würde sie ein letztes Schießbild schaffen, das das Schicksal jeder einzelnen Frau mit der Zerstörung der Welt in Verbindung brachte. Wenn es ihr gelang, würde »King Kong«

den Höhepunkt ihrer jetzigen Werkphase ebenso markieren wie das vorläufige Ende ihrer Schießaktionen.

Sie schuf es im Frühjahr 1963 für ihre Ausstellung in der Galerie Virginia Dwan in Los Angeles. Auf fünf monumentalen Holztafeln stellte sie die Stationen im Leben einer Frau wie in einer Bildergeschichte dar. In der linken oberen Ecke platzierte sie eine Gebärende, deren Kind aus ihrem Leib drängte und die Mutter beinahe zerriss. Das kleine Mädchen spielte mit einem Freund Ball, doch ihre Kindheit ging viel zu schnell vorüber. Schon drohte die Hochzeit, die die junge Frau mit einem Wesen verband, auf dessen Schultern ein Totenschädel thronte. Dieses reihte sich in eine Reihe von Fratzen ein, die die Machthaber der Gegenwart und Vergangenheit repräsentierten: Kennedy, Chruschtschow, Mao Tse-tung, Karl Marx. Sie übten Gewalt aus, die in Nikis Augen männlich konnotiert war. Über ihnen erhob sich die Front einer Kathedrale.

Das Geschehen war in ein Szenario des Krieges getaucht. Rechts wuchs die Skyline von New York empor, die von Flugzeugen bombardiert wurde und in Flammen aufging. Autos fuhren senkrecht durch die Straßenschluchten. Das Wort »Boom« stand in einer Sprechblase darüber wie in einem Comic. In der Mitte, unter einer gnadenlosen Sonne, stapfte King Kong durch das trostlose Gefilde, in seinen Armen die hilflose Frau, die ihm nicht entkommen konnte. Auf der rechten Seite verzehrte eine Riesenspinne den kümmerlichen Rest. Als einzige Farbe, die das jungfräuliche Weiß des mattweißen Gipsreliefs besudelte, wählte Niki ein finsteres und endgültiges Schwarz. »Study for an end of the world, à la Niki«, sagte sie leise.

Kapitel 32

Im Herbst zuvor, 1962

Es war einer dieser unwirklich blauen Tage, an denen der Wind die letzten Blätter von den Bäume blies. Niki und Jean fuhren aufs Land, um sich eine neue Bleibe zu suchen. Ihre Tage in der Impasse Ronsin waren gezählt. Die Abrissbagger rückten an, um die baufälligen Künstlerquartiere endgültig dem Erdboden gleichzumachen.

»Gut, dass Brâncuși das nicht mehr erleben muss«, sagte Niki düster.

Jean, der das Auto gelassen durch den Stadtverkehr nach Süden steuerte, stimmte ihr zu. Der alte Doyen und Übervater der Impasse Ronsin war 1957 in einem seiner Ateliers gestorben.

»Und was suchen wir genau?«, fragte sie.

»Wir brauchen vor allem Platz.«

Sie arbeiteten beide in großen Formaten, und Jean musste seinen Schrottvorrat irgendwo unterbringen. Für ihn wäre ein halbes Dorf gerade groß genug.

»Ist für dich ein Sofa lebensnotwendig?«, fragte er konspirativ. »Eine Badewanne auf Löwenfüßen, ein Fensterbrett voller Kerzen?«

Niki lachte. »Ich bin eine Nomadin, die sich überall zu Hause fühlt. Es muss ja kein Luxus sein, aber Kohlen werden wir keine mehr klauen.« Auch wegen ihrer fragilen Gesundheit war ein Neuanfang unumgänglich. Obwohl Jean alles tat, um Fenster und Türen abzudichten, hatte sie zuletzt sehr unter der Kälte gelitten.

Sie verließen die Großstadt, durchquerten die Speckringe der Banlieues und fanden sich schließlich auf baumgesäumten Straßen im Nirgendwo wieder, die Felder, kahle Wälder und Wiesen durchschnitten. Ein Schild wies sie darauf hin, dass sie sich im Département Essonne befanden. Niki spähte aus dem Fenster. »Platz gibt es hier auf jeden Fall, wenn auch sonst eigentlich nichts.«

Jean schüttelte nachsichtig den Kopf. »Das, meine liebe Nikita, ist die ehrenwerte Isle de France. Der Wald von Fontainebleau ist uns nahe, der die Künstler der Schule von Barbizon in die Natur gelockt hat. Hier sind ihre ersten Landschaftsbilder im Freien entstanden. Und weißt du was? Ohne sie hätten die Impressionisten einpacken können.«

»Ach wirklich? Das klingt so märchenhaft.« Gespannt schaute Niki aus dem Fenster.

Zuerst besichtigten sie ein Anwesen nördlich des Ortes Milly-la-Fôret. Bei der Commanderie von Dannemois handelte es sich um ein uraltes Klostergebäude aus Stein mit Turm und Nebengebäuden, das ehemals dem Templerorden als Stützpunkt gedient hatte.

»Das ist ja gewaltig.« Niki stand vor der Mauer im welken Gras. »Hier spukt es sicher. Vielleicht ist ja hier der legendäre Schatz der Templer versteckt? Man müsste mal graben.«

Trotz dieser Aussichten waren sie sich einig, dass die Commanderie nichts für sie war, noch nicht.

»Lass uns das Anwesen im Auge behalten«, bat Jean. »Du weißt, dass ich irgendwann ein riesiges Kunstwerk in der Landschaft plane, bei dem alle Freunde mitwirken können, von Bernhard Luginbühl über Spoerri bis zu dir. Hier gibt es Platz genug, um sie alle unterzubringen. Das Kunstwerk stellen wir dann in die Wildnis.«

»Ein Zyklop mit nur einem Auge, der über den Wald und seine Geschichten wacht«, schlug Niki vor.

»Über den Schatz der Templer? Damit niemand Unbefugtes ihn ausgräbt?«

Sie fuhren weiter. Der Weg führte sie in das verschlafene Dorf Soisy-sur-École, etwa fünfzig Kilometer südlich von Paris. Niki spähte aus dem Fenster auf eine gewundene Straße hinaus, Häuser aus Sandstein, eine uralte Kirche, die aussah wie für die Ewigkeit gemacht, ein Tabakladen. Kaum Passanten. Ein Großvater mit Pfeife, der ihnen fasziniert hinterherstarrte.

Sie wusste nicht recht, was sie davon halten sollte. »Hier sagen sich Fuchs und Hase gute Nacht.«

Jean lachte. »Wenn hier einer was losmacht, dann sind das wir.«

Sie stoppten vor einem großen Gebäude, dessen Front direkt an die Grande Rue grenzte. Niki stieg aus. Es war still bis auf den Wind und einen Hahn, der zur falschen Zeit krähte. Das Haus lag in seinem verblichenen Beige mit Spuren von Blau da. Jean deutete auf das Schild über dem Eingang. »Voilà, Prinzessin, das ehemalige Gasthaus Auberge du Cheval Blanc, die Herberge zum weißen Pferd.« Daneben war der Schriftzug »Bar« zu lesen. »Ein Vorschlag erster Güte.« Er streckte die Arme nach ihr aus.

»Nicht, Jean.« Niki verhinderte lachend, dass ihr Kavalier Lancelot du Lac sie über die Schwelle trug, und sprang selbst hinein.

Das Anwesen war geräumig genug. Früher hatte es einen Bauernhof mit Nebengebäuden beherbergt, dann ein Hotel mit Kino und Tanzvergnügen und wahrscheinlich auch ein Bordell. Niki war begeistert. Jean würde sein Atelier in der Scheune einrichten, ihr stand ein Tanzsaal mit einer drei Meter hohen Decke zur Verfügung.

Sonnenlicht drang durch die trüben Fenster der Doppeltüren und ließ den Raum vor Verheißung leuchten. An diesem Ort hatten die Einwohner von Soisy übermütig Walzer und Polka getanzt, der eine oder andere seinen ersten Kuss bekommen oder den Partner fürs Leben gefunden. Niki breitete die Arme aus und drehte sich im Kreis. Willkommen, murmelten die freundlichen Geister, die in den Ecken hausten und sich erfreut über den unverhofften Besuch zeigten.

Plötzlich wusste sie mit überwältigender Sicherheit, dass sie sich und ihre Kunst hier neu erfinden würde.

»Komm!« Jean zog sie mit sich nach draußen, in einen verwilderten Garten mit ein paar hohen Bäumen vor einer Steinmauer. »Im Sommer können wir hier einen Gartentisch aufstellen und im Freien sitzen. Oder ist dir das zu einsam?«

»Nein.« Niki schüttelte den Kopf. »Vielleicht kann man ja im Innern eine Art Bar unterbringen, zur Erinnerung an das Gasthaus.«

Sie meinte ernst, was sie sagte. Paris war nicht aus der Welt. Es gab sogar einen Überlandbus, den die Kinder und alle ihre Freunde nutzen konnten, um sie in ihrem ländlichen Refugium zu besuchen.

»Wir versuchen es.«

Noch bevor Niki nach Los Angeles flog, um ihr monumentales Werk »King Kong« zu vollenden, zogen sie mit Sack und Pack und Jeans gesammeltem Schrottvorrat nach Soisy.

Es war ein lauer Morgen im Vorfrühling. Die Vögel, deren Gesang in Paris unterging, schmetterten unverzagt ihr Morgenkonzert. Niki betrat ihr neues Atelier und sah sich um. Sie brannte darauf zu arbeiten. Der Holzboden, die Decke mit ihren darüber ausgespannten Balken, der ganze Tanzsaal schien darauf zu warten, dass sie ihn mit Leben füllte.

Und das würde sie. Zuerst würde sie ein Vorbild für die Gebärende in »King Kong« schaffen, das monumentale Schießbild, das in der Galerie Dwan entstehen sollte. Niki ging an die Arbeit und zeichnete erste Studien. Schon bald spürte sie, dass die Arbeit sie mit sich selbst konfrontierte. Schließlich montierte sie eine Figur auf eine Holztafel. Eine Frau in größter existenzieller Not, die Leben gab, fremdbestimmt, ihrer Würde beraubt. Niki bildete ihr Haar aus Wolle nach und wählte für das Gesicht eine Maske. Die Scham betonte sie durch die gespreizten Beine, der Leib wirkte wie aufgerissen durch die Puppe, die aus ihm herausdrängte.

Bei Lauras Geburt hatte Niki sich ähnlich ausgeliefert gefühlt. Blaue Flecken auf Körper und Seele. Nur ihre Fähigkeit, zu vergessen, und die Notwendigkeit, für ihr Kind zu sorgen, hatten sie davor gerettet, sich zu verlieren.

Sie arbeitete gerade an der Vollendung ihrer »Gebärenden«, als Jean hereinkam.

»Mittagspause.« Er trat näher. »Findest du das nicht zu drastisch? Die Frau sieht ein bisschen aus wie ein gekreuzigter Frosch, als würde ihr nicht nur das Kind aus dem Leib fallen, sondern das Herz aus der Brust.«

Niki runzelte die Stirn. »Aber das entspricht der Wahrheit. Frauen haben nicht einmal bei der Geburt ihrer Kinder etwas zu sagen. Und auch sonst. Denk an die, die im Krieg Männerarbeit geleistet haben. Kaum war er vorbei, wurden sie zurück an den

Herd gedrängt.« So viel Bitterkeit war in ihr. Trauer, die sich in der versehrten Haut ihrer Figuren ausdrückte.

Jean zog sie in seine Arme. »Auch wenn du das Gegenteil behauptest, bist du doch eine Frauenrechtlerin. Aber jetzt stärken wir uns erst einmal. Was willst du?«

»Alles«, sagte Niki.

Er drehte sich auf dem Absatz um und verschwand in der Küche, um das Baguette aufzuschneiden und es mit Schinken, Käse und Tomaten zu belegen.

Niki wandte sich wieder ihrer Arbeit zu. *Ich bin eine Künstlerin der Frauen*, dachte sie. Es geht um mich, aber es geht auch um uns alle. Unser Leben ist von der Geburt bis zum Tod durch gesellschaftliche Konventionen vorherbestimmt. Ich werde unsere Rollen ausloten und wenn möglich aufbrechen.

In »King Kong« würde Niki die Entwicklungsgeschichte der Frau erzählen. Die Kindheit, das Glück der ersten Liebe, Hochzeit, Mutterschaft, die Brüche in ihrem Lebensentwurf, ihre Verfügbarkeit. All das hatte Allgemeingültigkeit.

Indem ich meine Geschichte erzähle, erzähle ich die unseres Geschlechts. Und anders als du, Maman, werde ich nichts verschweigen, sondern alles nach außen tragen, in leuchtenden Farben; meinen Hass, meine Liebe, meine Angst, meine Zärtlichkeit, mein Lachen, mein ganzes Ich. »Meine Aufgabe ist es, die Wahrheit hinter den Dingen sichtbar zu machen«, sagte sie zu Jean.

In der nächsten Zeit schuf sie wie besessen Gebärende, Hexen und Huren. Niki hatte die Macht, den Schmerz in Bilder zu verwandeln. Freiheit und Selbstbestimmung waren nur eine Illusion. Sie tauchte tief in ihr eigenes Leid hinab, dahin, wo ihre zerstörten Hoffnungen wohnten.

Der Höhepunkt dieser Werkreihe war ihre verstörende Arbeit »Crucifixion«. Die weibliche Figur, die sie in ihrer Assemblage darstellte, war 2 Meter 45 groß. Sie trug jede Menge Plastikspielzeug auf ihrer Brust und hatte die Haare auf ihrem winzigen Kopf mit Lockenwicklern aufgewickelt. Ihre Netzstrümpfe und der Hüfthalter betonten ihr schwarzes Schamhaar und ihre Verfügbarkeit. Sie hing an der Wand, ihre winzigen Füßchen fanden keinen Halt.

»Wenn sie eines nicht kann, dann weglaufen«, sagte Niki düster.

Wie ein abziehendes Sturmtief zog sich die Gewalt aus ihren Arbeiten zurück, was blieb war Melancholie. Ihre Figuren lösten sich von den Bildtafeln, und sie begann, vollplastisch zu arbeiten. Bald bevölkerte eine Vielzahl von Gestalten das Atelier und den Garten. Einige von ihnen waren Bräute.

»Jetzt entwickelst du dich doch noch zur klassischen Bildhauerin«, kommentierte Jean.

»Ja, aber die Themen bleiben und das unspektakuläre Material.«

Niki baute ihre Frauenfiguren aus Hühnerdraht, Gips, Garn und Fundstücken vom Flohmarkt zusammen. Vielleicht war es die Konzentration auf weibliche Rollenklischees oder das Material, das etwas von Werkkunstschule und Handarbeitsunterricht hatte. Die Horden von sensationsgierigen Journalisten, die sie sonst verfolgt hatten, blieben aus. Die »Diana vom Montparnasse« bot keine spektakulären Happenings mehr. Niki jedoch begrüßte das. Nie wieder würde sie sich zum Spielball der Medien machen lassen. Stattdessen würde sie selbst die Regeln aufstellen und sich und ihre Kunst inszenieren. Für einen Bericht in der *Vogue* schlüpfte sie sogar wieder in ihren weißen Lederanzug.

Sie hatten das Haus immer voller Gäste. Eva Aeppli, Pontus Hultén, Paul Restany mit Jeannine de Goldschmidt, Spoerri, Arman, César und viele andere besuchten sie, so dass Jean schon mit dem Gedanken spielte, aus der geräumigen Herberge eine Kommune zu machen. An schönen Sommerabenden standen ihre Freunde mit Gläsern in den Händen unter den Bäumen voller Lampions und nahmen sich die Zeit, ihre Träume und Ideen zu diskutieren.

Niki saß mit Jean und Spoerri am Gartentisch unter der Pergola. Alle drei hatten ein Glas Rotwein vor sich. »Ich komme in diesem Jahr noch ganz groß raus«, kündigte sie an. Ihr bereits vor einiger Zeit entstandenes Schießbild »Kennedy-Chruschtschow« war als Beitrag zur Biennale in Paris angenommen worden.

»Wenn du dich da mal nicht irrst«, unkte Spoerri. Er behielt recht. Die Jury entschied, auf die Präsentation der provokanten Darstellung zu verzichten. »Zu politisch«, kommentierte Jean. Niki kochte vor Zorn.

Sie verarbeitete ihren Ärger, indem sie ihren Garten mit knallbunten Köpfen aus Pappmaschee, Hühnerdraht und Garn bevölkerte, gegen den Trend und ohne ihre Erfolge aus der Anfangszeit zu wiederholen. Pallas Athene und Marilyn Monroe waren zwei der Kopfgeburten, die bald auf der Wiese unter den Bäumen standen und die Dorfbewohner zum Staunen brachten. So attraktiv ihr Vorbild auch war, Nikis bitterböse Marilyn eiferte ihr nicht nach.

»Und das hier soll wirklich die schöne Marilyn sein, das Sexsymbol?«, fragte Jean ungläubig, als er vor dem Wollkopf mit den riesigen, blauen Augen stand.

»Männer wollen Frauen schön und gehorsam haben. Marilyn hat das mitgemacht. Sie war fremdgesteuert.« Niki dachte einen Moment lang nach. »Als Kind wollte ich die Macht der Männer für mich.«

»Dann nimm sie dir«, sagte Jean leise.

Was war der Scheitelpunkt, ab dem es im Leben einer Frau bergab ging? Wann war es endgültig vorbei mit der Freiheit? Die Hochzeit, dachte Niki bitterböse.

Es war ein friedlicher, etwas zu warmer Samstagmorgen. Sie stand in ihrem Garten und überzog eine sitzende weibliche Figur mit einer Gipsschicht. Sie tauchte die Gipsbinden in Wasser, presste sie auf den Körper aus Hühnerdraht und formte daraus ein Brautkleid sowie Kopf und Hals der jungen Frau. Wie wunderbar nachgiebig beide Materialien waren. Ihre Hände liebten es, damit zu arbeiten.

Danach hievte sie die Figur zum Trocknen auf einen Hocker am Tisch. Unter einem Baum stand schon das lebensgroße Pferd aus Fundstücken bereit, das sie einmal tragen würde. »La mariée à cheval«, die Braut auf dem Pferd.

Sie dachte an ihre eigene Hochzeit. Auch sie war in den vierziger Jahren für den Heiratsmarkt erzogen worden. Gemeinsam mit Harry hatte sie ihrem Eheglück entgegengefiebert und es als Weg in die Freiheit gefeiert. Auch wenn sich diese Annahme als Irrtum erwiesen hatte, war Harry als Ehemann doch ein Glücksfall gewesen. Vielen Frauen ging es weit schlechter. Erst kam der Traualtar, dann die Versklavung.

Sie wandte sich zum Haus. Ein Schleier musste her, der die Braut verhüllte, und ein paar echte Schuhe mit Absätzen. Aus der Scheune drang das kreischende Geräusch von Jeans Motorsäge.

Da bemerkte sie Philip, der abwartend an der Hauswand stand. Der Achtjährige verbrachte oft die Wochenenden bei ihnen auf dem Land. In den letzten beiden Jahren war aus ihm ein Junge mit knubbeligen Knien geworden, der stundenlang zum Spielen im Wald verschwand, wenn er nicht gerade Jean zur Hand ging. Besonders gern war er mit den Kindern von Jackie Matisse und ihrem Mann Bernard Monnier zusammen. Nikis Freundin war ebenfalls Künstlerin und lebte nicht weit entfernt von Soisy auf Teeny Matisses Anwesen in Villiers-sous-Grez.

»Komm doch näher«, lud Niki ihn ein.

Philip trat heran, ließ seine Hand über das Pferd gleiten, das aus zerbrochenem Spielzeug bestand, setzte sich auf den Tisch und baumelte mit den Beinen. »Du machst gruselige Sachen, Mama.«

Das konnte Niki nicht leugnen. »Geht es dir gut, mein Schatz?«

»Ich sehe nachher nach meinen Kaulquappen. Aber ein Schatz bin ich nicht. Ich bin groß.«

»Natürlich.« Wie gut, dass es ihm bei ihnen gefiel. Niki dachte sehnsüchtig an Laura, die nur den allernotwendigsten Kontakt zu ihr pflegte. Philip sprang auf und gab der Braut die Hand. »Guten Tag, Madame. Oder bist du eine Mademoiselle? Aber du bist ja schon verheiratet.«

»Vorsicht, Philip, der Gips ist noch nicht trocken!«, rief Niki warnend.

»Ach so.« Philip, der in dieser Richtung einiges gewohnt war, putzte sich lässig die Hand an seiner kurzen Hose ab. »Erst habe ich gedacht, du machst ein Märchenpferd mit einer Fee.«

Niki grinste. »Und was denkst du jetzt?«

»Das Pferd ist komisch.«

»Stimmt.« Sie hatte es mit einem wilden Durcheinander aus Spielzeugfragmenten, Puppenkörpern, einem Sieb und einem Hahn aus Gummi überzogen, als würde das Leben der Braut nur Trümmer vor die Füße werfen. »Und was denkst du darüber?«

Philip runzelte die Stirn. »Ich denke, das Pferd trägt die Braut zu einem bösen Zauberer. Weil sie traurig ist, kann man alles mit ihr machen. Wenn sie nur die Zügel ergreifen und wenden würde … Dann könnte sie reiten, wohin sie will.«

Niki verstrubbelte ihm sein kurzes, blondes Haar. »Aber wir lassen den Zauberer nicht gewinnen, oder? Irgendwann siegt die Freude. Guck mal, da ist Jean.«

Jean stand in seinem Blaumann an der Ecke, die Arme untergeschlagen, und beobachtete sie. »He, Lehrling, du musst mir helfen.«

Nachdem Philip ihm in die Scheune gefolgt war, widmete sich Niki wieder ihrer Braut. Die Gipsbinden, die Körper und Kleid definierten, waren inzwischen fast getrocknet.

Niki blinzelte. Das Leben würde die Träume der Braut durchkreuzen, so wie es das bei ihr getan hatte. Es kam darauf an, sich nicht unterkriegen zu lassen. Sie stellte das Paar Schuhe auf den Gartentisch, das sie für die Braut vorgesehen hatte, und überzog es ebenfalls mit Gips.

Am frühen Abend fuhr Harry vor, um Philip abzuholen. Vor Kurzem hatten sie entschieden, ihre Scheidung rechtskräftig zu machen. Niki wusste, dass dieser Schritt ihre Beziehung noch einmal verändern würde. Aber es war in Ordnung. Sie führten jeder ein eigenes Leben. Niki war eine anerkannte Künstlerin. Harry trieb seine Karriere als Schriftsteller voran und hatte sich mit dem Erscheinen seiner Zeitschrift »Locus Solus« und seinem Buch *The Conversions* einen Namen in der Welt der avantgardistischen Literatur gemacht.

Er kam in den Garten, als Niki und Jean gerade den großen Tisch für ein einfaches Abendessen deckten, und sah ebenso verlegen aus, wie sie sich fühlte.

»Du hast Laura wieder nicht mitgebracht.« Ein Stich fuhr Niki mitten durchs Herz.

Er trat näher und zog sie in seine Arme. »Sie ist in der Pubertät. Lass ihr Zeit.«

Sie seufzte und versuchte, ihre allgegenwärtigen Schuldgefühle zu verdrängen. Wie oft war sie nicht da gewesen, wenn Laura sie gebraucht hatte?

Sie aßen und tranken, während sich blaue Dämmerung über den Garten senkte.

Nach dem Essen verschwand Philip wieder in der Scheune, wo er mit den jungen Katzen der Nachbarin spielte. Auch Jean entfernte sich diskret, so dass sie allein am Tisch zurückblieben, fast wie das eingeschworene Paar, das sie einmal gewesen waren. Niki und Harry gegen den Rest der Welt.

»Es gibt eigentlich nichts zu feiern«, sagte Harry.

»Wir hatten nicht nur schlechte Zeiten.« Niki griff nach seiner langfingrigen Hand, die sich so ganz anders anfühlte als Jeans schwielige. »Das ist kein Abschied für immer«, beteuerte sie. »Wir bleiben in Freundschaft verbunden. Ich bin dir schrecklich dankbar für alles …«

Denn schließlich hatte er es auf sich genommen, ihre freiheitsliebenden Kinder durch das strenge, französische Schulsystem zu lotsen. Aber so deutlich wollte sie ihm das nicht sagen.

»Wie konnten wir unsere Ehe nur so in den Sand setzen?« Sein schiefes Lächeln fiel reichlich melancholisch aus. Auch an ihm waren die Jahre nicht spurlos vorübergegangen. Niki hatte längst bemerkt, dass sich seine braunen Locken an den Schläfen zu lichten begannen.

»Es war nicht falsch«, sagte sie. »Wir konnten miteinander erwachsen werden. Ich war glücklich mit dir. Und außerdem gibt es in der Zukunft noch so viel zu entdecken. Für uns beide.«

Harry schüttelte den Kopf, ließ ihre Hand aber nicht los. »Woher nimmst du nur immer deinen unerschütterlichen Optimismus?«

Sie lächelte ihn geheimnisvoll an. »Guck mal.«

Sie sahen auf und stellten fest, dass sie sich in einem Feld voller Glühwürmchen befanden, die aufglühten und davonschwebten wie Feenlichter.

Kapitel 33

Sommer 1964

Das Taxi hielt vor Jeans Haus in Lutry bei Lausanne. Es war ein warmer Tag, an dem der See das blaue Leuchten des Himmels zurückgab. Niki stieg aus und ging schon auf den Eingang zu, während Jean noch schnell den Fahrer bezahlte. Ein langer, kreativer Sommer in Gesellschaft von Clarice und Larry lag vor ihnen. Die beiden erwarteten sie in der Tür. Als das Taxi davonfuhr, kam Clarice mit durchgedrücktem Rücken auf sie zu, hochschwanger. Sie watschelte ein bisschen. »Da seid ihr ja endlich.«

Niki zog sie in ihre Arme und flüsterte. »So voluminös. Ich erinnere mich noch, wie es sich anfühlt, sich seine Schuhbänder nicht mehr selbst binden zu können. Glaub mir, das ist nichts, was ich noch einmal erleben möchte.«

Die Freundin grinste. »Ich trage Sandalen. Fühl mal!«

Niki legte eine Hand auf ihren Bauch und lachte entzückt auf, als sich eine winzige Ferse in ihren Handteller bohrte. »Hallo, Kleines!«

Während Larry und Jean das Gepäck aus dem Kofferraum holten, folgte sie Clarice ins Haus. »Wann ist es denn so weit?«

»Bald«, erwiderte Clarice. »Ich bin sicher, es wird ein Mädchen.«

Jean wollte in diesem Sommer auf der Landesausstellung in Lausanne seine nahezu 8 Meter hohe kinetische Eisenkonstruktion »Heureka« vollenden. Da es seine erste bleibende Arbeit für den öffentlichen Raum war, war er entsprechend aufgeregt.

Niki würde viel Zeit für sich haben. Sie wollte an ihrem »Heiligen Georg mit dem Drachen« und an ihren Köpfen weiterarbeiten, sie konnte gar nicht anders, aber sie würde es frei und selbstbestimmt tun. Nach ihren Ausstellungen in der Galerie Iolas in Genf und beim »Salon de Mai« in Paris mit Jean und Künstlerkollegen wie Christo, Spoerri, Roy Lichtenstein, Warhol, Jasper Johns und Bob Rauschenberg hatte sie eine Pause bitter nötig.

Einige Tage nach ihrer Ankunft kam sie in Larrys Atelier, als Clarice auf einem Podest nackt für ihn posierte. Er war ein sicherer Zeichner. Seine scharfen Augen glitten über den Körper seiner schwangeren Frau und fingen ihre ausladenden Proportionen ein. Sein Bleistift flog über das großformatige Papier. Niki wusste, wie grenzenlos wissensdurstig er war, wie fasziniert von dem Mysterium des Lebens, das sich in Clarice verwirklichte.

»Und jetzt wende dich bitte zur Seite«, bat er leise. »Und dreh mir dein Gesicht zu.«

Clarice ließ sich nicht aus der Ruhe bringen und tat, was er verlangte. »Gut so?«

Niki betrachtete sie staunend. Der Babybauch, die kräftigen Beine. Clarice war das krasse Gegenteil der superschlanken Models, die zurzeit die Seiten der Magazine bevölkerten. Eine heidnische Muttergöttin oder die irdische Venus. Ihr Kopfschmuck aus Blüten und Blättern verstärkte diesen Eindruck nur. Clarice war vollkommen im Reinen mit sich. Niki kam ins Grübeln.

Hatte sie wirklich gedacht, Frauen seien machtlos und den Männern hilflos ausgeliefert? Das Gegenteil war der Fall. Sie dachte an die gewaltige Kraft, die sie bei der Geburt entwickelten, erinnerte sich an ihre eigene unbesiegbare Energie. *Sie fürchten uns zu Recht. Was, wenn wir die Ketten der Sklaverei einfach sprengen würden?*

Niki war plötzlich sehr aufgeregt. Sie trat näher. Das Blut pulsierte in ihren Adern, und ihr Herz klopfte wie bei den Schießaktionen. *Wir alle sind die Große Göttin, wir geben Leben. Wir sind mächtig und stark. Warum sollten wir uns von irgendjemandem etwas anderes einreden lassen?*

»Du bist wunderschön, Clarice.«

Die junge Waliserin stieg vom Podest und schlüpfte in ihr Sommerkleid. »Ich weiß.« Sie lächelte siegesgewiss.

Larry legte die Zeichnung seiner Frau auf den Tisch und begann, das ungeborene Kind mit wissenschaftlicher Genauigkeit in Clarices gewaltigen Bauch einzutragen.

Niki sah ihm über die Schulter. »Könntest du mir ein Duplikat davon machen?«

Er blickte überrascht auf. Niki hatte Larry noch nie um einen Gefallen gebeten; seine Kunst bot einfach zu wenig Überschneidungspunkte zu ihrer. »Gern«, sagte er dann und lächelte sein Spitzbubenlächeln.

Am nächsten Morgen hatte sie ihre großformatige Zeichnung.

»Und was machst du jetzt mit mir?«, fragte Clarice. Neugierig beobachtete sie, wie Niki ihre Umrisse mit bunten Schnipseln füllte. Eine Collage entstand, die Clarices Ähnlichkeit mit der Großen Göttin noch stärker herausbrachte.

Niki verwendete sie als Vorlage für das Gemälde »Pink Nude«, auf dem sie eine Ansicht eines knallbunten Aktes darstellte. Es steckte noch so viel mehr darin, das spürte sie. Eine andere Sicht auf die Welt und die Weiblichkeit.

Einige Tage später besuchten sie Jean, der am Ufer des Sees seine große Schrottskulptur »Heureka« aufbaute. Er hatte sowohl in Lutry als schon zuvor in Soisy viel Zeit und Sorgfalt auf die Entwicklung seines Maschinenkunstwerks verwandt. Nach ihrer Ankunft hatte er tagelang die Schrottplätze der Gegend nach Überbleibseln der Industrie und Landwirtschaft abgesucht und einen alten Heuwender mit Rad und Gabeln sowie einen Grubenwagen aus dem Bergbau integriert, die an die Erwerbstätigkeiten der Menschen im Laufe der Jahrhunderte erinnerten. Dass sein Arbeitsplatz inmitten der laufenden Landesausstellung ebenfalls einem Schrottplatz glich, war ein Umstand, den er sehr genoss.

Als Niki und ihre Freunde auf der Baustelle ankamen, befand er sich gerade in schwindelerregender Höhe auf dem rostfarbenen Aufbau voller Räder und Maschinenteilen.

»Hi, Jean«, rief Larry.

Clarice und Niki standen hinter ihm und beobachteten, wie Jean die halsbrecherische Konstruktion leichtfüßig hinabkletterte, mit einem gewagten Sprung zu ihren Füßen landete und in eine spielerische Verbeugung fiel. »Nikita Maxima und Clarice, die Schöne.«

»Verpflegung.« Niki grinste und deutete auf ihren Picknickkorb.

Sie aßen am Ufer des Sees, fütterten die Enten und die Tauben mit den Resten und lehnten sich dann satt und zufrieden zurück.

»Die Skulptur ist so wenig schweizerisch.« Larry zerkrümelte ein Stück Baguette und warf es den Tauben zu.

»Wie meinst du das?« Jean strich sich den Schweiß von der Stirn.

»Sie ist so wenig praktisch, effizient und nützlich. Und Gewinn bringt sie auch keinen.«

Jean verkniff sich ein Grinsen. »Diesen Witz verstehen die Welschschweizer vielleicht besser als die Deutschschweizer.«

»Muss ich das wiederum kapieren?«, gab Larry zurück.

Während sich die beiden Männer in ihre Diskussion vertieften, brachen die Frauen Arm in Arm zu einem Spaziergang am Seeufer auf. Auf der Wasserfläche neigten sich die weißen Segel der Boote im Wind. Clarice setzte sich auf eine Bank und faltete die Hände über ihrem gewaltigen Bauch. »Brüten ist anstrengend.«

»Ich erinnere mich noch, wie froh ich war, als es ein Ende hatte.« Niki griff nach einem flachen Kiesel und ließ ihn auf den Wellen tanzen. »Wie werdet ihr euer Leben gestalten, wenn das Kleine da ist?«

Clarice sah blinzelnd auf den glitzernden See hinaus. »Wahrscheinlich gehen wir nach Southampton zurück. Aber es wird sich schon ergeben. Darüber mache ich mir Gedanken, wenn es so weit ist.«

Niki begriff, dass sich Clarice von ihr unterschied. Sie nahm ihre Schwangerschaft mit einer bewundernswerten Gelassenheit. Sie zeigt uns, wie wir sein könnten, dachte Niki. Unerschütterlich selbstbewusst.

Im September wurde Clarices Tochter Gwynne geboren.

Zurück in Soisy dachte Niki über eine neue Ausrichtung ihrer Kunst nach. Obwohl noch immer vieles ungesagt geblieben war, hatte sie das Tal der Tränen durchschritten.

Was, wenn sich Frauen nicht mehr knechten ließen? Von nichts und niemandem? Was, wenn sie sich zu ihrer Macht und Kompetenz bekennen würden? Sie waren die Quelle des Lebens. Niki jedenfalls würde sich nie wieder einreden lassen, dass sie wertlos war. Ihre neuen Erkenntnisse begannen in ihr zu arbeiten.

Noch im Sommer schrieb sie einen Brief an Pontus Hultén, in dem sie ihm eine enorme Skulptur ankündigte: *Es wird eine sehr seltsame Frau, fünfzehn Mal dicker als ich und viel größer noch dazu. Sie steht auf hohen Absätzen. Die Farben sind sehr schön. Ich werde Dir ein Foto schicken.*

Sie begann mit der Ausführung. Ihre Figur der »Waldaff« reichte mit ihrer imposanten Höhe von 2 Meter 68 im Tanzsaal bis an die Decke. Sie versah sie mit einem betont kleinen Kopf und athletischen Schultern, bemalte ihren Rock mit bunten Blumen und hängte ihr eine Tasche über den angewinkelten Arm. In Nikis Augen hatte sie ein wenig Ähnlichkeit mit ihrer Tante Joy. Unübersehbar war sie auf jeden Fall.

Als Jean die Waldaff zum ersten Mal erblickte, schlug er in gespieltem Entsetzen die Hand vor den Mund. »Was ist das denn für eine Wuchtbrumme? Da muss man ja Angst haben, dass sie einem die Handtasche über den Kopf zieht.«

Niki vergaß seine Worte nicht, während die Ideen für ihren neuen Stil in ihr gärten wie Sauerteig. In ihrer Kindheit waren Frauen die Hüterinnen des Herdfeuers gewesen und hatten sich mit dieser Rolle zufriedenzugeben. Männer hingegen nahmen sich das Recht auf ein gesellschaftliches Leben heraus. Diese Freiheit hatte sie ihnen damals geneidet. Heute würde sie sie für sich beanspruchen.

Ihre neuen Frauenfiguren würden sich den öffentlichen Raum stellvertretend für alle ihre Geschlechtsgenossinnen zurückerobern.

Den Herbst und den Winter verbrachten sie in den USA. Niki mietete im Chelsea Hotel zwei Zimmer als Atelier, stellte dort »Astartes Erwachen«, »Miss Havisham's dream« und andere Werke fertig und schrieb an Pontus, sie arbeite wie ein Tiger. Nach ihrer Vernissage »Vive Moi« in Houston kehrte sie am 20. April 1965 nach Paris zurück. Ein paar Tage später war es so weit.

Schon als Niki erwachte, spürte sie, dass sich etwas verändert hatte. Im Traum hatte sie gewusst, was es war. Ihre neuen Frauengestalten machten sich in ihrem Kopf und ihrem Herzen breit und wollten ans Tageslicht.

Nachdenklich ging sie in die Küche und setzte Kaffee auf. Sie begrüßte das Alleinsein. Jean war in Brasilien, wo er den Schweizer Beitrag zur Biennale in São Paulo vorbereitete.

Die Vögel schmetterten ihr Frühlingslied und verbreiteten Zuversicht. Im Garten wiegten sich Felder voller weißer Narzissen.

Sie betrat ihr Atelier, stieß alle Fenster auf und ging an die Arbeit. Sie war durch die Hölle des Zornes und des Schmerzes gegangen. Jetzt war die Zeit reif für etwas vollkommen anderes. *Willkommen, ihr neuen Frauen! Hallo, kollektives Unbewusstes! Hey, Hoffnung, bleib da, wenn du dich ausnahmsweise in mir breitmachst.* Niki setzte sich an ihren großen Nähtisch, arbeitete bis mittags und fertigte den Prototyp einer weiblichen Gestalt aus Stoff und Wolle, den sie anschließend auf einen Hocker setzte. Es war, als ob die Dame ihr zulächelte.

»Da bist du also. Und wie ist dein Name?« Die Figur schwieg, was sollte sie auch anderes tun? »Du wartest also auf deine Schwestern. Auch gut.«

Niki machte weitere Frauengestalten und bestickte sie in weichen Farben. Nach und nach kristallisierte sich der Charakter dieser geballten Weiblichkeit heraus. Ihre Proportionen entsprachen nicht dem klapperdürren Schönheitsideal, das gerade vorherrschte. Sie waren voluminös, üppig und anschwellend, manche ähnelten Schwangeren. Wuchtbrummen, dachte Niki. Alle schienen sich zu amüsieren.

Schnell zeigte sich, dass sie nicht am Platz bleiben, sondern sich bewegen, tanzen und Rad schlagen wollten. Sie vermehrten sich, so dass Niki ihr Atelier öffnete und sie in den Garten entließ, wo sie sich auf der Wiese tummelten. Rot, schwarz, gelb oder gemustert lungerten sie dort voller Lebensfreude herum. Niki verzichtete darauf, sie als Individuen zu kennzeichnen, weil sie mit ihrer scheinbaren Uniformität allen Frauen ein Gesicht gaben.

Jean staunte nicht schlecht, als er zurückkam und das Haus okkupiert vorfand. »Wie willst du sie nennen?«

»*Nanas*«, sagte Niki. Der Name war ebenso plötzlich da gewesen wie ihre Gestalt.

Jean sah sie nachdenklich an. »Ein Kosewort für kleine Mädchen also oder für kleine Hühner. Ein wenig zärtlich, ein Roman von Émile Zola. Eine Gestalt von Manet.«

»Nanny im Amerikanischen.« Niki hatte ihre Köchin Cora nicht vergessen. Eine schwarze *Nana*, die würde sie auf jeden Fall machen müssen, ach was, viele. »Aber vielleicht habe ich mich auch an meine erste Gouvernante in Schloss Fillerval erinnert gefühlt. Die hieß Nana.«

»Geborgenheit«, sagte Jean, und Niki stimmte ihm zu.

Ein paar Wochen später machte ihr Alexandre Iolas das Angebot, die *Nanas* Ende September in seiner Pariser Galerie auszustellen.

Also mussten viele her. Niki arbeitete fieberhaft und benannte die fertigen Figuren nach ihren Lieben: Clarice, Bénedicte, Eva, Jackie, Erica, Elisabeth, Nathalie, Frederica, Laure. Sie alle waren bunt und fröhlich. Aber wie würde sie die *Nanas* nach Paris transportieren? Niki runzelte die Stirn. Sie durfte sich nicht ins Bockshorn jagen lassen. Und wenn sie sie einzeln mit ihrem 2CV in Alexandre Iolas' Galerie fahren musste, dann würde sie das eben tun.

An einem Samstagmorgen war der Tisch in ihrem Atelier mit Bergen von Stoff und Garn bedeckt. Die *Nanas*, diese freche Bande, lagen so wild und zahlreich auf dem Boden, dass sich Niki kaum ihren Weg bahnen konnte. Schließlich saß sie aber doch am Tisch und griff gerade nach Garn und Faden, als sie einen Luftzug spürte. Die Tür hatte sich einen Spaltweit geöffnet.

Niki sah auf. Eine Gestalt, nur wenig kleiner als sie selbst, stand im Gegenlicht, so dass ihr Gesicht verborgen blieb. Niki stand hastig auf, umrundete die *Nanas* und schloss das Mädchen mit den braunen Locken in ihre Arme.

»Da bin ich«, sagte Laura.

Kapitel 34

Stockholm, April 1966

Das hölzerne Ausflugsboot, das zur Rundfahrt in die Insellandschaft vor Stockholm einlud, füllte sich langsam mit Touristen aus aller Welt. Es lag am Kai der Insel Kungsholmen, direkt vor der ausgedehnten Fensterfront des schwedischen Königsschlosses. Der Skipper wollte gerade die Leine lösen, als sich von Gamla Stad her ein Paar näherte, lachend, Hand in Hand. Niki und Jean sprangen in letzter Minute an Bord.

»Beeilt euch!« Der Skipper schwenkte von Schwedisch auf Englisch um. »Wohin des Weges?«

»Skeppsholmen, Moderna Museet.«

Das Boot tuckerte los, als sie sich auf die letzte freie Bank fallen ließen.

Niki zog sich ihren hellen Kaschmirpullover enger um die Schultern und beobachtete die Möwen, die majestätisch über den weißblauen Himmel segelten. Im Wind war es empfindlich kühl, obwohl sie nicht aufs offene Meer hinausfuhren, sondern in der Sicherheit des Hafenbeckens bleiben würden. Das Boot würde die Inseln ansteuern, die wie Smaragde vor Stockholm lagen, auf ihnen gab es Ausstellungshäuser wie das volkskundlichen Nordiska Museet, Gärten und Naturreservate zu entdecken.

Sie näherten sich der Halbinsel Djurgården, wo vom Vergnügungspark Gröna Lund trotz der frühen Stunde Lachen und Lärm hinüberschallten. Niki warf einen Blick auf das Kettenkarussell, dessen Fahrgäste die Fliehkraft testeten, und auf die Achterbahn, aus der juchzendes Geschrei ertönte, als ein Waggon sich halsbrecherisch in die Tiefe stürzte. Der Skipper legte an, ließ eine Familie mit Kindern aussteigen und startete erneut.

»Du willst also wirklich mit Pontus Hultén verhandeln?«, fragte Jean.

»Wir werden sehen.« Niki strich ihm über die Wange, die schon wieder stoppelig wurde. Jean konnte sich locker zweimal täglich rasieren.

»Pontus weiß selbst nicht, was er will«, sagte er. »So planlos habe ich ihn selten erlebt.«

Vor einigen Wochen hatte ihr Freund und Kurator sie gemeinsam mit Claes Oldenburg und Martial Raysse eingeladen, die große Halle des Museums mit ihren Werken zu bespielen. Die Schau sollte ein Gegenentwurf zur elften Ausstellung des Europarats »Königin Christina« im Nordiska Museet werden. Nachdem Raysse und Oldenburg abgesprungen waren, sah auch Jean keinen Sinn mehr darin, ein Konzept zu entwickeln. Schließlich hatte er in Soisy genug zu tun. Ihr Entwurf für den Figurenpark »Le paradis fantastique« auf dem Dach des französischen Pavillons der Weltausstellung in Montreal stand auch noch aus. Niki jedoch wollte sich die Chance nicht entgehen lassen.

Sie tauchte ihre Hand in das kalte Wasser, das im Schatten einer grauen Wolke fast schwarz aussah. Möwen auf der Jagd durchschnitten den Himmel wie Pfeile. »Dabei bist du doch sonst so ein Arbeitstier. Sicher träumst du jede Nacht von deinen kinetischen Wunderwerken.«

»Ich träume von dir.«

»Oh, nein.« Niki lachte. »Unsere Arbeit steht im Vordergrund, was immer uns sonst beschäftigt.«

»Pontus hat keine Idee, kein Thema«, wandte er ein. »Und mir fällt auf die Schnelle auch nichts Brauchbares ein.«

»Jean Tinguely ohne Inspiration?« Niki legte sich seinen Arm um die Schultern und streifte seine Wange mit den Lippen, misstrauisch beäugt von der Engländerin mit Kopftuch gegenüber, die eine solche Zurschaustellung von Zärtlichkeiten sicher missbilligte. »Ich betrachte diese Offenheit als Vorteil. Wir sind vollkommen frei und können den gesamten Platz nutzen.«

»Freiraum, den wir erst einmal füllen müssen.« Jean schüttelte den Kopf.

»Wir kriegen das schon hin. Vertrau mir einfach. Das wird richtig gut.« Sie setzte sich aufrecht. »Wir mussten herkommen, glaub mir.«

Das Boot nahm Fahrt auf und steuerte Skeppsholmen an, wo am Ufer ein großer Mann mit einer eckigen Brille auf sie wartete, Pontus Hultén. Er schob ungeduldig seinen Ärmel hoch und sah auf die Armbanduhr.

»Der steht schon länger da«, bemerkte Niki.

»Er läuft auf und ab wie ein Panther im Käfig.« Jean half Niki auf. »Wir sind seine letzte Rettung. Ich fühle mich ein bisschen wie von der Resterampe. Kunst im Sonderangebot.«

»Er hat sicher gedacht, wir springen auch noch ab«, erwiderte Niki. »Pontus ist unser Freund. Wir sollten ihn auch als solchen behandeln.«

Das Boot legte mit einem Ruck an und schwankte kräftig, als sie an Land gingen.

Pontus breitete erleichtert die Arme aus. »Willkommen, ihr beiden. Wie war eure Anreise? Seid ihr gut untergekommen?«

»Alles bestens.« Nikis Vermutung trog nicht. Offensichtlich

hatte er an der Anlegestelle schon die vorherigen Ausflugsboote abgewartet. Sie waren seine letzte Rettung in der Not.

Hultén ging ihnen voraus zum Moderna Museet, einem Flachbau in einem ausgedehnten Garten, der noch im Dornröschenschlaf lag. Er zog die gläserne Eingangstür auf.

»Lasst uns das Museum in eine Festhalle des Neorealismus verwandeln«, schlug er vor, während Jean hinter seinem Rücken skeptisch den Kopf schüttelte. Im Kiosk in der Eingangshalle stellte ein junger Mann Getränke kalt, Cola, Fanta, Selters. Er begrüßte sie mit einem Nicken.

»Das ist Rico Weber aus der Schweiz«, erklärte Hultén. »Er verbringt den Sommer bei uns.«

Der Junge hatte einen dichten Lockenkopf, Koteletten und Backenbart und überragte sowohl Niki als auch Jean um einen geschätzten halben Meter. Jean begann sofort ein Gespräch auf Schweizerdeutsch mit ihm. Während die beiden palaverten, trat ein weiterer Mann auf Niki und Pontus zu.

»Per Olof Ultvedt kennst du ja«, sagte Pontus.

»Aber sicher.« Niki begrüßte den blonden Schweden mit Handschlag. Er war bei der Ausstellung »Dylaby« im Amsterdamer Stedelijk Museum dabei gewesen.

»Es ist mir eine Freude, dich wiederzusehen, Niki«, hieß er sie förmlich auf Englisch willkommen. »Was machen die *Tirs*?«

»No more tirs.« Sie schüttelte mit gespieltem Bedauern den Kopf.

Kurz darauf saßen sie in Hulténs Büro, wo offensichtlich wurde, dass ihnen allesamt die zündende Idee fehlte.

Jean faltete seine Arme über der Brust. »Weißt du, Pontus, es geht ja auch darum, dass wir einen Riesenraum bespielen müssen und das Kunstwerk eigens für das Museum geschaffen wird. Es ist dir sicher klar, dass meine Arbeiten ebenso hochkomplex sind wie Per Olofs.«

»Alle Rädchen greifen ineinander«, stimmte ihm Ultvedt zu.

Jean nickte. »Und für die große Halle müssen wir entweder viele Kunstwerke schaffen, oder die wenigen müssen gewaltige Ausmaße haben. Was passiert nach der Ausstellung damit, wenn ich sie nicht explodieren lasse? Wer hat die Rechte daran?«

»Nun ...«, begann Hultén. »Wir stellen euch Raum, Zeit und Geld zur freien Verfügung. Macht etwas draus. Es geht hier mehr um das Konzept als um die Ewigkeit.«

»So ist das also«, sagte Jean. »Dann bleiben unsere Arbeiten wohl im Eigentum des Museums oder werden zerstört. Sie müssen uns jede Menge öffentliche Anerkennung einbringen, wenn wir uns engagieren sollen.«

»Sag ich ja«, sagte Per Olof.

Obwohl sie sich bis nachmittags den Kopf zerbrachen, kamen sie zu keinem Durchbruch. »Wir könnten für ein paar Tage nach Moskau fahren«, schlug Pontus schließlich vor.

»Warum das?«, fragte Jean überrascht.

»Für die maximale Inspiration«, antwortete der Kurator schulterzuckend.

Niki vermutete, dass er ihnen den russischen Konstruktivismus nahebringen wollte, dessen Werke er mit Leidenschaft sammelte.

Jean sah das anders. »Gut, dann finde ich meine Inspiration dort am besten auf dem Grund eines Wodkaglases.« Sie beendeten diesen nervtötenden Tag mit einem befreienden Lachen. Niki und Jean nahmen ein Boot zurück nach Kungsholmen.

Abends spazierten sie Hand in Hand durch die engen Gassen der Altstadt und bewunderten die malerisch bunten Häuser. Sie standen lange am Kai, wo sich der Blick auf die Uferpromenade von Stockholm öffnete. Tausend Lichter spiegelten sich in der schwarzen Wasserfläche des Meeresarms. »Es ist schön, so in der Luft zu hängen.« Niki lehnte sich an Jeans Schulter.

»Wie meinst du das, mon chef tigre?« Er pustete ihr in die Haare.

»So dazwischen zu sein. Alles ist unbestimmt, aber wir wissen, dass sich das irgendwann ändern wird. Ein Atemholen.«

»Glaubst du wirklich?«

»Das war bislang immer so. Bevor der Tiger zum Sprung ansetzt.«

Aber auch der nächste Tag brachte keine Fortschritte. Stundenlang saßen sie im Büro von Pontus und starrten Löcher in die Luft. Niki fühlte sich müde und leer. »Wenn es morgen keine Lösung gibt, reisen wir ab«, kündigte Jean an, während ein Regenguss den Garten in eine Sumpflandschaft verwandelte.

Am dritten Tag saßen sie in der Mittagspause rund um den Küchentisch. Rico Weber brachte ein Tablett mit Sandwiches und gesellte sich zu ihnen. »Oh, gut!« Niki biss herzhaft in ein Brot mit Hähnchensalat. »Geistiger Blackout ist kein Grund, um hungrig zu bleiben.«

»Aber da fällt mir ein. Was machen eigentlich deine *Nanas*, Niki?«, fragte Pontus plötzlich.

»Sie wachsen und gedeihen«, antwortete sie mit vollem Mund. »Sie sind ein großer Erfolg.« Ihre üppigen Riesenweiber eroberten in vielen Variationen die Welt. Knallbunt und lebenslustig hatten sie sich auf Anhieb ins Herz des Publikums geschlichen.

»Sie sind ziemlich groß und nehmen irre viel Raum ein«, unkte Jean.

»Nun sag schon, was du meinst«, ergänzte Niki. »Du denkst doch, dass sie dick und eigensinnig sind. Viele Frauen können sich mit meinen *Nanas* identifizieren. Nicht einmal ein Sturm kann sie umpusten.«

»Fette Weiber also?«, fragte Rico.

»Wuchtbrummen, die für ihre Rechte kämpfen und im Notfall mit ihrer Gucci-Handtasche auf ihre Gegner einschlagen«, kommentierte Jean. »Unbesiegbar.«

Pontus sah Niki durch seine großen Brillengläser gespannt an. »Könntest du dir vorstellen, die *Nanas* bei uns in den Kampf zu schicken?«

Niki runzelte die Stirn. »Inwiefern?«

»Wäre es möglich …, sie als Hauptwerke unserer Ausstellung zu inszenieren?« Da war ein Beben in Pontus' Stimme, das auf Begeisterung und Zweifel gleichzeitig schließen ließ. Die *Nanas* waren seine verflixte letzte Hoffnung.

Niki setzte sich aufrecht. »Ich bin kein Lückenbüßer, wenn dir nichts einfällt, Pontus.« Sie sah die im Kreis um den Tisch sitzenden Männer kämpferisch an.

»Habt ihr den Raum im Blick?« Per Olof hob den Blick von seinen gefalteten Händen. »Er hat die Größe eines Tanzsaals. Vielleicht ist eine Armee von *Nanas* nicht vielfältig genug.«

»Das ist jetzt nicht dein Ernst, oder?«, fragte Niki gereizt. Viele Männer nahmen sich das Recht heraus, das Talent von Frauen infrage zu stellen. Alles war eine Frage der Machtverteilung. Das ging den *Nanas* ebenso auf die Nerven wie ihrer Schöpferin. Sie funkelte Per Olof zornig an.

»Ist ja gut«, sagte dieser.

Pontus brachte sie mit einer Bewegung seiner Hände zum Schweigen. »Ich will keine Armee wehrhafter *Nanas*. Wie wäre es, wenn du nur eine einzige schaffen würdest, Niki?«

Ihr wurde schwindlig. Da war sie, die eine, fast undurchführbare Idee. »Eine riesige schwangere Muttergöttin, die auf dem Rücken liegt.« Sie atmete tief durch. »Ja, lasst uns das machen. *Nana Power* in Stockholm. Wie groß könnte sie denn werden?«

»Bis zu 30 Meter lang«, sagte Pontus leise.

Niki stieß ihre Faust in die Luft. Das Wagnis war das genau das, auf was sie gewartet hatte. »Was meinst du, Jean?«

Er pfiff leise durch die Zähne. »Ich muss das durchdenken. Wir könnten es schaffen, wenn wir uns ranhalten. Aber wir müssten morgen anfangen. Bedenkt, dass wir bis zur Eröffnung nur sechs Wochen Zeit haben.«

»Wenn Jean sagt, wir schaffen das, dann schaffen wir das auch.« Niki wusste, dass in seinem Kopf die Zahnräder ineinanderzugreifen begonnen hatten. Sie hörte sie bereits rattern.

»Das wird wunderbar.« Pontus Hultén wandte sich an seinen jungen Helfer. »Rico, hol den Champagner.«

Es stellte sich heraus, dass Pontus, unverbesserlicher Optimist, der er war, schon vor Tagen ein paar Flaschen kalt gestellt hatte, um ihre ultimative Idee zu feiern. Er köpfte die Flaschen und goss ihnen allen ein, auch Rico.

»Ich wusste, dass uns die Muse küsst.« Pontus stieß mit Niki an.

»Ich auch.« Der Champagner war süß, perlend und kalt. »Aber pass auf. Diese *Nana* wird gewaltig.«

Als das Konzept stand, ging es Schlag auf Schlag. Sie nannten die liegende *Nana* »Hon«, was auf Schwedisch »Sie« bedeutet, oder »Die Kathedrale«, denn sie würde nicht nur stolze 29 mal 6 Meter messen, sondern einen begehbaren Innenraum voller Überraschungen bergen. Eine heidnische Muttergöttin mit dem voluminösen Körper, dem kleinen Kopf und den üppigen Gliedmaßen der *Nanas*, in deren Innenraum die Besucher eine Bar, ein Kino, ein Planetarium und eine Kunstgalerie erwartete. »Hon« sah wie eine Schwangere aus. Sie würde neues Leben gebären und auf Zeit wieder in sich aufnehmen.

Jean fing Feuer, als das Projekt konkret wurde. Gemeinsam entwickelten Niki und er die Ideen für die Konstruktion. Die Gestalt würde aus einem Stahlgerüst mit Maschendraht bestehen, das Niki mit einer Haut aus leimgetränkten Stofftüchern überziehen und bunt bemalen würde. »Hon« war eine großzügige Göttin in klaren Formen und fröhlichen Farben. Sie konnte sich verschenken, weil sie von allem genug hatte.

Am nächsten Tag zog Pontus einen Vorhang in der großen Halle ein, damit nicht nach außen drang, was hier geschah. Außerdem ließ er eine ganze Horde von Aufbauhelfern auf sie los, die bereitwillig mit anfassten.

Für immer sollten Niki die Pausen in Erinnerung bleiben, die Groß und Klein in der Küche verbrachten. Eine Schar kleiner Bälger purzelte ihnen zwischen den Füßen herum. Auf einem Foto, das sie allesamt in der Küche zeigte, wirkte Niki wie ein Paradiesvogel in einem Kindergarten. Tagsüber arbeiteten sie hart.

Während die Männer an dem Gerüst schraubten und Gliedmaßen aus Maschendraht formten, setzte Niki in der Küche mehrere Töpfe mit Wasser auf den Herd. »Hon« war riesig und voluminös. Niki musste für ihre Außenhaut 20 bis 30 Liter Leim pro Tag herstellen, den sie frisch verwendete.

Die Töpfe erfüllten den kleinen Raum mit Dampf. Als das Wasser heiß genug war, streute sie dieses unsägliche graue Pulver, das aus getrockneter Kaninchenhaut bestand, ein und rührte um. Auf der Stelle stank es in der Küche so bestialisch wie auf einem Schlachthof. *Ich bin eine Alchemistin. Oder nein, eine Hexe wie im Mittelalter.*

»Igitt!« Rico, der eine Kiste Sprudel vorbeibrachte, ging rückwärts wieder raus.

Niki zog sich ihren Kragen über die Nase und rührte so lange, bis der Leim die richtige Konsistenz hatte. Als alles bereit war, tränkte sie ihre Stoffbahnen darin und überzog damit das rechte Bein der »Hon«. Sie arbeitete schnell, weil der Stoff feucht am besten zu glätten war. Für die oberen Partien brauchte sie eine Leiter. Wenn alles fertig war, würde sie die Gestalt mit klaren Farbflächen, Ornamenten, Streifen und Blumen bemalen.

Am selben Nachmittag hielt Niki gerade eine Stoffbahn über den Kopf, als Jean in die Halle kam, im Schlepptau Rico, der schüchterner wirkte, als sie ihn kennengelernt hatte. Sie stieg von der Leiter, den leimgetränkten Stoff in den Händen.

»Stell dir vor, Niki«, sagte Jean. »Rico hat sich bereiterklärt, seinen Kiosk zu verlassen und mitzuhelfen. Als Aufbauhelfer mit besonderen Fähigkeiten.«

»Tatsächlich?« Sie legte den Stoff auf den Boden.

»Ich dachte, den Jungen mit den Affenarmen können wir uns nicht entgehen lassen.« Jean boxte Rico spielerisch in die Seite.

»Wir können jede helfende Hand gebrauchen«, bestätigte Niki.

Jean musste sich strecken, um dem riesigen Rico auf die Schulter zu klopfen. »Er ist ideal. Er hat in Zürich eine Lehre als Tapezierer und Dekorateur gemacht. Außerdem kann er saftig auf Schwyzerdütsch fluchen.«

»Unverzichtbar.« Niki putzte sich die Hände an ihrer Hose ab. »Rico, könntest du vielleicht gleich anfangen und mir beim Ankleben der Stoffbahnen helfen?«

Der junge Mann errötete vor Freude. »Sofort?«

»Wenn du willst.«

Er hob unverzüglich die feuchte Stoffbahn auf, stieg auf die Leiter und klebte sie professioneller an das Gestell, als Niki es je gekonnt hätte.

Der junge Schweizer erwies sich als unentbehrlich. An den stressigen Tagen vor der Eröffnung tat ihr seine Loyalität ebenso gut wie seine Fähigkeit, zuzupacken, wo es nötig war. Aber das taten sie alle. Pontus, der einen professionellen Prospekt mit einer Konstruktionsskizze auf den Weg bringen musste, ebenso wie Per Olof und Jean, und weil die Bemalung der »Hon« ausuferte, bekam Niki mit Maja-Lena Engström eine junge Malerin als Assistentin an die Seite gestellt. »Stinkt das immer so?«, war ihr erster Kommentar.

Rico konnte sich ein Lachen nicht verbeißen. »Ja. Und stell dir vor, wir brauchen die doppelte Menge an Knochenleim, wenn wir den Innenraum auskleiden wollen.«

Als Hon fertig bezogen war, begann Niki mit der Bemalung.

»Hon wird eine farbenprächtige Göttin«, rief sie von der Leiter hinab, von der aus sie Hons rechtes Knie grün anmalte. Die *Nanas* hatten sich im letzten Jahr als Liebhaberinnen leuchtender Farben entpuppt.

»Eine Popgöttin«, rief Jean zu ihr hinauf. »So wie du.«

»Oh ja.« Niki setzte auf maximale Kontraste. An das grüne

Knie schloss sich an der Wade ein oranges Farbfeld mit schwarz-weißen Mondsicheln an, der darunter liegende Fuß wurde weiß mit schwarzen Ornamenten. Während sie zusammen arbeiteten, begann Rico, sie diskret auszufragen.

»Und, wie fühlt man sich als einzige Frau bei den Neorealisten?«

Niki dachte einen Moment lang nach. »Weniger geehrt, als du denkst. Es ist in erster Linie eine Herausforderung, niemals nachzulassen.« Sie tauchte den Pinsel in das satte Schwarz und malte eine geschlängelte Linie auf weißem Grund. »Dass ich die einzige bin, liegt nur an der Borniertheit der anderen Mitglieder. Warum fragst du das alles?«

»Ich bin selbst Künstler.« Rico errötete flammend.

Niki verdrehte die Augen. Sie war ein verdammtes Vorbild für ihn. Darauf hätte sie gern verzichten können. »Überleg es dir gut. Das frisst dich unter Umständen auf.«

»Warum bist du Künstlerin geworden?«

Niki sah ihn prüfend an. »Ich wurde Künstlerin, weil es für mich keine Alternative gab.« Sie sah sich nach dem Farbeimer um. »Der Kübel wird langsam leer. Sieh bitte im Lager nach. Da müsste noch ein neuer stehen.«

Rico setzte den leeren Eimer auf den Boden, holte Nachschub und zog den Deckel ab. Auf der Stelle hüllte sie der Geruch nach Lösungsmittel ein. »Ja, ja, die Kunst.«

»Wie viel Raum gibst du ihr in deinem Leben?«, fragte Niki. »Ist sie eine Freizeitbeschäftigung für dich oder mehr? Du kannst dich ihr nur verschreiben, wenn sie das Allerwichtigste für dich ist.«

Rico zuckte fragend die Schultern. »Vielleicht weiß ich es irgendwann.«

Niki malte frei Hand einen sicheren schwarzen Bogen und sprach weiter. »Für mich ist die Kunst die große Liebe meines Lebens.«

Rico nickte. »Und Jean?«

»Dem geht es genauso. Die Kunst hilft mir beim Überleben. Mit ihr kann ich meinen Gespenstern ins Gesicht sehen. Darum habe ich getan, was getan werden musste, und werde es auch in Zukunft tun.«

Niki rechnete damit, dass Rico bei so viel Geschwafel den Farbeimer auf den Boden werfen und davonrennen würde, woraufhin sein Inhalt durch den ganzen Raum spritzen und die funkelnagelneue »Hon« verunzieren würde. *Bravo Niki! Nimm ihm nur alle Illusionen.*

Doch Rico tat nichts dergleichen. »Mutig«, sagte er stattdessen.

»Ja.« Nach all diesen Jahren waren von Nikis Verletzungen nur noch Narben übrig geblieben, doch an manchen Tagen schmerzten sie nach wie vor, drängten sich in ihre Gegenwart zurück.

Sie tauchte den schwarzen Pinsel in den Farbkübel, den Rico weiter hochhielt. »Tauschen wir die Farbe und den Pinsel aus. Mir fehlt noch ein sonniges Gelb.«

»Hon« wurde fertiggestellt, in Eile, aber mit Sorgfalt und Jeans untrüglichem Instinkt. Er war der Baumeister, der zusammen mit Per Olof die Aufteilung im Innern entwickelte. Gemeinsam schufen sie die Räume, die sie anschließend mit einer Reihe ihrer kinetischen Kunstwerke ausstatteten. Die Spannung stieg, als der Tag der Eröffnung sich näherte.

Zur Pressekonferenz drängte sich eine Schar Reporter und Fotografen im Foyer des Moderna Museet.

»Folgen Sie mir!« Pontus ging ihnen voran in die große Halle, wo »Hon« ihnen ihre mächtigen Beine entgegenstreckte.

»Das ist ja eine Riesin«, sagte einer. Die Reporter staunten nicht schlecht über den Eingang, der sich in der Vagina befand.

»Ja, wo denn sonst?«, fragte Jean auf Französisch.

»Wenn das eine Provokation sein soll, ist das durchaus gelungen«, kommentierte eine Journalistin mit Haarknoten und hochhackigen Pumps.

»Es ist nur folgerichtig«, erwiderte Niki auf Englisch. Blitzlichter flammten auf und brannten sich in ihre Netzhaut, als sich die Horde der Fotografen ihr zuwandte.

»Das gibt einen Skandal, der sich gewaschen hat«, kommentierte sie, als sie wieder sehen konnte.

»Wir sind in Schweden«, erwiderte Jean. »Die Leute hier sind liberaler als anderswo. Das sagt man jedenfalls von ihnen.«

»Abwarten.«

»Meine Damen und Herren«, begann Pontus. »Im Inneren von ›Hon‹ dürfen Sie sich fühlen wie Robinson. Sie ist ein Museum in sich, eine Welt für Entdecker.« Die Pressevertreter zückten ihre Blöcke und schrieben eifrig mit. »›Hon‹ hat Ihnen im linken Arm ein Kino mit zwölf Plätzen zu bieten, wo Sie Greta Garbos ersten Film ›Luffarpeter‹ auf sich wirken lassen können. In ihrem Kopf befindet sich ein hölzernes Gehirn, in der Brust ein Planetarium, in der linken Hüfte die Radioskulptur Radio-Stockholm. Im Knie finden Sie die Bank der Liebenden, deren Geflüster in die Milchbar übertragen wird, wo alle Milchtrinker mithören können.« Ein paar Journalisten lachten belustigt auf.

»Du bist es, der sie zum Lachen bringt«, raunte Niki Jean zu.

»Prost.« Jean, der überaus stolz auf seine Idee war, hob sein Champagnerglas. »Oder du mit deinen lebenslustigen *Nanas.*«

Pontus bat um Ruhe. »Außerdem genießen Sie als Besucher einen Imbissautomaten, bewundern einen Zerkleinerer von leeren Colaflaschen und …« Er machte eine effektvolle Pause. »… die Galerie der Fälschungen sowie eine Postkartenausstellung des Moderna Museet.«

»Genial«, murmelte Rico Weber zufrieden.

»Hoffentlich vergisst er nicht, zu erwähnen, dass ›Hon‹ auch eine Dachterrasse und ein Aquarium hat«, ergänzte Jean. »Außerdem eine Rutschbahn für Kinder.« Er hatte sich selbst übertroffen und wusste das.

»Hon, eine Welt für sich«, titelte Niki leise und zog Jean zur Seite, wo sich die Horde der Fotografen versammelt hatte, um eine Fotostrecke von ihnen zu schießen.

Die Ausstellung führte zwischen dem 9. Juni und dem 12. September 1966 über 100 000 Besucher ins Moderna Museet und war damit der größte Erfolg, den Niki und Jean bisher zu verzeichnen hatten. Zum Schluss wurde Hon fast vollkommen abgebaut. Nur der Kopf blieb als Eigentum im Museum.

Niki dachte noch lange über die Gespräche mit Rico nach, der in den nächsten Jahren zu einem ihrer zuverlässigsten Mitarbeiter werden sollte. Die Welt stand ihr und ihren Figuren offen von Israel über Paris bis nach Hannover und Garavicchio in der Toskana. Doch der Schmerz, dem sie mit ihnen Ausdruck verlieh, blieb ihr erhalten. Sie war eine bis zum Zerreißen gespannte Saite, ein angriffslustiger Drache, eine bunte, selbstsichere *Nana*, eine offene Wunde, die nicht verheilen wollte. Und immer von allem zu viel.

Epilog

Toskana 1998

Temperantia. Der blaue Engel der Mäßigkeit wachte über der Kapelle. Niki öffnete die Tür und betrat den Ort des Gedenkens, an dem die Toten lebendig wurden. Inzwischen waren es viele. Zu viele. Die Erinnerung an sie schlief, beschützt von der Schwarzen Madonna aus Mosaik auf dem Altar. Niki näherte sich den Fotos, die sie dort platziert hatte, und wartete auf den Schmerz, den Freund, der sie an diesem Ort regelmäßig besuchte. Ihre Mutter, die viel zu früh gestorben war, so wie ihr Vater, mit dem sie sich nie ausgesprochen hatte. Und dann er …

»Ich grüße dich, Jean Tinguely. Wir sind endlich fertig geworden mit dem Tarotgarten. Heute übergeben wir ihn an die Menschen und machen ihnen damit eine große Freude.« Ihre Stimme war so feierlich, dass sie über sich selbst lachen musste.

Jean hatte sich beim Bau des Gartens als unentbehrlicher Unterstützer erwiesen, und das nicht nur, weil er die Konstruktion der Figuren entworfen und überwacht hatte. Das Rad des Schicksals und viele andere Einzelskulpturen stammten von ihm. Zielbewusst setzte er seine schwarze, lineare Zeichensprache gegen ihre bunte, raumgreifende. Yin und Yang. Ohne Jean und sein Team wäre der Tarotgarten niemals das geworden, was er war.

Sie fuhr herum. War da nicht ein Lufthauch, ein leises Lachen, mit dem er sie grüßte? Nikita, mon chef tigre, mon amour, Nikita maxima, Liebe meines Lebens.

Sie hatte die Kapelle der Mäßigkeit für ihn gebaut, zum Dank an das Universum, nachdem er von einem Herzinfarkt genesen war. Aber dann hatte ihn in Bern 1991 ein Gehirnschlag viel zu früh aus seinem schöpferischen Leben gerissen. Niki hatte lange gebraucht, um zu realisieren, dass er fort war. Sie stand da und spürte, wie die Tränen in ihr aufstiegen. Sie schluckte kräftig. Sie würde nicht um ihren Gefährten weinen, nicht jetzt, auch wenn er die zweite Hälfte ihrer Seele gewesen war. Zumindest meistens.

Denn schließlich waren sie einander doch nicht genug gewesen. Vielleicht waren sie zu zweit zu schnell entflammbar, zu sehr im Widerspruch, zu kurz vor der Explosion. Aber aufgegeben hatten sie einander auch dann nicht, als er ihr zuerst Micheline und dann Milena vorgezogen hatte. Auch sie hatte andere Männer gehabt, aus Rache, und weil sie es konnte. Und dennoch. Als ihre zerbrechliche Beziehung schon längst nicht mehr durch Ausschließlichkeit glänzte, hatten sie sie durch einen Trauschein besiegelt. Denn Liebe war neben ihrer Arbeit das Einzige, was zählte.

»Adieu«, sagte sie leise.

Niki verließ die Kapelle und begann mit den Vorbereitungen für das Eröffnungsfest ihres Gartens.

Nachwort

Wenn ich an Niki de Saint Phalle denke, leuchten Erinnerungen auf. Gemeinsam mit meinen Kindern entdeckte ich Anfang der zweitausender Jahre den Giardino dei Tarocchi in Garavicchio, stieg auf den Turm des Magiers, ließ mich von der Sphinx und den anderen großen Arkana bezaubern und fotografierte pausenlos für meinen Vortrag in der Reihe »Frauen in der Kunst«. Eine der im Prolog erwähnten aufblasbaren *Nanas* hing jahrelang in meinem Wohnzimmer, bis eine brennende Kerze ihr an einem Weihnachtstag den Garaus machte.

Nikis verstörendes Frühwerk lernte ich im Sprengel Museum in Hannover kennen, ebenso die *Nana*-Figuren am Leineufer und die Grotte in den Herrenhäuser Gärten. Ihre Schenkung an das Sprengel Museum spiegelt ihr ebenso vielfältiges wie widersprüchliches Lebenswerk in großem Maße. In der Ausstellung »Spiel mit mir« der Kunsthalle Würth in Schwäbisch Hall wurde ich ein weiteres Mal mit ihren frühen Assemblagen und Bildern konfrontiert, die mehr als alles andere Ausdruck ihres inneren Zorns sind.

Meine Romanbiografie beruht nicht nur auf der Kenntnis von Nikis Gesamtwerk, sondern auch auf einer umfangreichen Recherche. Ein Video über das Happening in der Wüste Nevadas steht offen verfügbar im Internet, ebenso weitere Filme über ihre Arbeit. Dazu kommen Unmengen entlarvender Fotos. Auf den meisten lächelt sie.

Aus dem Berg an eingeflossener Literatur über Niki stechen die Biografien von Monika Becker und Catherine Francblin hervor sowie die große Monographie »Niki de Saint Phalle« von Pontus Hultén, die viele Fotos und eine Dokumentation zahlreicher Briefe enthält. Ein Glücksfall war für mich wie immer die Württembergische Landesbibliothek, die in den Tiefen ihrer Katakomben die Autobiographie von Harry Mathews und weitere unverzichtbare Titel bereithielt.

Dazu kommt eine Unzahl an Graphiken, die Einblick in den Teil ihrer Innenwelt geben, den offenzulegen sie bereit ist.

Einmal mehr war die vibrierend lebendige Rebellion in der Kunst der Sechziger für mich eine Inspiration. Vor etwa zwanzig Jahren hatte die Galerie der Stadt Esslingen »Villa Merkel« den unterschiedlichen Strömungen der »ZERO-Kunst« in Europa ein Forum geboten. In der Ausstellung »ZERO in Deutschland« durfte ich im Jahr 1999 Kindern die Kunst Otto Pienes, Heinz Macks und Günther Ueckers nahebringen. Auf einem Foto von der Eröffnung der Ausstellung »Bewogen Beweging« im Stedelijk Museum 1961 sieht man Heinz Mack neben Niki stehen, die auf Jeans Schoß sitzt, während sich beide mit Alexander Calder unterhalten.

Ein Nebenprodukt meiner Recherchen ist der Aspekt der Befreiung der Frau in der Nachkriegszeit. Niki schreibt selbst, dass sie in den Vierzigern für den Heiratsmarkt erzogen und zu Beginn der Fünfziger mit konkreten Erwartungen zu ihrer Rolle als Ehefrau und Mutter konfrontiert worden ist. In den Sechzigern fand zuerst in freiheitlich denkenden Kreisen eine Revolution der Denkweise statt, die sich schließlich auf einen Teil der Gesellschaft ausdehnte. Die Jugend rebellierte so wie es Niki und

Harry taten. Dennoch mussten Künstlerinnen weit mehr um Anerkennung kämpfen als ihre männlichen Kollegen, und müssen es noch heute.

Besonders die erste Hälfte meiner Romanbiografie ist ohne Nikis Autobiographien »Traces« und »Harry and me – the family years« nicht denkbar. Ihre zahlreichen Briefe und persönlichen Aussagen haben vor allem die letzten zweihundert Seiten geprägt. Niki hat ihr Leben in höchstem Maße reflektiert und war dabei sehr detailfreudig. Zahlreiche kuriose Einzelheiten wie der Bücherraubzug, die beiden Pudel ihrer Schwiegermutter, die Einladung zum Tee mit dem Arzt aus der Abtreibungsklinik und Lauras fünf Eiskugeln in Siena wären mir sicher nicht von selbst eingefallen. Die Begegnung mit Harry erzähle ich so, wie Niki sie schildert. Der Heiratsantrag wurde von mir fiktiv wiedergegeben. Ihr Zusammenbruch in Menton und ihre Therapie mithilfe der Kunst fußt ebenfalls auf ihren Erinnerungen. Der Besuch in Caux wurde von mir ausgeschmückt und mit Gesprächen unterlegt. Also ist die Fiktion in meinem Buch nicht von den recherchierten Ergebnissen zu trennen. Alles vermischt sich.

Auch den Missbrauch durch ihren Vater und seine bitteren Konsequenzen habe ich Nikis Aufzeichnungen entnommen. Mehrfach beteuert sie, sich an den genauen Hergang dieser ungeheuerlichen Tat nicht erinnern zu können. Den Ort Darien, Connecticut, erwähnt sie allerdings, ebenso die Hütte am See, die im Buch Eingang in einen Traum gefunden hat.

Niki schildert auch den Brief, in dem ihr Vater sie nach ihrer Entlassung aus der Klinik um Verzeihung bat, ebenso die Reaktion Dr. Cossas, der das Beweisstück verärgert verbrannte und sich verbat, dass ein Mann von Adel und katholischer Gesinnung zu einer solchen Schandtat fähig sein sollte. Aus Jacquelines Bekenntnis, sie sei bei Andrés Geständnis fast aus dem Fenster gesprungen, habe ich einen fiktiven Brief gemacht. Fiktiv ist auch, dass er mit Joan Mitchells verletzenden Behauptungen zur Initialzündung für Nikis Entschluss wurde, ihre Familie zu verlassen. Nikis Fahrt von Lans nach Nizza hat Harry dokumentiert.

Nebenbei versuche ich deutlich zu machen, inwieweit Nikis großbürgerliche Familie nach und nach implodiert. Jacqueline, die in ihren Vorstellungen von einem idealen Leben verstrickt blieb, ließ sich nicht scheiden. Zwei von Nikis Geschwistern haben später den Freitod gewählt, darunter ihre Lieblingsschwester Elisabeth. Nikis Eltern starben beide relativ jung. Mit diesen persönlichen Tragödien musste Niki wie mit so vielem anderen fertigwerden, ebenso wie mit weiteren gesundheitlichen Krisen, die unter anderem durch die Arbeit mit dem lungenschädigenden Material Polyester hervorgerufen wurden.

Für mich galt also, eine Masse an Stoff in eine hoffentlich faszinierende Geschichte zu verwandeln.

Was aber, wenn Niki ihre Erinnerungen beschönigt oder geflunkert hat? Ich hoffe nur in vertretbarem Maße … Ich vertraue ihr auch in der Schilderung ihrer Männergeschichten. Jean, diese Gestalt gewordene Versuchung, »meine« Niki spannt ihn Eva Aeppli nicht aus. Die Begegnung von Jean und Niki war so notwendig und folgenreich wie der Zusammenprall zweier Sterne.

Rein fiktiv ist die Figur des Serge Rossi. Niki hält den Namen des Mannes, der zur Inspiration ihres Schlüsselwerks »Portrait of my lover« wurde, streng geheim. Auch der Fotograf David Montgomery und die Umstände ihrer Begegnung sind meiner Phantasie entsprungen. Sie fand nicht auf dem Abschlussball statt. Niki selbst schildert, wie sie in der Subway zufällig von einem Fremden, der eine Modellagentur führte, als Model entdeckt wurde.

Und nun zu Nikis Kindern. Sie haben sehr darunter gelitten, dass Niki sie verlassen hat. Ich hoffe, ich bin den beiden halbwegs gerecht geworden. Laura ist eine meiner liebsten Figuren. Dass sie Niki zum Schluss des Buches in Soisy besucht und damit ihren größten Wunsch erfüllt, ist fiktiv, nicht aber Lauras misstrauische Distanz gegenüber Jean. Sie hat an der Entstehung der ersten *Nanas* mitgearbeitet. Ein Foto zeigt Mutter und Tochter vereint bei der Ausstellungseröffnung der ersten *Nanas* in der Galerie Alexandre Iolas. Laura und Jacqueline, Nikis manchmal manipulative Mutter, sind mir fast so ans Herz gewachsen wie Niki selbst. Dass die drei Damen zusammen mit Lauras kleiner Tochter Bloom in den siebziger Jahren sehr elegant auf Fotos posierten, lässt mein Herz aufgehen.

Warum habe ich über Niki geschrieben? Der Teenager, der in der Brearley School die edelsten Teile der Götterskulpturen mit roter Farbe verzierte, wurde zu einer der bekanntesten Künstlerinnen des 20. Jahrhunderts. Viel mehr jedoch als ihr Weg zum Erfolg fasziniert mich, wie das arme, reiche Mädchen aus New York trotz aller Verletzungen immer wieder aufsteht, sich das zerbrochene Krönchen richtet und weitermacht. Vielleicht kann sie mit ihrer Fähigkeit, unerschütterlich ihrem Weg zu folgen und niemals aufzugeben, ein Vorbild für uns alle sein.

Leseprobe

PIA ROSENBERGER
DIE BILDHAUERIN
ROMAN
Mit Rodin begeht Camille Claudel neue Wege, doch ihre Liebe droht zu scheitern
atb

KAPITEL 1

Paris, Mai 1881

Paris lag unter der sonnigen Verheißung eines Frühlingsmorgens. Die Seine schimmerte, und entlang der Alleen streckten die Kastanien ihre weißen Blütenkerzen ins Licht, als wollten sie diesen Tag feiern. Beschwingt folgte Camille Claudel dem Boulevard du Montparnasse und verbarg dabei wie immer ihr leichtes Hinken. Dieses Blau, dachte sie. Der Himmel über Paris leuchtete heller als in ihrem Heimatdorf Villeneuve. Camille hatte es eilig. Die Stadt bot so viele Möglichkeiten. Heute würde sie anfangen, Paris zu erobern. Und ihre erste Station dabei war die Académie Colarossi.

Sie war siebzehn Jahre alt und kam frisch vom Land. Mit allen Mitteln hatte sie darum gekämpft, in die Metropole gehen zu dürfen. Obwohl Camille seit ihrer Kindheit modellierte, glaubte in ihrer Familie nur ihr Vater an ihr Talent. Ihr Lehrer Alfred Boucher hatte ihn davon überzeugt, seine eigensinnige Älteste zu unterstützen und den Umzug gegen den Willen seiner Frau in die Wege zu leiten. Camille atmete tief durch und nahm sich fest vor, sie alle von ihrer Kunst zu überzeugen.

Fast hätte sie die Abzweigung in die Rue de la Grande-Chaumière verpasst. Doch da war sie bereits, die Gasse, in der sich, der engen Häuserschlucht wegen, Schatten über den Frühlingsmorgen legten. Hier würde sie Gleichgesinnte treffen. Nirgendwo gab es so viele Künstlerateliers wie im Viertel Montparnasse, das noch ländlich geprägt und relativ günstig war. Aufmerksam ließ sie ihre Augen an den Hausfassaden entlangschweifen. Wo genau befand sich die Akademie?

Die Gasse quoll über von Passanten, von denen viele mit Malutensilien bewaffnet waren. Eine Gruppe Engländerinnen überholte sie zielstrebig. Sicher hatten sie das gleiche Ziel wie Camille. Doch bevor sie den Studentinnen folgen konnte, stolperte sie über den Schubkarren eines Marktweibs und verlor sie aus dem Blick. Das Marktweib zeterte, Camille wischte sich den Staub von ihrem Rock und sah sich fasziniert um. Ein Junge spannte ein Pferd vor einen Kohlewagen. Ruß färbte sein Gesicht so schwarz wie seine Ware. Ein Mädchen trieb einen Reifen vor sich her durch den Gassendreck. Paris war manchmal schockierend, aber immer besonders. Ich könnte sie alle modellieren, dachte Camille, und mit ihnen die Wirklichkeit, die sich in ihren Gesichtern und Gesten spiegelt.

Gerade hatte sie sich wieder aufgerichtet, als sie erneut mit jemandem zusammenstieß. So viel Trubel war sie aus Nogent-sur-Seine nicht gewohnt. Diesmal jedoch war ein Fremder so heftig in sie hineingelaufen, dass ihr Zeichenblock und Stifte aus der Hand flogen und in hohem Bogen in der Gosse landeten. Bravo!

Camille bückte sich, um ihre Sachen einzusammeln, doch der junge Mann war schneller. Schon lag er auf den Knien, klaubte alles auf, was sich erreichen ließ, und putzte Stifte und Block umständlich mit seinem Taschentuch sauber.

»Entschuldigen Sie bitte.« Er erhob sich schwungvoll und drückte ihr die Zeichenutensilien in die Hand.

Sie bedankte sich, woraufhin er in eine vollendete Verbeugung fiel. »Zu Ihren Diensten, Mademoiselle.« Er hatte eine dunkle Tolle und nachdenkliche braune Augen. »Dürfte ich Sie nach Ihrem Namen fragen, wenn wir uns schon auf diese unkonventionelle Weise begegnen?«

»Camille Claudel.« Sie deutete einen Knicks an und setzte ihren Weg fort. Der Fremde folgte ihr unaufgefordert.

»Claudel? Ich heiße Claude. Achille-Claude Debussy. Was für ein sonderbarer Zufall. Mit Verlaub, sind Sie auf dem Weg zur Académie Colarossi?«

»Sieht man das?«, fragte sie spöttisch. Wohin sonst sollte sie mit den Zeichensachen unterwegs sein, als zu einer der beiden privaten Kunstschulen in Paris, die Frauen aufnahmen?

»Aber natürlich«, sagte er. »Also gehören auch Sie zu den blutjungen Träumerinnen, die sich zur Künstlerin berufen fühlen. Die meisten von ihnen bleiben auf halbem Wege stecken und heiraten.« Er zuckte mit den Schultern. »Aber was soll man schon erwarten? Frauen sind eben unbeständig.«

»Mitnichten«, entgegnete Camille empört. Und wenn sie die Erste wäre. Sie würde allen zeigen, dass eine Frau als Künstlerin Karriere machen konnte.

Sie sah ihn genauer an. Er konnte kaum älter als sie sein und schwang so große Reden.

»Also wollen Sie um jeden Preis durchhalten?«, fragte er. »Ihr Weg wird steinig sein.«

»Sie müssen es ja wissen.« Camille hatte keine Lust, sich gleich am ersten Tag die Laune von einem solchen Miesepeter verderben zu lassen. Und dennoch. Als er sie zu sich heranwinkte, konnte sie nicht widerstehen.

»Wie alt sind Sie, wenn ich fragen darf?«

»Siebzehn«, antwortete sie. »Ich sollte mich beeilen. Man erwartet mich.«

»Mein Gott, so jung und schon eines dieser Malweiber. Obwohl, es gibt einige wenige …«

»Ich bin kein Malweib. Ich bin Bildhauerin.«

Der junge Mann starrte sie an. »Das nenne ich mutig. So mit Ton und großen Steinblöcken zu hantieren.«

»Oh ja«, sagte Camille spröde. Es mangelte ihr weder an Durchsetzungsvermögen noch an Körperkraft. Das wussten ihre Eltern und ihre Geschwister Louise und Paul nur zu gut. Sie behaupteten sogar, Camille habe sie jahrelang mit ihrer Kunst tyrannisiert und den Backofen in Beschlag genommen, um ihre Tonmodelle zu brennen. Camille verstand das nicht. Klar hatte sie den Backofen benutzen müssen. Abgesehen davon hatte sie sie nur gebeten, ihre Entwürfe mit feuchten Tüchern abzudecken, was ja wohl kaum zu viel verlangt war.

Debussy betrachtete sie ungeniert. »Und dabei sind Sie so wunderschön. Ein Engel kreuzt meinen Weg und wirft mir seinen Zeichenblock vor die Füße.« Er verbeugte sich und deutete auf die Fassade des Hauses, vor dem sie standen. »Voilà. Sie sind angekommen. Die Académie Colarossi. Viel Glück auf Ihrem Weg, Mademoiselle. Sie werden es brauchen.«

»Und Sie, was ist Ihr Beruf?«, fragte Camille. Ein paar Informationen war er ihr schuldig, nachdem sie so viel von sich preisgegeben hatte.

Er neigte ein weiteres Mal den Kopf. »Ich bin Pianist und bewege mich in den himmlischen Sphären der Musik. Dafür wird es mich demnächst nach Russland ziehen, wo ich den Gören meiner Auftraggeberin beizubringen gedenke, die Tastatur ihres Klaviers zu misshandeln.«

Nach einer galanten Verbeugung verschwand er in der Menge. Camille sah ihm nach. Er hatte Charme, das musste sie ihm lassen. Aber das tat jetzt wirklich nichts zur Sache. In ihrem Rücken erhob sich das Haus Rue de la Grande-Chaumière 10. Die Académie Colarossi.

Sie stand vor dem Eingang und konnte kaum glauben, dass sie es geschafft hatte. Endlich, dachte sie. Jahrelang hatte sie von diesem

Tag geträumt. Entschlossen zog sie ihre Jacke glatt, schob die massive Tür auf und trat in ein Foyer, in dem die Stimmen vieler Menschen widerhallten. Von hier aus führte eine Treppe mit einem schmiedeeisernen Geländer in die oberen Stockwerke.

Camille fragte sich durch, bis sie den Zeichensaal erreichte. Sie rief sich ins Gedächtnis, dass kein Anlass zur Besorgnis bestand, atmete gegen ihren hämmernden Herzschlag an und trat ein.

In dem großen Raum herrschte konzentrierte Stille. Eine Klasse von rund zwanzig Studentinnen und Studenten portraitierte einen jungen Mann mit Kniehose, roter Weste und schwarzem Hut. Einen Torero, der einen sichtlich gelangweilten Eindruck machte. Als die Tür aufsprang, wandten sich zwanzig Augenpaare Camille zu, die einen neugierig, die anderen verärgert, weil sie sie in ihrer Konzentration störte. Der Torero nutzte die Unterbrechung, um sich an der Nase zu kratzen. Der Dozent sah von seiner Zeitung auf. Camille dachte sehnsüchtig an ihren Hauslehrer Monsieur Colin, der immer Zeit für sie gehabt hatte.

»Was führt Sie zu uns, Mademoiselle?«

»Ich bin angemeldet. Camille Claudel.« Ihre Stimme war heiser vor Anspannung.

Der Lehrer durchstöberte seine Liste nach ihrem Namen. Vermutlich wollte er sichergehen, dass ihr Vater die 40 Francs Gebühren pro Monat im Voraus bezahlt hatte. Louis-Prosper Claudel hatte sich über den Betrag beschwert, dann aber eingelenkt, weil er immer noch weniger zahlte, als in der Académie Julian fällig gewesen wäre. Die hatte zwar einen besseren Ruf, verlangte weiblichen Studenten aber das Doppelte wie ihren männlichen Kommilitonen ab.

»Ah ja, da sind Sie. Suchen Sie sich einen Platz und fangen Sie einfach an. Mein Name ist Monsieur Leblanc.«

Während er sich wieder seiner Zeitung zuwandte, drängte sich Camille durch die Menge und belegte den letzten freien Stuhl. Das Gemurmel verklang und wich andächtiger Stille, als die Studenten sich erneut auf ihre Zeichenblöcke und den stolzen Torero konzentrierten, der seine Pose wieder einnahm. Modell zu stehen war nicht jedermanns Sache. Nach einer halben Stunde wurden alle Haltungen unerträglich, das wusste Camille von ihren Geschwistern, die schon für sie posiert hatten.

Sie packte ihren Zeichenblock aus und stellte fest, dass sie über die Köpfe ihrer Mitstudenten hinweg kaum etwas sehen konnte. Ja, sie musste halb aufstehen, um einen passablen Blick auf den Torero zu haben. Vor ihr saß ein junger Mann, dessen breiter Rücken ihr die Sicht verdeckte. Ich könnte einfach ihn zeichnen und nicht gleich zu Anfang negativ auffallen. Ein Hals wie ein Bulle kann auch entzücken. Nein, dachte sie, stand auf, griff entschlossen nach ihrem Stuhl und drängte sich in die erste Reihe durch. Ihre Kommilitonen rückten zur Seite. Das Knarren der Stühle wurde von unwilligem Gemurmel begleitet.

»Excusez-moi.« Vorn gab es zwischen zwei jungen Frauen eine kleine Lücke. Camille rang sich ein Lächeln ab, als sie ihren Stuhl dort hineinschob.

»Avec plaisir«, sagte eine von ihnen mit britischem Akzent.

Sie machten ihr bereitwillig Platz. Die junge Frau zu Camilles Rechten hatte ihre blonden Locken zu einem modischen Tuff auf dem Vorderkopf gesteckt, die andere trug ihre rötlichen Haare im Nacken zu einem Knoten geschlungen. Camilles Hände wanderten an ihren kastanienbraunen Zopf, der nie besonders ordentlich war. Ihn zu glätten war vergebliche Liebesmüh, weil ihre Haare sich ebenso wenig um Anordnungen scherten wie ihre ganze Person. Modisch gekleidet waren die Engländerinnen auch. Notgedrungen saßen sie auf der Tournüre, die sich auf Höhe des Gesäßes an der Rückseite ihrer Röcke bauschte. Zu diesem Accessoire gehörte eine atemberaubend eng geschnürte Taille. Wie unbequem, dachte Camille. In ihrer weißen Bluse und dem dunklen Rock fühlte sie sich ihren Sitznachbarinnen unterlegen, und das als Pariserin, wenngleich als funkelnagelneue.

Reiche Nichtstuerinnen, dachte sie. Wahrscheinlich beschäftigten sie sich gar nicht ernsthaft mit ihrem Studium, sondern gehörten zu jenen sorglosen jungen Frauen aus Übersee, deren wohlhabende Familien ihnen eine Bildungsreise vor der Hochzeit spendierten. Oh nein, fuhr es Camille durch den Kopf, jetzt teile ich schon die Vorurteile des Monsieur Debussy.

Trotz ihres ersten Eindrucks war sie von der Freundlichkeit ihrer Kommilitoninnen beeindruckt. Außerdem hatte sie endlich freie Sicht auf den gut gebauten Torero. Als sie ihm ihren Blick zuwandte, zwinkerte er ihr lässig zu. Camille verbarg ihr Erröten, öffnete ihren Block und begann, seine Gestalt so großformatig abzuzeichnen, wie es das Blatt erlaubte. Kurze Zeit später war sie so in ihre Arbeit vertieft, dass sie nichts anderes mehr wahrnahm als den kratzenden Stift auf dem Papier. Sie korrigierte, wischte ein paar Striche aus und merkte nicht, dass sie nebenbei die Kohle auch in ihrem Gesicht verteilte. Die Zeit verging wie im Flug. Camille war in ihrem Element.

Schließlich schloss Monsieur Leblanc raschelnd seine Zeitung, um die Reihen der Studenten abzulaufen. Nachdem er dem einen oder anderen flüsternd zu Korrekturen geraten hatte, blieb er hinter Camille stehen und sah ihr über die Schulter. Ihr nächster Strich ging gehörig daneben. Sie zwang sich zur Ruhe.

»Kühn«, kommentierte er.

Sollte das ein Lob sein? »Ja?«, fragte sie hoffnungsvoll.